W0297030

KNAUR

Über die Autorin:
Liebe mal anders erschien im Frühjahr 2023 in Schweden und ist das mit Spannung erwartete Debüt einer jungen Autorin, die so witzig und charismatisch ist wie ihre Texte. Isabel Nylund schreibt nicht nur Romane, sondern ist auch Drehbuchautorin und Entwicklungsleiterin bei Schwedens größter Filmproduktionsfirma, SF Studios.

ISABEL NYLUND

LIEBE MAL ANDERS

Roman

Aus dem Schwedischen
von Nina Hoyer

KNAUR

Die schwedische Originalausgabe erschien 2023
unter dem Titel »Love Hack« bei Albert Bonniers Förlag, Stockholm.

Besuchen Sie uns im Internet:
www.droemer-knaur.de

MIX
Papier | Fördert gute Waldnutzung
FSC® C083411

Deutsche Erstausgabe Juli 2025

Ein Imprint der Verlagsgruppe
Droemer Knaur GmbH & Co. KG
Maria-Luiko-Straße 54, 80636 München

Redaktion: Sibylle Klöcker
Die dem Roman vorangestellten Zitate stammen aus:
Amanda Svensson, *Ich habe dir immer über alles die Wahrheit gesagt.* btb Verlag,
München, 2019. Übersetzt aus dem Schwedischen von Ursel Allenstein.
Olle Adolphson, »Trubbel«. Song aus dem Album *Visor under 10 år,* 1961
(»Trubbel« – text & musik av Olle Adolphson © Universal/Reuter & Reuter Förlag).
Übersetzt aus dem Schwedischen von Nina Hoyer.
Die Gedichtzeile in Kapitel 11 stammt aus: Edith Södergran, »Feindliche Sterne«.
In: *Klauenspur. Gedichte und Briefe.* Reclam, Leipzig, 1990.
Übersetzt von Hans Magnus Enzensberger.
Die Gedichtzeile in Kapitel 17 stammt aus: Edith Södergran, »Abschied«.
In: *Klauenspur: Gedichte und Briefe.* Reclam, Leipzig, 1990.
Übersetzt von Christiane Grosz.
Die Gedichtzeilen in Kapitel 33 stammen aus: Karin Boye, »Idyll«.
In: *Von Welle und Granit, Querschnitt durch die schwedische Lyrik.*
Aufbau Verlag, Berlin, 1947. Übersetzt von Nelly Sachs.
Covergestaltung: www.martinabaldauf.de
Coverabbildung: Entwurf von Martina Balauf unter Verwendung
von Motiven von creativemarket.com/KiraApetek
Illustration im Innenteil von pimchawee / Shutterstock.com
Satz und Layout: Adobe InDesign im Verlag
Druck und Bindung: CPI books GmbH, Leck
ISBN 978-3-426-44881-6

Kontaktadresse nach
EU-Produktsicherheitsverordnung:
produktsicherheit@droemer-knaur.de

2 4 5 3 1

Für Razi

Aber dieser Blick! Mit diesen Augen hätte er Berge kippen können! Umso leichter war es, mich zu Fall zu bringen, leichtfüßig, leichtsinnig, auf der Suche nach Abenteuern.

Amanda Svensson,
Ich habe dir immer über alles die Wahrheit gesagt

Versöhnt mit meinem Charakter, weil ich nie Nein zu irgendetwas sagen konnte

Olle Adolphson, »*Trubbel*«

PROLOG

Stockholm, August 2008

Wenn man der Person begegnet, für die man bestimmt ist – seinem Seelenverwandten –, hat man das Gefühl, dass man sich schon einmal getroffen hat. Diese Person erhebt sich über alle anderen, sticht hervor wie ein Glühwürmchen in der Dunkelheit. Daran glaubte Julia fest. Und nun hatte sie ihr Glühwürmchen in dem Grafikdesigner Anders gefunden – er hatte fuchsfarbenes Haar, sezierte akribisch den Helvetica-Font und hielt Werbung für eine demokratische Form der Kunst. Ob das bedeutete, dass andere Kunst – wie die Poesie, mit der Julia sich befasste – deshalb undemokratisch war, dazu hatte er sich allerdings nicht geäußert.

Das Clubhaus grenzte direkt an ein Industriegebiet, in dem tagsüber tote Tiere zerlegt wurden. Obwohl Julia schon mehrmals dort gewesen war, wäre es zwecklos gewesen, sie nach dem Weg dorthin zu fragen. Zum Teil, weil sie sich solche banalen Dinge selten merkte, vor allem aber, weil sie in ebendiesem Moment zwischen Hoffnung und Verzweiflung schwankte – nicht wegen ihrer bevorstehenden Lesung, sondern weil sie nicht wusste, ob er, ihr Glühwürmchen, erscheinen würde.

Anders und Julia hatten sich Ende Juni beim nächtlichen Baden auf Reimersholme kennengelernt, als die Straßenlaternen sich in den Kräuselungen auf dem Wasser spiegelten und die Weiden mit ihren ausladenden trauernden Armen die Wasseroberfläche streichelten. Danach waren sie zu ihm nach Hause geeilt, wo sie sich gegenseitig mit wasserfestem Edding ihre Namen auf die Arme geschrieben hatten. Es war so einfach, mit ihm zu reden, und Julia hatte ihm ganz ehrlich von der problematischen Beziehung zu ihrem Vater und ihrer kurzen Zeit in Berlin erzählen können. Anders hatte vor Begeisterung gestrahlt. Danach hatten sie ein paarmal miteinander geschlafen, wie oft genau, wusste sie nicht. Oder doch, sie wusste es: vier Mal. Das, in Verbindung mit der Symbolik des festen Markers, reichte Julia aus, um sie davon zu überzeugen, dass Anders und ihre Liebe vom Schicksal bestimmt waren.

Die folgenden Tage waren ein steter heißer Strom von Küssen und sehnsuchtsvollen SMS. Aber die Wochen vergingen, und gerade als sie dachte, dass sie nun so etwas wie eine richtige Beziehung führten, wurden die Abstände zwischen Anders' Nachrichten immer länger, bis sie ganz ausblieben. Was das bedeutete, wusste Julia. Es war ein klassisches Phasing-Out. Es gab nur eine logische Erklärung dafür: Anders hatte Angst vor seinen starken Gefühlen. Also war es Julias Aufgabe, ihm keine Angst mehr zu machen.

Um mit ihm in Kontakt zu treten, dabei aber gleichzeitig cool und unbekümmert zu wirken, hatte Julia an diesem Spätsommerabend einen genialen Einfall. In der Hoffnung, dass Anders denken würde, sie hätte sich mit einem feurigen Latino-Typen verabredet, hatte sie die Buchstaben in seinem Namen umgestellt und um einen Akzent ergänzt. Es sollte so aussehen, als sei die Nachricht versehentlich an Anders gegangen, weil sein Name in der Kontaktliste direkt über dem zusammenfantasierten Andrés stand. Sie kratzte ihr rudimentäres Schulspanisch zusammen und schrieb: *Hola Andrés, dondé está la panáderia? Sehen uns dann um 21 Uhr im Pluto.* Und da würde Anders, von Eifersucht geplagt, doch sicherlich im Pluto aufkreuzen, um sie zurückzugewinnen. Oder etwa nicht?

»Wann wirst du eigentlich mal was mit jemandem anfangen, der es ernst meint?«, hatte Livs Freund Victor sie quer über den Bartresen im Babs hinweg gefragt. Es war nicht böse gemeint, aber es war wie ein Schlag ins Gesicht. Wie fand man jemanden, den man gernhatte und der einen selbst außerdem auch so gernhatte, dass er einen festhielt?

Julia hatte *Titanic* fünfundzwanzig Mal gesehen, und ohne es selbst zu merken, hatte die Liebe zwischen Jack und Rose – so wie die zwischen Ewan McGregor und Nicole Kidman in *Moulin Rouge* oder Amélie und dem Typen auf dem Moped in *Die fabelhafte Welt der Amélie* – ihre Erwartungen an die Liebe geprägt. Die wahre Liebe war nichts ohne Hindernisse. Und aus dieser Quelle schöpfte Julia den Stoff für ihr kreatives Schaffen als Pop-Poetin.

Er zieht an mir wie ein Kettenhund
ich komme erst von ihm los, wenn er lockerlässt

Ein viel zu greller Scheinwerfer blendete sie, und der Wein, den sie in dieser jämmerlichen Garderobe, die den Namen nicht verdiente, abgezweigt hatte, ließ ihr die Knie weich werden. Die Organisatoren des Poetry-Slams hatten dem System ein Schnippchen geschlagen, indem sie eigens einen Club nur für Mitglieder gegründet hatten, der es ihnen ermöglichte, Vorschriften zu den Öffnungszeiten, der Schankerlaubnis und den Arbeitgeberabgaben zu umgehen. Die Betonwände, die klebrigen zerschnittenen Kunststoffschnüre, die die Bühne von der Tanzfläche trennte, und Personal, das sich selbst so großzügig einschenkte wie den Gästen, verliehen der Location eine nette Underground-Atmosphäre.

Julia war zu betrunken, um noch etwas von ihrer Aufregung zu spüren. Der eigentliche Antrieb war immer derselbe: Sie wollte ein Ventil finden, dem, was in ihr wütete, einen Sinn und eine Form zu geben. Sie war zweiundzwanzig. Sie war, wie sie selbst sagte, unerschütterlich wie ein Fels. Andere hätten sie dagegen wohl eher als flüchtig wie der Wind beschrieben.

Zwischen den Gedichten scannte sie Raum nach Anders ab. Vielleicht versteckte er sich ja, um »Andrés« aus der Ferne beobachten zu können. Von der Bühne aus sah sie Liv in einer der vorderen Reihen, daneben Victor, der sich in seiner strahlend weißen

Jacke unbehaglich zu fühlen schien und etwas dumm dreinschaute, so als sei er selbst darüber erstaunt, dass er sich so weit von der City entfernt hatte. Julia zupfte an ihrem Kleid. Es saß etwas zu eng unter den Armen, und ein schwacher Schweißgeruch hing noch vom letzten Mal, als sie es angehabt hatte, in dem Gewebe. Sie trank einen Schluck Wein aus dem Plastikbecher und bereitete sich innerlich darauf vor, ihr letztes Gedicht vorzutragen. In diesem Moment sah sie ihn.

Nein, nicht Anders, sondern einen ganz anderen Typen mit bakelitschwarzem Haar und spitz zulaufendem, schräg zur Seite gekämmten Pony. Er nippte an seinem Bier und hatte ein spindeldürres Bein zum Tresen abgeknickt, sodass es aussah, als wäre es auf Kniehöhe amputiert. Er schaute nicht weg, als sich ihre Blicke trafen.

Nach ihrer Lesung torkelte sie von der Bühne und kramte das Handy aus ihrer Handtasche. Eine ungelesene Nachricht. Mit wild hämmerndem Herzen tippte sie darauf.

Ich rufe jetzt die Polizei. LG Mama

Julias Enttäuschung war so herb wie der Wein. Sie schloss sich auf der Toilette ein und rief ihre Mutter an.

»Warum hast du dich nicht gemeldet? Ich habe versucht, dich zu erreichen.«

Ihre Mutter klang verzweifelt. »Ich dachte, dir sei irgendwas passiert.«

»Nichts ist passiert«, sagte Julia, »ich hatte bloß … anderes zu tun.«

»Zwei Tage lang? Ich habe mich hier fast zu Tode gesorgt. Sie liegt bestimmt irgendwo im Graben oder im Koma im Krankenhaus, dachte ich, und keiner weiß, wer die Angehörigen sind, denn dein Ausweis liegt hier immer noch im Flur, wenn du's wissen willst.«

»Mama …«

»Du hast mich doch hoffentlich als ICE im Handy abgespeichert, oder? Du weißt, was das heißt?«

»Ja, weiß ich.« Julia trommelte auf die Türklinke. »Du bist mein ICE-Kontakt.«

Das war gelogen. Julia hatte gar keinen Notfallkontakt im Handy gespeichert.

»Kennst du eigentlich deine Blutgruppe?«

»Mmm.«

Auch eine Lüge.

»Du kennst sie nicht, oder?«

Julia sagte nichts, öffnete die Tür, die aus dem sogenannten Backstage-Bereich – eigentlich nur ein Raum mit zwei Plastikstühlen – in den Club hinausführte. Die Band, gleichzeitig der Hauptact, der auf Julias Auftritt folgte, sammelte sich vor ihrem Gang auf die Bühne gerade zu einem albernen Schlachtruf.

»Du hast Blutgruppe A«, sagte Caroline, jetzt etwas ruhiger. »Bist du mit Tim verabredet?«

»Blutgruppe A«, seufzte Julia. »Ich muss jetzt Schluss machen.«

Julia schlängelte sich zu Victor und Liv durch, die ihr ein Bier reichte. Julia trank durstig. Als sie das Bier auf dem Tresen abstellte, entdeckte sie den Typen, den sie von der Bühne aus gesehen hatte. Er saß noch immer am selben Platz, allein, und zog an einer Zigarette. Nur eines seiner Augen war zu sehen, das andere verdeckt von seinem langen schwarzen Pony. Er trug Röhrenjeans, und aus dem weiten Halsausschnitt seines schwarzen T-Shirts schaute ein blasses, knochiges Brustbein heraus. Julia hatte ihn noch nie gesehen, trotzdem kam er ihr bekannt vor. Liv folgte ihrem Blick, beugte sich vor und rief in Julias Ohr:

»Hey, das ist doch Alex. Alex aus *Nya Tider*.«

»Wie, aus dieser Neunzigerjahre-TV-Soap?«

Er sah sie direkt an. Julias und sein Blick trafen sich erneut, und Julia lächelte hastig.

»Soll ich ihn fragen, ob er's ist?«, sagte sie, mehr zu sich selbst als an ihre Begleitung gerichtet. Dank des Adrenalinstoßes, der immer auf ihren Vortrag folgte, war sie unerschrocken. Sie ging auf ihn zu, bevor die anderen etwas erwidern konnten.

»Hast du 'ne Kippe?«

Als hätte er auf das Signal gewartet, fischte er eine Schachtel Prince light aus der Brusttasche seines Karohemds, das er über einen Barhocker geworfen hatte.

»Wie fandst du mich?«, fragte Julia und sog raffiniert an der Kippe. Ihr Rachen brannte, und wäre sie nicht betrunken gewesen, wäre ihr die Marke viel zu stark gewesen.

»Super!«, sagte er und klang sogar überzeugend. »Mutig von dir.«

»Du bist doch Alex, oder?«

Der Typ wich ihrem Blick aus.

»Alek«, stellte er dann richtig. »Ja, das war meine Rolle.« Er lächelte etwas bemüht. Sein Mund verzog sich eine Spur nach links. Julia wusste, dass ihr das eigentlich peinlich sein sollte, ihr in diesem Moment aber scheißegal war.

»Ich heiße Niko«, stellte er sich vor und glättete seinen Pony. »Und du?«

Julia sagte ihm ihren Namen und schaltete rasch auf ihre bewährte Methode, um unter die Oberfläche zu dringen und dem Gespräch etwas Bedeutungsvolles zu geben. Es galt, schnell etwas Privates zu bekennen, das brutal ehrlich klang und Verletzlichkeit ausstrahlte, aber ohne sich richtig verletzlich zu machen. Später würden sie sich beide nicht mehr daran erinnern, was sie in diesem Augenblick gesagt hatten.

Julias Handy gab einen Signalton von sich. Widerwillig riss sie ihren Blick von Niko los. Eine Nachricht von Anders. *Da hast du wohl den falschen Adressaten erwischt,* lautete sie.

Julia hatte keine Lust, ihm zu antworten, stellte sich stattdessen provozierend dicht vor Niko. Zarte, fast unmerkliche Fältchen um seine Augen verrieten, dass er ein paar Jahre älter als Julia sein musste. Siebenundzwanzig oder achtundzwanzig vielleicht. Die Lampe über dem Tresen war wieder eingeschaltet worden, die Musik verstummt. Die Band auf der Bühne rollte ihre Kabel auf. Wie lange hatten sie eigentlich miteinander geredet? Jetzt fiel ihr eine Narbe an ihm auf, wie ein feiner Strich über seiner Lippe.

»Was hast du da?«

Für den Bruchteil einer Sekunde huschte ein Schatten über sein Gesicht.

»Nichts«, erwiderte er automatisch, schien es aber sofort zu bereuen. »Ich wurde mit einer Lippenspalte geboren. Musste operiert werden. Als Baby, meine ich.« Auch wenn er sich jetzt als Twentysomething nicht dafür schämte, war an seiner unnatürlich steifen Haltung zu erkennen, dass dies früher einmal so gewesen war.

Julia würde noch alles darüber erfahren, und eines Tages würde ihr Blick die Narbe nicht mehr wahrnehmen, so vertraut wäre sie ihr. Aber dort, im Club, streckte sie vorsichtig einen Finger aus, zögerte vor seiner Lippe und wartete auf so etwas wie eine Erlaubnis. Als er nickte, berührte sie behutsam die zarte Narbe. Seine Augen bohrten sich in ihre. Die dunkle Iris verschluckte fast das ganze Weiß.

»Wir sollten uns küssen«, sagte sie.

»Das stimmt«, erwiderte er.

»Aber nicht hier«, sagte sie.

Keine dreißig Sekunden später standen sie zwischen den dicken Betonblöcken des Industriegebiets. Niko machte lange Schritte auf seinen staksigen Beinen. Das kam Julia gelegen, war sie den allermeisten anderen Menschen doch stets drei Schritte voraus. Dieser Typ hier ging im gleichen Tempo.

Hinter der Veranstaltungshalle Globen war die Sonne untergegangen, und der Himmel leuchtete in kräftigem Rosa, Orange und Blau wie ein schillernder Bluterguss. Niko war an diesem Abend eigentlich mit einem anderen Mädel verabredet gewesen, wie er viel später einräumen würde. Er bemerkte den verpassten Anruf zur selben Zeit, als das hübsche Mädchen mit den prätentiösen Gedichten und er an den erleuchteten Tankstellen der Autobahn rauskamen, rief aber nicht zurück.

Nachdem er seine Unschuld relativ spät verloren hatte – durch die viele Aufmerksamkeit, die er für seinen Status als TV-Promi bekommen hatte, war er im Umgang mit Frauen paradoxerweise unsicher geworden –, hatte er die vergangenen sechs Jahre damit verbracht, ziemlich wahllos herumzuvögeln: in seiner kleinen Einzimmerwohnung, die er sich von dem Erbe seiner Oma gekauft hatte, auf Kneipentoiletten und hinter Mülltonnen, wie die in dem Industriegebiet, das sie gerade hinter sich gelassen hatten. Auch er hatte seine Methode. Zu der gehörte es, neugierige Fragen an sein weibliches Gegenüber zu richten, damit sie sich »gesehen« fühlte, um dann lässig einzuflechten, dass er Feminist sei und links wähle, und schließlich durchblicken zu lassen, dass er »noch nicht wieder bereit für eine Beziehung« sei, woraufhin sie nicken und »Ich auch nicht« erwidern würde – was aber keiner dem anderen glauben würde. Nach dem ersten Sex hatte er meistens nichts dagegen, sich noch ein paarmal mit der Person zu treffen, aber wenn er merkte, dass sie Gefühle entwickelte, würde er genauso diskret wie entschieden das Phasing-Out einläuten.

Aber dieses Mädchen mit ihrem dunklen Bob und den mandelförmigen grünen Augen, die über den Alltag hinausblickten und die er heute auf der Bühne gesehen hatte, hatte irgendetwas an sich. Ihren Gedichten hatte er kaum zugehört, aber sie hatte eine fremde, rätselhafte und zugleich vertraute Präsenz.

An der Tanke kaufte Julia eine Rolle Milchschokolade mit Karamellfüllung Marke »Rolo« und eine Dose Snus von der altmodischen Sorte. Sie aßen die Schokolade und spazierten weiter an der Straße entlang. Niko mochte keinen Snus, er hatte es einmal probiert, und danach war ihm den ganzen Tag lang schlecht gewesen. Das erzählte er, und sie lachte und nannte ihn ein Weichei. Sie fragte ihn nach seinem Lieblingsfilm, und er antwortete *Edward mit den Scherenhänden*, aber auch alles von Wes Anderson. Klang das irgendwie einstudiert, und stimmte das überhaupt?, fragte er sich. Julia meinte, dass ihr *Moulin Rouge* in den Sinn käme, wenn sie jemand fragte. Dann begann sie laut das »Elephant Love Song Medley« anzustimmen – das *ganze* Lied mit allen Strophen –, und als sie sich dem Friedhof näherten, zog sie ihn plötzlich mit einem festen, auffordernden Griff an seinem Handgelenk an sich.

»Komm, wir kürzen ab«, sagte sie und sang ausgelassen: »*We could be herooooes!*«

Und dann passierte alles ganz schnell, wie so oft, wenn sich das Leben ändert. Alles ist gleich, gleich, gleich. Bis es das nicht mehr ist.

Mit einem Satz war Julia bei der Friedhofsmauer, hievte sich hinauf, wälzte sich bäuchlings hinüber und fiel auf der anderen Seite runter. Ein dumpfer Plumps ertönte, gefolgt von einem Knirschen und einem weiteren Plumps. Es klang, als ob ein gewaltiger Felsbrocken mit Karacho auf etwas Weiches gefallen wäre. Gleich nach diesen Geräuschen ertönte ein derart lautes Brüllen, dass Niko, so würde er später berichten, überzeugt war, es käme von einem Tier. War sie angegriffen worden? Ein röhrender Damhirsch, durchzuckte es ihn, aber diese Idee verwarf er schnell wieder. War Julia etwa von einem …?

»Julia?«, rief er. Doch als Antwort kam nur Gebrüll.

Auf der anderen Seite der Mauer lag Julia und fragte sich, was da eben geschehen war. Sie war mitten auf einem Grabstein gelandet, der wiederum unter ihrem Gewicht nachgegeben hatte. Dann war sie mit einer fließenden Bewegung ins weiche Gras gefallen, nur um einen Moment später zu spüren, wie ein schweres Gewicht auf ihren Hüftknochen landete. Solche Schmerzen hatte sie noch nie erlebt. Ihre Ohren erfüllte ein schrilles Klingeln, und mit einem Mal wusste sie, dass dies das Ende war. Die Finger in die Erde gekrallt, versuchte sie vorwärtszurobben, aber die Schwere des Steins war so brutal und der Schmerz in ihrer Hüfte so lähmend, dass das Einzige, was sich regte, das unwirkliche Gefühl war, dass das Leben aus ihr herausfloss. Sie stieß einen so fremden Laut aus, dass sie daran zweifelte, dass er von ihr stammte. In der nächsten Sekunde kotzte sie ins Gras.

»Julia«, hörte sie eine Stimme wie durch einen Nebel. »Julia, geht's dir gut? Shit, shit, shit, was ist passiert?«

Niko bohrte seine Finger zwischen sie und den Grabstein. Er zog und zerrte mit seinen schlaksigen Armen, und es gelang ihm wahrhaftig, den Stein um ein paar Millimeter anzuheben. Der Druck auf Julias Becken ließ nach, aber es reichte nicht.

Um an sein Handy zu gelangen, blieb Niko nichts anderes übrig, als den Stein wieder abzusenken. Als das Gewicht erneut auf Julias Skelett fiel, knackte es.

»Ich sterbe«, wimmerte sie.

Du bist so was von emo, hatte Victor immer gesagt. So als wäre Julias Schmerz – ihr Weltschmerz – so einfach zu kategorisieren und abzutun! Großes war ihr vorherbestimmt, es war nur noch nicht eingetroffen.

Vielleicht war es das nun. Dieser Gedanke schoss durch den pulsierenden Schmerz. Es hatte doch immerhin etwas seltsam Poetisches an sich – oder eher etwas Ironisches –, unter einem Grabstein sein Leben auszuhauchen.

Während Niko mit seinem Handy den Notruf wählte, schloss Julia die Augen. Eine nächtliche Stille umgab sie, sie hörte nur das dumpfe Rauschen der Autobahn und den hellen Klang der zirpenden Grillen.

»Ich habe Blutgruppe A«, flüsterte sie.

*

Die Röntgenbilder zeigten einen zweifachen Beckenbruch. Sie musste über einen Monat im Krankenhaus bleiben. Jeden Tag, entweder vor oder nach seiner Schicht in der neu eröffneten Cocktailbar eines exklusiven Restaurants, kam Niko und setzte sich an ihre Bettkante. Er erfuhr, was sie am liebsten naschte (Chips mit Snickers gemischt) und welche Zeitungen sie gerne las (die Sonntagsausgaben mit Klatsch, Tratsch und Kreuzworträtseln). Hitze flirrte zwischen ihnen. Niko sehnte sich ständig dorthin zurück, zu dem von Neonröhren erhellten Zimmer, zu Julias Lächeln, wenn er eintrat.

Nachdem sie eines Abends eine Fernsehserie auf Nikos Laptop geguckt hatten, erzählte Julia ihm von ihrem Vater. Sie hätte ihn an dem Abend vor dem Poetry-Slam treffen sollen, aber er war wie üblich in letzter Sekunde verhindert gewesen. Sie klang gleichermaßen niedergeschlagen und stolz, als sie erzählte, dass er sieben Sprachen fließend spräche und nach ein paar Jahren in Berlin inzwischen nach Andorra gezogen sei.

»Findest du es traurig, dass du nicht mit ihm aufgewachsen bist?«, fragte Niko, dem die Scheidungskinder aus seiner Schulklasse immer leidgetan hatten.

»Nein.« Julia schüttelte den Kopf. »Ich hasse ihn.«

Das sagte sie wie eine einfache Feststellung, ganz emotionslos, aber im Grunde wusste sie, dass gerade ihr gleichgültiger Tonfall das Gegenteil verriet.

Julia, ständig umnebelt von starken Schmerzmitteln, war sich lange unsicher, ob sie das alles nicht nur zusammenfantasiert hatte, ob es Niko wirklich gab. Sie wusste, dass sie zu Beginn einer Beziehung am besten performte, eine gute Liebhaberin war – doch niemand, mit dem man lange zusammenblieb. Deshalb wäre es auch nur folgerichtig, wenn Niko demnächst verschwinden würde, sich in Luft auflösen wie eine Fata Morgana. Denn selbst wenn man sein ganzes Leben lang auf dieses Wunder gewartet hatte, hieß das nicht, dass man daran glaubte, wenn es einem widerfuhr.

Wenn sie nur gewusst hätte, dass Niko zur gleichen Zeit, nach einem weiteren Abend an Julias Krankenbett, auf seiner 90-cm-Matratze lag, hellwach, weil er fürchtete, sie betrachtete ihn nur als fürsorglichen Freund.

Nach dreieinhalb Wochen war Julias Becken so weit geheilt, dass sie kurze Spaziergänge auf dem Krankenhausflur unternehmen konnte. Niko hatte versprochen, um sechs da zu sein, und jetzt war es schon sieben und er war nicht gekommen. Den kalten Stahl des Infusionsständers in der einen, das auf lautlos gestellte Handy in der anderen Hand, trottete Julia den Korridor auf und ab. Ein eisiger Windhauch ließ ihr Herz erstarren, sie hatte also doch recht gehabt. Er hatte keinen Bock mehr auf sie, und das war's dann. Langsam ging sie zurück zu ihrem Zimmer, als sie hörte, wie sich die automatische Tür zur Station mit einem leisen Zischen hinter ihr öffnete.

Sie drehte sich um, wappnete sich gegen die Enttäuschung.

Er hielt eine 7-Eleven-Tüte in der Hand.

»Du läufst ja!«, rief er aus, und in sein Gesicht trat ein strahlendes, überraschtes Lächeln. »Tut's weh?«

Er machte ein paar schnelle Schritte auf sie zu.

»Ein bisschen«, räumte sie ein.

Julias Blick fiel auf Nikos Narbe; an einigen Stellen war sie weiß, in Lippennähe braun. Das erinnerte sie an ihr Kennenlernen in dem Club, es schien unendlich lange her zu sein. Und er musste es auch gespürt haben, denn jetzt beugte er sich zu ihr vor: »Wir sollten uns küssen«, sagte er, und seine Mundwinkel zuckten.

»Das stimmt«, erwiderte sie.

*

Von nun an hieß es Niko Kieslowski und Julia Petersén.

Gemeinsam würden sie die Welt erobern.

Sich immer gegenseitig herausfordern.

Sich nie gegenseitig einschränken.

Sie würden nie so werden wie all die anderen.

Wirklich.

Das meinten sie.

Ja, *wirklich* wirklich.

Niemals.

Denn wie sollten sie auch?

1. TEIL

I

Stockholm, fünfzehn Jahre später

Es hatte einmal Morgen gegeben, an denen Julia und Niko gleichzeitig von den Sonnenstrahlen, die durch die dünnen Vorhänge schienen, aufwachten, Morgen, an denen Julia sich über Niko rollte, noch immer wund zwischen den Schenkeln, aber nach wie vor hungrig nach mehr.

Dies war ein anderer Morgen.

Hippel di hopp, hoppel di popp, hier kommt der Schniedel in vollem Galopp.

Julia lauschte dem Lied vom Bett aus. Salve hatte gelernt, ganz selbstständig den Videoclip mit dem Hoppel-di-popp-Song abzuspielen, und solange seine Besessenheit anhielt, konnten Julia und Niko ausschlafen. Sich nicht um fünf Uhr morgens aus dem Bett quälen zu müssen, stellte eine verheißungsvolle neue Zeit in Aussicht, die nicht länger vom ständigen Aushandeln bestimmt war, wer an der Reihe war.

Das Gefühl von etwas, das Julia geträumt hatte, hing ihr noch nach, wie ein unbestimmtes sanftes Jucken. Sie rutschte dichter an Niko heran; er lag mit geschlossenen Augen neben ihr, halb ins Kissen vergraben.

»Hippel di hopp, hoppel di popp …«, flüsterte sie, während sie an Nikos weichem Bauch entlang nach unten tastete, die Löckchen an seinem Nabel fühlte, den Bund seiner Boxershorts fand und die Finger darin vergrub. Julia umfasste seinen Schwanz, weich wie eine schlafende Raupe in ihrer Handfläche. Niko reagierte mit einer vagen, aber doch unzweideutigen Geste: Er rollte sich auf den Bauch.

»Der Wecker hat doch noch gar nicht geklingelt«, murmelte er.

»Na ja, du musst ja auch nichts machen, ich kann ja …«

Bevor sie den Satz beenden konnte, flammte ein Gefühl der Erniedrigung in ihr auf. Begriff er denn nicht, dass sie ihm hier gerade einen Gefallen tat? Als hätte Niko Julias Gedanken gelesen, rieb er sich die Augen und drehte sich zu ihr, zog sie in eine Umarmung. Doch da war ihr Körper bereits in Protest erstarrt.

Der Wecker hat doch noch gar nicht geklingelt. What. The. Fuck?

Nikos Finger strichen ihren Schenkel entlang und krochen unter ihren Slip. Julia wusste, dass er das nur höchst pflichtschuldig tat, trotzdem spreizte sie die Beine, um ihm leichter Zugang zu gewähren. Sie suchte seinen Mund, wollte ihn küssen, aber das Zusammentreffen ihres übel riechenden Morgenatems ließ sie rasch wieder das Gesicht abwenden. Niko tastete sich vor zur richtigen Stelle, die er offenbar im Schlaf finden konnte. Das Zimmer war dunkel, die Pflanzen verstaubt, der Kleiderstapel monströs auf dem Sprossenstuhl, sein Gefummel gewissensgetrieben und die Stimmen des Kinderprogramms schrill. »Sesamstraßensex« hatte ein Sexologe das mal genannt. Man solle im Alltag für entsprechende Gelegenheiten sorgen, *berührt euch*, solle sich über die Zärtlichkeit, die man für den anderen empfand, freuen. Sie hatten über das Interview gelacht. Mann, wie deprimierend! Da hatten sie noch keine Kinder gehabt. Alles war relativ.

In selben Moment also, in dem Julia sich dieser *relativen* Lust hingab, hörte sie den Toilettendeckel unten im Erdgeschoss knallen. Dann Sibyllas genervte Stimme, Salves Lachanfall und Sibyllas schrillen Schrei, gefolgt von donnernden Schritten, die sich auf der Treppe näherten. Niko zog seine Hand gerade noch rechtzeitig weg, bevor Salve krachend die Tür aufriss und ins Zimmer stürzte.

»Wer will an meinem Fuß schnüffeln?!«, brüllte er.

»*Wer will an meiner Hand schnüffeln*?«, murmelte Niko und warf Julia ein hastiges Lächeln zu. Er schlug die Decke zurück und reckte sich nach seinem Morgenmantel, der auf dem Kleiderhaufen lag.

Sibylla blieb im Türrahmen stehen. »Salve hatte seinen vollgepissten Fuß in meinem Mund!«

»Nein!«, wandte Salve empört ein, »ich hatte ihn … nur an deinen Lippen.«

Niko strubbelte den Kindern durchs Haar und lotste sie zurück in Richtung Treppe, blieb auf der Türschwelle stehen und warf Julia einen verschwörerischen Blick zu, der verhieß, dass er zurückkommen würde, sowie er den Gören das Maul mit einem Butterbrot gestopft habe.

So wartete sie also zwischen zerknitterten Laken, eine Hand noch immer im Slip, während die Minuten verstrichen. Sie lauschte nach Nikos Schritten auf der Treppe. Stattdessen hörte sie in der Küche den Mixer röhren.

Sie fand Niko fertig angezogen an der Spüle. Er starrte mit leerem Blick aus dem Fenster auf die Auffahrt. Der Mixer jaulte und ratterte.

»Hallo!?«, beschwerte Julia sich, aber ihre Stimme ging in dem mechanischen Geratter unter.

Niko stellte das Gerät aus und trank einen Schluck direkt aus der Kanne. Er zuckte zusammen, als er Julia aus dem Augenwinkel entdeckte. Sie starrte ihn vorwurfsvoll an.

»Oh, sorry. Möchtest du auch welchen?« Niko streckte ihr das Gefäß mit der grünen Brühe entgegen.

Julia machte eine abwehrende Geste und senkte ihre Stimme zu einem Flüstern.

»Ich habe dich zurückerwartet.«

Na ja, das klang vielleicht etwas *zu* dramatisch, das hörte sie selbst, nachdem ihr das aus dem Mund geschlüpft war.

Niko, der gerade getrunken hatte, schluckte hörbar, und in seinem Blick flackerte aufrichtige Verwirrung auf. »Äh … du bist doch heute dran mit Ausschlafen?«

Gereizt riss Julia die Kanne an sich und füllte ihren Mund mit kaltem, süßem Smoothie. Sie sank an den Küchentisch und sah hinaus. Der Bananengeschmack schwoll in ihrem Mund an. Der Asphalt war schwarz und glänzte nach dem nächtlichen Regen. Der Hoppeldi-popp-Song schallte vom Wohnzimmer herüber. Julia hatte den staatlich finanzierten, über den Bildschirm hüpfenden Schniedel mit Perücke im letzten Jahr häufiger gesehen als Nikos Gegenstück. Ganz zu schweigen von der animierten Muschi, die ihre Handtasche keusch vor die Klitoris presste – welch treffende Darstellung!

Draußen flitzte das Eichhörnchen, das die Kinder »Gilbert« getauft hatten, glücklich und ausgelassen seine Kiefer rauf und runter. Oder auch in Panik. Das war von hier aus nicht so leicht zu beurteilen.

*

Neun Stunden später verließ Julia den Bus am Stureplan. Sie schlang sich den Schal ein paarmal um den Hals, in dem Versuch, die Kälte abzuwehren, die mit dem hellgrauen Nachmittagslicht über Stockholm hereingezogen war. Sie konnte seine vertraute Silhouette schon von Weitem sehen, wie er da unter dem Wetterpilz wartete, mit hochgezogenen Schultern, die Hände in die Hosentaschen geschoben. Vermutlich mit geballten Fäusten, entschlossen, den Sieg davonzutragen, oder in der Hoffnung, sie könne es vielleicht vergessen haben. Aber bevor er auch nur den Kopf drehen und die Augenbrauen hochziehen konnte, brüllte sie schon »*Kiiinder…*«, mit einer Stimme, die wohl nur sie selbst als Sopran bezeichnen würde. Ein Funkeln trat in seinen Blick, unverhohlene Freude, gepaart mit purem Horror. Trotz seiner Verlegenheit stimmte er ein: »*…freiii*«, rein und klar mit einer Stimme, die tief aus dem Bauch kam.

»Da hatte aber jemand einen Stimmcoach«, sagte sie und stupste ihn in die Seite, bevor sie wieder wie ein hoffnungsvoller Anwärter auf »Schweden sucht den Superstar« drauflosschmetterte.

»*Kiiiinderfreiii!*«

Julia hakte sich bei Niko ein und schmiegte ihre Wange an seinen Oberarm.

Nikos Mutter würde heute bei ihnen übernachten. Ergo konnten sie heute so lange wegbleiben, wie sie wollten, und der Abend konnte jede Richtung nehmen. Die Donnerstagsausgänger wuselten lebhaft um sie herum, der vor ihnen liegende Abend konnte alles beinhalten, war ungetrübt und vielversprechend.

Sie waren in einem Restaurant verabredet, das als »authentisch« bezeichnet wurde, in Wahrheit aber nichts anderes war als ein raffinierter Abklatsch ähnlicher Lokale in Paris oder New York. Nüchtern, chaotisch, gestapelte Flaschen und eine hallende Akustik. Salzgurken mit Honig und einem Klecks Schmand, daneben ein Gläschen würziger Wodka. Sülze und Pasteten, kleine nach Anis duftende Hackfleischpasteten, knusprige Kartoffeltörtchen und eingelegtes Gemüse. Niko hatte sich schon im Vornherein über dieses Restaurant amüsiert, das so »typisch Stockholm« sei, und seine übliche These ausgeschmückt, dass Stockholm ein identitätsloser Typ sei, ständig auf der Suche und bereit, schamlos jeden Trend mitzumachen. Julia fand das nicht. Vielleicht war sie aber auch nur eine, die unermüdlich von allem Neuen angezogen wurde; von allem, was potenziell die Sinne erweitern könnte. Sie nahm die Düfte, die Menschen, den Lärm in sich auf, und ihre Erwartungen blühten auf. Es mochte kein Abend in Paris sein, konnte sich aber doch immerhin so *anfühlen*.

Am besten Tisch, neben einer beschlagenen Fensterscheibe und im bernsteinartigen Schein einer mundgeblasenen Tischlampe, saßen Johan und Lene, ihre Gesellschaft für diesen Abend. Das weiße Headset hob sich wie eine weiße Schnecke von Johans lichtem, gräulichen Haar ab. Er legte einen Zeigefinger auf die Lippen, um ihnen zu signalisieren, bitte still zu sein. Lene erhob sich hastig und entschuldigte Johan mit irgendeiner verwaschenen dänischen Floskel, winkte den Kellner herbei und bat um zwei weitere Gläser für den in einen antiken Eiskübel versenkten Champagner.

»Das mach ich schon«, sagte Lene und torpedierte damit die Anstalten des Kellners, seine Arbeit zu tun. Ihr Armband klirrte, als sie ihnen einschenkte. Die strenge Kostümjacke unterstrich ihre gerade Haltung. Sie lächelte breit mit ihren verfärbten Raucherzähnen, was ihr, gepaart mit ihrer darüber hinaus enormen Eleganz, einen beneidenswert weltgewandten Ausdruck verlieh, wie Julia fand.

»Gibt's was zu feiern?«, erkundigte Julia sich und nahm einen großen Schluck.

Der Champagner war so trocken, dass sich ihr im Mund alles zusammenzog.

»Sag noch nichts, Lene.« Johan deutete auf das Telefon.

»AFAB«, flüsterte er lautlos, während er mit der Hand zackig quer über den Hals fuhr. Schweigend warteten sie, dass er sein Telefongespräch beendete. Gestresst trommelte er auf den Tisch.

»Ja, tschüss, tschüss, so verbleiben wir, prima.«

Mit einer übertriebenen Handbewegung legte Johan auf und wandte sich an Niko.

»Die Guillotine schwebt über uns.« Er leerte sein Glas mit einem Zug, nur um es rasch wieder zu füllen. »Echt gut, dieser Tropfen, findet ihr nicht auch?«

»Moment mal, was meinst du damit, ›Die Guillotine schwebt über uns‹? Es sind doch noch nicht mal drei Jahre vergangen«, wandte Niko ein. »Die können uns doch nicht einfach … enthaupten?«

Johans hellblaue Augen schweiften flackernd durch den Raum. »Genau, aber drei Jahre war ja die Bedingung. Jetzt muss etwas geschehen. Wir müssen die Sache stärker vorantreiben. Mehr Weinbauern unter Vertrag nehmen und so weiter.« Er gestikulierte mit dem Glas in der Hand. »Aber so schlimm ist es nicht.«

»Bist du sicher?«, fragte Niko.

Johan lehnte sich zurück und presste die Rückenwirbel knackend gegen den Stuhlrücken.

»Ja, ja. Das Risiko, dass sie sich zurückziehen, ist minimal.«

»Sich zurückziehen? Machst du Witze?« Julia verschluckte sich, Kohlensäure stieg ihr in die Nase.

»Sieh mich nicht so an, ich zitiere nur Pålle. Das hier liegt ja genauso in meinem Interesse. Sie möchten einen nennenswerten Umsatz sehen. Ich glaube, wie gesagt, nicht, dass es *so* schlimm ist.« Johan drehte den Rücken hin und her. »Verdammter Ischias!«

Niko riss die Augen auf und sah von Johan zu Julia. Was wollte Johan damit sagen? Es war kein Geheimnis, dass es Niko war, der für die Firma brannte, während Johan eher daran interessiert war, steuerfrei Weingüter zu besuchen und gute Weine zu verkosten, als sie unter Vertrag zu nehmen. Gleichzeitig war es aber Johan, der die Investoren rangeholt hatte. Er sagte »wir«, meinte aber eigentlich Niko, der allein gegen allerlei Bürokratie hatte ankämpfen müssen, um alle Genehmigungen zu bekommen. Niko sollte stinksauer sein. Trotzdem lächelte er folgsam.

»Nennenswerten Umsatz«, wiederholte er und kratzte mit dem Daumennagel über die raue Tischplatte.

»Aber die müssen doch begreifen, dass nicht jedes Unternehmen unbegrenzt wachsen *kann*?«, wandte Julia ein. »Darum geht's doch gerade – Weinerzeugung im kleinen Maßstab!« Sie breitete lebhaft die Arme aus, stieß ihr Glas um und konnte es gerade noch auffangen, bevor es zu Boden fiel.

»Mazel tov!«, rief Johan.

»Äh, Moment mal«, sagte Julia. »Die Abmachung war doch, dass …«

Lene hob demonstrativ ihr Glas und lächelte breit.

»Wir werden heiraten!«

»Man muss ja nicht gleich den Glauben an die große Liebe verlieren, nur weil man ein paarmal gescheitert ist, oder?« Johan schob seinen Teller von sich. Sämtliche Glückwünsche waren erteilt und das Degustationsmenü verzehrt. Niko hatte Julia bereits erzählt, dass Johan früher nicht weniger als dreimal verheiratet gewesen war, eine Frau für jedes Jahrzehnt. Im Zuge der körperlichen Zellerneuerung, sozusagen, die angeblich alle sieben Jahre stattfand, waren auch seine Beziehungen reif dafür gewesen, erneuert zu werden. Also kein »Bis das der Tod uns scheidet«, sondern ein »Bis unsere veränderte Zellstruktur uns scheidet«.

Johan suchte sich seine Partnerinnen gut aus, war mit seinen Ex gut befreundet: Trine, Line und Bitte, alle so dänisch wie die kleine Meerjungfrau höchstpersönlich. Lene schien das nichts auszumachen, der es ein seltenes Vergnügen bereitete, Johan für seine Vorliebe für die »Latinas des Nordens« aufzuziehen. Aus einer früheren Ehe hatte Lene zwei erwachsene Töchter, Lillie und Louise, die sie oft auf exotische Yogareisen mitnahm. Nachdem sie ihre Modelagentur verkauft hatte, hatte sie ihre Schäfchen finanziell im Trockenen, und obwohl sie noch in dem Unternehmen tätig war, schien sich Johans und Lenes Dasein vor allem darauf zu beschränken, gemeinsam das schöne Leben zu genießen.

Julia merkte, dass die Nachricht von Johans und Lenes Verlobung eine gewisse Beklemmung in ihr auslöste. Es rief ihr wieder den stillen Zweifel ins Bewusstsein, der seit Kurzem in ihr aufkeimte. In letzter Zeit waren die Tage von einer Bequemlichkeit geprägt, in der sogar die Reibungsflächen vorhersehbar waren. Das, was Niko und sie einst gehabt hatten, war jedoch in einen romantischen Schimmer gehüllt: Als sie jeden Tag unbeschwert Sex hatten, auch noch lange, nachdem die erste Verliebtheit abgeklungen und tieferer Liebe gewichen war. Als sie sich gegenseitig den Schweiß abgeleckt hatten, sich selig Liebesmale zugefügt hatten und es bis zuletzt vermieden hatten, die Körperflüssigkeiten des anderen von ihrer Haut abzuduschen. Es war eine Zeit ohne Vorhänge, in der sie von der Sonne geweckt wurden und bei Mondschein einschliefen. Kam der Liebe nicht die Rolle zu, dem Leben einen höheren Sinn zu verleihen? Oder war sie nichts weiter als eine biologische Falle, die einen dazu verleiten sollte, sich fortzupflanzen – in dem Glauben, dass die Seligkeit bis in alle Ewigkeit anhalten würde?

»In gewisser Weise ist es plausibler, sich jetzt ewige Treue zu schwören als mit fünfundzwanzig«, sagte Johan und hielt ungeduldig nach dem Kellner Ausschau. Als keiner erschien, füllte er Julias Glas selbst wieder auf. Sie hatte einen unfiltrierten Rotwein aus Korsika gewählt. Er hatte sich im Verlauf des Abends entfaltet, nachdem er in der Flasche gut temperiert war und hatte atmen können. Jetzt war er weich und rund im Geschmack. Johan tauschte einen Blick mit Lene, um dann zu erzählen, dass sie diesmal einen »etwas realistischeren Ansatz« planten. Lene hatte einen Selbsthilfe-Ratgeber gelesen, der ihnen beiden eine Welt neuer Ideen eröffnet hatte. Lene wedelte abwehrend mit der Hand und wandte sich an Julia.

»Erzähl mir doch lieber mal von *deinem* Buch, wir sind ja alle so gespannt.«

Julia argwöhnte, dass sie diese Frage eher aus Höflichkeit als aus einem anderen Beweggrund stellte. Julia arbeitete seit mittlerweile sieben Jahren an *Der Wahnsinnige* und bezweifelte, dass dieses Projekt immer noch irgendein besonderes Interesse in ihrem Bekanntenkreis weckte.

»Wir werden sehen«, sagte sie nur, hastig lächelnd. »Ich warte noch auf Antwort.«

»Falls es nicht klappt, soll es vielleicht so sein«, sagte Johan. »Wir hatten mal überlegt, in einen Verlag zu investieren, aber wenn man die Zahlen studiert, rentieren sich nur sehr wenige Titel. Das ist von Anfang bis Ende ein höchst riskantes Vorhaben.«

Lene legte eine Hand auf Johans, um ihn zum Verstummen zu bringen, und sah Julia offen an. »Du brauchst nur ein einziges Ja«, sagte sie, »dann spielen die Neins keine Rolle mehr.« Es hatte etwas Rührendes an sich, wie sie das sagte, fand Julia. Als spürte sie instinktiv, wie viel ihr, Julia, das Buch bedeutete, egal wie lässig und abgeklärt sie sich gab. Aber sie hatte keine Lust, den Abend damit zu verbringen, über die jüngsten Ablehnungsschreiben in Trauer zu schwelgen, und bat Lene stattdessen, ihr mehr von diesem »realistischeren Ansatz« zu erzählen, den Johan und sie sich für ihre Ehe vorstellten. Lene wühlte in ihrer Handtasche. Der Schein der großen Reislampe über dem Tisch spiegelte sich in Lenes Verlobungsring wider, als sie sich vorbeugte und Julia ein Buch mit schwarzem Einband reichte. *Mating in Captivity*, stand da in großen roten Lettern.

»Ist das nicht ein super Titel?«

Begeistert erzählte sie von der Autorin Esther Perel (»Hast du nicht ihren TED Talk gesehen?«), einer belgischen Psychotherapeutin, die sich mit ihren Vorträgen, Büchern und Podcasts zu dem Konzept der Zweisamkeit ein kleines Imperium aufgebaut hatte.

»Wir glauben heute, dass unsere Partner *alles* für uns sein müssen. Er oder sie soll mein leidenschaftlicher Liebhaber sein, mein interessanter Gesprächspartner, mein intellektuelles Gegenüber. Soll mit mir den Haushalt führen, mit mir putzen, unsere Finanzen im Blick haben und ein verantwortlicher Elternteil sein. Mir also Geborgenheit und Sicherheit, Vorhersehbarkeit und Loyalität geben. Aber mich auch *überraschen*, mir Leidenschaft schenken, Lust und Transzendenz!« Lene breitete in einer weitschweifenden Geste die Arme aus.

Das stimmte, dachte Julia. Sie wollte all das – all das, was Niko und sie sich einst geschworen hatten, auch wenn sie es vielleicht nicht genau so formuliert hatten. Angeregt schwenkte sie ihr fast bis zum Rand gefülltes Weinglas, warf Niko Seitenblicke zu, der gedanklich, so schien es, immer noch bei dem Gespräch über Pålle von AFAB und der Guillotine war.

»Ich wünschte, ich hätte das schon gewusst, als ich noch jünger war«, sagte Lene, »dass es andere Wege gibt. Andere Wege, sich in seiner Beziehung freier und ehrlicher zu fühlen.«

»Inwiefern?«, fragte Julia und merkte, wie ihr Puls schneller schlug. »Wie meinst du das?«

»Na, eigentlich ist das doch ein völlig falsches Ideal! Das, was uns früher ein ganzes Dorf gegeben hat – vertraute Freunde, intellektuelle Stimulanz durch Bücher, Leidenschaft von unserem Liebhaber, Erfüllung durch unseren religiösen Glauben –, all das erwarten wir heute von ein und derselben Person – unserem Partner.«

Julia strich über den abgegriffenen Einband des Buches und wollte gerade ansetzen, dass das, was Lene da sagte, gleichermaßen wahr wie deprimierend sei, als Niko sich einschaltete, den Lenes Ausführungen offenbar auch interessierten.

»Ha!«, rief er aus. Ein ironisches, amüsiertes Lächeln spielte auf seinem Gesicht.

»Was heißt da ›Ha!‹?« Julia drehte sich zu Niko um, beleidigt von seinem ungeschminkten Zynismus‹, obwohl sie im Prinzip dasselbe gedacht hatte.

Der Wecker hat doch noch gar nicht geklingelt. Sie hatte sich immerhin Mühe gegeben. Und trotzdem hatte Niko die Stirn, »Ha!« zu sagen.

»Na, Lene hat doch recht.« Niko klang weltmännisch und trocken auf eine Art, die ihm nicht gut zu Gesicht stand. »Das ist doch ein Ding der Unmöglichkeit! Wie soll man das alles Jahr für Jahr unter einen Hut kriegen …«

Er ließ seinen Blick in die Runde schweifen und sammelte sich dann mit einem Räuspern: »Ich habe Lene nur zugestimmt, es war ein bejahendes ›Ha!‹. Wie soll man im Lauf eines Lebens all das für seinen Partner sein? Das ist ja, als sähe man das Leben als Disneyfilm!«

Julia drehte ihr Weinglas zwischen den Fingern und schaute in die in Rottönen changierende Flüssigkeit. »Schon. Aber wie wird man diese Erwartungen los, ohne … tja, ich weiß nicht?« Sie wollte »aufzugeben« sagen, aber das klang zu drastisch. Während Julia noch nach Worten rang, wurde sie sich Lenes sanften, aber durchdringenden Blicks bewusst.

»Ich sehe das so«, sagte Lene und klopfte mit einem manikürten Nagel auf die Tischplatte. »Wenn man mit ein und derselben Person sein ganzes Leben verbringt, ist es sehr wahrscheinlich, dass man sich von Zeit zu Zeit zu jemand anderem hingezogen fühlt.« Sie sah Johan liebevoll an. »Das ist Teil unserer Natur.« Lene pausierte und legte die Handflächen auf den Tisch. »Und wir finden beide, dass das Leben zu kurz ist, um dem anderen zu verweigern, das Leben in all seinen Facetten zu genießen. Warum sich also einschränken? Aus einer herkömmlichen, veralteten, überholten Konvention heraus?«

Julia war baff. Sie war bedeutend jünger als Lene, aber hier war sie die Konservative.

»Aber wenn man jemand anderen so anziehend findet, dass man sich vorstellen könnte, untreu zu sein…«, begann sie, »dann ist das doch ein Zeichen dafür, dass mit der Beziehung etwas nicht stimmt?«

»Pfft, da denkst du aber eingleisig, Julia.« Lene warf ihr Haar zurück.

Eingleisig. Dachte sie so? Sie war eine Mutter von kleinen Kindern. *Bald* würden sie mit grenzenloser Zuversicht über die Zukunft sprechen, *bald* würde das Leben erst sein volles Potenzial entfalten. Wenn sie es nur schafften, die Jahre zu überstehen, in denen sich alles um Windeln, Bringen und Abholen drehte und man abends um neun erschöpft auf dem Sofa einschlief. Wenn sie nur ein Buch veröffentlichen könnte. Wenn Niko seine Unternehmerträume verwirklichen könnte … Wenn …

»Aber dann muss man seinen Trieben eben ganz einfach widerstehen, wir sind doch keine Tiere, oder?« Niko griff unter dem Tisch nach Julias Hand. Sein Haar, das er etwas länger hatte wachsen lassen, lockte sich anziehend über seinem Hemdkragen. Julia strich ihm mit der anderen Hand eine Locke hinters Ohr.

»Das Einzige, was uns von den Tieren unterscheidet, ist unsere Fähigkeit, zu lügen«, bemerkte Johan amüsiert.

Niko lachte auf und sah hastig Julia an. Als sie seinen Blick erwiderte, senkte er seinen rasch und fingerte an seinem Glas herum. Mit einem säuerlichen Lächeln wandte er sich wieder an Johan.

»Aber ihr wollt ja heiraten, und das allein ist ja wohl das Sinnbild einer überholten Konvention?«

Vier duftende Schokoküchlein wurden vor ihnen auf dem Tisch gestellt. Julia durchstach die Kruste mit einem kleinen Silberlöffel, und eine zähflüssige Creme quoll hervor wie Vulkanlava. Der bittere Geschmack, der sich in ihrem Mund ausgebreitet hatte, traf auf die süße dickflüssige, schokoladige Wärme. Sie schloss hastig die Lider und schluckte den Kuchen mit Kognak herunter, der mit süßer Hitze den Weg durch ihre Kehle fand.

Johan lehnte sich zurück und tupfte sich den Mund mit der Serviette ab.

»Ich bin wohl, trotz allem, ein alter Romantiker«, sagte er zögernd. »Aber … ihr wisst schon, wenn es in einer Beziehung vor allem darum geht, was es zum Abendessen gibt, wenn man seine Sammlung an Sexspielzeugen durchprobiert hat, um dem Liebesleben sozusagen *mehr Würze* zu geben, und sich irgendwie trotzdem … nach etwas Herausfordernderem sehnt und einen dieses unvermeidliche Gefühl von *Soll das schon alles gewesen sein?* beschleicht …«, sagte er so sachlich, als würde er über ein neues Produkt in seinem Aktienportfolio sprechen.

»Man merkt, dass wir hier am Tisch die Einzigen mit kleinen Kindern sind.« Niko wirkte nervös und suchte mit einem Blick zu Julia nach Bestätigung.

Sexspielzeug, das war bei ihnen zu Hause nie ein Thema gewesen; der Gedanke war ihr kaum jemals in den Sinn gekommen. Niko hatte recht, wenn er die kleinen Kinder anführte – wann hätte das auch passiert sein sollen? Liebling, ich muss nur noch eben den Nasensauger abwaschen, holst du schon mal den Dildo raus? Andererseits … was wusste man schon? Vielleicht war es ja genau das, womit sich die anderen Kindergarteneltern amüsierten, wenn sie die lieben Kleinen zu Bett gebracht hatten?

»Aber wenn ihr mit anderen schlaft, habt ihr dann keine Angst, dass daraus mehr werden könnte? Dass ihr Gefühle für jemand anderen entwickelt?«

Johan strich sich das Haar zurück.

»Ja, schon, aber eine monogame Beziehung impft einen ja auch nicht gerade dagegen, sich in jemand anderen zu verlieben. Oder gegen Untreue. Ich glaube eher, dass es genau andersherum ist: Man kann sich sehr starke Gefühle einbilden, sowie es Widerstände gibt. Wenn man es zulässt, muss es nicht so schrecklich dramatisch sein.«

»Gott, wie ernst ihr dreinschaut! Wir reden doch nur davon, das Sexspielzeug zu einem Dildo mit Seele aufzuwerten«, rief Lene aus. »Lasst uns lieber anstoßen!«

Zögernd hob Julia ihr Glas.

»›Einem Dildo mit Seele‹?«, wiederholte Julia und ahmte Lenes Aussprache nach.

Lene lachte. Jetzt verfiel sie ganz ins Dänische.

»Ein Dildo, der einem tief in die Augen schauen und ein interessantes Gespräch führen kann. Aber trotzdem – nur ein Dildo ist«, sagte Lene. »Mein Herz gehört nur Johan …«

Niko deutete mit dem kleinen Silberlöffel auf sein Schokoküchlein.

»Der ist aber lecker. Ist da irgendein Likör drin oder so?«

Seine Vorderzähne hatten braune Schokoflecken.

Julia schlängelte sich zwischen den Tischen hindurch. Die Blicke der Männer folgten ihr, suchten Kontakt, bewiesen ihre Existenz. Während sie auf der Kloschüssel saß, musterte sie sich in dem niedrig hängenden Spiegel: ihre Augen, denen das vorteilhafte Licht einen geheimnisvollen Schleier verlieh, ihr glänzendes Haar. War sie heute Abend ungewöhnlich schön? Oder war es nur der Eisprung?

Sie wusch sich die Hände und zupfte dann an dem Härchen, das hartnäckig fast immer zur selben Zeit in jedem Monat an ihrem Kinn nachwuchs. Dabei musste sie an ihre Oma denken, die ihr einmal – als Julia ihr geholfen hatte, die unzähligen Borsten, die ihr Kinn zierten, auszureißen – erzählt hatte, dass sie früher einmal das Energiefeld in einem Raum hatte verändern können, sowie sie ihn betrat. Aber – und das hatte der zehnjährigen Julia einen Heidenschrecken eingejagt – eines schönen Tages war es damit plötzlich vorbei gewesen. Sie betrat einen Raum, und es hatte keinerlei Auswirkungen gehabt, die Welt blieb nicht stehen, niemand hielt inne, niemand reagierte auf ihre Anwesenheit. Alles ging einfach so weiter, und ihr Hereinkommen blieb unbemerkt. Das war, als sie etwa vierzig gewesen war, und war einfach von einem Tag auf den anderen passiert. Und da hatte sie begriffen, anders, als sie es sich eingebildet hatte, dass es nicht ihre Person, ihr Charisma, kein unbestimmtes *Je ne sais quoi*, sondern nur ihre bloße jugendliche Schönheit gewesen war, die diese Wirkung gehabt hatte.

»Das Östrogen hält deinen Haarwuchs noch in Schach, Schätzchen, aber wart's nur ab …«, hatte sie gesagt und so gelacht, dass Julia hören konnte, wie der Schleim in ihrer Kehle rasselte.

Erst vor relativ kurzer Zeit war Julia bewusst geworden, dass sie als schön galt. Auch wenn sie selbst nicht unbedingt zustimmen konnte, wenn sie die Details im Spiegel kritisch betrachtete – die Erwartungen an die eigene Schönheit stiegen auch mit der Erkenntnis, dass sie ganz offensichtlich existierte –, bestätigte es sich doch in den Begegnungen mit anderen Menschen. Die Blicke anderer Frauen, so forschend, als gäben Julias Gesichtszüge Aufschluss über eine geheime Formel. Was machte die eine attraktiv und die andere nicht? Lehrer in der Schule, Männer in der U-Bahn, Typen an der Supermarktkasse. Man konnte es ihnen *ansehen*, der Blick veränderte sich von »off« zu »on«. Ein inneres Leuchten trat in ihre Augen.

»Es gibt nur eines, was ich bereue«, hatte ihre Oma lachend gesagt, »dass ich kein größeres Flittchen war, als ich es noch hätte sein können. Ich hätte ruhig ein bisschen herumhuren sollen und dann reich heiraten.« Julia hatte erstaunt gelacht, denn das war doch wohl ein Scherz! Aber jetzt dämmerte ihr, dass in diesen Worten vermutlich mehr Aufrichtigkeit gelegen hatte, als ihr damals bewusst gewesen war. Denn ob gut aussehend oder nicht, war es denn nicht die Pflicht eines jeden Menschen, seinen Körper zu gebrauchen, solange er noch lebendig, stark und lüstern war? Um das hungrige Herz mit Erlebnissen zu füllen, während es noch schlug? Julias Oma war vierzig gewesen, als ihr aufgefallen war, dass ihre Gegenwart bei anderen kein inneres Leuchten mehr entfachte. Und Julia war jetzt sechsunddreißig.

Der Türknauf ratterte, metallisch und bedrohlich. Julia zerrte noch einmal mit den Fingernägeln an dem störrischen Härchen, vergeblich. Das Haar blieb. Sie öffnete die Tür und schlüpfte hinaus. Umgeben von einem Geruch frischer Luft, stand da ein Mann in Sneakers und einem teuren schwarzen Wollmantel. Zuvorkommend trat er einen Schritt zur Seite. Ohne ihn anzusehen, ging Julia an ihm vorbei und kehrte an ihren Tisch zurück.

Dort hatten sie inzwischen die Stühle etwas zurückgeschoben, und das Gesprächsthema hatte gewechselt.

»Dann sollte ich mal mit ihm reden«, sagte Niko ein wenig lallend, »bevor die Guillotine fällt …«

»L'enfant terrible de la cuisine«, sagte Lene, ein Lachen unterdrückend. Julia lachte mit, obwohl sie nicht richtig mitbekommen hatte, worum es ging.

»Ich hab da so ein Gerücht gehört, dass er etwas Neues in Matte Dahlgrens alten Räumlichkeiten aufziehen will«, sagte Johan. »Wenn das stimmt, wird das ein großes Ding, was auch immer es sein wird. Auf den Mann regnet es Sterne.« Er öffnete und schloss abwechselnd die Hände und spreizte die Finger, so wie wenn man einem Kind »Funkel, funkel, kleiner Stern« vorsang.

Sie drehten die Köpfe, um den Gegenstand ihres Gesprächs zu betrachten, und da erst wurde Julia klar, dass es um den Mann ging, an dem sie vor der Toilette vorbeispaziert war. Der schwarze Wollmantel. Als er wieder ins Lokal zurückkam, erkannte sie ihn sofort.

»Mahir?«, sagte sie, aber niemand schien sie zu hören. Johan erging sich darin, wie darüber spekuliert wurde, dass er Köche von einem der größten Sternerestaurants abwerben würde, was böses Blut bei seinen hitzköpfigen Konkurrenten wecken würde.

Das Konzept hinter dem neuen Spitzenrestaurant war ein sorgfältig gehütetes Geheimnis. Julia schielte zu Mahir hinüber, der entspannt mit einer kleinen Gruppe Männer sprach. Er nippte an einem Bier und redete mit ausschweifender Gestik. Seine Kleidung war edler als damals, er hatte einen anderen Haarschnitt, aber davon abgesehen sah er noch genauso aus, wie sie ihn in Erinnerung hatte. Eine markante Nase und neugierige Augen in einem weichen, aber doch definierten Gesicht.

»Ich kenne ihn«, sagte Julia, jetzt etwas lauter, um den Geräuschpegel zu übertönen, der mit jeder Stunde und mit jedem Gang deutlich angestiegen war. Alle hörten schlagartig auf zu reden und sahen sie an.

»Du kennst Mahir Mirkovic?« Nikos Stimme klang ungläubig. Sie hatten die Phase längst hinter sich gelassen, in der Enthüllungen über ihre Vergangenheit noch die Macht hatten, für Überraschung zu sorgen. Julia erläuterte, dass Mahir der Bruder ihrer einstigen besten Freundin Lollo sei, und von Lollo habe sie ihm doch erzählt? Ja, meinte Niko, das habe sie natürlich. Und ehe sie sich's versah, bot Julia an, zu Mahir zu gehen und mal zu sehen, ob sie ihm nicht etwas über das neue Restaurant entlocken könnte. Was an den Gerüchten dran sei. Zögerlich erhob sie sich, plötzlich aus irgendeinem Grund nervös. »Ich mach's«, sagte sie, vor allem, um sich selbst davon zu überzeugen, denn es war ja gar nicht sicher, ob er sie überhaupt wiedererkennen würde, geschweige denn sich daran erinnern, woher sie sich kannten.

»Yes! Mach das«, sagte Niko, »und dann werde ich mir einen Vorwand überlegen und …« Ein hoffnungsvoller Funke glomm in seinen Augen auf.

Mahir stand mit dem Rücken zu ihr und unterhielt sich mit zwei jüngeren Männern mit beachtlicher Leibesfülle und tätowierten Unterarmen. Julia stolperte über eine Jacke, die von einem Barhocker heruntergerutscht war, kam Mahirs Schulter unvermittelt nahe und roch den seltsamen Geruch eines muffigen T-Shirts, so als hätte es zu lange feucht in der Waschmaschine gelegen. Niko hatte sich leicht abgewendet und bemühte sich sehr, nicht zu ihnen herüberzuschielen. Vorsichtig tippte Julia Mahir auf die Schulter. Er schwang herum, wie um eine Fliege zu verscheuchen, spürbar verärgert darüber, unterbrochen worden zu sein. Julias Wangen brannten.

»Hallo«, sagte sie, angespannt lächelnd. Er schien seine innere Kartei nach ihrem Gesicht zu durchforsten, ohne Anzeichen dafür, sie wiederzuerkennen.

»Lollos Freundin in der Mittelstufe …?«, sagte Julia und fächelte sich Luft zu.

Mahirs Miene glättete sich.

»Knorke«, sagte er mit heiserer Stimme. Dieses Wort hatte Julia schon lange nicht mehr gehört, zum einen, weil sie jetzt in anderen Kreisen verkehrte, aber auch, weil sie nicht wusste, ob es nach ungefähr 2002 überhaupt noch von jemandem gebraucht wurde.

»Natürlich! Wie schön, dich zu sehen, äh …«

»Julia«, sagte sie.

Mahir beugte sich vor, und Julia breitete die Arme aus, um ihn zu umarmen, während Mahir eher einen kontinentalen Wangenkuss beabsichtigt hatte, was in einem seltsamen Tanz resultierte, der sie beide verlegen lachen ließ. Julia sah aus dem Augenwinkel zu ihren Freunden hinüber. Johan und Lene starrten sie an, während Niko auffällig interessiert seine Schnürbänder inspizierte. Julia sah Mahir in die Augen und lächelte so, wie sie wusste, dass Männer es meistens mochten, und es schien zu funktionieren: Jenes innere Leuchten trat in seine Augen. Er übernahm die Gesprächsführung, handelte in raschem Tempo die üblichen Fragen ab, erzählte von seiner Rückkehr nach Schweden, und sie unterhielten sich darüber, wohin das Leben sie beide geführt hatte. Julia hoffte, dass er von sich aus auf das neue Restaurant zu sprechen käme, aber als sich ihre Unterhaltung in eine Richtung entwickelte, die sich wie ein Abschluss anfühlte, fragte sie ihn schließlich unbeholfen, ob er sich für eine Stelle in Schweden beworben habe. Mahir hob die Augenbrauen, nicht ganz ohne Demut, vielleicht perplex über ihre vermeintliche Ahnungslosigkeit.

»Ich dachte daran, ein kleines Restaurant zu eröffnen«, sagte er mit einem stumpfen Lächeln.

»Ein *kleines* Restaurant«, wiederholte Julia mit andeutungsvoller Stimme. Sie durchschaute seinen Bluff. Es gefiel ihm, aufgezogen zu werden, dachte sie, das mochten alle Männer. Und schon zeigte Mahir ein frisch erwachtes Interesse an dem Gespräch.

»Und was ist mit dir?«, fragte er. Julia wollte gerade etwas Ausweichendes und Mokantes über ihre Arbeit antworten, als er hinzufügte: »Schreibst du noch?«

Sie fuhr zusammen. »Was?«

»Ja. Hast du nicht einen dieser Wettbewerbe gewonnen?« Das sagte er, als ob es erst letzte Woche gewesen sei. Wie konnte er sich daran erinnern? Sie konnte sich nicht daran erinnern, jemals vor zwanzig Jahren länger mit ihm geredet zu haben, und ganz bestimmt nicht über das Schreiben. Trotzdem wusste er noch, dass sie einen Kurzgeschichtenwettbewerb gewonnen hatte, und es fiel ihm jetzt wieder ein. »Lollo hat damals damit angegeben. Ich war total baff! Deshalb erinnere ich mich wahrscheinlich daran.« Mahir lachte und legte flüchtig eine Hand auf Julias Oberarm, um zu zeigen, dass er es nicht böse meinte. »Ich dachte doch, ihr würdet nur in der Stadt rumhängen und Kippen und Kebab schnorren.«

»Na, danke«, entgegnete Julia. »Vielen Dank auch.«

Er hatte immer noch seinen jugendlichen Blick, was ihm einen leicht erstaunten Ausdruck verlieh, aber seine Züge waren inzwischen gröber, und auf seiner Haut zeichnete sich ein leichter Bartschatten ab, der in der warmen Beleuchtung einen ockerfarbenen Ton annahm.

»Nun ja«, Julia räusperte sich leicht, »ich schreibe jedenfalls immer noch.«

»Wow, eine Autorin!«, sagte Mahir beeindruckt und stieß einen anerkennenden Pfiff aus. Zog er sie jetzt ebenfalls auf? Nein, er schien das ernst zu meinen. Und das war noch beängstigender.

»Na ja, vielleicht nicht so ganz«, murmelte Julia, verstummte dann aber. Er brauchte nicht zu wissen, dass sie momentan eher »Content« als Literatur produzierte, und das vor allem über orthopädische Schuheinlagen und Müllzerkleinerer. Forschend horchte sie in sich hinein; was könnte sie noch sagen – vielleicht etwas, das ihr Gespräch auf den Wein lenken könnte …? –, kam aber dadurch aus dem Takt, dass er ihr Schreiben thematisiert hatte und sie jetzt für eine echte Schriftstellerin hielt. Über Mahirs Schulter konnte sie sehen, wie Niko langsam aufstand und auf sie zusteuerte. Mahirs Begleiter waren verstummt, als würde sie ein Gespräch untereinander nicht interessieren, solange Mahir nicht zuhörte. Der eine, der mit dem rundesten Bauch, trat jetzt ungeduldig auf der Stelle. »Willst du noch was von der Bar, Mahir?«

»Ein Bier vielleicht«, erwiderte Mahir und wandte sich Julia zu. »Und du?«

In ebendiesem Augenblick schob sich Niko neben sie. Über sein Gesicht huschte ein leichtes Zucken, das immer dann auftrat, wenn er unsicher war, wie er sich verhalten sollte, wenn das Risiko bestand, als unhöflich wahrgenommen zu werden. Julia mochte diesen Zug an ihm, aber neben Mahirs lässig-entspannter Männlichkeit wirkte Nikos jungenhafte Nervosität plötzlich peinlich.

»Der Nachtisch ist da«, bemerkte er vielsagend. Diesen Satz hatte er bestimmt insgeheim geübt, denn in Wahrheit hatten sie das Dessert ja bereits gegessen.

»Das ist Niko«, stellte Julia Niko mit einer Geste vor, die lässig hätte wirken sollen, aber falsch rüberkam und so eher den Eindruck erweckte, als wollte sie ihn abwehren. Niko streckte seine Hand aus, und Mahir ergriff sie. »Niko ist auch in der Gastro-Branche tätig. Vertreibt Weine aus der Lombardei …«, erwähnte Julia pflichtschuldig.

»Aus der Lombardei und dem Piemont, aber wir kundschaften gerade neue Regionen aus«, ergänzte Niko und warf Julia einen dankbaren Blick zu. »Auf Korsika gibt es vielversprechende vulkanische Böden, und eine andere Gegend, die ich besonders spannend finde, liegt in Albanien, an der Adriaküste.« Julia wurde sich jäh bewusst, dass Mahirs Interesse sich von Niko auf einen unbestimmten Punkt hinter ihm verlagerte. Normalerweise besaß Niko ein gutes Gespür dafür, wann es passend war, solche nerdigen Details anzubringen. Ob es in diesem Moment an seinem Alkoholpegel oder an seiner Verzweiflung lag, die ihn so ins Plappern hatte geraten lassen, war schwer zu sagen.

»Mahir will ein kleines Restaurant eröffnen«, sagte Julia, um Mahirs Aufmerksamkeit wieder auf ihr Gespräch zurückzulenken und Niko zu unterbrechen, bevor er zu lange schwafelte. Mahir lächelte Julia an. Als sich seine sanften Augen mit einem Strahlen auf sie richteten, fiel ihr plötzlich wieder das Härchen an ihrem Kinn ein, das sie nicht hatte ausrupfen können. So unauffällig wie möglich versteckte sie das Kinn hinter ihrer Hand.

»Ah, aha«, sagte Niko. »Spannend. Ich zeige dir gern einmal unseren Katalog ... Wenn ihr so weit seid, meine ich.«

Mahir wurde unruhig und deutete auf die Begleitung hinter sich. Julia erhaschte einen Blick auf einen kleinen Schweißfleck unter seiner rechten Achselhöhle.

»Klar, melde dich einfach«, sagte er, bevor sein Blick wieder zu Julia zurückkehrte. Das innere Leuchten war erloschen, die Intensität seines Blicks verschwunden. Julia ertappte sich dabei, dass sie ihn jetzt schon vermisste.

»Es war schön, dich wiederzusehen, Julia. Lollo wird ganz aus dem Häuschen sein, dass es so gut für dich läuft.« Er wandte sich an Niko. »Interessant zu erfahren, dass ihr neue Regionen auskundschaftet.«

Um halb zwei brachen sie auf. Julia und Niko gönnten sich ein Taxi nach Hause. In entspanntem Schweigen saßen sie da und neigten sich nur gelegentlich zur Seite, wenn das Taxi irgendwo abbog. Julia zog ihr Handy hervor und zeigte Niko ein Bild von den Kindern, das Nikos Mutter ihr geschickt hatte, weil Niko seiner Mutter nie antwortete. Sie lächelten einvernehmlich. Julia legte ihre Hand in Nikos, fuhr streichelnd mit dem Daumen über seine rauen Fingerknöchel. Ihre Blicke waren auf die Straßenlaternen gerichtet.

»Zu Lenes und Johans Hochzeit …«, sagte Julia, »wäre es da nicht cool, ein Duett zu singen, statt eine Rede zu halten? So was wie ›Elephant Love Medley‹.«

»Oh nein, auf gar keinen Fall! Ich singe nicht vor Publikum, ich singe nur für dich.«

Sie drückte seine Hand. »Na ja, wäre sowieso etwas seltsam, wenn wir *unser* Lied auf *ihrer* Hochzeit singen würden.«

Die Straßen der Stadt wichen Autobahnen, die wiederum kleinen Straßen wichen, die sie in vertraute Reihenhausgegenden führten und zu dem zweistöckigen Reihenhaus mit Keller, das sie aus einer rebellischen Laune heraus gekauft hatten. Denn *eigentlich* waren sie ja gar nicht der Typ für Reihenhäuser.

*

Niko öffnete den Badezimmerschrank und drückte Zahnpasta auf die Zahnbürsten; zuerst auf Julias, dann auf seine. In einer fast rituellen Choreografie spuckten sie abwechselnd ins Waschbecken. Nikos Mutter hatte die Fußbodenheizung eingeschaltet, die sie meistens abstellten, um Stromkosten zu sparen. Jetzt drang die Wärme in ihre Fußsohlen. Niko half Julia, das abtrünnige Haar am Kinn mit einer Pinzette zu zupfen, und fragte sie, ob sie sich etwas wünschen wolle. Julia verneinte, ein Barthaar besäße wohl kaum dieselbe Magie wie eine lose Wimper.

Sie schlichen an Nikos Mutter Tita vorbei, die auf dem Sofa schnarchte, und die Treppe zum Schlafzimmer hinauf. Zogen sich aus, hoben die Bettdecken an und krochen darunter. Der Schlaf zerrte an ihnen, und Julia schloss die Lider und flüsterte: »Sollten wir jetzt nicht eigentlich heißen Sex in einem Treppenhaus haben?«

Niko lachte auf.

»Ja, schon.«

Ein sanftes Gefühl breitete sich in Julia aus. Sie hatten alles: hatten einander, genügend Geld, wunderbare Kinder, einigermaßen interessante Jobs, waren gesund, und die Bandenkriege waren noch nicht bis zu ihrer Straße vorgedrungen. Sie lagen in ihrem warmen Bett, Seite an Seite, Hand in Hand. Aber dann drängte sich ein toxischer Gedanke dazwischen, eine Erkenntnis, gegen die Julia sich in ebendiesem Augenblick nicht wehren konnte: Und wenn das nicht nur irgendeine Station war? Sondern vielleicht ihre Endstation? Waren sie letztlich, trotz aller geistigen Verrenkungen, nicht doch wie alle anderen? Lene und Johan schüttelten die Fesseln ab, während Niko und Julia eine Konvention verteidigten, der sie sich nie hatten beugen wollen, und über das »Hamsterrad des Alltags« redeten, als wäre es etwas ganz Natürliches, Unvermeidliches, auch wenn das tägliche Gestrampel einen die allerletzten Energiereserven kostete.

Der kinderfreie Abend lag hinter ihnen. Bald würden sie von zwei quietschfidelen Gören geweckt werden. Sie würden aufstehen, und alles würde wieder von vorne anfangen. Schließlich schlief Julia ein. In ihrem unruhigen Schlaf merkte sie nicht, dass ihr Handy auf dem Nachttisch lautlos das Zimmer erhellte.

Eine Nachricht war gekommen.

2

Das Einzige, was uns von den Tieren unterscheidet, ist unsere Fähigkeit, zu lügen.

War das eine kleine Spitze von Johan gewesen, oder hatte er es einfach nur ein bisschen ungeschickt formuliert?

Niko drückte die Klebstreifen von Salves Bildern an der Küchenwand fest. Sinnierte. Im Hintergrund brummte gemütlich die Spülmaschine. Der Mixer jaulte und hackte, draußen vor dem Fenster wurde es hell. Nikos Blick fiel auf den glänzenden, nassen Asphalt mit all den Blättern, ein vergessenes Dreirad, eine leuchtend blaue Schaufel in der Sandkiste, einen Nachbar, der fröstelnd nach draußen eilte, um seine Zeitung aus dem Briefkasten zu holen … Gilbert saß auf einem Ast und starrte mit einem Zapfen im Mund vor sich hin. Eigentlich mochte Niko diese stillen Momente, die sich durch Leere und gleichzeitig erhöhte Präsenz auszeichneten; sie erinnerten ihn an die Beständigkeit gewisser Dinge. Aber jetzt erinnerten sie ihn nur daran, was er alles verlieren könnte, wenn herauskäme, was er getan hatte. Welchen Fehltritt er begangen hatte.

Draußen vor der Gartenpforte fuhr Erkan auf seinen Rollskiern vorbei und hob grüßend die Hand. Niko winkte zurück. Erkan behauptete, für den Wasalauf zu trainieren, aber das war wohl nicht der einzige Grund dafür, dass er auf diesen erniedrigenden rollenden Skiern manisch herumstakste – sondern eher, weil er auf der Flucht vor dem »Schrei aus der Wildnis« war, wie Julia und Niko die bizarre Kakofonie von Geräuschen nannten, die durch die hauchdünnen Wände drang, die Julias und Nikos Reihenhaus von dem der Nachbarfamilie trennte. Niko bestrich zwei Scheiben finnisches Roggenbrot mit Butter, goss den Smoothie in Gläser und blieb vor dem Plan an der Wand stehen. Sollte er ausnahmsweise einmal Häkchen setzen? Ein Punkt für die Spülmaschine, zwei fürs Frühstück.

Als sie nur ein Kind gehabt hatten, waren sie mit ihrem Bohemeleben noch gut zurechtgekommen, lebten in Nikos 1,5-Zimmerwohnung im Stadtzentrum. Aber als Julia zum zweiten Mal schwanger wurde, wussten sie, dass sie ihr Leben würden ändern müssen, zumindest vorübergehend. Das berüchtigte zweite Kind. Sie hatten gelesen, dass es erst dann schwierig werden würde – nicht zuletzt, ein Gleichgewicht hinzukriegen, was die Haushaltspflichten betraf.

Allein mit Sibylla, hatten Julia und Niko dem Glamour einer jungen Familie in der Stadt gefrönt. Die Elternschaft verstärkte doch nur ihre Einzigartigkeit! Kinder zu haben war kein Grund, sich zu verändern – man musste Sibylla doch einfach nur neonfarbene Ohrenschützer über ihren weichen, runden Kopf stülpen, dann konnte man sie zum Musikfestival mitnehmen!

Aus Niko wurde ein Beuteltier, und er strahlte jedes Mal vor Stolz, wenn er Sibylla im Babybjörn trug. Jeder findet seine eigenen Kinder wunderbar, aber Sibylla stach wirklich hervor, das stand fest. Sie war hübscher als alle anderen Kinder, intelligenter – ja, fast ein Genie, um genau zu sein. Als sie zu laufen anfing, ließen sie Sibylla auf dem Hinterhof zwischen den überdimensionierten Topfpflanzen herumklettern, während sie an ihrem Kaffee oder Wein nippten. Wenn Niko und Julia Freunde zum Abendessen eingeladen hatten und es spät wurde, hatte Sibylla im Flur im Kinderwagen geschlafen. Nur eines hatte sich geändert: Sie erlaubten ihren Gästen nicht länger, in der Wohnung zu rauchen.

Es war eine wunderbare Zeit, in der Niko sich darauf verlassen konnte, dass Julia und ihn ein fester Kitt zusammenhielt. Deshalb war Niko auch kaum eifersüchtig gewesen, als Julia sich mit einem wesentlich älteren mode- und literaturinteressierten Theaterintendanten angefreundet hatte, den sie auf einer Party kennengelernt hatte und mit dem sie sich gelegentlich auf einen Kaffee traf. Noch nicht mal, als er Julia ein Paar Schuhe für sechstausend Kronen hatte kaufen wollen, erhob Niko Einspruch. Mag sein, dass er etwas Schroffes über die obskuren Absichten mancher Männer geäußert hatte, aber das war's dann auch. Julia hatte deutlich gemacht, dass sie den Intendanten nur als Mentor betrachtete, und verlachte die bloße Vorstellung, dass er irgendwelche anderen Hintergedanken hegen könne, als sie in ihrem künstlerischen Schaffen zu unterstützen. Niko war sich schmerzhaft bewusst, dass nur sehr wenige Männer – vor allem wohlhabende Kulturfritzen –

lautere Absichten hegten. Aber Julia war immer in allem ehrlich, fragte Niko sogar, ob er einverstanden wäre, dass sie die Schuhe annähme – silberne Margiela Boots (die jetzt verstaubt und aus der Mode im Schrank ihr Dasein fristeten) –, also wer war er denn, ihr diese Freiheit nicht zu gönnen? Da stand er doch drüber. Da standen *sie* drüber.

Dieser Kitt, der sie zusammenhielt, würde der sich noch verfestigen, wenn sie ein weiteres Kind bekämen?

Das möchte man ja gern glauben. Ein zweites Kind, doppeltes Glück. Ein Plus in jeder Hinsicht. Dann kam Salve. Das Kind, das nicht schlief. Die Wohnung wurde endgültig zu klein. Sie zogen um in das Reihenhaus.

Niko konnte es auf diese Faustformel bringen: Er hätte es sich niemals träumen lassen, dass er je so viel Zeit damit verbringen würde, mit gebeugtem Rücken und Feuchttüchern bewaffnet Ärsche abzuwischen. Buchstäblich.

»Papa!«, rief Sibylla in diesem Augenblick. »Das ist zu viel Butter. Das macht Klümpchen!«

Niko trottete mit dem Buttermesser ins Wohnzimmer, um Abhilfe zu schaffen.

»So besser?«

Sibylla nickte beleidigt. »Warum nimmst du immer so viel Butter?«

Niko strubbelte Sibylla durchs Haar und kehrte auf seinen Posten zurück. Auf ihrem Equal-Care-Plan sollten sie abhaken, wer was tat, und so Gleichstellungspunkte sammeln. Das war ihm recht, er hatte Julia immer schon einfach nur glücklich machen wollen, Plan hin oder her: Abwaschen und die Waschmaschine befüllen, damit nicht sie es tun musste. Rechnungen begleichen, den Zinssatz mit der Bank aushandeln. Handschuhe für die Kinder kaufen, wenn sie ihre alten verloren hatten … kurzum: dafür sorgen, dass das Leben keinen Schiffbruch erlitt.

Julia machte weiter Häkchen auf dem Plan, sowie sie eine Aufgabe erledigt hatte, aber Niko hatte damit aufgehört. Er hatte nicht das Bedürfnis, das Ungleichgewicht sichtbar zu machen. Gewisse Dinge sollte man lieber unerwähnt lassen, um unnötigen Streit zu vermeiden. Und wofür brauchte er diese extra Gleichstellungspunkte überhaupt? Um bei seiner Mutter damit anzugeben? Sich in der Dusche darauf einen runterzuholen? Seine Angst damit zu dämpfen, die sich hartnäckig in den Vordergrund drängte, sein schlechtes Gewissen, das sich nach der gestrigen Unterhaltung im Restaurant wieder verstärkt bemerkbar machte? Er hatte sein Bestes getan, um die Erinnerungen an die tausend Lichter in der dunklen katalanischen Nacht, die vom Wein befleckten Zähne und erdverschmierten Finger zu verdrängen.

*

Als Niko aus der Dusche kam, stand Julia an der Kaffeemaschine und schüttete Kaffee in einen Thermobecher.

»Sehe ich verkatert aus?«, fragte sie. »Mein Magen war jedenfalls ein bisschen …«

»Danke, erspar uns die Details«, entgegnete Nikos Mutter Tita, die geschminkt und startklar am Küchentisch saß, schick in Bluejeans und Bluse. Niko und Julia tauschten einen amüsierten Blick.

»Hm, weißt du was …«, sagte Tita dann geradewegs ins Leere hinein. Das reichte Niko, um ein Aufflackern von Verärgerung zu unterdrücken und der Folgefrage auszuweichen, auf die Tita, wie er wusste, aus war. Julia beugte sich vor und zeigte auf ihr Handydisplay.

»Fällt dir dazu irgendein Wort ein?«

LIEHUCEEH

»Ei? Eichel? Leiche?«, schlug Niko vor. Er nahm sich Kaffee und wischte ein paar Krümel von der Spüle, die sich schon wieder dort materialisiert hatten, nachdem er sie doch gerade erst mit dem Wischlappen beseitigt hatte.

»Hattet ihr's gestern schön?«, erkundigte sich Tita und sprach weiter, ohne ihre Antwort abzuwarten. »Tja, ich weiß ja nicht … Ich mache mir etwas Sorgen um die Kinder. Salve wollte keine Milch trinken, er bildet sich ein, eine Laktoseintoleranz zu haben. Aber das ist doch noch gar nicht bestätigt, oder? Wart ihr deswegen schon beim Arzt?«

»Er trinkt Hafermilch«, sagte Julia, noch immer in ihr Handy vertieft. »Im Kindergarten haben sie gesagt, dass ihm von Kuhmilch übel wird.«

Tita seufzte. Sah in ihren Kaffeebecher und verzog das Gesicht.

»Aber wie soll er denn da alle nötigen Vitamine bekommen? Und dann dieses Fahrrad! Ich finde jedenfalls, dass ihr euch ein Auto zulegen solltet. Es muss ja keine protzige Karosse sein. Sondern etwas Kleines, Wendiges.«

»Ja, ja, danke, Mama«, sagte Niko.

»Ich beteilige mich gerne.«

»Danke, Tita, aber wir brauchen wirklich kein Auto«, sagte Julia.

Tita kippte ihren Kaffee herunter. »Aber das würde doch alles so viel einfacher machen!«

Dann umarmte sie Julia, ging die wenigen Schritte, die sie brauchte, um in den Flur zu gelangen, und rief den Kindern zum Abschied zu. Niko lachte auf, als er die Tür hinter seiner Mutter schloss. »Heuchelei, verdammt noch mal!«

»Wie meinst du das?«, fragte Julia gekränkt.

»Nein, ich meine: Heuchelei, das passt und gibt superviele Punkte!«

Julia holte ihr Handy heraus und zog die virtuellen Spielsteine aufs Spielbrett. Sie strahlte: »Uff! 158 Punkte!«

Niko füllte seinen Kaffeebecher auf und setzte sich Julia gegenüber.

»Du …«, sagte sie nach einem kleinen Moment des Schweigens. »Guck mal, was ich bekommen habe.«

Sie streckte Niko das Handy mit einer Grimasse entgegen. Er brauchte einen Augenblick, bis er begriff, von wem die Nachricht kam und weshalb sie ihn betraf.

»Sie ist von Mahir«, erklärte Julia.

»Ja, und?«

Niko verspürte einen Anflug von Gereiztheit, aber statt es zu zeigen, sagte er: »Natürlich kannst du dich mit ihm zum Mittagessen treffen. Warum nicht, vielleicht kannst du ja den Weinkatalog mitnehmen?«

Und um zu demonstrieren, wie unkompliziert er damit umging, ergänzte er: »Wenn er meine Frau anbaggern will, kann ich ja wenigstens davon profitieren. Ausnahmsweise mal.«

Julia fuhr zurück. »Glaubst du, das ist eine Anmache? Und da willst du mich als Lockvogel benutzen?! Um ein paar Weine zu verticken?«

Niko lachte. »Keine Ahnung«, sagte er. »Mach, wie du willst.«

Das Ganze hatte doch sogar etwas Schmeichelhaftes an sich, fand Niko. Falls Mahir noch nicht mitbekommen hatte, dass Julia und er verheiratet waren, würde er es bald wissen. Niko hatte etwas, das Mahir, *l'enfant terrible de la cuisine*, ein Mann mit berüchtigt gutem Geschmack, so interessant fand, dass er Julia zum Mittagessen einlud.

»Mal sehen«, sagte Julia. »Ich finde, das ist etwas … Was willst du überhaupt damit sagen – ›ausnahmsweise mal‹?«

Niko schüttelte den Kopf. Nichts. Es war dumm. Julia stand auf und küsste ihn auf die Wange. Er spürte die Wärme ihrer Lippen, gestattete sich, es zu genießen. Und *zack!* machte sich wieder sein schlechtes Gewissen bemerkbar. *Verdrängen, verdrängen*, beschwor er sich.

*

Erkan stand vor der Gartenpforte, verschwitzt und rotwangig, in seiner pinken Funktionsjacke, einen Fuß auf den Zaun gestützt, der sich die Reihenhauszeile entlangzog.

»Du solltest es ruhig mal ausprobieren. Funk mich einfach an, wenn du sie leihen willst.« Erkan deutete auf seine Rollskier, die an der Schuppentür lehnten. »Klasse Stressbewältigung.«

Er beugte ein Bein zurück und dehnte seine Schenkelmuskeln.

»Klar doch, danke!« Niko winkte.

Mit Rückenwind sauste das Lastenfahrrad durch die netten Vorortalleen. Sibylla und Salve saßen vorn im Kasten verstaut. Ihre langen Mähnen flatterten im Wind. Irgendwo in seinem tiefsten Inneren gab Niko seiner lieben Mutter recht, dass ein kleines Auto praktisch wäre, aber Julia und er hatten gemeinsam entschieden, dass ein eigener Privatwagen unverantwortlich sei, insbesondere, weil sie sich kein Elektroauto leisten konnten. Sie wohnten so nah an der Stadt, die Strecke dauerte nur dreißig Minuten mit dem Rad, und abgesehen davon, dass sie dadurch Steuern, Park- und Mautgebühren sparten, übernahmen sie, anders als ihre bequemlichkeitsfixierte Elterngeneration, *Verantwortung* für das Klima.

Das Elektrofahrrad war eine direkte Folge dieser Überlegung, ein Beweis dafür, dass sie im Einklang mit ihren Werten lebten.

Niko durchschnitt die klare Luft, die Endorphine rauschten durch den Körper. Die Knallerbsensträucher riefen Erinnerungen an die Einfamilienhausgegend in Västerås wach, wo er aufgewachsen war – und an die kleinen weißen Beeren, die man knacken konnte und die auf Salve und Sibylla dieselbe Anziehungskraft ausübten wie einst auf ihn. *Verdrängen, verdrängen.* Wenn er an seine Kindheit dachte, war sie glücklich gewesen; sie bestand aus einem sicheren und geborgenen Alltag mit vorhersehbaren Ritualen und wiederkehrenden Routinen, Sport und Butterbrot, Snacks und Butterbrot, und freitags: Bingo-Lotto und Butterbrot. Papa Kristof war ein wortkarger Mann, der die Abende gerne im Keller verbrachte, um an Hobbyprojekten wie Tischen und Weinregalen zu schweißen. Er baute auch einen Gartenpavillon und kümmerte sich mit seltener Zärtlichkeit um die Tomaten und Stauden. Oben in seinem Zimmer saß Niko und reihte Spielzeughelden auf, beschäftigte sich noch bis in die Spätpubertät mit seinen Sammelobjekten, auch noch, nachdem das als peinlich galt. He-Man war sein erklärter Favorit. Er sammelte jedes kleine Plastikmännchen, das er in die Finger bekam. Was war es, das ihn anzog? Vielleicht war es das Dualistische daran, wie der ordentlich gekämmte Prinz Adam das gesamte Spektrum der Männlichkeit, der Stärke und der Rücksichtslosigkeit abrief. Mit einer einzigen Bewegung seines Zauberschwerts verwandelte er sich von einem feigen Prinzen in He-Man, einen nach Gerechtigkeit strebenden Helden. Niko besaß die Figuren noch heute in der Hoffnung, dass sie eines Tages vielleicht einmal viel Geld wert sein würden. Sie standen sicher verschlossen vor den gnadenlosen Händen seiner Kinder in einer Vitrine.

Abgesehen von dem einen Mal in der Mittelstufe, als Niko auf einem Klassenfest »Wahrheit oder Pflicht« gespielt hatte und Jennys weiche Zunge in seinem Mund spüren durfte, hatte er sich erst in der Oberstufe ernsthaft für Mädchen interessiert. Rebecca wohnte in der Nachbarschaft, fuhr Moped und hatte dunkles, lockiges Haar, das sie von ihrer amerikanischen Mutter geerbt hatte. Sie war zwei Jahre älter als er und wollte auf keinen Fall mit Niko zusammen gesehen werden, weshalb sie sich heimlich trafen. Nicht selten musste er sich ihre Klagen darüber anhören, dass irgendein gleichaltriger Typ nicht genügend Interesse für sie zeigte. Eines Abends rief sie ihn spät an, es war schon zehn, und Niko war wie der Langweiler, der er war, schon schlafen gegangen; am nächsten Tag war schließlich Schule. Rebecca fragte ihn, ob sie zu ihm rüberkommen könne. Niko sprang vom Bett auf, besprühte sich mit Axe und zog sein saubersten Sweatshirt an. Dann wartete er. *Jetzt*, dachte er, *jetzt passiert's*, und sämtliche seiner Muskeln spannten sich vor Vorfreude. Bestimmt wollte sie mit ihm schlafen. Nach einer Ewigkeit hörte er Schritte auf der Auffahrt knirschen. Seine Eltern sahen fern und merkten nicht, dass Niko sie durch den Keller hereinließ. Sie kam in sein Zimmer, legte sich sofort aufs Bett und sah zur Decke, eine Hand auf dem Bauch. Niko zögerte auf der Türschwelle, grub seine großen Zehen in den Florteppich. Was wurde jetzt von ihm erwartet? Gerade als er zu dem Schluss gekommen war, dass er zu ihr gehen und sie küssen sollte, fing Rebecca plötzlich an zu weinen. Linkisch tröstete Niko sie, während sie sich über den Jungen beschwerte, mit dem sie am Wochenende rumgemacht hatte und der sie nicht wie versprochen angerufen hatte. Begleitet von dem *Romeo + Julia*-Soundtrack der Cardigans in einem der Kopfhörer ihres Discmans half Niko ihr, die Denkweise des Typen zu analysieren. War es nur plausibel genug, würde Rebecca ihn bestimmt beachten, vielleicht nicht als den, der er war, aber als den, der in ihm steckte – und sich stattdessen in ihn verlieben. Als hätte sie seine Gedanken gelesen, sagte sie: »Oh, du bist zu gut für mich, Niko.«

Nachdem Rebecca hinausgeschlichen war, ging Niko zu seinen Eltern und setzte sich zwischen sie aufs Sofa. Papa Kristof legte ihm eine Hand auf den Rücken, zog die Augenbrauen hoch und bot ihm sein halb gegessenes Butterbrot an.

»So verliebt wie mit sechzehn ist man nie wieder«, bemerkte er.

Sie wussten Bescheid.

Vielleicht erinnerte sich Niko noch so deutlich daran, weil das alles nur kurz vor der Zeit lag, als sich eine seltsame Stimmung im Haus breitgemacht hatte. Die Gemeinde musste sparen, und Kristof verlor seine Stelle an der Schule. Er versank in einer schweren Depression, was Niko aber erst als Erwachsener verstand. Sein Vater wurde launisch, und er hörte auf, am Haus zu bauen. Je stummer Kristof wurde, desto lauter zwitscherte Tita. Ihr Motto, das sie großzügig teilte und das Niko sich bald zu eigen machte, lautete: »Verdrängen, verdrängen!«

Ein halbes Jahr später saß Niko in seinem Zimmer und spielte *Tekken 3*, als er hörte, wie sein Vater Tita anschrie. Das war das einzige Mal überhaupt, soweit er sich erinnerte. Die Worte setzten sich in ihm fest wie die Dornen der Rosen im Garten.

»Du hörst mir ja nicht zu. Du siehst mich nicht! Du hast mich noch nie richtig wahrgenommen!«

»Sei still«, zischte Tita, »ich tue nichts anderes, als dich *wahrzunehmen.*«

Es war für Niko unbegreiflich, dass seine Eltern solche Gefühle überhaupt hatten. Während seiner ganzen Kindheit hatte er die Eltern als Hort der Geborgenheit wahrgenommen. Er hatte sie nie als Individuen betrachtet.

Nur ein paar Tage nach dem Streit wollte Niko mit seinem Cousin David zu einer Interrailtour durch Europa aufbrechen. Er hatte sich schon von seinen Eltern verabschiedet, doch als er gerade das Grundstück verlassen wollte, kam Kristof auf die Steintreppe hinaus.

»Warte!«, rief er mit belegter Stimme. Niko ging zurück und blieb am Fuß der Treppe stehen. Kristof ging ein paar Schritte herunter. Dann zog er Niko an sich. Niko konnte spüren, wie der Rücken seines Vaters bebte. »Ich weiß nicht, ob ich noch so leben kann«, flüsterte er Niko zu.

Sein Gesicht war vom Weinen verzerrt.

»Ich kann so nicht mehr leben«, wiederholte er.

»Okayyyy«, erwiderte Niko. Er wusste nicht, was er sagen sollte. Die Riemen des Rucksacks schnitten in seine Schultern.

Die schreckliche Erkenntnis kam Niko erst irgendwo auf halbem Weg nach Hamburg. Wenn sein Vater *so* nicht leben konnte, hieß das dann, dass er *überhaupt nicht mehr* leben konnte? Seine Eingeweide krampften sich zusammen. Jeden Augenblick konnte ein Handyklingeln verkünden, dass sein Vater nicht mehr da war. David konnte er nichts davon sagen. Die ganze Reise über schulterte Niko zwei Rucksäcke. Den mit seinem Gepäck. Und den mit der Sorge, dass er mit seinem Schweigen für die heraufziehende Katastrophe verantwortlich wäre.

Kristof nahm sich nicht das Leben. Allmählich verzogen sich die Depressionen wie ein sich lichtender Nebel. Sein Vater fand eine neue Stelle als Sonderschullehrer an einer Privatschule. Das kleine beschauliche Leben in Västerås wurde wieder das, was es zuvor gewesen war. Aber bei Niko blieb das Gefühl, dass Tränen ein Zeichen für eine heraufziehende Katastrophe waren. Es war in gewisser Weise ironisch, dass aus ihm und Julia ein Paar geworden war – Julia, die kaum ein Gefühl empfinden konnte, ohne dass ihre Iris von einem feuchten Film bedeckt war, und die als professionelle Heulsuse hätte arbeiten können, wenn das ein Beruf gewesen wäre.

Dreizehn Jahre nach dem einschneidenden Vorfall auf der Treppe starb Kristof an Komplikationen nach einem Schlaganfall. Das war zugleich das letzte Mal, dass Niko geweint hatte, soweit er sich erinnern konnte.

*

Zuerst lieferte Niko Sibylla in der Schule ab, denn da kam es ja auf die Uhrzeit an. Dann brachte er Salve zum Kindergarten. Er musste daran denken, was Johan über die Guillotine gesagt hatte. Er, Niko, hatte zwar ein paar recht erfolgreiche Events mit thematischen Weinproben organisiert, aber nachdem Julia inzwischen beschlossen hatte, sich als Werbetexterin selbstständig zu machen, hatten sie keine großen Spielräume für überraschende Ausgaben. Die Ratenzahlungen für das Haus fraßen fast alles auf. Gleichzeitig war sich Niko bewusst, wie privilegiert sie waren, Freunde zu haben, die sie wie gestern zum Abendessen einluden. Ins Restaurant zu gehen, war einmal ein Luxus gewesen, jetzt hatte Niko es überwiegend satt: das Überspannte, die Speisen, die dampfend im Trockeneisnebel und mit dänischer *Ameisensäure* serviert wurden, von Ameisen, die irgendein Lehrling in einem regionalen Wald gesammelt und getrocknet hatte, um die Säure zu konzentrieren.

Bevor er seinen Traum, weiter als Schauspieler zu arbeiten, aufgegeben hatte, jobbte er als Barkeeper. Er war die Castings bald leid gewesen, die ihm bestenfalls die Rolle des »Partytyp 2« einbrachten. Außerdem fühlte er sich in der Gastronomie wohl, und als er die Chance bekam, sich zum Sommelier ausbilden zu lassen, ergriff er sie. Und da endlich entdeckte er etwas, das seiner Identität Gestalt verlieh: *Sommelier*, das klang gar nicht mal übel, und außerdem hatte er ein Näschen dafür, auch wenn er sich jedes Mal in Grund und Boden schämte, wenn er diesen Witz machte.

Johan war ein regelmäßiger Gast in der Bar, in der Niko arbeitete. Damals war Johan frisch von Bitte geschieden gewesen, verlegte seine Geschäftsessen in das Restaurant und blieb häufig bis zum Schluss, auch wenn die anderen schon die Segel gestrichen hatten. Es dauerte nicht lange, bis Johan und Niko auch außerhalb des Tresens gemeinsam abhingen.

Johan war einer von Nikos engsten Freunden geworden, aber das änderte nichts an der Tatsache, dass er jetzt auch Nikos Chef war. Niko wollte nicht, dass Johan bereute, dass er mit seinem guten Ruf als Risikokapitalgeber die AFAB überredet hatte, in etwas zu investieren, von dem Niko versprochen hatte, dass es profitabel sein würde – den Import von Naturweinen. Niko hatte zwar recht behalten, Naturweine waren ein Trend, der kurz darauf durch die Decke ging. Aber jetzt war dieser Boom unübersehbar, und mit jedem Tag wurde die Konkurrenz härter. Die Flitterwochen waren vorbei.

»Run, Forrest!«

Niko hob Salve aus dem Lastenrad und nahm ihm den kleinen rosafarbenen Helm mit roten Marienkäferchen ab. Salve schlang zum Abschied noch einmal fest die Arme um Nikos Beine, bevor er davonstürzte. Froh verfolgte Niko, wie schnell er ins Spiel fand. Der Sand in der Sandkiste war steinhart gefroren. An dem einen Zaun stand eine junge Frau und beaufsichtigte die Kinder. Goldbraunes Haar quoll unter ihrer Mütze mit Ohrenklappen hervor. Sie hob eine behandschuhte Hand und winkte. *Nein, komm nicht her, jetzt keinen Small Talk, bitte*, dachte Niko, als sie mit raschelnder Allwetterhose auf ihn zustiefelte, den wollenen Fäustling auszog und ihm die Hand reichte.

»Ich bin Sabina. Schön, Sie kennenzulernen«, sagte sie in zwitscherndem Norrländisch. Ihre Augen waren gutmütig, und als sie lächelte, bildete sich ein zartes Netz an Krähenfüßen um ihre Augen. Vielleicht war sie doch älter, als er zunächst angenommen hatte.

»Salves Papa«, erwiderte er reflexartig und registrierte kaum, dass Sabina seine Worte mit einem leichten Lachen wiederholte. So sehr war ihm die Papa-Rolle inzwischen in Fleisch und Blut übergegangen.

»Nett, dich kennenzulernen, Salves Papa«, sagte Sabina. »Ich arbeite eigentlich in der Käfer-Gruppe, bin jetzt aber für Margit bei den Raupen eingesprungen, solange sie krankgeschrieben ist.

»Ah, aha, wie schade. Das mit Margit, meine ich.«

Niko warf einen Blick über die Schulter. Damit der Alltag klappte, setzte er darauf, pünktlich zur Arbeit zu kommen und die unzureichenden Arbeitsstunden zu maximieren, bevor er die U-Bahn nach Hause nahm und dieselbe Prozedur, nur umgekehrt, wiederholen musste.

»Ich glaube, ich kenne dich«, sagte Sabina. Sein Puls beschleunigte sich. Das kam immer noch regelmäßig vor, passierte anscheinend allen, die jemals in einer TV-Seifenoper mitgespielt hatten, an die sich niemand mehr richtig erinnerte, die man aber auch nicht richtig vergessen konnte. Man hielt ihn fälschlicherweise öfters für einen entfernten Schulkameraden oder den Ex einer Freundin.

»Haben wir irgendwelche gemeinsamen Freunde?« Sie schien nachzudenken. »Kennst du Ali?«

»Ali?«

Sabina nickte. Niko schüttelte den Kopf. »Nein. Keinen Ali.«

»Komisch. Mir kommt es echt so vor, als könntest du ein Kumpel von Ali sein.«

Sabina kniff die Augen zusammen.

»Hat er auch im Knast gesessen?«, witzelte Niko und versuchte sich demonstrativ seinem Fahrrad zuzuwenden.

»Mir fällt es bestimmt gleich ein, wenn du weg bist«, sagte Sabina, die den Wink verstanden zu haben schien und langsam rückwärts ging, zurück zu den Kindern, aber ohne ihren forschenden Blick von ihm zu lösen.

Der Fahrradakku brummte leise, und Niko ertappte sich selbst dabei, dass sich seine Mundwinkel zu einem dümmlichen Lächeln verzogen. *Nimm dich zusammen!*, dachte er. *Eine Kindergärtnerin! Nein, eine Pädagogin*, schärfte er sich ein. *Eine Vorschulpädagogin.* Er zog sein Handy heraus, um Pierre zu erreichen, den französischen Winzer, mit der er eine Kooperation einleiten wollte. Falls Julia tatsächlich Mahir zum Mittagessen treffen würde, hätte er, Niko, auch dort einen Fuß in der Tür, und der blöde AFAB-Pålle würde sehen, dass Niko alles unter Kontrolle hatte.

3

Lasst uns hier einen Augenblick innehalten.

Wenn man im Film zwei Personen sieht, die sich in einer höchst alltäglichen Situation voneinander verabschieden, kann man sich sicher sein, dass dieselben Personen einige Szenen später eine unerwartete Wendung erleben werden. Das Alltägliche existiert nur im Kontrast zum Transformativen. Etwas Ernsthaftes wird sich ändern, vielleicht bevor der Tag zu Ende ist.

Julia war in den 7-Eleven geschlüpft, um ein paar Tabletten gegen ihre Kopfschmerzen zu kaufen, und da stand er an der Kasse und bezahlte seinen Kaffee.

»Ich hoffe, meine späte Nachricht neulich hat dich nicht gestört«, sagte Mahir, als sie auf die Götgatan hinaustraten. Wie sich zeigte, mussten sie in dieselbe Richtung.

»Höchst unpassend«, erwiderte Julia lächelnd.

Mahir lachte verlegen. Sein Lachen machte die Welt heller.

»Es war einfach so toll, jemandem von früher über den Weg zu laufen«, sagte er.

Damals, zu Anfang der Zweitausenderjahre, hatte sich ihre »Kommunikation« auf Julias Bemühungen beschränkt, Mahir nicht anzustarren, wenn er in die Küche von Lollos Kindheit geschlendert kam, wo Julia und Lollo nach der Schule saßen und eine ganze Packung Toastbrot vertilgten. Hmm, dieser Geschmack von einer dicken Schicht Butter und Scheibenkäse in der Großpackung, das süße Brot, der bittere Mohn … Der Geruch von Talg und feuchten Blättern und Acqua di Gio, als Mahir in die Küche kam und seine Basecap auf den Tisch warf, sodass sein feuchter, platt gedrückter Pony zum Vorschein kam. Julia konnte den hellbraunen Schweißrand am Saum der Cap sehen. Er hatte schlanke, aber kräftige Arme, hellbraune Haut und Jeans, die von allen Ollies und Kickflips staubig geworden waren. Er konnte eine ganze

Packung Multivitaminsaft in wenigen Schlucken leeren. Während er trank, rutschte sein T-Shirt hoch und entblößte seinen Bauch, der über dem weiten Boxershorts-Bund fast konkav war.

Julia erinnerte sich mit plötzlicher Klarheit an das Gefühl, als sie sich hier so gegenüberstanden. Mahir kam von einem Termin bei der Bank und war jetzt unterwegs nach Östermalm, um sich um die Renovierung seines Restaurants zu kümmern. Der morgendliche Verkehr kreuzte sich an der Folkungagatan, und Radfahrer mit ihren Beinkleidern aus Lycra und einer Hand an der Fahrradklingel sausten wie ein Schwarm wütender Wespen vorbei. Mahirs Wollmantel flatterte im Wind. Jetzt sah sie, dass er dunkelblau war und nicht schwarz. Das Gewebe bestand aus elastischen glänzenden Fasern, und die Knöpfe waren aus blankem Holz.

»Mein Vater hatte auch so einen Mantel«, sagte Julia.

»Wirklich? Aber war es …«

Mahir drehte das Futter nach außen, um ihr das Label zu zeigen. Auf seine Miene legte sich ein selbstbewusster, zufriedener Ausdruck. *Du liebe Zeit!*, dachte Julia, fand es aber auch irgendwie charmant, dass Mahir, trotz seines Erfolgs, ein luxuriöses Kleidungsstück offensichtlich als etwas ansah, mit dem man sich brüsten konnte.

Mit beschwingten, langen Schritten gingen sie los. Verfielen in einen Jargon von früher. Sie sprachen in einem Rhythmus und mit einer Ausdrucksweise, die einst Julias gewesen war, die sie aber schon viele Jahre nicht mehr gebraucht hatte. Es erinnerte sie an damals, als sie stundenlang in Lollos Küche abgehangen hatten und sie Mahir hinter seinem Rücken oft sehnsüchtige Blicke zugeworfen hatte.

»Was willst du?«, hatte er gefragt, sich umgedreht und sie lächelnd angesehen, bevor sie wegsehen konnte.

»Was, was willst DU?«, hatte sie entgegnet, voller Stolz darauf, wie gleichgültig sie geklungen hatte, wie perfekt sie den Akzent getroffen hatte, den sämtliche Vorortkinder laufend prägten. Eine Sekunde lang fühlte Julia sich so unantastbar wie die Mädchen in Mahirs Alter. *Eine* Sekunde.

»Moment mal«, schnappte er nach dieser einen Sekunde mit erschreckendem Nachdruck. *»Bist du nicht Schwedin?«*

Julias jugendliche Wangen brannten, und Mahir lächelte schief. »Und warum *sprichst* du dann so?«

Jetzt, auf der Straße, erzählte Julia ihm von ihrem Buchmanuskript, das just in dem Milieu spielte, in dem Mahir und sie aufgewachsen waren. Sie versuchte ihm zu schildern, dass die Geschichte so eine Art Fiebertraum über Ruhelosigkeit und Langeweile war.

Mahir lachte laut und viel, und seine Augen funkelten, während er sprach. *Er ist die Sorte Mensch, die gern gemocht werden will*, dachte Julia. Was so gar nicht mit dem Bild übereinstimmte, das die Medien von ihm zeigten, wenn er Zitate ausspuckte, die dem Establishment ein Dorn im Auge waren; er war ebenso liebenswert wie provokant.

»Das würde ich gern lesen«, sagte er, als sie bei der U-Bahn-Station Slussen stehen blieben. Er sah sie mit offenbar ehrlich gemeintem Interesse an und zog sein Handy hervor, um ein Ticket zu kaufen. »Schick mir das Manuskript – jetzt, ja?«, rief er. »Ich fange sofort an zu lesen, jetzt gleich in der U-Bahn.« Er schwenkte sein Handy.

Julia erhaschte einen Blick auf den Bildschirmhintergrund seines Telefons. Das Bild einer schelmisch in die Kamera blickenden Frau, so als wollte sie den Fotografen mit ihrem schönen Gesicht attackieren. Mahir bemerkte Julias Blick.

»Meine Freundin«, sagte er und drehte ihr den Bildschirm zu. »Sie lebt in Paris. Wir führen so eine … Fernbeziehung.«

»Niedlich«, sagte Julia und stellte sich Mahir und dieses Mädchen vor, wie sie es in einer Wohnung im Marais trieben, unter kahlen

Dachsparren und zwischen verschwitzten Seidenlaken. Sie hätte schwören können, dass das Leuchten in seinen Augen bedeutete, dass er Single war. Aber *Pfft, da denkst du aber eingleisig, Julia.* Die Leute flirteten ständig, ohne dass es etwas bedeutete. Auch sie selbst.

»Ich würde gern mehr mit dir reden. Gibst du mir noch Bescheid wegen des Mittagessens?«, sagte Mahir, bevor er nach einem kurzen Kuss auf ihre Wange in der U-Bahn verschwand.

»Und vergiss nicht, das Buch zu schicken!«

Julia blieb inmitten des Menschengewimmels der Götgatan stehen. Sie war so begeistert von dem Treffen, dass sie das Manuskript ausnahmsweise einmal ohne zu zögern und auf der Stelle abschickte.

*

Julia schlängelte sich durch den Coworking Space für Freiberufler – zum ersten Mal seit Langem war sie verhältnismäßig früh dran. Trotzdem waren nur noch wenige Arbeitsplätze frei, die anderen waren von Männern und Frauen mit großen Headsets und kleinen Espressotassen neben aufgeklappten Laptops belegt, die weitaus jünger waren als Julia. Liv kannte den Besitzer der Räumlichkeiten und hatte sich und Julia deshalb einen festen Platz mit zwei riesigen Desktop-Computern sichern können. Julia hatte sich darauf gefreut, mit ihr den lieben langen Tag Small Talk zu halten, aber sie hätte es besser wissen müssen – Liv war nicht ansprechbar, wenn sie erst einmal in ihre Arbeit vertieft war, bei der sie irgendwelche unbegreiflichen Codes knackte.

Julias Handy summte. Ihr entfuhr ein enttäuschter Seufzer, als sie sah, dass es bloß George war, der Redakteur der Marketingagentur, der sie manchmal mit Aufträgen versorgte.

»Heuchelei«, sagte er auf seine schleppende Art. »Die Wortschmiedin war heute aber früh aktiv.«

»158 Punkte«, sagte Julia und klappte ihren Laptop auf. »Nimm's nicht persönlich.«

Da sah sie es. Zuoberst in ihrem Posteingang; die Mail musste erst vor ein paar Minuten gekommen sein. Der Name des Lektors, dem sie eine weitere überarbeitete Version ihres Buchmanuskripts geschickt hatte – und der Grund, warum die Hoffnung noch immer in ihrer Brust brannte, wenn auch flackernd wie eine schwache, blasse Flamme.

»George … Kann ich dich zurückrufen?«

»Nun, eigentlich nicht«, sagte er und klang gleich aufmerksamer. »Die *Orthopäden-Rundschau*, diese trockenen Blättchen, gehen ja heute Nachmittag in Druck, und dieser Fußarzt oder was auch immer er war, den du interviewt hast, hat sich gemeldet. Er fand den Text zu schwammig und wollte auf diese eine Sache da zurückkommen …«, George pausierte, vermutlich um seine E-Mails durchzugehen, »er möchte, dass stärker darauf eingegangen wird, wie die Fußeinlage Hüftschmerzen lindern kann. Er schreibt, der Text müsse sich *informativer* anhören.«

»Informativer? Aber er wollte doch, dass es verkäuflich klingt?«

Julia las die Betreffzeile des Lektors wieder und wieder, denn sie wollte die E-Mail nicht öffnen und einen lebensverändernden Moment mit einem Gespräch über Podologie beflecken – ein für Julia neuer Begriff, der beim Scrabble sicherlich ein paar bedeutungslose Punkte einbringen würde, in ebendiesem Augenblick aber nicht irrelevanter hätte sein können.

Vor einer Woche hatte George sie zu einer orthopädischen Praxis geschickt, wo man ihr brühend heißen Kaffee in einem geriffelten Kunststoffbecher serviert hatte. Der Therapeut hatte enthusiastisch kundgetan, dass seine patentierten Einlagen unserer aller Sicht auf die Art und Weise, wie wir Ballenzehen betrachteten, revolutionieren würde. Als er während des Gesprächs wiederholt auf seine eigenen Füße zeigte, konnte Julia nicht umhin zu bemerken, dass er selbst seltsam kleine Füße hatte, die in einem Paar ergonomischer Hausschuhe steckten. Und so war Julia während des gesamten Gesprächs von der philosophischen Frage abgelenkt gewesen, ob es einen direkten Zusammenhang zwischen Schuhgröße und Berufswahl geben könnte. Sie verzichtete darauf, diese Frage zu stellen.

Der Therapeut hatte ihr erklärt, dass die von ihm erfundene Einlagesohle nicht nur die Pronation korrigieren, sondern einen auch bis zu drei Zentimeter größer machen könne. Julia, die sprachlich gern etwas poetischere Blickwinkel suchte, machte sich sofort an die Arbeit und fand darin etwas Tieferes, nämlich dass der Mensch eine wirkliche Größe hatte, ein Potenzial, das genutzt werden konnte. In dem Text, den sie dann schrieb – und der natürlich im Grunde nichts anderes als eine Werbung war –, hatte sie ausschweifend erörtert, wie sich ein Kind im Vergnügungspark fühlte. Wenn man so knapp unter der Grenze war, um die größte Achterbahn zu fahren, und wie man noch ein ganzes Jahr mit hängendem Kopf warten musste, bis man mitfahren durfte. Vielleicht erging es Erwachsenen ja ähnlich? Dass diese drei Zentimeter *den* Unterschied ausmachten? Wer könnte dann aus einem werden, welches Karussell des Lebens könnte man besteigen?

»Dann kümmerst du dich heute Vormittag noch darum, ja?«

Was George sagte, vernahm sie wie durch einen Nebel, denn während er mit ihr durchging, was der Therapeut aus dem Text streichen wollte (praktisch alles), hatte sie letztendlich nicht der Versuchung widerstehen können, die Mail des Lektors zu lesen. Sie war kurz und bündig formuliert. Freundlich. Das waren seine Nachrichten immer. Sie spürte, wie ihr das Herz in die Hose rutschte.

»Julia?«

»Was hast du gesagt?«

»Noch heute, Wortschmiedin. Du regelst das noch heute.«

»Aber ja«, erwiderte Julia mechanisch und legte auf. Scham machte sich in ihrem Körper breit, als sie Formulierungen wie »überfrachtete Prosa« und »lyrische Beschreibungen der Vorstadt, denen es an Glaubwürdigkeit mangelt« in sich aufnahm, die in einem höflichen »Nein danke« mündeten. Sie unterdrückte die Tränen, die in ihr aufstiegen, zusammen mit ihrer Wut und dem Gefühl der Demütigung. Und obwohl sie wusste, dass es das Letzte war, was man in einer solchen Situation tun sollte, schrieb sie dem Lektor eine wütende Mail zurück, die sie im selben Moment bereute, als sie sie abschickte. Nicht schlimm. Ablehnungen aß sie zum Frühstück. Was spielte es schon für eine Rolle, was irgend so ein alter Verlagsfritze in einem angestaubten Verlagshaus als glaubwürdig ansah? Was für eine gescheiterte Figur war das überhaupt, die sich ermächtigte, das kreative Schaffen eines anderen zu bewerten?

Julia leitete die Absagemail an Liv weiter; es war die einzige Möglichkeit, Kontakt zu ihr aufzunehmen. Liv zog sofort die Kopfhörer ab und hob den Blick über die Bildschirme.

Julia machte eine ausladende Handbewegung und versuchte stolz zu wirken.

»*Shuggie Bain*«, sagte sie. »Es wurde vierundvierzig Mal abgelehnt.«

Liv nickte.

»*Lolita* von Vladimir Nabokov«, sagte Julia.

»*Carrie* von Stephen King«, fiel Liv ein. Nicht zum ersten Mal griff Julia auf diese Liste vielfach abgelehnter Werke zurück, die zu guter Letzt doch noch veröffentlicht worden waren. »Und denk nur an J. K. Rowling … Niemand hat an *Harry Potter* geglaubt.«

Julia lachte resigniert. Ihr Buch *Der Wahnsinnige* war keine Zauberlehrlingsgeschichte für Kinder, sondern ein verdichtetes Prosawerk, das Julia sehr am Herzen lag.

»Vielleicht solltest du stattdessen einfach etwas Neues ausprobieren?«, schlug Liv nüchtern vor. »Etwas ganz anderes schreiben? Etwas, das nicht so schrecklich kompliziert ist? Halte dich an das, wo du daheim bist! Möchtest du übrigens auch?«

Sie reichte Julia ihre Tasse mit Yerba Mate. Julia schluckte das starke, schreckliche Getränk.

»Weißt du, wo ich daheim bin?«, fragte Julia mit zitternder Stimme, die zu verbergen sie sich keine Mühe machte.

Dann wühlte sie in ihrer Handtasche und holte die Einlegesohle heraus, die sie aus der Praxis mitgebracht hatte. Legte sie neben sich auf den Tisch. Auf einmal wurde ihr klar, warum es ihr so unheimlich schwergefallen war, *Der Wahnsinnige* zu schreiben. Sie war einfach nicht gut darin, die Literatin zu spielen. Aber was machte man mit einem Traum, der so groß war, dass er einen durch das ganze Leben trug? Was blieb denn, wenn sie ihn einfach so fahren ließ?

Mit jedem Jahr, das verging, war ihr der Versuch, einen Roman zu schreiben, immer lächerlicher, ja geradezu unreif vorgekommen: der unselige Kampf, die Unfähigkeit, die Vorstellung von der Person, die sie zu werden hoffte, loszulassen, all die Ablehnungen. »Du darfst nicht zu hart mit dir ins Gericht gehen«, schärfte ihr Niko regelmäßig ein. »Du hast trotz allem ein Buch geschrieben, auch wenn es nicht veröffentlicht ist. Die meisten Leute würden nicht über das erste Kapitel hinauskommen.« Es sollte ein Trost sein. Aber sich mit jemandem zu vergleichen, der *gar nichts* geschafft hatte, hieß, die Messlatte ziemlich niedrig zu legen. Sah er sie so? Als einen der vielen Menschen, die irgendwann einmal versucht hatten, ein Buch zu schreiben? »Warum weinst du?«, fragte Niko vom Computer aus, als Julia im Bett saß und eine Kurzgeschichte von Doris Lessing las. »Es ist so traurig«, hatte sie erwidert. »Warum nur ist das Leben so schwer und traurig?« Das war keine Lüge. Aber in Wahrheit weinte sie nur, weil sie selbst nie auch nur annähernd so etwas Gutes, so Lebendiges, so Prägnantes schreiben würde. Sie wusste, was er dazu sagen würde. »Du kannst dich doch nicht mit einer Nobelpreisträgerin vergleichen, das ist ja so, als würde ich mich mit Marlon Brando auf eine Stufe stellen.«

Nun antwortete er auf die Absage-Mail, die sie an ihn weitergeleitet hatte, mit einem Emoji, das ein zerbrochenes Herz darstellte. Kurz darauf rief er sie an.

»Idioten«, sagte er. »Du weißt doch: aufstehen, Krone richten, weitergehen. Ich liebe dich.«

Das sagte er so sachlich wie zuletzt häufig, als wäre es vielmehr eine Berichterstattung aus seinem Kopf und nicht der Ausdruck eines Gefühls. *Es sind nur Worte auf Papier*, versuchte sie zu denken. Weshalb deswegen also den Kopf hängen lassen?

Aber es war eben doch mehr als das.

Julia verschob die Mail in den Papierkorb; das kurze Rascheln hörte sich an wie Papier, das vernichtet wurde. Die Mail gesellte sich zu dem Berg anderer Absagen im selben Papierkorb. Ein digitales Mausoleum für das, was nie war und nie werden würde. Die viele Zeit, die vielen Hoffnungen, die sie hineingesteckt hatte … Sie betrachtete die gewölbte stumme Form der Einlage. Vielleicht war das alles, was sie war?

Shuggie Bain, Lolita, Harry Potter. Was geschah mit den Misserfolgen, die nicht in einen Erfolg verwandelt werden konnten? All den Schriftstellern, die nie zu Schriftstellern wurden?

Julia wollte gerade mit der informativen Beschreibung der Anatomie des Fußgewölbes und seiner Wirkung auf den Hüftballen beginnen, als ihr eine kleine rote Eins neben dem Mail-Symbol auffiel.

RE: *Der Wahnsinnige*

Wär's wahnsinnig, heute schon ein Mittagessen vorzuschlagen?

*

»Bittest du alle deine Gäste darum, die Zutaten selbst zu kaufen?«

Der Geruch von Linolfarbe hing schwer im Raum. Die Plastiktüte mit Lebensmitteln, die Mahir sie zu kaufen gebeten hatte, schnitt ihr in die Handfläche. Der Fußboden war von Pappe und Baustaub bedeckt, und es waren mehrere Handwerker am Werk. Ein Elektriker schraubte Lampenfassungen an die eierschalenfarbenen Lokalwände. Mahir erschien mit zu Berge stehenden Haaren, bekleidet mit Jeans und einem zerschlissenen Micky-Maus-T-Shirt.

»Was?« Seine Stimme war im Baulärm kaum zu hören. Julia wiederholte die Frage, wohl wissend, dass ein Witz verpuffte, wenn er wiederholt wurde. Sie deutete auf die Einkaufstüte. Mahir lachte – ob aus Höflichkeit oder aufrichtiger Amüsiertheit, wusste sie nicht –, klopfte sich den Staub von den Händen, griff nach der Tüte und linste hinein.

»Nein, bestimmt nicht«, sagte er. »Nicht alle. Nur diejenigen, die darauf bestehen, in einem Restaurant zu essen, bevor es überhaupt eröffnet wurde.«

Diesmal war sie auf die Wangenküsschen vorbereitet, die von demselben muffigen Geruch seines Shirts begleitet waren, den sie am Abend zuvor im Restaurant an ihm wahrgenommen hatte. Sie waren gleich. Er war auch so jemand, der eine Wäsche anstellte, um sie dann in der Maschine zu vergessen, dachte sie.

»Es gehört also nicht zum Konzept?«

»Konzept«, schnaubte er und winkte ihr, ihm zu folgen, weg von dem ohrenbetäubenden Bohrgeräuschen. »Ich halte nichts von Konzepten. Da steckt man nur in der Vorstellung fest, wie es sein sollte, damit es passt. Du weißt, was ich meine?«

»Hat das Lokal deshalb keinen Namen? Draußen war kein Schild.«

»Ha, ha, ja, genau. Nee, der Laden soll ›Jesti‹ heißen – das bedeutet ›essen‹ auf kroatisch. Das Schild ist noch nicht da.«

Mahir führte sie in das, was er mit einem selbstironischen Grinsen als das Herz des Restaurants bezeichnete. Die Schwingtür schlug hinter ihnen zu, und der Lärm war etwas gedämpfter.

Die Küche glänzte wie ein Dschungel aus Edelstahl. Pfannenwender, Schöpfkellen, Trichter und Stahlpfannen türmten sich, ausgepackt, aber dann wieder zurück in die Kartons geworfen, in denen sie gekommen waren. Auf einer Bank waren gebrannte Keramikschalen gestapelt, die sich mit ihren organischen Formen schön von den kreideweißen strengen Küchenfliesen abhoben. Sie sahen aus, als könnten sie jeden Augenblick umkippen.

Mahir bewegte sich unbeholfen und wirkte fast nervös. Sie musste daran denken, was Niko gesagt hatte – wie er davon profitieren könnte, dass Mahir sie anbaggerte. Aber war es das, was Mahir tat? Sie konnte seine Signale nicht entschlüsseln. Sie flirtete mit ihm, dessen war sie sich vollauf bewusst, aber andererseits war es ein natürlicher Zustand, sie flirtete mit jedem. Hatte es immer getan. Es war nicht zu verhindern, war wohl so eine Art Überlebensinstinkt aus der Steinzeit: zu versuchen, jeden Blick, den sie auffing, zu verzaubern, um den Feind auf ihre Seite zu ziehen.

Das Manuskript, das sie an ihn geschickt hatte, erwähnte sie nicht; wollte nicht in der offenen Wunde herumstochern und Gefahr laufen, ihm erzählen zu müssen, dass sie das Projekt bereits für immer verworfen hatte. Außerdem konnte er es kaum in diesen paar Stunden gelesen haben. *Falls* er es allerdings gelesen hatte, dachte sie mit einer plötzlichen Eingebung, dann wäre das ein Zeichen dafür, dass er sich mehr für sie interessierte als nur wie für eine alte Bekannte – das, oder er sich interessierte außergewöhnlich für unveröffentlichte Literatur.

Mahir erzählte ihr von der Idee, die hinter dem Restaurant steckte – dass das Essen originell und einfach sein sollte, keine ausgefallenen Techniken, nur gute Zutaten und Herz –, während er einen Stuhl an einen Klapptisch heranzog und sie bat, sich zu setzen. Er warf die Tüte mit ihren Einkäufen auf den Tisch und legte Schalotten, Chili und Sardellen neben den Herd.

»Ich weiß nicht, ob sie so gut sind«, sagte Julia. »Ich habe sie im Supermarkt in der U-Bahn gekauft.«

»Dann müssen wir eben noch mehr Herz hinzufügen«, sagte Mahir, ihr mit einem Auge zuzwinkernd und einer zwischen die Zähne geklemmten Zunge.

Boah, wie cheesy, dachte sie. *Dass er damit überhaupt davonkommt!* Mahir klopfte seine Hosentaschen ab und zog ein schwarzes Klappmesser heraus. Er lachte auf.

»Jetzt sitzt du wieder da und starrst mich an, während ich arbeite. Verdammt, wie ihr gebettelt habt damals, du und Lollo. Habt gefressen wie die Tiere und mich angestarrt wie kleine Hyänen.«

»Was hätten wir denn sonst tun sollen?«, entgegnete Julia. Sie überkam das seltsame Gefühl, sich auf einer Zeitreise zu befinden. Dass Mahir sich sogar noch daran erinnerte, dass Lollo und sie zu ihm in die Stadt gefahren waren, wo er den Sommer über in einer Kebabbude gejobbt hatte, als sie vierzehn waren und er achtzehn gewesen sein musste … was besagte das eigentlich? Er hatte nie den Anschein erweckt, dass ihre Anwesenheit ihm etwas ausmachte oder dass er sich überhaupt um irgendjemanden scherte. Im Gegenteil, schon damals war es so gewesen, als gehörte er ganz woanders hin. Als wäre er jemand, der sich nicht an Orte oder Menschen band.

Eine klare Erinnerung stieg in ihr auf. Julia hatte im Supermarkt Chips gekauft, ausnahmsweise allein, nicht als Lollos siamesischer Zwilling. Es war früher Nachmittag, und das Stadtteilzentrum war bis auf ein paar Betrunkene, die bei dem trockengelegten Wasserbassin herumhingen, menschenleer. Die Rollen des Boards knallten auf den Asphalt, und das Geräusch prallte zwischen den Betongebäuden ab, als Warnung, dass Mahir gleich aufkreuzen würde, lange bevor er sichtbar wurde. Er lächelte mit einer Zigarette an der Lippe, erfüllt von sich selbst, von seiner Freiheit. Völlig unbeeindruckt von den

Blicken der anderen warf er sich nach vorne, einen Fuß auf dem Brett; kleine Kieselsteine spritzten wie Pistolenkugeln hinter ihm auf. Einer, der, noch bevor er ankam, längst wieder unterwegs war. Sie wollte ihn damals, oder vielmehr wollte sie *sein* wie er.

Mahir schaltete den Gasherd ein. Hohe blau-gelbe Flammen schossen empor. Er erzählte ihr, dass Lollo und er keinen besonders guten Kontakt mehr hätten, dass er ihre Kinder nur ein einziges Mal getroffen habe. Er sah Julia sanft an.

»Sie lebt in einem Vorort von Oslo in einem Reihenhaus. Ist mit einem Tischler verheiratet. Hat zwei Kinder. Wir führen ganz unterschiedliche Leben.«

Hmm…, dachte Julia. Ein Vorort, ein Reihenhaus, zwei Kinder. Das klang erschreckend nach ihrem eigenen Leben.

Mit geübten Handgriffen schälte Mahir den Knoblauch, schnitt die Sardellenfilets, zerhackte die Schalotten mit der Geschwindigkeit einer Maschine und gab alles in die Pfanne. Er erzählte ihr von seiner Tochter Bella, die bald zwölf würde. Seine Ex-Freundin war eine Schwedin, die er in Dubai kennengelernt hatte. Sie hatten eine lange Beziehung gehabt, die aber endete, als die Tochter drei Jahre alt geworden war. Bella war der Grund, weshalb er nach Schweden zurückgekehrt war, denn ansonsten konnte er mit Stockholm wenig anfangen.

Es brutzelte und zischte in der Pfanne, und ein herrlicher Duft breitete sich in der Küche aus. Das Nudelwasser schwappte wütend über den Rand des Kochtopfs. Mahir warf eine Handvoll Spaghetti hinein. Julia ertappte sich dabei, wie sie ihn anstarrte, vermutlich nicht so viel anders als damals in der Kebabbude.

Etwas später wickelte Mahir die Pasta um eine Gabel und schob sie sich in den Mund. Sein Handy vibrierte auf dem Tisch. Es hatte mehrmals geklingelt, aber er hatte jeden Anruf ignoriert, ohne auch nur nachzusehen, wer der Anrufer war.

»Hattest du gestern Spaß?«, fragte Julia, weil ihr nichts anderes einfiel. Mahir zuckte mit den Schultern und wischte sich mit dem Saum seines T-Shirts etwas Soße vom Mund. Erzählte, dass er mit einem Sommelier und einem Küchenchef dort gewesen war, von dem er Gutes gehört hatte.

Es sei schwer, das richtige Personal zu finden, erzählte er, besonders, wenn man nicht den Weg der Ausbildung ging. Die etablierten Sous- und Küchenchefs seien meistens jemand anderem gegenüber loyal, hätten eine zu hohe Meinung von sich selbst oder seien zu unterwürfig.

»Und du?«

»Wir haben die bevorstehende Hochzeit von Freunden gefeiert«, sagte Julia und lachte bei der Erinnerung daran. »Es endete in einer ziemlich interessanten Diskussion über die Vorzüge und Nachteile der Monogamie.«

»Wirklich?« Mahir hörte amüsiert zu, als Julia die Unterhaltung wiedergab, und lachte laut auf, als sie Lenes Schwärmerei vom »Dildo mit Seele« nachäffte. Julia war selbst erstaunt über ihren spöttischen Tonfall, als sie von der Unvereinbarkeit von Sicherheit und Leidenschaft sprach, und dass es lächerlich sei, zu erwarten, dass sich die Liebe wie ein Disneyfilm anfühle. Mahir hörte ihr aufmerksam zu.

»Und wie stehst du selbst zu diesem Thema?« Er lehnte sich auf dem Stuhl zurück, nachdenklich lächelnd.

»Zu welchem Thema?« Julia nahm einen Bissen. Die Aromen setzen sich, breiteten sich auf ihrem Gaumen aus. Die blassen Tomaten, die sie gekauft hatte, waren in Mahirs Bratpfanne auf magische Weise sonnengereift. Der Salzgeschmack der Sardellen war dezent, aber intensiv.

»Bist du monogam?«

Julia hielt mitten in der Bewegung inne. So hatte sie noch nie darüber nachgedacht, sich diese Frage nicht gestellt. Die Unterhaltung drehte sich doch eher darum, ob *Menschen* so beschaffen waren oder nicht, ansonsten ging es hier doch um Treue, und Treue war eine Entscheidung, das Ergebnis der Liebe, die der Einzelne für seinen Partner empfand. Überlegungen zu mehr als einen Sexpartner assoziierte Julia mit Leuten, die aus ihrer Sexualität eine Identität gemacht hatten, was nicht mit echter, alles verändernder Liebe vereinbar war. Sie war schon immer skeptisch gegenüber dem Konzept offener Beziehungen gewesen; das war für Menschen gedacht, die einander überdrüssig waren, sich aber nicht trauten, sich zu trennen, die sexsüchtig waren oder die ganz einfach noch nicht den richtigen Partner gefunden hatten. Zu ihrer Verwunderung merkte sie, dass sie sich nicht mehr so sicher war.

»Ja«, sagte sie dann so aufrichtig wie möglich. »Ich glaub schon.«

»Ich glaube, ich nicht«, sagte Mahir. »Zumindest ist es mir schwergefallen, es zu sein.« Er verstummte, dann runzelte er die Augenbrauen. »Ich bin in fast allen meinen früheren Beziehungen untreu gewesen. Aber jetzt versuche ich, ein wenig ... fokussierter zu leben.«

Er hielt inne. Dass Mahir so offen darüber sprach, musste doch darauf deuten, dass er eine ehrliche, aufrichtige Haut war, ein gutwilliger Mensch, dachte Julia. Vielleicht existierte ein gewisses Vertrauen zwischen ihnen, weil sie eine gemeinsame Vergangenheit hatten.

»Aber ich glaube nicht, dass ich eine offene Beziehung führen könnte«, fuhr Mahir fort und stand auf, um nach der Pfeffermühle am Herd zu greifen. »Ich habe kein Problem damit, mir vorzustellen, mit jemand anderem Sex zu haben, aber wenn ich mir ausmale, dass Daria mit einem anderen zusammen wäre, fühle ich einfach ...« Mahir packte abrupt Julias Arm. »*Du gehörst mir!* Verstehst du?«

Julia zuckte bei der Berührung zusammen.

»'tschuldigung, hat das wehgetan?« Mahir zog seine Hand zurück.

Es hatte nicht wehgetan. Aber andererseits, war es nicht manchmal unmöglich, zwischen Schmerz und Lust zu unterscheiden?

»Das Schwierige an der Monogamie ist ja, dass man nicht weiß, was man verpasst«, sagte Julia. Mahir streckte seine Hand aus und pfefferte, ohne zu fragen, nicht nur sein eigenes Essen, sondern auch ihres.

»Der Oberkellner im Camille …«, sagte er, während er kaute. »Es ist ein älterer Mann, der in seinen jungen Jahren eine Saison in irgendeinem Skigebiet in der Schweiz gearbeitet hat. Damals, in seiner letzten Woche dort, sah er eine Frau. Er war ganz besessen von ihr, fand, sie sei etwas Besonderes und das schönste weibliche Wesen, das er je gesehen hatte. Ihre Blicke trafen sich und so weiter und so fort, aber er hatte nicht den Mut, sie anzusprechen. Am letzten Abend vor seiner Heimkehr ging er in die Bar, in der alle abends abhingen. Er sah sie nirgends. War tief enttäuscht. Dann, gerade als er aufbrechen wollte, kam eine Frau auf ihn zu. Es war eine ihrer Freundinnen. Sie sagte: *Heidi ist oben*. Julia nickte bestätigend, sie hatte das Deutsche verstanden, jedenfalls so ungefähr. »Heidi hatte ihn also auch sehen wollen. Sie hatte an einem Ort auf ihn gewartet, wo sie ungestörter miteinander reden konnten.«

»Aha. Und was ist dann passiert?«

Julia spürte immer noch wie ein Brandzeichen Mahirs Griff an ihrem Arm.

»Er ging nach Hause.«

»Er ist nicht hochgegangen?«

Mahir schüttelte den Kopf.

»Und dann hat er sich sein ganzes Leben lang gefragt, was passiert wäre, wenn er hochgegangen wäre. Aber gleichzeitig … das ist das Schöne an der Geschichte und der Grund dafür, dass er sie heute, vierzig Jahre später, immer noch erzählt, oder? *Heidi ist oben.*«

Mahir schob den Teller weg. Er hatte nur ein paar Happen gegessen.

»Du hattest schon immer einen gesunden Appetit«, sagte er lächelnd, mit einer Stimme, in der noch immer die Nostalgie des eben Erzählten mitschwang.

»Wenn es was Gutes gibt, muss man die Gelegenheit nutzen«, sagte Julia.

»Jetzt wäre eine Zigarette nicht schlecht, oder?« Er stand auf. »Leider habe ich schon vor geraumer Zeit aufgehört. In dieser Stadt darf man ja nicht rauchen, die Leute schauen einen dann immer an, als wäre man ein Aussätziger. Man muss sich in irgendeine Ecke verdrücken, sich ducken und um Entschuldigung bitten. Man fühlt sich nicht wirklich wie Anthony Boudain.«

Trotzdem zauberte er eine Zigarette aus seinem Mantel hervor, der über einer alten Anrichte aus patiniertem Marmor lag, zündete sie an der Gasflamme an und reichte sie Julia. Sie zögerte, bevor sie sie nahm, sie rauchte heutzutage nur noch selten. Gleichzeitig sah sie, wie Mahir mit einem flüchtigen Blick ihren Ehering streifte; einen schlichten Ring mit einem kleinen Stein.

»Der von gestern, der mit den Weinen. War das dein Mann?«

Julia gab ihm die Zigarette zurück. Mahir nahm einen tiefen Zug.

»Ja«, bestätigte sie. »War das nicht offensichtlich?«

Mahir pflückte sich eine Tabakflocke von der Zunge.

»Eigentlich nicht«, sagte er leise. Seine Augenlider waren schwer, als er sie ansah. Eine beschämende Wärme breitete sich an den Innenseiten von Julias Schenkeln aus. Sie presste ihre Beine zusammen. Ihre Kopfhaut prickelte. Was passierte hier? Es war, als ob sie auf zwei Frequenzen gleichzeitig war. Eine faktische und eine metaphorische, eine reale und eine, die in einem obskuren, aus der Zeit herausgeschnittenen Raum stattfand. So wie wenn sie manchmal ganz tief ins Schreiben versunken war und die Realität das war, was auf der Seite geschah, nicht das, was um sie herum war.

»Ich könnte nie untreu sein«, sagte Julia aus einem plötzlichen Impuls heraus, um die Intimität zu entschärfen. »Niko ist fantastisch. Wirklich fantastisch. Er ist lustig, er ist klug, er ist ein toller Vater.«

»Wie schön«, sagte Mahir knapp.

Er hob wieder die Stimme, und plötzlich waren sie wieder auf der normalen Frequenz.

»Dein Buch hat mir gefallen«, sagte er. »Es hat Spaß gemacht, es zu lesen. Du kannst wirklich schreiben.«

Julia holte tief Luft und griff nach der Zigarette. Sie war bedrohlich nah auf den Filter heruntergebrannt, und sie verbrannte sich, als sie einen Zug nahm. Sie warf den glühenden Stummel auf den gefliesten Boden.

»Ups, entschuldige.«

Mahir schien den Zigarettenstummel gar nicht wahrzunehmen, er beugte sich vor.

»Ich mochte die Stellen, die in der Videothek spielen, die mit Porno-Håkan und so. Das kam mir alles so bekannt vor.«

Das war aus dem siebten Kapitel, in dem detailliert beschrieben wurde, wie Beata VHS-Kassetten entstaubte und Filme verlieh, ohne sie in der Kasse zu registrieren, um sich das Geld in die eigene Tasche zu stecken. Mahir musste sofort nach dem Einsteigen in die U-Bahn mit dem Lesen begonnen haben, so wie er es gesagt hatte, und dann den ganzen Vormittag weitergelesen haben.

»Wir dachten, wir würden ein echt hartes Leben führen, weil wir am Kiosk Zigaretten klauten und es mal vorkam, dass jemand von den Älteren sich zu Tode fuhr oder wegen Körperverletzung verhaftet wurde«, sagte Julia. »Aber im Vergleich zu heute war das alles so harmlos. Meine Mutter rief mich neulich an und sagte, die Polizei habe Waffen beschlagnahmt, die irgendwelche Kids im Fahrradschuppen ihres Hauses versteckt hatten.«

Mahir nickte langsam, und ohne dass er etwas sagte, konnte sie in seinen Augen sehen, dass er ihr Gefühl teilte. Dass die Zeit und der Ort, die einst ihnen gehört hatten, die sie geliebt hatten, von denen sie sich aber verzweifelt fortgesehnt hatten, nicht länger existierten, nie wieder existieren würden.

»Wie viel hast du von dem Manuskript gelesen?«, fragte sie.

»In etwa die Hälfte«, sagte er. »Und dann bist du aufgetaucht.«

Sein Handy vibrierte erneut auf der Edelstahlbank. Mahir ignorierte es.

»Es ist lange her, dass ich beeindruckt war von … na ja, von irgendwas, aber ich war beeindruckt von dem, was du geschrieben hast, von deinen Gedanken. Es war interessant.«

Diese blöden Verlagsfritzen, dachte sie. *Alle miteinander nichts als engstirnige Idioten!*

»Aber wenn ich eine Kritik anbringen darf …«, sagte er, so wie er es vermutlich von seiner Arbeit her gewohnt war – ebenso klar auszudrücken, was *nicht* funktionierte, wie das hervorzuheben, was gut war. »Es las sich, als würdest du alles aus der Distanz beobachten, ohne wirklich selbst dabei zu sein. Ich habe *dich* darin vermisst, ich habe *Julia* vermisst – was denkt sie, was fühlt sie, was will sie wirklich?«

Seine Augen waren wie zwei Magnete. Seine Hände lagen reglos auf dem Tisch.

»Es geht ja nicht um mich«, sagte Julia, sich windend. »Beata ist eine fiktive Figur.« Sie hörte, wie ihre Stimme plötzlich ein paar Oktaven höher klang.

»Warum denn nicht? Warum schreibst du nicht einfach über dich? Es ist doch deine Geschichte. *Diese* Geschichte will ich lesen.« Sein Blick war ganz unverstellt.

»Weil …« Julia hielt inne. Auf diese Frage hatte sie keine gute Antwort.

Mahir lächelte warm und schien darauf zu warten, dass sie weitersprach, sein Interesse galt immer noch ihr. Sie schaute ihm in die Augen, und eine glühende Spur lief von seinen Pupillen über ihre Magengrube und weiter bis zwischen ihre Schenkel hinunter. Mahir musste es auch gespürt haben, denn er lachte verlegen und wandte peinlich berührt den Blick ab.

»Meine Dekorateurin kommt gleich, wir müssen Stoff für die Servietten auswählen, Leinen oder Baumwolle, das ist offenbar wichtig.«

Er streckte seine Hand über den Tisch, und eine Sekunde lang dachte sie, dass er ihre Hand in seine nehmen würde; sie wappnete sich, fragte sich, wie sich das wohl anfühlen würde, was sie dann tun sollte. Natürlich würde sie die Geste zurückweisen, aber diskret, ohne ihn zu verletzen oder zu provozieren. Aber er nahm nicht ihre Hand, sondern griff nach den Tellern. Er sah sie an, schien zu überlegen, ob er noch etwas sagen sollte.

»War richtig nett, dich mal wieder zu treffen«, sagte er, wieder in der unteren Frequenz.

Ihre Oberlippe kribbelte, als ob die Luft zwischen ihnen nicht nur metaphorisch aufgeladen, sondern tatsächlich voller Elektrizität wäre. In diesem Moment war sie zu gleichen Teilen sehnsüchtig und erschrocken bei dem Gedanken, dass er sich zu ihr herüberlehnen könnte und was das bedeuten würde. *Er will mit mir schlafen*, dachte Julia. *Er will mich. Warum sonst hätte er mich zum Mittagessen hierher eingeladen? Warum sonst hätte er sich die Mühe gemacht, innerhalb weniger Stunden hundertfünfzig Seiten Prosa einer unveröffentlichten Autorin zu lesen?*

Aber Mahir machte keinerlei Anstalten, sie zu berühren. Er trug die Teller zur Spüle.

»*Ja, es war wirklich nett*«, sagte sie.

Julia stopfte ihren Schal in ihre Handtasche. Vor ihrem inneren Auge blühten Bilder wie Rosen auf: wie sie auf der Arbeitsfläche fickten, auf dem Fußboden, wo sie die Zigarettenkippe hingeworfen hatte, wie sie zwischen die transparenten Gewürzdosen in der Speisekammer fielen wie im Film. Erst als sie ein ganzes Stück durch Gamla Stan gegangen war, fiel ihr auf, dass es regnete, dass ihre Jeans durchnässt waren und sie fast den Coworking Space erreicht hatte. Der Geschmack von süßen Tomaten, Umami und Nikotin war noch immer in ihrem Mund.

Nicht, dass sie es gewollt hätte. Niko war fantastisch, und sie war monogam. Es war Mahir, der gesagt hatte, er sei es nicht. Er war derjenige, der mit ihr schlafen wollte, denn das wollte er doch?

Sie wollte nichts.

Überhaupt nichts.

*

Als Niko an diesem Abend nach Hause kam, erzählte Julia ihm von dem Mittagessen. Er hörte mit gespitzten Ohren und aufrichtigem Interesse zu. Julia lästerte darüber, dass Mahir extra ein Schild bestellt habe, das von kroatischen Nonnen angefertigt wurde, mit einer Lieferzeit von mehreren Monaten. Dass nichts, das Restaurant betreffend, irgendwie konzeptionell sein sollte, es das aber natürlich sei. Julia fühlte sich lebendig. Selbst die Absage des Verlags hatte ihre Schärfe verloren, sie weinte nicht, als Niko schließlich das Thema ansprach. Sie stellte fest, dass sie einfach nur über Mahir sprechen wollte. Darüber, wie überheblich er war.

»›Jesti‹«, sagte Niko. »›Essen‹. Aha. Haben sie sich schon für einen Hauschampagner entschieden?«

»Sie schienen noch ziemlich weit von einer Eröffnung entfernt zu sein«, sagte Julia.

Niko strahlte und verschwand im Keller. Sie hörte das saugende Geräusch des sich öffnenden und schließenden Weinkühlschranks. Plötzlich wurde ihr bewusst, wie heftig ihr Herz hämmerte. Mit Niko über Mahir herzuziehen, gefiel ihr, das gab dem Mittagessen einen unschuldigen Anstrich. Es war ein Mittagessen, von dem auch Niko profitieren konnte. Gleichzeitig hielt das Gefühl in ihr an, so stark wie Stunden zuvor – das der Sehnsucht und der Angst.

Niko kam mit einer tiefgrünen Flasche wieder; das Etikett war hellgrau, geziert von verschlungenen Reben und dem Namen des Champagners in Kursivschrift.

»Fantastisch«, sagte Julia. Niko strahlte, blieb mit der Flasche in der Hand stehen. »Klasse.«

»Hat er irgendetwas darüber gesagt, wann er bereit ist, sich Lieferanten anzusehen?«

Sie schüttelte den Kopf.

»Nee, er schien viel um die Ohren zu haben.«

»Natürlich«, sagte Niko. »Fantastisch.« Er wiederholte ihre Worte. »Das wird fantastisch werden. Gut, dass du hingegangen bist.«

Julia lächelte. »Und wie trinkt man den, Herr Sommelier?«

»In vollen Zügen«, sagte Niko mit einem verlegenen Grinsen, »genau wie das Leben.«

Sie teilten sich die Flasche und schenkten sich nach. Spielten Scrabble und lachten zusammen. Julia fühlte sich wieder wie sie selbst und so, als ob ihr Kopf am richtigen Platz säße. Nachdem sie sich die Zähne geputzt hatten und zu Bett gegangen waren, schmiegte sie sich an Nikos warme, weiche Haut.

»Du?«, sagte sie.

»Mmm«, sagte Niko.

»Fühlst du so für mich: *Du bist mein*?«

Sie packte Nikos Oberarm auf die gleiche Weise, wie es Mahir im Restaurant getan hatte. Nikos schaute auf Julias Hand, als sei er überrascht über die Stärke ihres Griffs. Etwas perplex lachte er auf.

»Nein«, sagte er. »Du *gehörst* mir nicht. Ich besitze dich ja nicht.«

Nikos freundliche Augen blickten in die von Julia. Was er sagte, war nur richtig und vernünftig. Niko besaß sie nicht. Sie waren viel moderner als das. Freier als das. Das war ja gerade das Schöne an Julia und Niko.

4

Wenn eine alte Sucht von einem Besitz ergreift, ist es anfangs so, als würde man einen guten Freund wiedersehen: Man verfällt rasch in vertraute Muster. So war das auch, wenn Julia zu fantasieren begann. Ihr Kopf kreierte fröhlich Märchen und spielte beglückt mit Worten und Bildern, die den Tagen einen klaren Schimmer und etwas Geheimnisumwobenes gaben. In ihren Fantasien war alles möglich, und ihr Gehirn machte keinen Unterschied zwischen dem, was wirklich real war, und seinen Luftschlössern. Das Herz pochte genauso stark.

Solange Julia denken konnte, hatte es nur eines kleinen Funkens bedurft, um die Flammen ihrer Fantasie zu entfachen. Das Objekt hatte im Lauf der Jahre seine Form verändert, aber ihre Sehnsucht blieb; sie existierte seit ihrer Kindheit und pulsierte durch ihre Adern wie ein steter, heißer Strom bittersüßen Verlangens. Ein schiefes Lächeln auf einem Bild in der *Okej* genügte, und schon war sie mit Nick von den Backstreet Boys zusammen. Mit David aus der 5b, der schon ein Sixpack hatte und der sie tatsächlich an seiner Cola nippen ließ. Mit Christopher, Kevin, Kenan, Ricardo, Anders und Alain. Es war ein schwindelerregender Fokus, die Träume von all den Leben, die gelebt werden könnten.

Und dann kam Niko. Ihr wahres Leben. Mit ihm endeten die Träume von anderen Jungs.

Jetzt aber flogen zwischen den Synapsen wieder vertraute Signale hin und her, schlummernde Bahnen wurden wieder aktiviert. In einer MRT hätte Julias Gehirn vermutlich gestrahlt wie ein Leuchtfeuer.

Mahir war ihr Geliebter. Er kochte wunderbare Gerichte. Leckte sie in der Speisekammer. Quirlte Soßen mit seinen starken Armen. Beurre blanc, Hollandaise und … Béarnaise. Sein langer Mantel flatterte im Wind. Er begehrte sie mit hundert Augen, mit tausend Händen. Er war immer da und wartete, gefangen in der Blase, die sie in ihren Gedanken für ihn geschaffen hatte. Mehrmals am Tag besuchte sie diesen Ort.

Wenn sie sich gegenseitig Nachrichten schickten, wurde die Blase immer größer. Oft kam nachts eine SMS, gegen Mitternacht. Vor ein paar Tagen hatte er ein Bild der Katze geschickt, die er für seine Tochter gekauft hatte. Sie lag auf einem Stapel zerrissener Klamotten in seinem Kleiderschrank und starrte mit wahnsinnigem Blick in die Kamera, die Augen vom Blitzlicht hell erleuchtet.

Früher oder später bekommen Wohnungskatzen einen an der Waffel. Schnurr.

Er schrieb ihr nie Fragen, seine Nachrichten wirkten überstürzt, so als könne er seinen Drang, sich zu melden, nicht beherrschen. Julias Nachrichten waren nie so, sie waren sorgfältig durchdacht, formuliert in der Intention, spontan zu wirken. Ihre Kreativität verschob sich vom Online-Scrabble zur Notizen-App, in der sie stundenlang an Ausdrücken feilte, bevor sie schließlich ihre kleinen Alltagsbeobachtungen abschickte. Ein Link zu einem Artikel, den sie amüsant fand und gleich auch an Niko schickte. Er handelte von »performativer Philosophie«, bei der es darum ging, erst zu theoretisieren und neue Thesen für die Wirklichkeit zu formulieren – und sie dann auszuleben. Man stürzte sich mit ganzem Herzen in eine Sache und beobachtete sich gleichzeitig selbst dabei. Performative Philosophie konnte beispielsweise von der These ausgehen, dass man nicht monogam ist, und danach würde man anfangen, nicht-monogam zu leben.

Ha, ha, ha, interessant, antwortete Mahir und schickte ein Bild von einem verregneten Stockholm hinter einer schmutzigen Windschutzscheibe. Niko antwortete gar nicht.

Julia trug Mahirs freundschaftliche kurze Nachrichten wie digitale Schätze in ihrer Hosentasche. Redete sich ein, dass sie nichts zu bedeuten hätten. Und dass nichts Falsches daran sei, sich Fantasien über jemandem hinzugeben, solange es nur Fantasien blieben.

Aber sobald mehr als vierundzwanzig Stunden ohne Kontakt verstrichen waren, wurde aus dem Hochgefühl ein Gefühl des Entzugs. Das Gehirn verlangte nach einem neuen Kick. Einer neuen Dosis Mahir. Wie vorhersehbar!

Julia hatte genau darüber etwas gelesen. Ihr Interesse dafür hatte sich das erste Mal bemerkbar gemacht, als sie Mutter wurde. Sie, die doch vorgehabt hatte, die Wochenbettdepression als natürlichen Sidekick der neuen Mutterschaft zu begrüßen, musste stattdessen feststellen, dass sie sich nie besser gefühlt hatte. Als sich jeder Millimeter von Julias Existenz auf Sibyllas strahlendes, zartes kleines Wesen richtete, verschwand jegliche FOMO. Das Baby wimmerte, und ihre Brüste spannten sich, als die Milch einschoss. Dieses milde Rauschgefühl, wenn das Baby mit den Lippen die Brustwarze umschloss … Es war fast beschämend, wie leicht das ging, wo es doch eher in Mode war, die Schwierigkeiten der Mutterschaft zu bejahen.

Jetzt zählte Julia zwei und zwei zusammen und kam zu dem Ergebnis, dass das, was ihr Gehirn in einen derart manischen Zustand versetzt hatte, mehr mit Neurotransmittern zu tun hatte als mit Mahir. Das waren keine echten Gefühle, es war nur eine Frage der Hormone. Endorphine und Dopamine.

»Oder vielleicht bist du einfach nur geil«, erwiderte Liv, als Julia ihr diese These vorstellte. »Mal ehrlich, Niko und du, ihr solltet vielleicht einfach mal etwas Neues ausprobieren? Wieder zur Therapie gehen? Rollenspiele testen, oder was weiß ich. Schlaft miteinander!«

Danke für den Tipp. Eine Paartherapie hatten sie schon gemacht, zur Beziehungspflege, wie es so schön hieß. »Euch scheint es in eurer Beziehung ja eigentlich ganz gut zu gehen«, hatte der Therapeut Urban schon nach der ersten Sitzung gesagt. Dann hatte er sich in seinen knarrenden Lederhosen vorgebeugt, ihnen beiden ein Hefeteilchen angeboten und ihnen ein paar Übungen vorgeschlagen, die ihre Intimität steigern und es ihnen ermöglichen sollten, neue Seiten aneinander zu entdecken. In jenem Moment erkannte Julia, dass sie sich eher nach dem Gegenteil sehnte – überrumpelt zu werden, sich auf Unbekanntes einzulassen, Winkel zu erforschen, die nicht bereits hell erleuchtet waren. Weder Niko noch Julia glaubten, dass sie nach so vielen Jahren der Symbiose – mit offen stehenden Toilettentüren und größtmöglicher, meistens sehr befriedigender Intimität – noch neue Seiten aneinander würden entdecken können.

Während Julia immer noch pralle Brüste und einen anderen kleinen Körper an sich drankleben hatte, war ihr die Vorstellung, dass Niko auch noch ein Stückchen vom Kuchen abhaben wollte, zuwider. Salve lag an ihrer Brust, dieser Teil ihres Körpers gehörte ihm, so wie er früher Sibylla gehört hatte. Schließlich hatte Niko alle Annäherungsversuche respektvoll eingestellt und sich ganz dem Belegen von Broten, dem Erledigen der Wäsche und der Unterhaltung von Sibylla mit ihren mittlerweile drei Jahren verschrieben. Als auch Salve abgestillt war und ihre Milch versiegte, hatte Julia vollauf damit zu tun, ihre eigene körperliche Integrität wiederzuerlangen. Es dauerte ein Jahr, bis sie wieder ihre Periode bekam. Während dieser Zeit, zwischen Stillen und Menstruation, kam sie sich vor wie eine Amphibie. Ihre Schleimhäute waren wie Sandpapier, sie wurde dünner und dünner, alles fühlte sich aufgescheuert und schief an. Mit dem Eisprung (die Hormone!) kamen das Verlangen und die Geilheit zurück. Aber da war Nikos Lust schon zu einem stillen, sporadischen Rinnsal versiegt, in dem das Abliefern eher als das Erforschen im Vordergrund zu stehen schien. Seine Ausreden waren so liebevoll wie diffus, und die Alltagsaufgaben dienten als zusätzlicher Vorwand (es gab immer eine Maschine zu leeren, Geschirr oder Wäsche zu waschen, eine E-Mail zu schreiben, ein Kind ins Bett zu bringen, einen verdammten Smoothie zu mixen), und so war der Akt der Verführung schleichend zu einem Minenfeld geworden. Also, ja, *schlaft miteinander,* das war an sich kein schlechter Tipp. Aber meistens fühlte sie sich bei diesen Versuchen einfach nur fleischeslustig, fordernd, gierig.

Also wartete Julia. Sie wartete in der Küche, während sie Fleischbällchen briet, und dachte: Bald *wird er seine Hände um meine Taille schlingen, bald wird er es tun,* sie wartete, während sie Geschirr spülte. Wenn sie fernsahen, wenn sie Zähne putzten, wenn sie schlafen gingen und er sie umarmte. Sie wartete darauf, dass Niko seinen Haken auswerfen und sie aus dem ewigen Warten herausziehen würde.

Aber nichts geschah, und Julia wurde klar, dass ihr Kinn bald mit Borsten übersät wäre und es dann zu spät sein würde. Bald würde sie ihr ganzes Leben darauf gewartet haben, verführt zu werden.

*

Man kann über Julia sagen, was man will, aber sie war niemand, der leicht aufgab. Also setzte sich Julia eines Abends nach dem Zähneputzen auf den harten Fliesenboden und öffnete Nikos klirrenden Gürtel. Sie zog seinen Hosenstall auf und nahm Niko in den Mund. Er stöhnte gedämpft. Die Fliesen drückten unangenehm gegen ihre Kniescheiben, aber Julia ignorierte den Schmerz. Sie erinnerte sich noch an Zeiten, in denen sie so blind vor Verlangen gewesen war, dass es ihr schnurzpiepegal gewesen war, wenn ihre Knie blau wurden.

»Au«, entschlüpfte es ihr, als sie ihre Haltung änderte, und das hätte sie nicht tun sollen, denn Niko reagierte darauf sofort mit zärtlichem Verständnis.

»Oje!«, sagte er. »Sollen wir aufs Sofa umziehen?«

»Quatsch!« Julia hatte Niko schließlich schon unter schlimmeren Umständen einen geblasen. Erinnerte er sich denn nicht mehr an jenes Mal im Treppenhaus? Sie sollten nicht so schrecklich bequem sein. Hatten sie denn nicht irgendetwas Weiches als Unterlage zur Hand? Julia sah sich um. Die Handtücher lagen alle nach einer plötzlichen Laune Titas in der Schmutzwäsche, aber im Schank unter dem Waschbecken fand Julia einen Stoß übrig gebliebener Windeln, die Salve inzwischen nicht mehr brauchte. Also steckte sie sich eine unter jedes Knie. Niko lächelte, und Julia machte da weiter, wo sie aufgehört hatte. Das war ihr Ding, war es immer schon gewesen. Die Windeln raschelten. Niko wandte sich und lachte verunsichert. Julias Zähne schabten über seine empfindliche Haut.

»Ahhh … autsch!«

»Sorry.«

Julia nahm ihn tiefer in den Mund, hörte Nikos Kichern und fing selbst an zu lachen, während sein Schwanz so tief in ihrem Hals steckte, dass der Würgereflex ausgelöst wurde. Sie musste husten.

»Oh, 'tschuldigung …« Niko machte einen Schritt rückwärts. Aber Julia wollte nicht aufhören. Sie rutschte auf den Windeln kniend hinterher. »Alles gut …«

Und da spürte sie Niko in ihrem Mund erschlaffen. Sie sah zu ihm hoch, ihre Blicke trafen sich.

»Äh, sorry, aber … das ist zu seltsam«, seufzte er.

Er wich zurück und blieb mit heruntergelassener Hose, den Schwanz auf Halbmast, stehen. Sie lehnte sich gegen die Waschmaschine.

»Was stimmt bloß nicht mit uns?«, schluchzte sie. »Warum ist das immer so?«

Niko zog die Hose hoch und hockte sich neben sie.

»Wir dürfen nicht so hart mit uns sein«, sagte er. »Es sind nur die Kleinkindjahre, das ist alles.«

»Ist das so?« Julia sah in Nikos Geborgenheit ausstrahlende Augen. »Sind das wirklich *nur* die Kleinkindjahre?« Sie schluckte. »Oder ist es so, dass du mich nicht mehr willst?«

Niko deutete auf die Windeln.

Von oben waren tapsende Schritte zu hören. Salve fragte mit dünner Stimme: »Mama?«

Niko legte Julia nachdrücklich die Hand auf die Schulter.

»Ich kümmere mich darum.« Er stieg die Treppe hinauf, seine Stimme war ruhig, als er Salve tröstete. Die Fußbodenheizung brannte an ihren Pobacken. Julia sammelte eine der Windeln auf und versuchte sie in einem wütenden Impuls zu zerreißen, aber das Einzige, was riss, war der Gummizug an der Seite. Der zum Zerreißen gedacht war.

*

Während der Jahre mit Niko hatte Julia stets den Rat befolgt, den ihre Oma ihr zur Hochzeit gegeben hatte: »Wenn du eines Tages, nachdem sich die erste Verliebtheit gelegt hat, jemanden kennenlernst, der ein besonderes Kribbeln in dir auslöst – dann bleibt dir nur eins: Dreh dich um und gib Fersengeld.«

Die Sache war nur die, dass Julia – nach dem Abendessen mit Johan und Lene und der Diskussion über offene Beziehungen – nicht aufhören konnte, daran zu denken, dass es vielleicht noch eine andere Möglichkeit gäbe. Wer sagte denn, dass es automatisch Untreue wäre, wenn sie dem Verlangen zwischen Mahir und sich in seinem Restaurant nachgegeben hätte? Was hatte Niko überhaupt mit diesem Moment zu tun? Das Einzige, das verhindert hatte, dass Mahir und sie sich gegenseitig die Kleider heruntergerissen hätten, waren doch theoretische Gedankengebäude. Und diese waren nach Julias Meinung verhandelbar.

Julia widmete sich eine ganze Woche dem Buch, das sie von Lene bekommen hatte. Im Internet wimmelte es nur so von weiterführenden Artikeln und mitgeschnittenen Vorträgen der Autorin: Wie das Bedürfnis nach Lust, Sehnsucht und Abenteuern mit dem ebenso starkem Bedürfnis nach Vorhersehbarkeit, Geborgenheit und Loyalität in Einklang bringen? Oder, in Julias Fall: Wie leidenschaftlichen, nach Pasta Puttanesca duftenden Sex haben und gleichzeitig das bewahren, was sie sich mit Niko und den Kindern aufgebaut hatte?

Die moderne Ehe, die sich auf Liebe gründete, war unter dem Einfluss der Romantik im 19. Jahrhundert entstanden, wie sie erfuhr. Bis dahin war die Ehe ein finanzielles Gebilde gewesen, das seinen Ursprung in der Bauerngesellschaft hatte, als der Mensch begann, eigenes Land zu besitzen, und darauf bedacht war, welcher Nachkomme ihn beerben sollte. Leidenschaft war etwas ganz anderes und kaum etwas, das man von der Ehe erwartete. Erst als die Vorstellung von Liebe und Ehe verschmolzen, wurde Untreue als Katastrophe betrachtet.

In einem anderen Artikel, auf den Julia stieß, wurde behauptet, dass der Mensch gar nicht dafür geschaffen sei, monogam zu leben. Dass wir, als wir noch in der Savanne lebten, im Lauf eines Lebens mehrere verschiedene Partner innerhalb der Herde gehabt hätten.

Eine Anthropologin namens Helen Fisher, die Julias Faszination für das endokrine System teilte, hatte das menschliche Gehirn unter dem Einfluss der Liebe gründlich untersucht. Ihr Team hatte zwei Dinge zeigen können, die Julia unmittelbar ansprachen: Erstens stimulierten Lust und Verliebtheit dieselben Teile des Gehirns wie Kokain – wobei das Belohnungszentrum allein beim Gedanken an das Objekt der Begierde völlig aus dem Häuschen geriet. Ein ganz anderer Teil des Gehirns leuchtete auf, wenn man an seinen langfristigen Partner dachte, denjenigen, mit dem man ein stabiles Zuhause teilte. Auf biologischer Ebene war es Julia also durchaus möglich, Niko tief und aufrichtig zu lieben *und* gleichzeitig starkes Verlangen nach Mahir und wer weiß nach wie vielen anderen noch zu empfinden. Biologisch gesehen war die Koexistenz dieser Gehirnregionen kein Problem, wenn da nicht ein Detail wäre: Die Hormone, die für Lust und Liebe sorgten, neigten im Unterschied zu dem langfristigen Bindungshormon Oxytocin dazu, den gesamten Frontallappen zu kapern, sodass man buchstäblich unfähig war, an etwas anderes zu denken als an das Objekt der momentanen Begierde. Es war also *die Frontallappenkaperung*, die dafür verantwortlich war, dass Julia seit jenem Mittagessen mit Mahir kaum noch etwas essen konnte und die Sexfantasien so überhandgenommen hatten, als hätte das einfache Nudelgericht, das Mahir gekocht hatte, gleich den Kalorienbedarf für mehrere Wochen gedeckt. Das war ein erschreckender Gedanke, denn wer wusste schon, was so ein gekaperter Frontallappen noch alles anrichten könnte?

Andererseits – sollten Hormone nicht zu überlisten sein? Sollte es nicht auf eine ganz koschere Art möglich sein, dem Verlangen nachzugeben, es für einen Augenblick zu genießen, so wie man einen perfekt temperierten Beauregard genoss, ohne deshalb auf sein tägliches Leitungswasser zu verzichten?

Würde Julia den Rat ihrer Oma befolgen, wäre es eindeutig notwendig, diesem ganzen Erlebnis den Rücken zuzukehren und um sein Leben zu rennen. Sich mit der Zärtlichkeit und dem sporadischen Sex, den Niko ihr geben konnte, zu begnügen. Wenn sie sich aber an die neuesten wissenschaftlichen Erkenntnisse und deren Belege dafür hielt, dass die Sache nicht so schwarz-weiß anzusehen sei, wäre es nur dieses kleine Detail – dass sie Niko und ihr gemeinsam gelebtes Leben zu verlieren drohte, das in all seiner einfachen, schönen Alltäglichkeit das einzige Leben war, das sie kannte.

Die Fantasien über all die Dinge, die Julia mit Mahir anstellen wollte, erinnerten sie an andere Gelegenheiten, die sie die Jahre hindurch versäumt hatte. Sie wollte wissen, wer sie hätte werden können, welche erotischen Gipfel noch erreicht werden könnten.

Julia würde einen Weg finden, Niko das zu vermitteln! Eine perfekte Gelegenheit. Er würde es verstehen. Womöglich hatte er ja schon das Gleiche gedacht.

*

»Vielleicht hattest du doch recht«, sagte Julia eines Abends nach dem Zubettbringen der Kinder, als sie es sich gemeinsam auf dem Sofa bequem gemacht hatten, um in die erste Staffel von *True Detective* reinzuschauen. Niko blinzelte fragend. Julia holte tief Luft.

»Na, dass die Partnerschaft kein Disneyfilm ist. Dass wir aber all das voneinander erwarten. Ich habe inzwischen diesen Beziehungsratgeber durchgelesen, von dem Lene erzählt hat. Und ich wollte nur sagen, dass du wohl recht hattest.«

Niko seufzte erleichtert. Vielleicht etwas zu erleichtert. Er griff nach ihrer Hand und streichelte hastig über ihre Fingerknöchel.

»Ich weiß, dass ich krass geklungen habe«, sagte er. »Ich meinte nur, dass ich zufrieden bin. Ich brauche nicht so viel mehr.«

»Nein, ich meinte eigentlich eher …«

»Möchtest du Tee?«

Niko stand auf und verschwand in der Küche. »Sprich weiter, ich höre dir zu.«

Julia sprach lauter.

»Ich dachte nur, dass ...«

Sie hörte Niko mit den Küchenschränken klappern. Das Grollen des Wasserkochers, Nikos rastlose Schritte auf dem Parkett, das Klicken, als sich der Kocher abschaltete. Niko erschien mit seiner Sorgenfalte zwischen den Augenbrauen im Türrahmen.

»Können wir heute Abend nicht einfach nur fernsehen? Mein Hirn ist nach dieser Woche völlig matschig.«

»Schon, aber ich wollte nur sagen, dass ich an das denken musste, worüber Lene und Johan gesprochen haben – dass Monogamie nur ein kulturelles Konstrukt sei«, sagte Julia und versuchte es noch einmal. »Wer sagt denn, dass der Mensch dazu bestimmt ist, ein Leben lang mit ein und derselben Person ins Bett zu gehen?«

Niko sah Julia an, was sie als Interesse interpretierte, weshalb sie weiterredete: »Es geht doch wohl darum, was einen glücklich macht«, sagte sie. »Stell dir vor, wenn wir nun aktiv Dinge ausschließen würden, die uns glücklicher machen könnten, nur weil wir glauben, dass es so und nicht anders sein darf. Stell dir Folgendes vor: Diese süße junge Frau, die mit der Weinbar ... Jasmine. Falls du mit ihr schlafen wolltest ... nur rein theoretisch ...«

»Ja, okay«, sagte Niko und setzte sich aufs Sofa. Nahm die Fernbedienung in die Hand und legte sie wieder hin. Julia lehnte sich vor.

»Ja, wäre das nicht irgendwie nice?«

»Nun ... *Nein, ich glaube eigentlich nicht*«, sagte Niko und ahmte den schwedischen König in dem berüchtigten Interview nach, als man ihn fragte, ob er jemals einen Striptease-Club besucht habe. Julia lachte auf.

»Also nein, gut«, sagte sie und bot ihm damit einen Ausweg, die Unterhaltung zu beenden. Aber etwas war in Niko geweckt worden, ein müdes Feuer glomm in seinen Augen auf.

»Wir sind seit zehn Jahren verheiratet«, sagte er. »Ich meine ja nur – was glaubst du, wie es allen anderen ergeht? So *ist* es eben. Man reißt sich zusammen.«

Julia lachte auf. »*Man reißt sich zusammen*?«

Niko nickte. »Ja, oder, wenn man mit anderen Leuten schlafen will, muss man eben Schluss machen. Ich habe mich anscheinend schon genügend ausgetobt.«

Niko stand auf und sammelte einen von Sibyllas herumliegenden Socken vom Boden auf. »*Man reißt sich zusammen*«, echote Julia, während sie Niko nachsah. Er verschwand in der Waschküche und kam ohne den Socken zurück.

»Ich meinte ja nur …«

»Weißt du, wie viele Typen dafür *töten* würden, um mir das hier vom Leib zu reißen?«, sagte Julia mit ausladender Geste und deutete dabei auf ihren Hausanzug. »Aber du, du *reißt dich zusammen*.«

Julia trank einen Schluck von dem erkalteten Tee. Sie verspürte ein Brennen hinter den Lidern. Niko sah sie an. Dann stand er vom Sessel auf und sank neben sie aufs Sofa. Er drückte ihre Hand.

»Okay, tut mir leid«, sagte er. »Ich habe es nicht so gemeint. Ich meine, wir müssen ja deshalb nicht gleich zu Swingern werden, oder? Komm.« Er zog sie an sich. Julia schmiegte ihr Gesicht an seine vertraute, sichere Brust. »Das wird schon«, tröstete er sie. »Es geht doch hier schließlich um uns beide, oder?«

Ein Bild von Mahir, wie er gerade eine Mayonnaise quirlte, schoss ihr durch den Kopf.

»Ja«, sagte sie. »Es geht um *uns*.«

5

Der Herbstabend draußen vor dem Fenster war klar und frisch. Nikos Finger hatten einen orangefarbenen Ton angenommen, nachdem er eine Stunde damit verbracht hatte, Vogelbeeren auf Nähgarn zu fädeln, die anschließend die Räume des Kindergartens schmücken sollten.

»Die Kinder werden sich so freuen!« Sabina, die sich ihm gegenüber hingesetzt hatte, lächelte. »Sie sind immer ganz selig, wenn sie hören, dass ihr Eltern hier gewesen seid und es schön für sie hergerichtet habt.«

Sie hatte eine positive Ausstrahlung – warm und weiblich. Graue Augen wie oxidiertes Silber mit leicht hängenden Augenlidern, im Kontrast zu ihrem fast goldenen Haar.

»Was habt ihr nach der Geburt mit der Plazenta gemacht?«, fragte eine Mutter, die Niko vage mit einem Jungen mit Kaninchenohrenmütze und ständiger Rotznase in Verbindung brachte.

»Ich habe keine Kinder«, sagte Sabina.

»Ich habe meine in die Gefriertruhe gelegt«, sagte die Kaninchenohrenmutter. »Ich konnte mich nicht entscheiden, also habe ich sie eingefroren, und jetzt liegt sie da immer noch.«

Sabina riss die Augen auf, während sie auf die Vogelbeeren hinabsah, und Niko konnte nicht anders, er musste lachen. Die Mutter warf ihm einen schiefen Blick zu. Er fädelte eine weitere Vogelbeere auf und hielt die Girlande mit glänzenden Beeren hoch, als wäre sein Lachen nur eine Reaktion auf die schön gelungene Kette gewesen.

»Ich habe meine aufgegessen«, sagte eine Mutter mit langem blondem Haar.

Niko hustete und tauschte einen Blick mit Sabina, um zu signalisieren, dass sie einen Verbündeten in ihm hatte. Er spürte, wie ihm die Wurst, die er auf dem Weg hierher runtergeschlungen hatte, wieder hochzukommen drohte.

Die beiden Frauen unterhielten sich weiter darüber, welche wichtigen Nährstoffe doch in der Plazenta enthalten seien und dass Tiere sie instinktiv nach der Geburt fräßen, weil es die Regeneration des Körpers unterstütze. Was für ein absurdes Gelaber über die Art, wie die Tierwelt damit umging, dachte Niko. Wenn das alles so natürlich war, hätte er gerne eingewandt, warum schlabberte man dann nicht den ganzen Kram roh in sich hinein, wie ein … Marder?

»Ja«, sagte jetzt die Kaninchenohrenmutter. »Ich hatte natürlich auch vor, meine zu essen, wusste aber nicht richtig, wie.«

Sabina warf Niko einen raschen Blick zu.

»Hast du sie gebraten, oder wie hast du's gemacht?«, fragte sie.

Niko rang darum, einen neutralen Gesichtsausdruck zu wahren. Die blonde Mutter sah Sabina erstaunt an.

»Nein. Ich hab sie in einen Smoothie reingemischt. Das fand ich am appetitlichsten.«

Niko und Sabina sahen sich an. Niko musste die Lippen so sehr aufeinanderpressen, dass es wehtat, seine Kiefer schmerzten vor Anstrengung, das Lachen zu unterdrücken. Im nächsten Moment stand Sabina hastig auf und stürzte mit hochrotem Gesicht aus der Tür.

*

»In einen Smoothie?« Julia schielte zum Mixer auf der Küchenarbeitsplatte und unterdrückte ein Würgen.

Niko schlitzte die Umschläge mit den Rechnungen auf. Julia entzündete eine Kerze und setzte sich auf den Fußboden, den Rücken an den Kühlschrank gelehnt. Sie erzählte von ihrem Tag und was Salve alles Lustiges gesagt hatte. Niko hörte zu und stimmte in ihr Lachen ein.

»Du kannst mir wie immer elftausend Kronen überweisen, fürs Haus«, sagte er munter, »und dann viertausend auf das Lebensmittelkonto.«

»Vier? Essen wir für achttausend im Monat?«

»Ja, das tun wir. Und dann …«

»Moment mal«, sagte Julia, sprang auf und setzte sich auf die Arbeitsplatte. »Das kann doch nicht stimmen. Wir essen doch praktisch nur Fleischbällchen und Makkaroni.«

»Die Liste aller Einkäufe liegt hier – Taleggio, Trüffelsalami«, Niko hielt inne, »und dann habe ich Winterreifen aufs Fahrrad gezogen, die haben auch viel gekostet, weshalb ich das von unserer gemeinsamen Kreditkarte habe abbuchen lassen. Fünfzehnhundert pro Stück.«

Julias Augenbrauen zogen sich kummervoll zusammen.

»Es gefällt mir nicht, dass du dich um die ganzen Finanzen kümmerst. Ich fühle mich völlig außen vor«, klagte sie.

Niko seufzte. Wieder das alte Lied, die Behauptung, er habe die Finanzen an sich gerissen, obwohl er in Wirklichkeit nur die volle Verantwortung dafür trug, dass alles pünktlich bezahlt wurde.

»Wir können gern tauschen«, sagte Niko und deutete mit der Hand auf den Stapel Rechnungen des Monats. »Be my guest. Du hast Zugang zu denselben Informationen wie ich.«

Julia schmollte. Niko gab weiter Summen und Bankdaten in den Computer ein.

»Die Steuerrückzahlung ist jetzt da«, sagte er, »ich schlage vor, wir stecken die in die Erneuerung der Toiletten.«

»Sollen wir das nicht lieber für etwas Schönes ausgeben?«

Niko seufzte. Als er aufblickte, sah er sich plötzlich selbst mit Julias Augen, und die Person, die er da sah, war unfassbar langweilig.

»Natürlich«, sagte Niko. »Wir bekommen ja auch noch Geld von dieser Werbegeschichte. Der Fototermin ist morgen, das hast du auf dem Schirm, oder?«

Julia nickte und schlenderte ins Wohnzimmer. Niko starrte auf den Bildschirm mit dem drögen Design der Internetbank.

Es geht doch wohl darum, was einen glücklich macht, hatte Julia gestern gesagt. Niko mochte diese Art von hypothetischen Gesprächen eigentlich auch, wenn Julia ihm von ihren Träumen erzählte und ihn ermutigte, größer und weiter zu denken. *Lass uns nach L.A. gehen*, sagte sie vielleicht, oder *Wäre es nicht cool, ein halbes Jahr in Paris zu leben?* Oder als Julia nach ihrer Schwangerschaft etwas Sinnvolles tun wollte. Sie gab ehrenamtlich Sprachunterricht für Flüchtlinge ohne Papiere und kam danach gut gelaunt nach Hause, davon überzeugt, dass sie als Paar mehr, bessere und wichtigere Dinge tun sollten. Nur eine Woche später konnte es dann darum gehen, die Entscheidung für ein eigenes Auto noch einmal zu überdenken: Sie sprach sich dafür aus, einen Van zu kaufen, ein Jahr in Portugal oder so zu verbringen und Surfen zu lernen. Mit den Jahren war es zu Nikos Aufgabe geworden, auf die praktischen Herausforderungen hinzuweisen: Es würde angesichts der Schulpflicht für Sibylla schwierig werden oder auch am Geld oder dem richtigen Zeitpunkt hapern. Er verstand, dass es ihr nicht um den Van oder die Flüchtlinge oder Los Angeles an sich ging, sondern darum, die Möglichkeit für ein anderes Leben auszuloten, und doch konnte er nicht umhin, ihr ein bisschen realistischen Sand ins Getriebe zu streuen.

Julia war weiterhin die Träumerin von ihnen beiden, die Blumen auf den Tisch stellte, ihren Launen folgte und hier und da mit Bücherstapeln Stillleben arrangierte. Dagegen war sie vollkommen blind gegenüber dem schmutzigen Badewannenrand, dem Kabelsalat oder den unbrauchbaren Münzen, die sich in den Schubladen häuften. Niko mochte es auch gern ordentlich hinter den Schranktüren haben. Manchmal rief sie ihn völlig aufgelöst an, weil sie in dem von ihr selbst geschaffenen Chaos etwas gesucht hatte, und fand dann ein kompliziertes System von Kartons und Schuhkartons, Kisten und Gläsern vor, in denen alles seinen

Platz gefunden hatte. Er musste sich entschuldigen, auch wenn er derjenige war, der aufgeräumt hatte. Das Fazit lautete also: Im Endeffekt war es klar, dass *sie* diejenige war, die Zeit hatte, um an Sex zu denken, während er derjenige war, der an alles andere dachte.

Gestern war sie ihm immer wieder mit der Idee gekommen, dass Monogamie nur ein kulturelles Konstrukt sei. Aber in dem Fall wäre doch sicher *alles* ein kulturelles Konstrukt? Im Coop herumzulaufen und Lebensmittel in einen praktischen grünen Korb zu legen und Punkte zu sammeln, mit denen man eine Tour auf der Finnlandfähre gewinnen konnte – das war doch der Gipfel eines *kulturellen Konstrukts*, aber *das* stellte niemand infrage.

Na gut. Er wusste, weshalb sie das aufs Tapet gebracht hatte – der Blowjob mit den Windeln. Sie war enttäuscht gewesen, und er eigentlich auch. Aber wenn sie um Leidenschaft bat, als sei das mal eben so auf der Menükarte zu bestellen, fiel es ihm schwer, zu liefern. Unbeholfen, ganz ohne Vorwarnung, griff sie nach seinem Schwanz, und wenn er dann nicht sofort reagierte, fing sie gleich an zu schmollen und sich selbst zu bemitleiden.

Man reißt sich zusammen, hatte er gesagt, und das waren wohl die falschen Worte gewesen, auch wenn die Botschaft stimmte.

»Ich geh jetzt ins Bett«, sagte Julia.

Niko fuhr zusammen. Sah vom Küchentisch auf. Julia stand in ihrem verwaschenen Hausanzug in der Tür. »Kommst du?«

»Ich komme«, sagte er, »ich will nur noch den letzten Rest in der Küche erledigen.«

Er stand auf und schaltete die Spülmaschine ein.

Verdrängen, verdrängen. Eine Welle der Beklemmung durchflutete Niko. Trotzdem riss er sich zusammen.

Die Unterhaltung, die Julia darüber angestoßen hatte, mit anderen zu schlafen, war ein potenzieller Türöffner für ein Geständnis, eine Erleichterung. Aber es war möglicherweise auch das Tor zu einem Abgrund. Zu einem Leben ohne entzückenden Kabelsalat, die Kinder, ohne Julias zerzauste Haare am Morgen, das Lachen und die vertrauensvollen Blicke.

Als er in der Küche endlich klar Schiff gemacht hatte, war Julia oben im Schlafzimmer schon eingeschlafen. Behutsam strich er ihr das Haar aus dem Gesicht. Auf dem Nachttisch, unter der Bettlampe, lag *Mating in Captivity.*

*

Die Kunst spiegelt das Leben, aber das Leben spiegelt auch die Kunst, in einer ewigen Schleife. Auf diese Weise kann man sowohl das Leben als auch jede Geschichte, die jemals geschrieben wurde, unter einer einzigen, einfachen Prämisse zusammenfassen: *Irgendwas geht immer schief.*

Als sie für den Fototermin eingewilligt hatten, hatte Julia das Bild von blendend weißen Stränden und tiefblauem Meer heraufbeschworen, die Familie beim Schnorcheln zwischen Meeresschildkröten und springenden Delfinen. Aber es gab keinen kostenlosen Sonnenurlaub. Stattdessen eine Lagerhalle in einem Industriegebiet am Stadtrand von Stockholm. Niko hatte darauf bestanden, sie alle mit dem Lastenrad dorthin zu fahren (überzeugt davon, dass das Fotostudio näher sei, als es war). Aber der Akku des E-Bikes war auf halber Strecke leer gewesen, sodass er selbst in die Pedale hatte treten müssen und folglich schon rotwangig und verschwitzt war, bevor sie überhaupt angekommen waren. Seine Muskeln waren fester, das zumindest war ein Trost, wenn man bedachte, dass er eine neonfarbene Badehose, Flossen und Taucherbrille anziehen musste, bevor die Familie vor einen Greenscreen gestellt wurde. Jyllandland. Wer war bloß auf die bescheuerte Idee gekommen, das Wort »Land« zweimal im selben Namen zu gebrauchen?!

»Sag Jyllandlaaaand.«

Ein Kamerablitz fuhr in Nikos Augen, und das krampfhafte Lächeln zog sich über sein Gesicht, das von den Produkten glänzte, die ihm eine »natürliche Bräune« verleihen sollte. Niko, der Mann, neben dem selbst eine Wasserleiche wirkte wie von der Sonne geküsst. Julia hatte ihn einmal in einem Gedicht verewigt, in dem sie seine Hautfarbe als »Milch mit Blaubeeren« und sein Haar als »verbranntes Stroh« beschrieb. Lenes Assistent rief aus den Kulissen, dass nun Mittagspause sei. Julia und Niko wechselten einen dankbaren Blick.

»Verdammte Scheiße«, sagte Niko.

»Ich weiß«, sagte Julia. »Ich krieg keine Luft mehr.«

Niko half ihr mit dem Reißverschluss, bevor sie sich aus den quietschenden Flossen und dem Neoprenanzug herauswand. »Wer, bitte schön, trägt denn Schwimmflossen in einem Aqua-Park?!« Sie japste, machte aber kein Aufhebens davon, dass sie in Unterwäsche zwischen all den Fremden stand. Ein junges Mädchen kam von ihrem Platz in der Ecke auf sie zugeeilt und bestand darauf, ihnen beiden einen Morgenmantel zu reichen, jedoch ohne Niko oder Julia hineinzuhelfen.

Die Gedanken, die in Niko durch die Diskussionen in der letzten Zeit geweckt worden waren, hatten das Gefühl verstärkt, Julia etwas schuldig zu sein. Und dazu gehörte auch, dieses Fotoshooting mit scheinbar guter Laune zu überstehen. Die Kinder zumindest fanden es lustig und posierten, als hätten sie nie etwas anderes getan. Aber schließlich schienen auch sie erleichtert, als sie zum Kaffeetisch kamen, wo Julia Zimtschnecken auf eine Serviette lud, die sie in der Handfläche balancierte. Sibylla zog Salve an den Haaren, offenbar beim Versuch, ihm dabei zu helfen, die Schwimmbrille abzunehmen, die jemand mit Haarnadeln befestigt hatte. Im Gegenzug schlug Salve seiner großen Schwester wütend auf den Arm, worauf sie entrüstet aufheulte.

»Hört mal her, ihr zwei …«, seufzte Niko und sah Julia an. »Sollen wir den Kindern mein Tablet geben?«

»Nein, lieber nicht«, fand Julia, »sie müssen lernen, dass nicht immer alles nur Spaß machen kann.«

Niko breitete resigniert die Arme aus und ließ seinen Blick über all das im Raum schweifen, was Salve und Sibylla möglicherweise zerstören könnten: teure Geräte, Ruhe und Frieden. Julia zuckte mit den Schultern. Zu spät. Die Kinder hatten das Wort »Tablet« gehört und schlossen sich schnell zusammen, waren auf wundersame Weise wieder beste Freunde und versprachen, sich abzuwechseln und nicht zu streiten. Kurz danach setzten sie sich mit dem Essen und einem Spiel in eine Ecke. Niko legte seine Hand auf Julias Schulter, ließ sie dort ruhen; sie sah zu ihm auf, mit sanftem Blick, und Wärme durchflutete ihn. »Komm«, sagte er und schlang die Arme um sie, atmete in ihr Haar, küsste sie auf den Scheitel, sog die Wärme ihres Wesens in sich auf. »Geliebtes Jyllandland-Gesicht«, sagte Julia und lächelte.

»Niemand hat es laut gesagt, aber ich glaube tatsächlich, dass meine kräftigen Schenkelmuskeln den Ausschlag gegeben haben«, scherzte Niko.

Julia prustete los. Niko ließ sie am Tisch zurück und schlängelte sich zwischen den Produktionsmitarbeitern hindurch, die mit Knopf im Ohr und konzentrierter Miene die Beleuchtung umstellten. Er wurde in die Maske geschickt, wo der Maskenbildner – ein junger Mann mit akkurat gezupften Augenbrauen und starren, aufgespritzten Lippen – den Glanz auf Nikos Körper mit noch mehr bronzefarbener glänzender Creme verstärkte. Niko ertappte sich dabei, dass er den Bauch anspannte.

Er kannte Julia so gut. Kannte ihr Mienenspiel. Die Art, wie ihre Augen aufblitzten, wenn sie sich ein Lachen verkniff, die Art, wie ihre Augenbraue zuckte, wenn sie etwas Sarkastisches sagen wollte, es aber nicht tat, der bestimmte Schatten, der über ihr Gesicht zog, wenn sie sich über etwas ärgerte. Manchmal hatte er fast das Gefühl, als könnte er vollständig durch sie hindurchsehen, aber er war sich nicht sicher, ob das nur für ihn galt, nach allem, was sie miteinander erlebt hatten, oder ob in Wahrheit auch jeder andere in ihr lesen konnte wie in einem offenen Buch.

Wenn man erwischt wird, spürt man es in den Sekunden davor. Eine Offenbarung kommt selten aus heiterem Himmel, oder? Von Weitem verfolgte Niko Julias Gesichtsausdruck, als die Kinder mit dem Tablet zu ihr kamen. Er sah, wie sie – trotz der ganzen Schminke – blass wurde. Wie sich ihr Mund ein wenig öffnete und das Gebäckteilchen, an dem sie gerade kaute, heraus und auf den Bildschirm fiel. Mit einer Hand wischte sie es weg, schaute wieder auf den Bildschirm, ließ einen besorgten Blick durch den Raum schweifen und richtete ihn dann auf ihn, ungerührt davon, dass die Kinder weiter am Tablet zerrten. Ihm wurde mulmig. Fragend hob er die Augenbrauen, und sie runzelte die ihren in Erwiderung. Niko machte Anstalten, aufzustehen.

»Einen Moment noch, ich bin noch nicht mit den Schultern fertig, wie ich gerade sehe«, sagte der Maskenbildner.

»Ich muss …«, sagte Niko und stand auf, obwohl der Mann missbilligend mit seinem Entenschnabel schnalzte.

Der Produktionsleiter rief, dass die Pause zu Ende sei und alle zurück auf ihre Plätze gehen sollten. Julia setzte sich in Richtung Greenscreen in Bewegung. Die Morgenmantelfrau trat auf sie zu, bereit, ihre vielleicht einzige Aufgabe zu erfüllen.

»Ist alles okay?«, fragte Niko.

Julia schüttelte diskret den Kopf. Abweisend. »Mm-m«, gab sie verbissen von sich und presste zwischen ihren gespannten Lippen ein Lächeln hervor.

»Ist was passiert?«

»Sind deine Nachrichten mit dem Tablet synchronisiert?«, fragte sie leise.

»Sind sie das?« In seinem Kopf rauschte es. »Ja, kann sein.«

Die Kinder fühlten sich davon gestört, dass die ganze Zeit Textnachrichten auf dem Schirm aufgeploppt sind«, sagte sie. »Deine Nachrichten.«

Worauf lief das hier hinaus? Niko hatte sein Handy nie mit einem Code gesperrt, hatte das Display immer offen sichtbar auf den Tisch gelegt, eben weil er nie etwas zu verbergen hatte.

Zumindest früher.

Julia reichte ihm das iPad. Es brannte in seiner Hand, als er den kleinen runden Knopf drückte, der den Bildschirm aufleuchten ließ. Die Nachrichten kamen von einer unbekannten Nummer, nicht von einem hinterlegten Kontakt.

»Ich dachte erst, das wäre ein Irrtum«, sagte sie, »aber sie ist offenbar für dich. Zumindest steht das da: *Hello, sweet Niko …*«

Julia holte tief Luft, eher verwirrt als ärgerlich. Noch hatte sie ihr Urteil nicht gefällt.

»Was soll das? Wer steckt dahinter?«

Niko las hastig. Eigentlich war ihm schon alles klar, sodass sämtliche Mauern der Selbstverteidigung, die er wochenlang zu errichten bemüht gewesen war, sämtliche heimliche Ausreden jäh in sich zusammenbrachen.

Hello sweet Niko, gefolgt von einer Flut von Emojis. *It's me. Inma. Thanks for last time*, und dahinter zehn Zwinkersmileys, eine Aubergine und spritzendes Wasser. *In Stockholm. See you tonight?* Gefolgt von Bomben und Explosionen.

»Ist das ein Kind?«, fragte Julia. »Sie benutzt Emojis wie Sibylla.«

»Nein, nur … Spanierin.«

Er begegnete Julias Blick. Sie runzelte die Augenbrauen. Er konnte sehen, dass sie zitterte, als würde sie frieren, trotz des warmen Scheinwerferlichts. Die Assistentin des Fotografen klappte einen Regenschirm aus Folie auf.

»Salve, Sibylla, es geht weiter!«, rief Julia mit gezwungener Fröhlichkeit.

Wieder leuchteten die Blitze auf, machten es Niko unmöglich, Ordnung in seine Gedanken zu bringen. Der Moment war gekommen; sollte er lügen, es bis zuletzt bestreiten? Niko hatte Julia noch nie belogen, hatte allerhöchstens von Notlügen Gebrauch gemacht, wenn es um die Planung eines Geburtstages ging, aber nie bei etwas Wichtigem.

Johan wusste als Einziger, was in Spanien passiert war, aus dem einfachen Grund, weil er dort gewesen war. Inma trug eigentlich den kuriosen Namen Inmaculada Concepcíon, was so viel bedeutete wie Unbefleckte Empfängnis (»It's really old, but also my grandmother's and mother's name«). Sie hatte ihnen den Weinberg gezeigt, wo sich mehr als fünfzig Jahre alte Rebstöcke grau und zuverlässig unter der heißen Sonne rankten. Inma hatte das Weingut mit einunddreißig Jahren übernommen und widmete nun ihre ganze Zeit der Bewahrung der biodynamischen Tradition, die ihr Großvater einst begründet hatte. Der Frost hatte in diesem Jahr spät zugeschlagen und bedrohte die empfindliche Ernte, die bereits zu sprießen begonnen hatte. Niko war dabei, als sie Hunderte von Laternen anzündeten, die den Anbau mit ihrer Wärme schützen sollten. Am Abend, als sie auf der Hollywoodschaukel auf dem Hügel über dem Weinberg saßen und tranken, sahen die Laternen wie ein Meer von tanzenden Glühwürmchen aus. Inmas Finger waren von den Trauben gefärbt gewesen. Er hatte an ihnen gesaugt … *Oh Gott, weg mit euch, ihr Bilder, weg!*

Gleich am nächsten Tag hatte Niko Johan beschämt erklärt, dass er Julia alles beichten würde, sobald er wieder nach Hause käme.

»Auf keinen Fall«, hatte Johan erwidert. »Wälze dein schlechtes Gewissen nicht auf Julia ab. Mach nicht alles kaputt, was ihr habt, für einen kleinen Abend, unter dem keiner von euch zu leiden braucht. Mensch, Niko, sei doch nicht so naiv. So läuft das doch: Man schwört einander ewige Treue, und dann schläft man mit jemandem auf einer Konferenz. Das macht jeder irgendwann mal.

Klar, das war blöd von dir, aber davon geht die Welt doch nicht unter. Wenn man den Mund hält, tut man niemandem weh.«

Jetzt stellte Niko verzweifelt fest, dass er die dritte Möglichkeit neben dem Erzählen oder Nicht-Erzählen völlig übersehen hatte: dass Julia, trotz der Entfernung, sowieso alles herausfinden könnte.

»Wer ist es?«, fragte Julia, als die Kinder ihre Positionen einnahmen.

»Who is it?«, erwiderte Niko mit einem leichten Nicken in Richtung der Kinder.

Wobei ihre Geheimsprache sicherlich bald ausgedient haben würde, wenn man Sibyllas gründliche Bildungsreise auf YouTube bedachte.

»Is it someone sexy?«, fragte Julia, ihre Stimme voll giftiger Ironie. »A sexy Spanish child?«

»Hör doch auf«, sagte er und wischte sich den Schweiß von der Stirn. Dahinter war sein Schädel vor Panik wie leer gefegt. Wenn er sich jetzt, wie es ihm ein Reflex eingab, immer noch für die Lüge entschied, würde das eine gravierende Veränderung bedeuten. Er würde ein anderer Mensch werden.

»Egal, let's speak about this later …«

»Sure«, erwiderte Julia grimmig, »let's fucking speak about this.«

»Habt ihr Streit?«, fragte Sibylla. Das große Plastikkrokodil unter Nikos Arm quietschte, als er es zurechtrückte.

»Facking!«, rief Salve begeistert. »Mama hat *Facking* gesagt!«

Niko sah sich in dem grellen Licht um. Registrierte die haarigen Unterarme des Fotografen, den Schminkfritzen, der sie von Weitem mit skeptischem Blick beobachtete. Julias wütendes Kraftfeld neben ihm.

»Fröhlich schauen, bitte«, schärfte ihnen der Fotograf ein. »Und jetzt lächelt – ein unglaublich glückliches Lächeln. Dies ist der glücklichste Tag eures Lebens.«

Niko lächelte in das Blitzlichtgewitter, als wäre es das letzte Mal, dass er in seinem Leben lächeln würde. Denn, ehrlich gesagt, so war das ja vielleicht auch?

Julia war, wie gesagt, nah am Wasser gebaut. Es war eine lästige Eigenschaft, die ihr oft einen emotionalen Vorteil verschaffte. Aber jetzt gab es von Tränen keine Spur. Sowie sie mit dem Fotoshooting fertig waren, bat sie Niko, sich um die Kinder zu kümmern, und stürzte in die Umkleide. Während Niko abgeschminkt wurde und ein Auge darauf hatte, dass die Kinder sich umzogen, tat er sein Bestes, um die Maske hinter der dicken Schicht von Produkten zu bewahren, die sein Gesicht ganz steif machte. Als er es nicht länger herauszögern konnte, ging er mit Salve und Sibylla und in den Adern gefrorenem Blut zur Umkleide. Julia saß auf einer der Bänke. Eine große Wasserlache bedeckte den Fußboden. Sie gestikulierte in Richtung Toilette. In einem Wutanfall hatte sie Nikos Klamotten dort hineingestopft und mehrmals hintereinander gespült, bis die Schüssel übergelaufen war. Wortlos fischte Niko Jeans und T-Shirt heraus und steckte sie in eine Plastiktüte.

»Did you sleep with her?«, zischte Julia, als sie auf dem Parkplatz standen. Mit leerem Blick sah sie ihn an. »Yes or no?«

Niko nickte langsam. »Ja … Beziehungsweise, es war nur …«

»Was?«

Niko schielte verstohlen über seine Schulter.

»Es war … Cunnilingus«, flüsterte er und merkte, dass er rot wurde. Was er eigentlich sagen wollte, war: *Es hat nichts bedeutet*, aber er konnte sich nicht zu so einem Klischee herablassen, selbst wenn es wahr gewesen wäre.

»Aha«, sagte Julia säuerlich. »Cunnilingus. *Dann* ist ja alles paletti.«

Sie verzog die Lippen zu einem verbissenen Lächeln, doch ihre Augen waren wie erloschen. Die ganze Fahrt über sagte sie kein

Wort, während er mit zitternden Beinen das E-Bike ohne Akkuunterstützung auf dem Radweg neben der Autobahn vorwärtsstrampelte, jenem Weg, der – wenn man weiterfuhr – zum Friedhof und zu der Mauer führte, wo Julia einmal gestürzt und unter einem Grabstein stecken geblieben war. Als sie ihr Reihenhaus erreichten, lehnte sie Nikos Wunsch nach einer näheren Erklärung über das, was passiert war, ab, und teilte ihm mit, dass sie bei Liv übernachten würde.

»Du hast verdammt noch mal alles kaputt gemacht«, sagte sie, bevor sie ging. Und dieser Satz ging Niko den ganzen Abend nicht mehr aus dem Kopf, während er den Kindern Pfannkuchen machte, sie zu Bett brachte, sich die Zähne putzte, im leeren Bett, in der schlaflosen Nacht, am dunklen Morgen und am kühlen, aber sonnigen nächsten Tag.

6

Liv zufolge war es nicht ihre Schuld, dass sie Roy nicht im Griff hatte, eine Deutsche Dogge, die Julia bis zur Hüfte reichte. Der Hund gehörte genau genommen nicht mal ihr, sondern Livs Ex Sara, aber während der Trennung hatte sie, Liv, so etwas wie eine »traumatische Bindung« zu dem Hund entwickelt und das gemeinsame Sorgerecht gefordert. Jetzt kam Roy hereingestürmt und bohrte seine Schnauze direkt in Julias Schritt. Liv lag mit einer VR-Brille über den Augen auf dem Sofa und merkte nicht, dass Julia die schnüffelnde Hundenase von sich wegschieben musste, um überhaupt zu ihr durchzukommen.

»Kannst du ihn nicht zurückpfeifen?«

Liv hob die Brille an. »Hast du deine Tage? Dann könnte das nämlich schwierig werden.«

Julia wich angewidert zur Tür zurück.

»Roy! Metoo!«, bellte Liv. »Versuch mal, metoo zu sagen, ich bringe ihm gerade bei, dass das Stop bedeutet.« Julia hatte definitiv nicht vor, zu Roy metoo zu sagen. Liv stand vom Sofa auf und schob Roy auf den Balkon hinaus. »Pfui«, sagte sie. »Metoo.« Liv sah Julia hoffnungsvoll an, aber als sie merkte, dass Julia es nicht lustig fand, schien ihr der Ernst der Lage bewusst zu werden. Livs toughe Rationalität war eine Eigenschaft, die Julia an ihrer besten Freundin schätzte. Ihr kühles, logisches Denken war ein willkommenes Gegengewicht zu Julias Sprunghaftigkeit und Unentschlossenheit. Liv behauptete von sich, sie habe undiagnostizierten Autismus, und teilte auch freimütig Diagnosen an andere aus. Julias Mutter attestierte sie beispielsweise eine »leichte Borderlinestörung«, etwas, das Caroline selbst dankbar aufgenommen hatte. Sie verpasste keine Gelegenheit, diese vermeintliche Diagnose beiläufig zu erwähnen: »Ich mit meinem Borderlinesyndrom habe ja manchmal ein wenig Schwierigkeiten mit …« Liv nährte die stille Überzeugung, dass Julia sich ebenfalls in diesem Spektrum befand, aber Julia hatte nicht dasselbe Interesse wie Caroline daran, eine Störung zugeschrieben zu bekommen.

Am Tag zuvor hatte Julia verkündet, dass sie einen Zufluchtsort brauche. Dann lag sie in Livs Bett, mit ihrer besten Freundin an ihrer Seite. Lauschte dem Klappern der Tastatur hin zu einer bevorstehenden Deadline. Es klang wie Maschinengewehrsalven, die sich in ihr bereits verwundetes Herz bohrten. Niko hatte sie betrogen.

Nachdem Roy aus dem Weg war, wagte Julia es, sich auf das Sofa zu setzen und die ganze Wucht ihrer Gefühle zu spüren. Die Schuldgefühle, nicht zu Hause bei den Kindern zu sein, aber auch das Bedürfnis, sich zu distanzieren, um alle widersprüchlichen Impulse zu sortieren.

Ein Tag war seit der Nachricht von Nikos Untreue vergangen, und der schlimmste Schock hatte sich allmählich gelegt. An seine Stelle trat die Auseinandersetzung mit den Einzelheiten. *Cunnilin-*

gus, dachte sie jetzt, und plötzlich wurde ihr bewusst, dass sie Nikos Lippen seither mehrmals geküsst hatte. Sie wollte kotzen bei dem Gedanken, dass sie in der Muschi einer anderen Frau vergraben gewesen waren, doch vielleicht lag in dem Gedanken etwas Interessantes. Wenn man das Ganze wie einen Film betrachtete, wenn man Niko als einen Fremden sähe. Neben dem Schmerz hatte etwas anderes dahinter Gestalt angenommen, war es eine Art von Erleichterung? Als ob eine Tür, die schon einen Spaltbreit offen stand, gewaltsam aufgestoßen worden wäre. Nun zog es eiskalt herein, was gleichermaßen ungemütlich wie erfrischend war.

Als Julia für Liv zusammenfasste, was passiert war, schaute ihre Freundin zunächst verständnislos: »Niko, im Ernst? Ich hatte ihn für den letzten lieben Typ auf Erden gehalten. Hätte nicht gedacht, dass er das Zeug dazu hätte.« Julia ebenso wenig. Und auch wenn ihr just das Angst machte – die Vorstellung, dass sie Niko nicht so gut kannte, wie sie dachte –, gab es ihr auch ein Gefühl der Hoffnung. Vielleicht hatte der Therapeut ja recht gehabt, vielleicht verbarg sich mehr hinter der vertrauten Fassade. Und – das ließ sich nicht bestreiten: Hatte sie dem nicht irgendwie Vorschub geleistet, indem sie durch ihre Fantasien über Mahir einen Wandel heraufbeschworen hatte? Hatte sich nicht auch in ihrer latenten Unzufriedenheit ein Wunsch nach Veränderung manifestiert? So niedergeschlagen Julia auch war, als sie hier auf Livs Cordsofa lag, mit vom Heulen und dem Schlafmangel geschwollenen Augen, wurde ihr mit kristalliner Klarheit bewusst, dass es genauso *sie* hätte sein können, die Niko betrogen hätte.

»Was willst du dir ansehen?«, fragte Liv und reichte Julia die Fernbedienung.

Liv holte einen fertig gerollten Joint aus einem Versteck unter dem Couchtisch hervor und hielt ihn Julia hin, die den Kopf schüttelte.

»Du weißt doch, wie ich dann drauf bin.«

»Stimmt«, erwiderte Liv, die sich nur zu gut daran erinnerte, wie Julia einmal zu viel geraucht hatte und den Abend zusammengerollt im Bett verbrachte, weil sie dachte, sie hätte sich in eine Schnecke verwandelt. Liv schnippte mit dem Feuerzeug und führte die Flamme an den Joint; er brannte an einem Ende, bevor er zu glühen begann. Julia sah zu, wie sich die Glut in das Papier fraß und der Rauch weiß und dick in Richtung Decke stieg. Vielleicht wäre es schön, für eine Weile ein Weichtier zu sein, nicht denken oder Entscheidungen treffen zu müssen. Mit einem Winken signalisierte Julia Liv, dass sie den Joint wollte, nahm einen Zug und lehnte sich zurück. Drückte auf der Fernbedienung herum, bis *Titanic* erschien. Es war tröstlich, sich diese Geschichten anzusehen, die man schon tausendmal gesehen hatte, sich einfach zurückzulehnen, die vertrauten Dialoge und Sequenzen an einem vorbeiziehen zu lassen, die keinerlei Überraschungen oder neue Erkenntnisse brachten. Jack breitete Roses Arme aus, der Atlantikwind zerrte an ihren Kleidern und Haaren. *Ich fliege, Jack.* Julia ahmte ihre Bewegungen nach und sprach die Dialoge mit, sank dann zurück auf die Couch, high, mit Nebelschwaden im Schädel. *Was für eine perfekte Metapher für das Verliebtsein*, dachte sie. Da flogen Jack und Rose wie zwei unbekümmerte Möwen geradewegs in eine Beziehung hinein, die, wären sie nicht von einem riesigen Eisberg unterbrochen worden, stattdessen mit den Enttäuschungen der Realität kollidiert wäre.

»Was hast du gesagt?«

Liv war in die Küche gegangen und kam jetzt mit zwei Erdnussbuttersandwiches zurück, eilends mit einem Klecks Erdbeermarmelade verziert. Julia balancierte ihr Sandwich auf dem Handteller.

»Dort hatten sie ihren Höhepunkt erreicht«, sagte Julia. »Irgendwann wären sie auch zur Hölle gefahren.«

»Am Ende des Films schon«, sagte Liv und riss die Brotkanten ab, um schneller an den leckeren Inhalt in der Mitte zu kommen.

»Ich meine, später. Sie wollen uns glauben machen, wenn Rose auf diesem verfluchten Wrackteil ein bisschen Platz gemacht hätte und Jack überlebt hätte, hätten sie glücklich bis ans Ende ihrer Tage gelebt. Aber das glaube ich nicht. Sie wären auf dem blöden Wrackteil an Land getrieben und in irgendeinem beschissenen Vorort gestrandet, so wie …«

Julia legte eine theatralische Pause ein.

»Moment. Redest du immer noch von Jack und Rose?«

»Jetzt hör mir doch erst mal fertig zu – sagen wir mal, Rose hätte den Platz mit ihm geteilt –, alle können doch sehen, dass sie beide darauf Platz gehabt hätten. Sie wären an Land getrieben, hätten geheiratet, hätten sich am Anfang durch ihr gemeinsames Trauma irgendwie krass verbunden gefühlt, aber dann hätten sie zwei Kinder bekommen, vielleicht sogar drei. Und der ganze leidenschaftliche Sex, die Handjobs und Blowjobs im Auto … So heiß ist es nie wieder. Und dann – Schnitt: Jack, der scheinheilige Mistkerl – wird untreu.«

»Auf einer Konferenz für Kunstlehrer«, fügt Liv hinzu.

»Genau!«, sagte Julia, die sich ereifert hatte und auf Liv zeigte. »Auf einer fucking Konferenz für Kunstlehrer.«

Julia sah Liv zum ersten Mal richtig an, nachdem sie zu reden begonnen hatte: Sie lag auf der Couch und schielte im Halbschlaf an die Decke. Julia biss von dem Sandwich ab und schmeckte das Salzige, Stumpfe und das Kalte, Süße, Weiche der Marmelade.

»Ich hätte dort im Restaurant mit Mahir schlafen können«, sagte sie. »Das habe ich ihm angesehen. Wenn ich es gewollt hätte, hätte er es auch gewollt.«

Liv sah Julia mit verschwommenem Blick aus schmalen Augen an.

»Sonst würde man die beste Freundin seiner kleinen Schwester doch wohl kaum zum Mittagessen einladen«, sagte Liv.

»Ein sexy Mittagessen«, sagte Julia und merkte, dass sie eine Entscheidung getroffen hatte. Sie fischte das Handy aus den Tiefen ihrer Handtasche, ignorierte Nikos Flut ungelesener Textnachrichten und ging auf Messenger. Sie hatte Mahirs Nummer nicht, aber es gab eine Funktion, mit der man ihn über Facebook anrufen konnte. Ohne zu zögern, drückte sie auf das Symbol mit dem kleinen Hörer. Und während es tutete, begann ein neues Leben vor ihren Augen Gestalt anzunehmen. Die Sonne ging hinter einem Paar zarter Vorhänge auf, und in ihrem Inneren begann das Thema von *Sound of Music* zu erklingen.

Mahir antwortete nicht, und in der wirklichen Welt war am Himmel ein beunruhigendes Grollen zu hören, bevor ein heftiger Herbstregen gegen die Fensterscheiben prasselte. Liv stand auf und ließ den jaulenden Roy wieder herein. Er schlüpfte zwischen ihren Füßen hindurch und legte sich auf dem Flickenteppich zurecht. Das nasse Hundefell dünstete einen beißenden Geruch aus. Julia starrte auf das Telefon. Der Mut, den sie gerade eben noch verspürt hatte, verließ sie. Aber dann geschah etwas. Die Vibration ging dem Signal voraus. Das Gespräch war bereits eröffnet.

Yo was machst du was hast du auf dem Herzen

So schrieb er, ohne Punkt und Komma. Was sie auf dem Herzen hatte? Wo sollte sie da überhaupt anfangen?

*

Obwohl nur ein paar Meter zwischen dem Taxi und Mahirs Restaurant lagen, triefen ihre Haare vor Nässe, als er die Tür öffnete.

»Scheiße, komm rein«, sagte er und betrachtete verwundert den Wolkenbruch, der so stark auf den Asphalt prasselte, dass der Boden ganz weiß aussah. Er zerrte an ihrem Arm, als wäre es lebensgefährlich für sie, auch nur eine Sekunde länger dort draußen zu bleiben.

»Was machst du so spät noch hier?«, fragte Julia. »Bist du die ganze Zeit hier? Verbirgst du etwas? *Wohnst* du etwa hier?«

Mahir lachte.

»Wenn ich es verbergen wollte, wäre mir das nicht besonders gut gelungen.« Er zuckte mit den Schultern. »Ich sehe keinen Sinn darin, zu Hause zu sein, wenn Bella nicht da ist.« *Seine Tochter,* dachte Julia, einen Moment lang erleichtert, dass er seine Freundin nicht erwähnt hatte. Sie dachte an Salve und Sibylla, die in ihren Betten schliefen, und verspürte einen sehnsuchtsvollen Stich. Was machte sie hier eigentlich!? Sie sollte sich einfach umdrehen, ein Taxi nach Hause nehmen und ihre Nase in der Falte zwischen Salves Ohr und seiner Schulter vergraben.

Ein Pizzakarton mit einem tiefbraunen, fast schwarzen Fettfleck in der Mitte lag hingeworfen auf einem Marmortresen, der seit ihrem letzten Besuch montiert worden war. Wo früher lose Drähte gehangen hatten, waren Leuchten angeschraubt worden, mundgeblasenes Glas in verschiedenen Farben, das an Kirchenfenster erinnerte. Sie strich über den Marmor.

»Geht's dir gut? Kann ich dir etwas anbieten?«

Julia nickte und schwankte unwillkürlich.

»Ich habe etwas Gras geraucht«, entschuldigte sie sich.

»Okay, also kein Gras mehr für dich«, sagte er und grinste. »Wasser? Ein Bier?«

Mahir verschwand im Hinterzimmer und kehrte mit einem Glas Wasser zurück. Julia trank einen Schluck, es war lauwarm. Sie stellte das Glas auf die Theke und drehte sich resolut zu Mahir um, schließlich war sie nicht hier, um Wasser zu trinken! Er wusste es, sie wusste es. Sie waren beide erwachsene Menschen.

»Ich habe nicht aufhören können, an dich zu denken«, sagte sie und trat einen Schritt näher. Mahir ließ sie so nahe an sich heran, dass sie spürte, wie sich sein Brustkorb an ihrer Brust hob und senkte, warm und stark unter dem Hoodie. Sie hörte, wie er – fast reflexartig – ihren Duft einatmete, bevor er sie an den Oberarmen packte und sanft von sich schob, ihr in die Augen sah und lächelte: »Das beruht auf Gegenseitigkeit.«

Julia deutete die Aussage als ein Signal, sich ihm wieder zu nähern. Sie schloss die Lider und beugte sich zu seinem Gesicht vor. Seine Lippen streiften ihre, er öffnete den Mund, und ihre Zungen trafen sich, hastig und hungrig. Dann trat er einen Schritt zurück, dann noch einen. Sie schmeckte den süßen Geschmack von Mahirs Zunge auf ihrer, war wie elektrisiert.

»Es ist in Ordnung«, sagte sie. »Ich will es.«

Julia bewegte sich wieder auf ihn zu. Irgendetwas in ihr reagierte beunruhigt, das hier war falsch. Sie war zu weit gegangen. Andererseits – nein. Sie tat nichts Falsches, das hier war ihr gutes Recht.

Mahir hielt sie sanft ein kleines Stück von sich weg.

»Genau deshalb«, sagte er. »Und du bist ja auch nicht … ganz nüchtern, oder?«

»Ach, komm schon!«

»Ich weiß nicht …«, sagte er, und ein neuer Ausdruck trat in seinen Blick. »Ist irgendetwas passiert?«

Julia lachte auf. War es wirklich so offensichtlich?

»Was heißt schon *passiert*«, sagte sie und eine Sekunde lang überlegte sie, ob sie es ihm sagen sollte, ihm einfach ihr Herz ausschütten sollte, hier, auf dem perfekt geäderten Marmor. Aber sie wollte nicht, dass er glaubte, sie wäre bloß hier, um sich zu rächen (obwohl das vielleicht stimmte?). Sie wollte sich auch nicht als naiv und betrogen darstellen, wie ein Opfer. Und außerdem, wie sie zu ihrer eigenen Überraschung feststellte, wollte sie Niko schützen. Sie wollte ihn nicht wie ein Schwein dastehen lassen.

Mahir begehrte sie, das war mehr als offensichtlich, als sie mit ihrer Hand über seinen Hosenstall fuhr. Er fing ihre Hand ein und schob sie beiseite.

»Nein«, sagte er.

Es war ihre linke Hand, die mit dem Ehering. Hätte sie ihn zuerst abnehmen sollen? Manchmal tat sie das, wenn sie zum Beispiel Fleischbällchen rollte. Der Ring schien so sehr mit ihr verwachsen, dass sie sich amputiert vorkam, wenn sie ihn in gelegentlich abgelegt hatte. Scham flammte in ihr auf – sie hatte sich zu sehr ins Zeug gelegt, wollte zu viel. Gleichzeitig fühlte es sich gut an, ihren Stolz aufs Spiel zu setzen.

»Mein altes Ich hätte ohne zu zögern Sex mit dir gehabt«, sagte Mahir und schluckte, »aber ich möchte wirklich kein Homewrecker sein.«

»*Homewrecker?*«, echote sie mit einem harten Lachen, es klang bitter.

»Julia.« Zwischen Mahirs Augenbrauen stand eine leicht besorgte Falte. »Komm, lass uns lieber reden.«

Die Stuhlbeine glitten lautlos über den Boden, der noch immer mit Pappen und Baustaub bedeckt war. Mahir stellte die Stühle einander gegenüber, setzte sich und streckte seine Hand aus. Plötzlich fiel es Julia schwer, ihn anzusehen.

»Ich will nicht, dass du dich zurückgewiesen fühlst«, begann er. »Weißt du, ich habe mich neulich so gefreut, dich zu sehen – ich dachte, *Wow! Wenn sie nicht verheiratet wäre, hätte daraus etwas werden können!* Ich will eine gute Sache nicht ruinieren, weil … um …« Er lachte. »Ich würde viel lieber mit dir reden, als Sex mit dir zu haben. Verstehst du, was ich sagen will?«

Julia fühlte sich wie ein Kind, fand aber schnell Gefallen an seiner Aufrichtigkeit. Dass er *Sex* sagte, als wäre es in keinster Weise aufgeladen, aber trotzdem voller Bedeutung. So war sie auch einmal gewesen. Wann hatte sich das geändert? Wann war *Sex* in ihrem Wortschatz gegen den reizlosen Ausdruck *miteinander schlafen* ersetzt worden? *Schlaft ihr miteinander? Wir schlafen nicht so häufig miteinander. Wir sollten öfter miteinander schlafen.* So un-fleischlich, so unsinnlich. Hier war ein Mann, der es wie ein Kompliment klingen ließ, dass er keinen Sex mit ihr haben wollte. Aber konnte *sie* denn nicht entscheiden, was es für sie bedeuten würde, wenn sie es täten? Dass sie verheiratet war, war doch wohl ihre Verantwortung?

»Du willst also nicht mit mir schla…« Sie unterbrach sich. »Du willst keinen Sex mit mir haben, weil du gerne mit mir redest?«

»Exakt«, sagte er und fuhr sich mit der Hand durchs Haar.

»Was soll das? Ist das so eine Art Madonna-Hure-Komplex?«

Mahir lachte und schüttelte den Kopf. »Ey, was denkst du denn von mir? Du bist mir einfach nur wichtig. Und ich selbst mir auch. Ich glaube, das könnte gefährlich werden.«

Gefährlich? War er auf irgendeine Weise religiös? Oder drückte der Schuh woanders? Hatte er einen kleinen Schwanz?

Es war, als wäre sie verflucht worden, sodass Männer sie nicht mehr ficken wollten, weder im Ehebett noch als Geliebte. War das eine Ehre, eine Sonderstellung, über die sie sich freuen sollte – sich freuen sollte, *ernst genommen zu werden*? Dass es gefährlich war, darum ging's doch gerade, deshalb war sie ja hier! Dass er sie hatte herkommen lassen, dass sie den Sicherheitsgurt löste, sich auffressen und ausspucken ließ?

Das sagte sie ihm auch, mit nicht ganz so krassen Worten.

»Ich habe zu viele andere Dinge, auf die ich mich konzentrieren muss«, sagte Mahir kurz in einer Demonstration provozierender Selbstbeherrschung.

»Aber betrachte dich als meine Heidi. *Du bist oben.*«

Mahir lächelte verschmitzt.

»Okay. Aber diese Heidi weiß auch, dass er niemals hochkommen wird.«

Julia sah, wie Mahir sich hastig über die Unterlippe leckte. Es war unverkennbar, dass er sie begehrte, mehr als je zuvor. Er wollte es. Mahir hielt ihre Schenkel zwischen seinen, drückte sie zusammen. Das fasste sie als Gelegenheit für einen letzten Versuch auf. Erst als sie wieder nüchtern war, wurde ihr klar, dass sie wie ein bettelndes Kind geklungen hatte, weshalb sie – auch Tage später noch – eine Angst durchzuckte, die sie vom einen Moment auf den anderen erstarren ließ.

»Auch nicht ein *einziges* Mal?«, wimmerte sie.

*

Ein paar Stunden später wurde Julia von etwas geweckt, das sich gegen ihr Bein drückte, groß und hechelnd. Es war Roy, der mit heraushängender Zunge rhythmisch gegen ihre Wade rammelte. Sie erhaschte einen Blick auf sein steifes Geschlecht und stieß einen schrillen Schrei aus. Mit aller Kraft stieß sie das Untier von sich, das aufjaulte und zu seinem Platz in Livs Schlafzimmer trottete.

Die Straßenlaterne tauchte das Wohnzimmer in ein warmes Licht. Der Stummel des gerauchten Joints stank auf dem Wohnzimmertisch – widerlich und süßlich. Julia hörte, wie Liv sich im Bett im Nebenzimmer umdrehte. Dachte an die *Cars*- und *Eiskönigin*-Bettwäsche der Kinder zu Hause. An Nikos schwere Atemzüge neben ihren in ihrem gemeinsamen Bett. Dachte an die Coop-Karte und all die Bonuspunkte, die sie gesammelt hatten. An die Payback-Punkte von Åhléns. Was würde daraus werden?

Tränen stiegen in ihr auf, als eine Welle der Demütigung sie überrollte: Nikos Untreue, Mahirs Zurückweisung und ihr erbärmlicher Versuch, ihn zum Sex zu überreden. Sein teilnahmsvoller Blick, erfüllt von selbstgerechter Würde.

Der Einzige, der sie anscheinend ficken wollte, war ein Hund namens Roy, der noch nicht einmal geliebt wurde, sondern nur das Opfer von Livs gestörter Bindungsfähigkeit war.

Trotzdem erkannte Julia, dass sich in den letzten vierundzwanzig Stunden etwas in ihr verändert hatte. Zwar wollte sie nicht ohne Niko leben, aber sie konnte auch nicht mehr so weitermachen wie bisher. Ihre Beziehung war zerschlagen wie eine Piñata. Jetzt lag alles offen vor ihnen auf dem Boden. Nun galt es, die Scherben aufzusammeln und etwas Neues aufzubauen.

Mahir hatte recht gehabt. Sie sollte einfach nach Hause gehen.

7

Das Hochzeitsvideo war von dem in *Tatsächlich … Liebe* inspiriert, in dem der beste Freund, der die Hochzeit filmen sollte, seine Verliebtheit in Keira Knightleys Charakter dadurch offenbarte, indem er ständig das Objektiv auf sie richtete. Ein Filmthema zu wählen, war Julias Idee gewesen. Es mündete selbstverständlich im »Elephant Love Medley«. Da war seine Oma mit ihrem gedrungenen Körperbau und dem wehmütigen, glückseligen Blick im Bild zu sehen, die ihre breiten Absätze in den Rasen bohrte.

Oma! Es war ihr Ring, der an Julias Finger steckte. Wie sehr er sie in diesem Augenblick vermisste! Oma … oder Julia? Wahrscheinlich beide. Der Lagavulin brannte in seiner Kehle, als Niko versuchte, die Tränen mit Alkohol zu unterdrücken. Es hatte die gegenteilige Wirkung. Selbstquälerei war nie so richtig Nikos Ding gewesen, aber jetzt schien sie ihm angemessen. Was sollte er sonst tun, während er auf Julias Urteil wartete, als sich in seinen eigenen Fehlern und Unzulänglichkeiten zu suhlen?

Seit vierundzwanzig Stunden versuchte er nun schon, Julia zu erreichen, ohne Erfolg. Seit sie sich damals in dem Club im Schlachthausviertel kennengelernt hatten, war das die längste Zeit, in der sie keinen Kontakt gehabt hatten, auch wenn dieser manchmal nur aus einer einfachen Textnachricht über den zu erledigenden Einkauf bestanden hatte, aus einem *Guten Mor-*

gen! oder einem *Gute Nacht!* In ein paar Monaten würden die Anzeige für Jyllandland erscheinen. Wären sie dann noch zusammen, oder wäre die Anzeige wie ein Nachruf auf seine Familie?

Der Moment hatte sich an einem Abend in Spanien ereignet – ausgerechnet! Wie quälend klischeehaft! Inma und er hatten den ganzen Tag zwischen den sprießenden Rebstöcken und im Weinkeller verbracht, sie hatten gegessen, getrunken und gelacht und etwas miteinander geteilt, eine *joie de vivre*, sagte man wohl – pure Lebensfreude. Vom Kleinkindpapa Niko war nichts zu sehen gewesen. Dort, unter der Sonne Katalaniens, war er der Weinimporteur aus Skandinavien mit einem sexy Akzent. Inma hatte sein Schwenglisch mit ihrem eigenen, noch ausgeprägteren spanischen Akzent nachgeahmt. Sie hatte einen leichten Schweißgeruch verströmt, als sie spät in der Nacht draußen in der Hollywoodschaukel, deren Stoff große Lilien zierten, an der warmen Luft saßen. Johan war schon längst zu Bett gegangen. Im Gebüsch zirpten die Grillen, sie legte ihre Hand auf seinen Schenkel, und es war körperlich ein Ding der Unmöglichkeit, Nein zu sagen. Vielleicht wusste er in diesem Moment schon, dass ihn das teuer zu stehen kommen würde – aber es war ein Preis, den er zu zahlen bereit war, wenn er nur zu Boden sinken und ihr diese mit roter Erde befleckte Jeans herunterziehen durfte, um sein Gesicht zwischen ihren Schenkeln zu vergraben.

Ein Preis, den er zu zahlen bereit war? Wie blöd konnte man eigentlich sein! Plötzlich hörte Niko ein Geräusch aus dem Flur. Sein Körper spannte sich automatisch an, bereit, sich zu verteidigen. Aber dann hörte er das Klicken im Schloss und das vertraute Stampfen auf dem Flurteppich. Julias Schatten huschte über die Wände, sie kam näher, und dann war sie schon da. Ihre Lippen waren geschwollen; sie hatte geweint. Jetzt stand sie da im Grenzland zwischen Flur und Wohnzimmer.

»Hat das Zubettbringen gut geklappt?«, fragte sie, als wäre sie nach einem ganz gewöhnlichen Abend mit Überstunden nach Hause gekommen.

Er nickte zögernd. »Sie haben dich vermisst.« Er biss sich auf die Lippe, er hatte ihr kein schlechtes Gewissen machen wollen. Sie lachte, als sie ihr Hochzeitsvideo sah, das er hervorgesucht hatte. Machte einen Schritt ins Zimmer, dann noch einen, und setzte sich schließlich weit weg von ihm, aber immerhin auf dasselbe Sofa.

Schweigend verfolgten sie die Bilder auf dem Fernseher. In jeder anderen Situation hätte er erraten können, was Julia tun oder sagen würde. Jetzt saß er nur da und suchte nach Worten, fand aber keine.

»Lassen wir uns jetzt scheiden?« Julia war es, die das Schweigen brach. »Ich meine ja nur … das tut man dann doch, oder?«

Auch jetzt erwiderte er nichts. Er war ein Hund, den man bestrafen musste.

»Ich beziehe mich nur auf das, was du gesagt hast. *Wenn man mit anderen Leuten schlafen will, muss man eben Schluss machen*, wiederholte sie kühl. »Das hast du gesagt. Deshalb dachte ich … nun, dass es das ist, was du willst.«

»Ich will keine Scheidung«, sagte Niko da; schnell. Und dann: »Ich tue alles, was du willst, Julia.«

Das kam nicht so raus, wie er es gehofft hatte.

»Darum geht es nicht«, sagte sie gereizt. »Es geht nicht darum, dass du etwas *tun* musst.«

Niko wagte es nicht, ihr zu widersprechen, fürchtete, dass die kleinste Bewegung die Situation noch schlimmer machen würde. Julia hatte recht. Aber wenn es nicht um Wiedergutmachung ging, worum ging es dann?

Er umklammerte krampfhaft die Fernbedienung. Julias Blick klebte am Fernsehbildschirm. Als sie sich schließlich zu ihm umdrehte, reagierte sie etwas sanfter als zuvor.

»Es geht darum, dass wir dazu stehen müssen, wer wir sind, Niko – darum geht es.«

»Okay«, sagte Niko und schluckte. »Und wer sind wir dann?«

»Ich weiß es nicht.« Ihre Stimme stockte. »Warst du nicht derjenige, der sich schon ausgetobt hatte?«

»Nun ja … nun, *jetzt* habe ich es …«

Jetzt strömten Tränen über ihre Wangen. Das war nicht das übliche Weinen, das er sonst von ihr kannte, das war ein anderes – wie sollte er das beschreiben? Es wirkte klarer, reiner. Er wollte näher rücken, aber ihre ganze Körpersprache hielt ihn auf Abstand. Sie vergrub ihr Gesicht in den Händen. Ihr Rücken bebte. Sein Blick fiel auf die abgebrochenen, abstehenden Nackenhaare unter ihrem nachlässigen Knoten. Dann kamen auch ihm die Tränen, dick und warm, und er spürte, wie sich sein Gesicht zu einer erbärmlichen Grimasse verzog. Julia schniefte laut und sah ihn an, auf einmal ganz gefasst.

»Es hätte mir genauso gut passieren können«, sagte sie.

Er rückte näher an sie heran, aber nicht zu nah – nur so weit, dass er ihre warmen, feuchten Tränen mit seinem rauen Daumen wegwischen konnte.

»Es gab Gelegenheiten, da war es *so* knapp.« Sie zeigte einen minimalen Spalt zwischen Daumen und Zeigefinger.

»Du bist besser als ich«, sagte Niko automatisch und hörte wieder, wie albern er klang. Der Schein der Lampe im Fenster spiegelte sich in Julias Pupille wie ein kleiner, warmer Mond.

»Warum hätte ich das tun wollen?«, sagte sie zögernd, als sei die Frage nicht rhetorisch gemeint. »Sicher, wir haben in letzter Zeit nicht so viel miteinander geschlafen, aber das allein ist nicht der Grund, oder? Es ist nicht unbedingt so, dass ich glaube, dass es mit jemand anderem besser wäre. Was mich reizen würde, ist, dass es *anders* wäre, glaube ich.«

Dieses Gespräch hatte sie früher schon einmal anzustoßen versucht, doch da hatte er es aus Schuldgefühlen und aus Angst, sich zu verraten, abgewehrt.

Julia stieß einen lang gezogenen Seufzer aus, als hätte sie während des ganzen Gesprächs den Atem angehalten.

»Ich verzeihe dir.«

Ihr Blick richtete sich wieder auf den Fernseher, auf dem gerade die Aufnahme vorbeiflimmerte, als sie die Hochzeitstorte anschnitten und sich gegenseitig damit fütterten.

»Was für 'ne beschissene Emo-Frisur du damals hattest«, bemerkte Julia spöttisch, aber nicht ohne Zärtlichkeit. Niko spürte, dass ihm eine Last genommen worden war; er lachte.

»Die war total trendy«, sagte er.

Julia kicherte. Betrachtete das Video mit derselben Wärme, mit dem er sie die Kinder hatte betrachten sehen: mit grenzenloser, nachsichtiger Liebe.

»Also ... Die Tatsache, dass du diese spanische Traubenpflückerin geleckt hast, hat nichts mit uns zu tun.«

»Ich habe ihr nicht geantwortet und werde es auch nicht tun«, sagte er.

»Warum nicht?«

»Versteht sich das nicht von selbst?«

»Es sind doch nur Konventionen, die dir einreden wollen, dass du etwas falsch gemacht hast«, sprach Julia weiter. »Es ist doch an uns, das zu entscheiden, oder? Wenn ich nun sagen würde, dass das in Ordnung wäre. Dass du es tun *darfst*, Inma treffen – oder wie sie verdammt noch mal hieß. Beziehungsweise, nicht ausgerechnet sie, diese Schlampe soll von mir aus gern verrecken.«

Niko lachte, und auch Julia brach in Lachen aus, sodass ihr der Schnodder aus der Nase schoss. Er mochte ihre brennende Eifersucht. Am Anfang ihrer Beziehung konnten sich ihre Augen manchmal verfinstern, wenn er Frauen erwähnte, mit denen er vor ihr zusammen gewesen war. So, als ob ein Unwetter über ihrem Gesicht aufzöge, wenn auch nur für einen flüchtigen Moment. Bevor sie sich seiner ganz sicher war. Sie hörte auf zu lachen.

»Aber wenn jemand anderes auftauchen würde … Wenn wir das nicht als Untreue bewerten würden … Vielleicht ist das ja der ultimative Lifehack? Ein Lovehack, sozusagen.« Julia holte tief Luft, räusperte sich: »Das haben wir doch von Anfang an gesagt, oder? Dass wir uns nie gegenseitig einschränken würden. Uns immer gegenseitig herausfordern.«

Er nickte. Ja, das hatten sie gesagt. Julia griff nach der Fernbedienung, schaltete den Fernseher aus. Sie rutschte näher an ihn heran; ihre Kleidung verströmte einen süßlichen Geruch nach Cannabis. Sie streckte Niko ihren Fuß entgegen. Er nahm ihn, massierte ihn so, wie sie es gernhatte, presste seinen Daumen fest unter den Ballen.

»Boah, tun mir diese neuen Fußeinlagen weh«, sagte sie. »Aber, weißt du was, für all das hier«, sie deutete um sie herum, »werden wir noch jede Menge Zeit haben. Später, wenn wir älter sind und nicht mehr können, wenn wir dazu bereit sind. Aber so weit ist es doch noch nicht, oder?«

Niko stieß einen zitternden Seufzer aus.

»Vielleicht sollten wir einfach ausprobieren, was Lene und Johan machen?«, sagte sie herausfordernd.

War es das, worauf Julia die ganze Zeit hatte hinauskommen wollen? War das tatsächlich der Weg, den ihre Beziehung genommen hatte?

Beziehungen waren in gewisser Weise auch dem Zyklus des Lebens unterworfen. So wie ein Samenkorn zu einem Steckling wurde, dann zu einer Pflanze, später verwelkte und schließlich zu Humus wurde. Vielleicht war es töricht, am Alten festzuhalten, wenn die Beziehung sich weiterentwickeln wollte? Selbst uralte Rebstöcke mussten jedes Jahr heruntergeschnitten werden, um Platz für neues Leben zu schaffen. Eine neue Runde um die Sonne, eine neue Ernte.

»Wir sollten also einen *Dildo mit Seele* ausprobieren?«, fragte Niko, nicht in der Lage, einen ernsten Gesichtsausdruck zu bewahren.

Julia verdrehte die Augen.

»Im Ernst, Niko. Sei einfach offen dafür, dass es da draußen noch mehr gibt und dass es in Ordnung ist. Dass es keine Bedrohung ist.«

Niko kippte seinen Whiskey herunter. Begegnete ihrem direkten, auffordernden Blick.

»Und wir hätten natürlich Regeln.«

2. TEIL

Regeln

1. Sich nicht verlieben
2. Mit niemandem, den wir beide kennen
3. Es auf die französische Art handhaben
4. Die Logistik nicht zerschießen
5. Nicht über Nacht wegbleiben
6. Kondome benutzen
7. Wir beide stehen immer an erster Stelle

8

Und so kam es, dass Julia Petersén und Niko Kieslowski ihre Ehe auf eine andere Basis stellten. Sexualität war nicht länger etwas, das ausschließlich mit dem anderen praktiziert werden sollte. Schon am nächsten Abend setzten Julia und Niko sich deshalb an den Küchentisch, aufgekratzt und gleichzeitig schüchtern wie zwei Teenager. Oben auf einen Zettel schrieb Julia mit Sibyllas hellblauem Filzer (einen anderen konnten sie gerade nicht finden): *Regeln*. Dann sah sie Niko an. Wo sollten sie anfangen?

Je mehr sie über das Thema sprachen, umso bornierter schien es ihnen, dass sich nicht alle Paare diese Freiheit nahmen. Was war denn so schlimm an der Begegnung zweier Körper? Diese Art, ihre Beziehung zu führen, würde ihnen als Individuen mehr Spielraum geben und ihre Beziehung stärken. Vielleicht klang es naiv, aber, wie Julia sagte: »Wer was dagegen einzuwenden hat, kennt uns nicht.«

Sich auf gemeinsame Regeln zu verständigen, setzte eine neue Offenheit voraus. Niko gefiel es nicht, dass Julia seinen Seitensprung sezierte, er wollte sich lieber in Schuldgefühlen suhlen, als dazu zu stehen. Aber Julia fragte neugierig und offen, ohne zu urteilen. Schließlich erzählte Niko ihr, dass Inma gesagt habe, sie fände seine Weinkenntnisse sexy und dass er wie ein Südländer denke, obwohl er aus dem Norden stamme. Niko lachte verlegen. Wie konnte man sich nur so leicht aufreißen lassen?

»Hast du das vermisst? Mit anderen Augen gesehen zu werden?«, wollte Julia wissen.

Niko wühlte sich durch alle Schichten der Scham.

»Ja, vielleicht«, räumte er schließlich ein.

Diese neuen Gespräche öffneten Türen zu Räumen, die bislang verschlossen gewesen waren. Räume, in denen sie sich frei bewegen konnten, in denen die Klaustrophobie nachließ. Wo auch Niko Julia so wahrnehmen konnte, dass sie seine Lust weckte, das erste Mal seit … Langem. Der Abend endete damit, dass sie Sex unter dem Küchentisch hatten – stillen, aber leidenschaftlichen. Julias Verlangen war heftig, aber es schien auch eine gewisse Angst darin zu liegen – als wolle sie sich vergewissern, dass er noch da war. Niko wollte es ihr besser besorgen, als irgendein dahergelaufener Idiot es jemals könnte. Die Intensität ihrer Bewegungen rief Erinnerungen an den Beginn ihrer Beziehung in ihm wach, als noch Ungewissheit ihr Verlangen befeuert hatte.

Die Gefühle, die Niko mit ihr teilte, eröffneten Julia neue Erkenntnisse über sich selbst.

»Es ist so, als hätte meine Sexualität immer jemand anderem gehört«, dachte sie laut nach, als sie nach dem Sex noch auf dem harten Fußboden liegen blieben und zur Tischplatte hochsahen. »Bevor ich überhaupt jemandem einen geblasen habe oder nur daran *gedacht* habe, jemandem einen zu blasen, wurde mir gesagt, ich hätte Schwanzlutscherlippen. Bevor ich dich getroffen habe, ging es beim Sex nur darum, den Kerl zu befriedigen. Mein Vergnügen diente nur dazu, sein Vergnügen zu bestätigen, verstehst du?«

Niko verstand es nicht. Na gut, auf rein intellektueller Ebene verstand er es natürlich, hatte auch von anderen Frauen gehört oder gelesen, die etwas Vergleichbares geäußert hatten, aber er konnte sich selbst darin nicht wiedererkennen. Für ihn war es eine Offenbarung gewesen, zu erkennen, dass Sex auch ein Mittel war, jemand *anderem* Vergnügen zu bereiten. Dass er Julia das geben *konnte*, was sie brauchte.

»Ich glaube, ich hatte meinen ersten Orgasmus mit dir«, sagte Julia und stützte ihren Kopf auf den Ellbogen. »Ich dachte, dass ich schon davor schon mal gekommen wäre, aber das war nur Wunschdenken. Es war eine andere Art von Lust, die mehr mit Bestätigung zu tun hatte. Erst mit dir konnte ich wirklich damit aufhören, Orgasmen vorzutäuschen.« Niko heftete seinen Blick auf den kleinen Schatten unter ihrer Nasenspitze. »In gewisser Weise ist es also so, dass diese Lust dir gehört«, erklärte sie.

Er musste unfreiwillig auflachen. »Ist es nicht, oder?!«

Julias Schweigen war bezeichnend.

*

Sich nicht verlieben

»Wenn wir uns einig darüber sind, dass eine Scheidung nicht infrage kommt, wenn wir uns also versprechen, zusammenzuhalten, no matter what, dann ist das Schlimmste, was passieren kann, dass wir einander verletzen«, sagte Julia.

»Ja, oder Gefühle für jemand anderen entwickeln«, fügte Niko hinzu, der sich deshalb aber eigentlich, was ihn selbst betraf, keine Sorgen machte. Er war rational, er konnte Dinge voneinander trennen, wusste aber, dass Julias Gefühlsleben komplizierter war.

Sie hatte etwas Launenhaftes an sich, und in Verbindung mit ihrer überbordenden romantischen Fantasie führte dies dazu, dass sie nicht wirklich wusste, wo die Grenzen lagen. So nahm Niko es jedenfalls an.

Aber Julia sagte: »Entwickelt man Gefühle für jemand anderen, muss man dafür Verantwortung übernehmen. Dann muss man es einfach beenden.«

Wir beide stehen immer an erster Stelle

»Das hängt mit einem anderen Punkt zusammen«, sagte Niko. »Wir dürfen nicht vergessen, dass es ein *Wir* gibt. Zwischen uns muss immer Loyalität bestehen.«

Julia nickte. »Ja, selbstverständlich. Zu hundert Prozent. Das steht außer Frage.«

Mit niemandem, den wir beide kennen

»Ich gehe lieber mit jemandem ins Bett, dessen Namen ich kenne, als mit jemandem, dem ich zufällig in einer Bar über den Weg gelaufen bin«, sagte Julia. »Aber Stockholm ist klein. Wo ziehen wir die Grenze? Keine Freunde und Bekannten, natürlich, aber was ist mit entfernten Bekannten?«

»Wir können uns doch wohl auch von entfernten Bekannten fernhalten, oder nicht«, fand Niko.

Die Logistik nicht zerschießen, nicht über Nacht wegbleiben, Kondome benutzen

Dass ihre Vereinbarung keinesfalls zu Lasten ihres Alltags gehen solle, war wiederum Niko wichtig. Die Kinder bringen und abholen, das musste flutschen. Sie hatten auch keine Zeit dafür, sich gegenseitig mit Chlamydien oder noch Schlimmerem anzustecken. Julia hatte keine Einwände.

Es auf die französische Art handhaben

Inspiriert von *Mating in Captivity*, war Julia überzeugt davon, dass es Transparenz zwischen ihnen geben müsse. Sich gegenseitig von ihren jeweiligen Abenteuern zu erzählen, könnte sie einander näherbringen. Aber Niko schauderte bei der Vorstellung, dass sie sich bei einer Flasche Wein über irgendeinen Fick austauschten, den sie im besoffenen Zustand gehabt hatten. Das wollte er nicht als gemeinsamen Kink haben. Und außerdem – Niko war sich schmerzhaft bewusst, dass Julia einfach nur vor die Tür gehen brauchte und innerhalb von zehn Minuten einen Sexpartner gefunden hätte. Was ihn betraf, war er sich dagegen nicht so sicher, wie oder ob es überhaupt funktionieren würde.

Diese Regel hing ein paar Tage zwischen ihnen in der Luft. Sollten sie sich gegenseitig auf dem Laufenden halten oder diskret sein? Julia und Niko mussten getrennt darüber nachdenken, was sie wirklich wollten. Als Niko Johan um Rat fragte, unterstützte Johan seine Sichtweise.

»Nein, nein, erzählt euch nichts. Darum geht es ja gerade, dass man es auf die französische Art handhabt.«

»›Auf die französische Art‹?«

»Genau. *Don't ask, don't tell.* Das Geheimnisvolle daran ist vielmehr der Sinn der Sache. Was dich auf Trab hält, ist ja gerade die *Möglichkeit*, dass der andere einen Liebhaber oder eine Liebhaberin hat, nicht die Gewissheit.«

»Aber ist das denn nicht dasselbe wie Untreue, wenn man so etwas voreinander verbirgt?«

Johan schnalzte mit den Lippen und artikulierte wie ein Theaterschauspieler: »Subventionierte Untreue. Untreue ohne Erwartung von Treue.«

Julia zog skeptisch die Augenbrauen hoch.

»Wie, Johan sagt, dass wir es *auf die französische Art* handhaben sollten?« Sie schaufelte die restlichen geriebenen Karotten und den Ketchup in den Mülleimer. »Was meint er damit überhaupt?«

Sibylla tauchte in der Küche auf, legte sich rücklings auf den Flickenteppich und starrte an die Zimmerdecke.

»Alles okay, Liebling?« Julia hockte sich neben Sibylla, die sich auf den Bauch rollte und ihr Kinn in die Hände stützte. »Mir ist langweilig«, klagte sie. »Können wir ein Spiel spielen?«

»Gleich«, sagte Julia. »Wir müssen hier nur noch eben alles aufräumen, dann können wir etwas spielen.«

Sibylla stöhnte laut und zog sich in eine Ecke zurück. Ganz offensichtlich hatte sie vor, dort sitzen zu bleiben und zu warten, bis sie fertig waren.

»Ich finde, wir sollten es uns erzählen, sonst wäre das so, als würden wir lügen«, konstatierte Julia und stellte die Teller in die Geschirrspülmaschine, füllte Spülmittel ein und knallte die Klappe zu.

Niko suchte die Antwort darauf zwischen den Bildern an der Wand. *Wäre das so?*

»Sonst laufen wir ja mit einer Lüge umher«, wandte Julia ein.

»Ja, aber mit einer subventionierten Lüge«, erwiderte Niko.

»Einer subventionierten Lüge?«

»Warum hat sich das bloß so gut angehört, als Johan das gesagt hat?«

»Was heißt *subventioniert?*«, fragte Sibylla.

»Bitte, Sibylla, geh zu Salve und warte da, ich rufe dich, wenn wir fertig sind.«

Sibylla verschränkte demonstrativ die Arme vor der Brust.

»Ihr dürft Eis haben«, sagte Julia.

Niko wollte gerade etwas dagegen einwenden, erkannte aber, dass dies einer der Anlässe war, bei denen Eiscreme angebracht war, obwohl es erst Dienstag und noch nicht Naschi-Tag war.

»Ich finde es wichtig, ehrlich zu sein«, wiederholte Julia ihr Hauptargument. »Das ist doch gerade der Sinn der Sache.«

Sie ließ sich auf den Boden sinken, wo gerade noch Sibylla gesessen hatte. Wie ähnlich sie sich doch waren! Niko verspürte einen zärtlichen Stich in der Brust. Er fingerte an seinem Handy herum.

»Sind wir uns wirklich sicher, dass wir das hier wollen?«

Julia strich sich mit beiden Händen das Haar zurück. Eine rastlose Geste. Der Schein der Küchenlampe spiegelte sich auf ihrer hohen Stirn.

»Ich möchte diese Sache wirklich ausprobieren«, sagte sie mit ausdrucksloser Stimme.

Niko schluckte den Kloß in seinem Hals herunter. Bevor er antworten konnte, signalisierte ein *Pling!* den Eingang einer Mail. Normalerweise hätte er sie ignoriert, aber in ebendiesem Moment wollte er nichts lieber, als sich etwas Bedenkzeit zu erkaufen. Er riss die Augen auf, als er den Absender erkannte. Dann reichte er Julia das Handy. Sie sah lange auf das Display, so als würde sie jedes einzelne Wort in sich aufsaugen.

»Wie toll!«, sagte sie. »Glückwunsch!«

Niko lächelte breit. Er wollte sofort antworten, bevor ihm die Gelegenheit durch die Lappen ging. Es war Mahir, der sich mit ihm treffen wollte, um sich sein Weinsortiment anzusehen. In ein paar Wochen oder so.

Julia stand auf und ging zur Spüle. Wischte sie geistesabwesend mit einem Wischtuch ab, drehte sich dann zu ihrem Equal-Care-Plan um und setzte gewohnheitsmäßig einen Haken. Niko registrierte das aus dem Augenwinkel, während er überlegte, wie er seine Antwort formulieren sollte. Es sollte begeistert klingen, ohne verzweifelt zu wirken.

»Bonsoir Mahir …«

»Vielleicht hast du recht«, sagte Julia, den Blick immer noch auf den Plan gerichtet.

»Was?«

»Du hast vielleicht recht. Wir sollten es womöglich *auf die französische Art* tun.«

9

Das Problem liegt darin …«, sagte Julia zu Liv, während sie sich zwischen den Reihen mit Faschingskostümen, Kunststoffkackhäufchen und Heliumballons hindurchschlängelten, »dass es keine einzige Person gibt, mit der ich mir vorstellen kann, zu schlafen.«

In den ersten Wochen nach ihrer Vereinbarung hatte Julia sich damit zufriedengegeben, den frischen Luftzug der geöffneten Tür zu spüren. Aber es dauerte nicht lange, bis sie wieder rastlos wurde und sich eine gewisse Besessenheit in ihr Bewusstsein schlich. Wo waren sie nun, die vielen hungrigen Blicke, die sie früher überall zu sehen geglaubt hatte? Jetzt, wo sie »frei« war, waren sie nirgends zu sehen.

Der Alltag mit Niko war warm und weich wie ein Flanelllaken, so wie es gewesen war, bevor die Frustration Wurzeln geschlagen hatte. Morgen für Morgen ackerten sie sich durch die Dunkelheit, suchten Wollunterwäsche für die Kinder raus, fummelten an Schneehosen mit kaputtem Reißverschluss herum. Salves Haar war ständig elektrisch aufgeladen und stand ab wie ein verrückter Heiligenschein, wenn er sich die Mütze auszog.

Mahirs Feedback im Hinterkopf behaltend, machte Julia sich daran, mit frischer Energie den *Wahnsinnigen* umzuarbeiten.

Sie machte es sich zur Gewohnheit, täglich in dem 7-Eleven vorbeizuschauen, in dem sie Mahir damals beim Kauf von Kopfschmerztabletten getroffen hatte. Sie wagte es nicht, ihm zu schreiben, und erst recht nicht, ihn anzurufen, und Mahir hatte sich nicht mehr gemeldet, seitdem er sie im Restaurant zurückgewiesen hatte. Vielleicht war das, nach dem Beginn einer Geschäftsbeziehung mit ihrem Mann, ein weiteres Zeichen von ihm, auf Distanz zu gehen. Ein paarmal ging sie an seinem Restaurant vorbei, passierte mit zögernden Schritten das Grand Hôtel, die Schiffe mit ihren Schornsteinen und rostigen Schrauben, die still im trüben Wasser lagen. Dort, hinter den mit Pappen verdeckten Scheiben, ging es mit dem Restaurant voran. Aber sie klopfte nie an, gab sich nicht zu erkennen.

Was er wohl tat? Wo er wohl steckte?

Mahirs Instagram-Feed enthielt nur eine Handvoll Bilder.

Gehäutete Kaninchen, im Ganzen über dem offenen Feuer gegrillt, das rosafarbene Fleisch spannte über den mageren Knochen.

Ein Bild von einem Markt mit Zitronen und Tomaten, die wie Juwelen glänzten, dem Licht nach zu urteilen, in einem südlichen Land. Ein altes, körniges Bild von ihm selbst, so wie sie ihn in Erinnerung hatte, bei einem Kickflip auf dem Skateboard.

Zwischen Mahirs getaggten Fotos hatte sie noch mehr gefunden. Leute, die sein Restaurant Camille im 5. Arrondissement in Paris besucht hatten, wo er auf Bildern von diversen Menü-Kreationen getaggt worden war: Getrocknete Ente, Omelett mit eingelegten Zwiebeln und Pfifferlingen. Auf einem Foto stand er mit dem Rücken zu einem Fenster. Es kam ihr ungewöhnlich intim vor: die Art, wie das T-Shirt über seine Rückenmuskulatur fiel, der sonnenverbrannte Nacken, die Andeutung seines Profils, im Hintergrund ein Meer. Ob es das Mittelmeer war? Oder der Atlantik? Julia klickte auf das Profil, das die Bilder gepostet hatte. Daria. Das Profilbild zeigte eine Frau, deren breites Lächeln mit einem aufsehenerregenden Sonnenhut konkurrierte. Sie hatte eine Flut von Followern, der Feed war sorgfältig zusammengestellt. Diskrete Filter, attraktive Menschen, Dolce Vita. Üppige Blumensträuße, kleine Füße mit glänzenden Zehennägeln halb vergraben im kreideweißen Sand, Kunstausstellungen und die Pariser Tuilerien während der Blüte im April. *Oberflächlich*, dachte Julia. Sie scrollte weiter und entdeckte noch mehr Bilder von Mahir. Sie waren alle suggestiv, strahlten fast etwas Rätselhaftes aus. Julia zoomte vorsichtig das Bild heran, auf dem man die Konturen seiner Rückenmuskeln erahnen konnte, und achtete sorgfältig darauf, es nicht versehentlich zu liken.

Sie hatte sich darauf verlassen, dass das Universum mit dem weitermachen würde, was es begonnen hatte, indem es Mahir und sie zwei Tage in Folge die Wege hatte kreuzen lassen und Julia diese vielen neuen Ideen in den Kopf gepflanzt hatte. Stattdessen stand Mahir wie ein Hindernis zwischen ihr und ihrer wahren Befreiung. Das Universum war ein verdammter Witzbold.

»Ich muss es einfach hinter mich bringen«, sagte Julia zu Liv, während sie weiter die Kostüme durchsah, »wo ich jetzt doch die Chance habe, es auf ehrliche Weise zu tun. Ich frage mich, ob ich nicht doch wieder Kontakt zu Mahir aufnehmen soll, trotz allem.«

Sie versuchte es so klingen zu lassen, als wäre ihr der Gedanke so ganz nebenbei gekommen. Sie drehte sich zu Liv um, die jäh stehen geblieben war, das Gesicht hinter einer *Scream*-Maske verborgen.

»Das endet doch nur in Besessenheit«, sagte Liv. »Ich kenne dich.«

»Wenn du das sagst …«

»War er nicht ziemlich deutlich darin, dass er *nicht* mit dir schlafen wollte?«

Julia fingerte an den glitzernden Prinzessinnenkleidern herum. Blieb vor Belles gelbem Ballkleid mit dem volantgeschmückten Ausschnitt stehen. Ließ das elektrisch aufgeladene Polyestergewebe durch ihre Finger gleiten, während sie weiter nach dem Kleid suchte, das Sibylla für ihre Party haben wollte.

»Moment«, sagte Liv und hob die Maske an. »Jetzt hab ich's kapiert. Shit, bin ich blöd! Ihr führt jetzt ja auch *nur* eine offene Beziehung, weil du …«

»Nein«, widersprach Julia rasch. »So ist das überhaupt nicht. Mahir ist nur einer von vielen.«

»Einer von vielen, mit denen du schlafen willst? Es ist doch offensichtlich, dass du nur mit ihm Sex willst, was wiederum daran liegt, dass er nicht mit dir schlafen will. Daddy Issues, all over again. Ich dachte, die Phase hättest du hinter dir gelassen.«

Julia schnaubte.

Plötzlich bereute sie alles, was sie Liv über ihren Vater erzählt hatte – darüber, dass sie sich während ihrer Kindheit insgeheim auf die Treffen mit ihrem Vater vorbereitet hatte. Sich immer darum bemüht hatte, cleverer zu sein, smarter zu denken, Ehrgeiz zu zeigen, um ihn nicht zu langweilen. Und dann: ein Anruf aus einem Hotel in Stockholm. »Ich schaffe es leider nicht, mich mit dir zu treffen. Musste hier ein paar Pläne umwerfen. Ich habe keine Zeit.« So als wäre Julia irgendeine x-beliebige Geschäftspartnerin, ein Termin zwischen allen anderen, wichtigeren. Julia, die schon geplant hatte, was sie anziehen würde, was sie auf der Speisekarte bestellen würde, wenn sie in dieses oder jenes Lokal gehen würden, wie sie ihm von ihren Bestnoten in Englisch erzählen sollte. Es war wichtig, ihren Vater mit Dingen zu locken, auf die er sich verstand. Schönheit und intellektuelle Leistung. Konkrete Dinge. Beweise, dass sie es wert war, sie um sich zu haben.

Das hatte sie begriffen, nachdem sie – irgendwann im Alter von zehn Jahren – ihren Mut zusammengenommen und geradeheraus gesagt hatte: »Ich hab dich lieb, Papa.« Tim hatte sie nur verblüfft angestarrt, gelähmt. Die Worte waren zwischen ihnen hängen geblieben. Es war offensichtlich: Sie musste sich noch weitaus mehr anstrengen als bislang.

Und jetzt nahm Liv sich die Freiheit heraus, diese schmerzhaften Erinnerungen auf eine weitere Diagnose zu reduzieren.

»Das sind keine Daddy Issues«, protestierte Julia gekränkt. »Und nur weil man eine verdrehte Beziehung zu seinem Vater hat, heißt das ja nicht, dass man mit ihm schlafen will.« Sie machte eine kurze Pause, dann sagte sie so sachlich, wie sie nur konnte: »Zwischen Mahir und mir war eine *Verbindung*. Wenn ich nur ein einziges Mal mit ihm Sex haben könnte, könnte ich es danach loslassen.«

»Aha«, sagte Liv. »Loslassen? Seit wann, bitte sehr, hat es denn jemals funktioniert, mit jemandem zu schlafen, um ihn sich aus dem Kopf zu schlagen? Mit jemandem Sex zu haben, ist doch der Inbegriff davon, jemanden in sein System *einzulassen*. Das solltest du wissen, wo dich doch das ganze hormonelle Zeug so interessiert.«

Julia wedelte mit der Hand, als wollte sie sagen *Ja, ja*.

»Wenn du wirklich nach einem Sexpartner suchst, musst du deine Ansprüche senken«, sagte Liv. »Nach etwas suchen, das roher und körperlicher ist. Wo gar kein Risiko besteht, dass mehr daraus werden könnte.«

Aber einfach nur Sex mit jemandem zu haben, das war Julia zu simpel. Verlangen entstand nicht nur während eines einzigen Abends, romantisches Kribbeln dagegen – das war etwas anderes. Julia wollte all das erleben, aber gleichzeitig eine gewisse Distanz zum Objekt wahren. Chemische Verliebtheit ja, aber ohne Tiefe zu fordern.

»Du solltest Sex eher wie Fastfood betrachten«, sagte Liv. »Als etwas, das schnell den Hunger stillt, mehr nicht.«

»Bäh, wie öde«, sagte Julia. »Sex ist für mich eine Brücke zur Seele einer anderen Person, etwas außerhalb des Körpers. Sex als rein körperliche Stimulation interessiert mich nicht. Ist das überhaupt Sex? Dann kann ich's mir ja genauso gut selbst machen.«

»Muss es denn bei dir immer gleich so verdammt transzendental sein? Kein Wunder, dass Niko das Gefühl hat, er würde nicht genügen.«

Da war es. Liv war nicht von Natur aus parteiisch, aber seitdem Julia ihr von ihrem neuen Arrangement erzählt hatte, war es, als hätte sich ihre Loyalität von Julia zu Niko verlagert. Liv nahm jede Gelegenheit wahr, zu sagen, wie toll Niko sei, trotz seines Seitensprungs. Wie glücklich sich Julia schätzen könne, wie schwer es für die meisten Menschen sei, jemanden zu finden, mit dem man sein Leben teilen konnte. Julia wendete nichts ein, sie wusste das alles, wusste, wie verwöhnt sie schien, weil sie noch mehr wollte. Sie wusste, was für ein fantastischer Mann Niko war – das war ja gerade der Punkt, oder? Sonst hätte sie ihn ja auch einfach verlassen können.

Liv sehnte sich nach einer eigenen Familie; eine Sehnsucht, die mit den Jahren immer größer wurde und jedes erste Date dermaßen ernst auflud, dass es ihr unmöglich schien, jemanden zu finden, den zu treffen es überhaupt wert war. Ein paar Monate in eine Beziehung zu investieren, nur um dann eine Niete zu ziehen, kostete nicht nur

Zeit – sondern gesunde Eizellen! Liv brauchte Antworten, und das schnell. Deshalb hatten sich ihre Rendezvous zu regelrechten Interviewsituationen entwickelt. War das die zukünftige Mutter oder der zukünftige Vater ihres Kindes? Entweder ihre Dates erfüllten nicht ihre Anforderungen, oder aber sie nahmen die Beine in die Hand, nachdem sie Livs hohe Erwartungen gewittert hatten.

»*Fastfood*«, wiederholte Julia. Mindless Sex. Das war sooo Neunziger! Als seien sie nicht einen Schritt weitergekommen, als Samanthas Sexvision in *Sex and the City* zu verehren. Ein Paar Louboutins, bitte, mit einer Portion Schwanz.

Aber in einer Sache hatte Liv recht: Julia musste ihre Fixierung auf Mahir loswerden. Sie würde nicht zulassen, dass er anderen Abenteuern im Weg stünde. Sie hatte das mit der offenen Beziehung nicht angeregt, nur um wieder in alte Muster der Besessenheit zu verfallen. Denn wenn sie eines über das Universum wusste, dann das – dass die Magie erst einsetzte, sobald man losließ. Das Handy klingelte immer erst, wenn man die Hoffnung bereits aufgegeben hatte. Wenn man aufhörte, so schrecklich viel zu wollen.

10

Und hier haben wir einen Nero d'Avola aus Sizilien. Ein Kinnhaken, aber … nehmt ihn mal in den Mund. Mit einem rauchigen Geschmack nach Aschenbecher, der an einen Mittsommerabend erinnert, der völlig schiefgelaufen ist.« Der Wein schäumte in den hauchdünnen Gläsern, die Niko sorgfältig blank gerieben und aufgereiht hatte.

Er hatte sechs verschiedene Weine zum Thema *Ex-Freunde der Braut* ausgewählt: einen fruchtigen Beaujolais, eine strengere Variante aus dem Burgund, einen prickelnden Naturwein aus der Champagne, eine reife Traube von der Adriaküste. Und dann der

Kinnhaken, den man gar nicht mögen konnte und der das Schwein symbolisierte, mit dem die Braut auf einem Mittsommerfest geschlafen hatte. Niko strich sich eine feuchte Locke aus der Stirn; es war eng in dem gemauerten Kellergewölbe.

Die Braut war mit einem paar herzförmigen Antennen gekrönt, die über ihrem zerzausten Haar wippten. Die Mädelstruppe war bunt gemischt, stammte aus verschiedenen Lebensphasen der Braut. Die etwas Schüchternen, die nicht richtig dazugehörten, vielleicht alte Arbeitskolleginnen, und dann die Selbstsicheren, Lauten. *Die Clique*. Die meisten von ihnen waren bereits leicht angeschickert nach einem Tag, an dem sie, wie Niko aufgeschnappt hatte, bereits eine Zumbasession und einen Lachworkshop hinter sich hatten.

Die zukünftige Braut nippte am Wein, ließ ihn ein wenig durch den Mund rollen und schluckte.

»Marioooo!«, rief sie entzückt.

Die anderen lachten. »Boah, und ich hab auch noch im selben Zimmer wie ihr geschlafen!«, stöhnte eines der Mädels.

Da ging die Tür auf, und eine Frau kam die Treppe herunter und entschuldigte sich dafür, den ersten Teil des Tages verpasst zu haben. Niko erkannte sie sofort wieder, obwohl er sie sonst nur in Allwetterkleidung und wollenen Fäustlingen sah. Er hob grüßend die Hand.

»Salves Papa!«, rief Sabina aus. »Jetzt weiß ich übrigens wieder, woher ich dich kenne. Du warst in …«

»Wenn du mir versprichst, nichts zu sagen, kannst du den hier …«, er studierte das Etikett, »einen munteren, trinkfreudigen Kerl mal probieren. Ist vielleicht keiner für eine feste Bindung, aber doch jemand, der irgendwie erinnerungswürdig ist.«

Sabina presste die Lippen aufeinander und ballte die Fäuste. »Ich *muss* es einfach sagen!«

Die Braut kostete und überlegte. »Hm, wer? Ahh, war das nicht der, mit dem ich ein Date hatte? Kalle? Der … wie sich herausstellte, fest verbandelt war?«

Sabina lächelte verschmitzt und zeigte auf Niko. »Alek«, flüsterte sie. Der Braut fiel die Kinnlade herunter, und sie schlug sich theatralisch die Hände vors Gesicht.

Als Symbol für den zukünftigen Ehemann hatte Niko einen Pinot aus dem Burgund gewählt. »Elegant und sinnlich, wie eine Liebkosung, einfach jemand, mit dem man sich vorstellen kann, für den Rest seines Lebens das Bett zu teilen.« Hier gab es nicht denselben Spielraum für Ironie, jetzt ging es um ihre Zukunft und ihr Leben, nicht um ein Techtelmechtel aus der Vergangenheit.

Nachdem die Gesellschaft alle Weine verkostet hatte, bedankte Niko sich für die nette Gesellschaft und wollte sich verabschieden.

»Musst du schon gehen?« Sabina zog den Stuhl neben sich hervor und klopfte auf den Sitz. »Warum bleibst du nicht noch ein bisschen? Trink noch ein Bier, wie normale Leute?«

Niko lachte.

»Ja, ich bin trotz allem nichts weiter als ein ganz gewöhnliches Arbeiterkind«, sagte er.

»Ein Ex-Knacki, hast du letztes Mal gesagt.«

»Das auch! Da gibt es einen Zusammenhang.«

»Ja, bleib doch«, lallte die Zukünftige, deren Augen mit jedem Schluck vernebelter geworden waren. Sie streckte ihre Hand nach ihm aus. »Alek …«

»Ihr erwartet jetzt aber nicht, dass ich für euch strippe, oder?« Niko wackelte steif mit den Hüften. »Denn das kostet extra!«

Sabina klopfte noch einmal einladend auf den Stuhl und lächelte. »Mal sehen.«

Ach was, ein Bier konnte er ja ruhig trinken. Sie waren ins Obergeschoss umgezogen, wo die gewölbten Fenster auf die Gassen der Altstadt blickten. Handydisplays erleuchteten die Gesichter von Touristen unter Regenschirmen. Ein privates Gespräch mit der Kindergartenerzieherin seines Kindes war wie ein Zusammentreffen mit einem Arzt auf einer Party. Einen kurzen Moment konnte man sich zurückhalten, dann aber hörte man sich selbst irgendein obskures Symptom erwähnen, ein juckendes Muttermal oder einen Magenkatarrh, der sich nicht legen wollte. Niko bemühte sich, Salve nicht zu erwähnen – und aus einer Eingebung heraus, um zu demonstrieren, dass er zumindest im Herzen aus einer Arbeiterfamilie stammte, gab er Anekdoten von dem Sommer zum Besten, als er in einem Altersheim gejobbt hatte.

Eigentlich hatte er es sofort bereut, als er dort hinkam. Was hatte er sich bloß dabei gedacht? Alten Leuten die Windeln zu wechseln – wo er doch auch Softeis auf dem Minigolfplatz hätte verkaufen können oder in einem Hotel hätte arbeiten und Teller waschen können, wie seine Freunde es taten? Niko hatte diese Geschichten aus Lindåsens Altersheim schon unzählige Male erzählt: wie er den schwerfälligen alten Körper (manchmal hieß er Torsten, manchmal Svante) im Lift hochgehievt hatte, um ihm die Windel zu wechseln. Dass *alle* wenigstens einmal im Leben in der Pflege arbeiteten sollten, das war ein Gedanke, auf den er oft zurückkam und den er gerne zur Sprache brachte, vor allem wenn man irgendwo zum Abendessen eingeladen war. Ein sozialistisches Denkmodell, das er smart fand. Ein halbes Jahr im Kindergarten und ein halbes im Altenheim, das würde doch den Horizont erweitern. Wenn er ganz ehrlich war, erinnerte er sich aber vor allem daran, wie sie in der frühsommerlichen Hitze draußen im Hof gesessen hatten, wie üppige Clematis und Geranien in der leichten Brise gewippt hatten und der Kaffee in den Tassen erkaltet war. An Bingo-Runden und Einkaufstouren mit massenweise ausgeschnittenen Rabattcoupons. Alles in allem war er drei Wochen da gewesen.

»Ihr imponiert mir wirklich, du und deine Kolleginnen, dass ihr so dafür brennt, euch um andere zu kümmern«, sagte Niko.

Sabina lachte. »Das ist nur ein Job.«

»Nee, das ist es ganz und gar nicht! Du machst da etwas Wichtiges.« Niko suchte nach Worten. »Ich wünschte, ich hätte auch diese Neigung. Man ist immer so fixiert darauf, dass die Arbeit mit Identität und Selbstverwirklichung zu tun haben soll.«

»Willst du damit sagen, du wärst eigentlich gern *Kindergartenerzieher* geworden?«

»Hm, nein ... keine Ahnung. Ich will nur sagen, dass ich wünschte, ich könnte mich für etwas so leidenschaftlich interessieren, das außerhalb meiner selbst läge.« Pause. »Wie die Plazenta nach der Geburt.«

Sabina verzog den Mund.

»Da kriegt man richtig Lust auf Smoothies, oder?«

Niko starrte auf den Tisch herunter.

»Verdammt, ich mach mich gerade ein bisschen lächerlich, oder?«

Grinsend nickte Sabina.

»Wenn du mich danach fragst, wofür ich brenne, fällt die Antwort anders aus.«

»Na ja, ich verstehe natürlich, dass du nicht dafür brennst, anderer Leute Kindern den Po abzuwischen«, versuchte Niko sich zu retten, »aber die Entwicklung der Kinder zu begleiten und so ...«

»Sicher«, sie strich sich eine Haarsträhne hinter das Ohr, »aber weißt du, was mich wirklich abgehen lässt?«

Ihre Augen funkelten. Niko schüttelte den Kopf. Sie beugte sich näher zu ihm und flüsterte ihm mit einem feuchten Atemzug, der ihm unter die Haut ging, ins Ohr: »Wenn ich am Ende des Monats meinen Kontostand checke.«

Niko nippte an seinem Bier, um das Zucken um seine Mundwinkel zu verbergen.

Plötzlich stieg der Gedanke an die Vereinbarung mit Julia in ihm auf. Ihr Lovehack. War es nicht genau diese Art von Gelegenheiten, die sie einander zugestehen wollten, die sie bejahen wollten? War Sabina interessiert, oder war das nur Wunschdenken von ihm? Niko war schon lange nicht mehr »auf dem Markt« gewesen. Er sollte die Gelegenheiten, die sich ihm boten, vermutlich ergreifen. Aber Sabina war Salves Kindergärtnerin und fiel damit vermutlich unter die Kategorie »gemeinsame Bekannte«. Andererseits … Sabina hatte nur eine Vertretungsstelle und arbeitete *eigentlich* in einer anderen Gruppe.

Auch nachdem Sabina sich wieder von ihm zurückgezogen hatte, umhüllte ihn noch ihr süßer Kokosduft. Sie trank einen großen Schluck von ihrem Bier und sagte: »Ich muss jetzt mal langsam los, morgen muss ich wieder früh aufstehen, um mich meiner Berufung zu widmen.«

»Öhm, wenn jemand findet, dass du eine Fahne hast, kannst du es ja auf das Händedesinfektionsmittel schieben«, rief die zukünftige Braut quer über den Tisch und hob ihr Glas zu einem Toast.

Sabina lachte.

»Frag mich mal, wie das ist, mit hämmerndem Kopfweh siebzehn dreijährige Krachschläger beaufsichtigen zu müssen.«

Sie spazierten gemeinsam durch die Gassen. Der Regen hatte nachgelassen, aber das Kopfsteinpflaster glänzte noch nass und schwarz. Sabina musste in den Norden Richtung Ropsten fahren, Niko nach Süden. Die fahle Beleuchtung auf dem U-Bahnsteig ließ ihr Gesicht unter der pelzumrahmten Kapuze leuchten.

»Morgen soll es Frost geben.«

Sabina öffnete den Mund und atmete; eine große Wolke kondensierte Nebeltröpfchen hüllte sie ein. Der Bahnsteig war menschenleer, abgesehen von einem Teenager, der krumm dastand, einen Energydrink schlürfte und laute Musik über seinen Handylautsprecher hörte.

»Warum willst du nicht über deine … – na, du weißt schon – deine Rolle reden?« Sabina stieß ihn neckend in die Seite.

Niko hob und senkte die Schultern. »Ach, so schlimm ist das eigentlich gar nicht.«

In seinem tiefsten Innern freute er sich darüber, dass die Leute sich an ihn erinnerten, ihn wiedererkannten. Schmerzlich war es, wenn man sich nur *fast* an ihn erinnerte. Wenn er selbst verraten musste, woher sie ihn kannten.

»Salves Papa«, sagte Sabina gedehnt. »Für mich wirst du immer Alek bleiben. Ich habe sogar ein bisschen für dich geschwärmt … für ihn, meine ich. Aber da bin ich sicher nicht die Einzige.«

Ihre Augen schimmerten wie dunkle Brunnen. Niko sah auf seine grünen Sneakers herunter; der rechte Schuh war am großen Zeh zerschlissen. Die Salzränder vom vergangenen Winter zogen sich wie Würmer an der Leiste entlang. Das Summen der Schienen kündigte eine heranfahrende Bahn an.

Es gab zwei Gründe, um Dinge zu tun: Man kann es tun, weil man es will. Oder um herauszufinden, was man eigentlich will. Der letzte Grund war es, der Niko verleitete – als Sabina sich vorbeugte, ihm geradewegs in die Augen sah und ihre Lippen auf seinen Mundwinkel drückte. Ihre und seine Zähne stießen gegeneinander, als er den Mund öffnete und den Kuss geschehen ließ. Zuließ, dass ihre Zungen sich begegneten, gerade als die Bahn mit einem wirbelnden Luftzug am Bahnsteig einfuhr. Schnell zog Sabina sich zurück, ihre Kapuze flog nach hinten.

»Entschuldige, aber mein vierzehnjähriges Ich hätte es mir nie verziehen, wenn ich diese Chance nicht wahrgenommen hätte«, sagte sie lächelnd, ging ein paar Schritte zurück und machte einen Satz in die Bahn. Es dauerte ein paar zögerliche Sekunden, bis die Türen zugingen. Sabina zuckte übertrieben mit den Schultern, gestikulierte und lachte. Niko schob die Hände in die Hosentaschen; er wusste nicht so recht, wohin er schauen sollte. Die automatischen Türen schlossen sich, die Bahn fuhr an. Die in gelbes Licht getauchten Scheiben gerieten mit dem klappernden Metallkörper außer Sichtweite.

Wenn es so etwas war, was man erlebte, wenn man eine offene Beziehung führte … Wenn man es in dem Wissen tun konnte, nichts falsch gemacht zu haben … Wenn das Leben doch nur manchmal diesen Glanz haben könnte … Dann wäre es die Sache vielleicht wert. Julia hatte wahrscheinlich trotz allem recht gehabt. Warum sollten sie sich das gegenseitig verwehren? Warum sich überhaupt etwas verwehren?

II

Zeke war ein junger Unternehmer, der schon vor seinem sechzehnten Geburtstag seine erste Million gemacht hatte. Indem er seine *Fortnite*-Sessions auf YouTube hochgeladen hatte, hatte er schnell Millionen von Followern bekommen und ein kleines Vermögen mit Werbeeinnahmen und Sponsorengeldern gemacht. Nachdem ihm alle bei seinem Burn-out und anschließend seiner Genesung hatten zusehen können, hatte er seinen Erfolgskurs fortgesetzt, jetzt also als Unternehmer. Seine neueste Erfindung unter vielen finanziellen Anstrengungen war eine App, die zwischen zwei Partnern gegenseitiges sexuelles Einverständnis garantieren sollte. Julias Interview mit ihm sollte in einem Park stattfinden, wo Zeke sich zwei Stunden täglich Capoeira widmete. Er befürwortete körperliche Aktivitäten als einen Weg für Männer zu eigener Körper- und Geistesbeherrschung. Das Ziel lautete, »die Schwingung des kollektiven männlichen Bewusstseins« zu erhalten. Julia sollte eine Branded-Content-Reportage verfassen, die die Vorteile der umstrittenen App unterstrich.

Deshalb saß sie jetzt am Küchentisch und klickte sich geistesabwesend durch Zekes YouTube-Videos. Dass sie nicht begriff, worin seine Größe bestand, war ein besorgniserregendes Zeichen des Alterns. Sie drehte Niko den Bildschirm zu und ertappte ihn bei einem albernen Lächeln.

»Du siehst aber fröhlich aus! Das war wohl ein gelungener Junggesellinnenabschied, hm?«

Niko blinzelte, aber dann hielt er ihr das Handy mit dem Foto hin, das Erkan ihm geschickt hatte.

»Ich kann dieses Kostüm für Sibyllas Party leihen. Sie wird doch wohl keinen Unterschied zwischen diesem Schneemann und Schneemann Olaf sehen, oder?«

»Ich will keine *Eiskönigin*-Party«, rief Sibylla aus dem Wohnzimmer herüber. Julia sah Niko an und verdrehte die Augen.

»Vor drei Wochen, als wir die Einladungen verschickt haben, wolltest du das aber, und damit basta«, rief Niko seiner Tochter zu, und sagte dann an Julia gewandt: »Wie du hörst, besteht also keine Notwendigkeit mehr, Geld für dieses Kostüm auszugeben.« Er nickte zu Julias Laptop hinüber: »Wer ist das denn, so ein Live-Rollenspieler? Ist das der Typ, den du interviewen sollst?«

»Ha, ha, kein LARPer, aber so eine Art Gaukler? Er ist jedenfalls steinreich. Und der Job wird ziemlich gut bezahlt.«

Niko kippte ein Glas Saft. Rief nach den Kindern. Er warf sich den Mantel über und schloss den dicken schwarzen Kragen, in dem ein Airbag-Helm steckte. »Wollte deine Mutter eigentlich zur Feier kommen?«

Julia schüttelte den Kopf. »Sie konnte nicht.«

»Aber …«

»Keine Ahnung, du weißt ja, wie sie ist, sie konnte sich nicht entscheiden«, flunkerte Julia.

Niko half Salve beim Anziehen der Schneehose. Julia drückte ihm die Mütze auf den Kopf.

»Papa, Papa?«

»Lad sie ein«, sagte Niko.

»Papa, Papa, jetzt *hör mir doch mal endlich zu!*«

»Ja?«

Sie warteten schweigend darauf, dass Salve weitersprach.

»Papa, weißt du, ich meine, Mama, weißt du … dass … Papa, weißt du …«

Julia stupste Nikos Bartstoppeln mit der Nase an, atmete seinen ach so vertrauten, Geborgenheit ausstrahlenden Geruch ein und gab ihm ein Küsschen, bevor Salve und er durch die Tür verschwanden und die Reihenhausallee hinunterradelten.

*

In der Nacht hatte es gefroren, aber jetzt wärmte die Sonne, und die farbenprächtigen Blätter zitterten an ihren Zweigen. Julias Blick schweifte über den weitläufigen Park. Von Weitem konnte sie eine Gestalt sehen, die die Beine in die Luft schwang und mit ihrem Körper ein V formte.

Zeke bewegte sich wie in Trance und merkte nicht, dass Julia neben ihm stand.

»Zeke?«, sagte Julia. »Ich bin Julia, wir haben vorhin telefoniert, wir haben einen Interviewtermin.«

Zeke landete elegant auf den Füßen, zog sein T-Shirt hoch, um sich damit den Schweiß von der Stirn zu wischen, und entblößte einen Bauch, der sie unwillkürlich an dieses Peter-André-Musikvideo aus den Neunzigern erinnerte – das, in dem er unter einem Wasserfall stand und sich mit tropfenden Haaren einen runterholte. Lollo und Julia hatten lechzend vor dem Fernseher gehockt.

»Willst du mitmachen?«

Zeke lächelte fröhlich und offen.

»Ähm …«, begann Julia und erlaubte sich, eine Sekunde lang zu zögern, bevor sie es bereute. »Ja, okay, fuck it!«

»Gleich wird dir warm werden«, sagte Zeke. »Capoeira ist fantastisch. Das wirst du gleich merken.«

Zeke erklärte, dass sie die Finger spreizen solle, um sich »mit dem Boden« zu verwurzeln. Er demonstrierte eine elegante Bewegung und flog in einem Bogen durch die Luft. Auf nur einem Arm balancierend, machte er dieselbe Bewegung wieder zurück in die andere Richtung. Schwer sah das eigentlich nicht aus. Das sollte sie hinkriegen. Julia schloss die Augen, drückte sich ab, schlug ein halbes Rad und crashte ins harte Gras. Ihre Hüfte tat weh.

»Au!«, stöhnte sie.

»Gut, sehr gut!«, rief Zeke.

»Ach was, das war nicht …« Julia bürstete sich trockenes altes Gras von den Händen.

»Doch! Versuch's noch mal, ich halte dich – ist das okay für dich?«

Er schloss seine Hände fest um ihre Taille.

»Atme ein und drück dich ab.«

Er atmete ein.

Diesmal hatte sie das Gefühl, hoch in die Luft zu fliegen. Seine Hände blieben an ihrer Taille, bis sie ihm gegenüber senkrecht stand. Er hob sie an, sodass sie für ein paar Sekunden über dem Boden schwebte. Niemand hatte sie seit ihrer Kindheit so hochgehoben. Sie fühlte sich leicht wie eine Feder, wie Baby in *Dirty Dancing*. »Es kommt mir nicht zu, mich kleiner zu machen, als ich bin«, hatte Edith Södergran geschrieben. Julia hatte diese Gedichtzeile immer sehr gemocht. Aber vielleicht wollte sie ja gerade das – klein sein? Klein und zart, nicht von Körper und Begierde beladen? Federleicht, zart wie ein Schmetterlingsflügel in jemandes Händen.

Neben dem Park lag ein kleines Restaurant mit dazugehörender Boulebahn. Zeke schlug vor, sich für das Interview auf die Terrasse zu setzen. Er bestellte und kam mit zwei Bechern heißem Wasser wieder, die bis oben hin mit Pfefferminzblättern gefüllt waren. Zeke erzählte ihr von der Idee hinter der App. Alles, was er sagte, hatte sie heute Morgen schon in seinen Videoclips gehört.

Julia zog das Schaffell zurecht, auf dem sie saß, und beugte sich vor.

»Aber besteht denn nicht das Risiko, dass durch die App das, was an der Begegnung zwischen Menschen sexy ist, wegfällt?«

Die Frage war nicht professionell. Zeke betrachtete aus zusammengekniffenen Augen den Bouleplatz, wo einige ältere Damen Kugeln warfen und sich aus einer Thermoskanne Kaffee nachschenkten. Hätte Julia sich die Mühe gemacht, etwas genauer hinzuschauen, hätte sie vielleicht bemerkt, dass Nikos Mutter Tita unter den Frauen war.

»Absolut nicht«, erwiderte Zeke und drehte sein langes Haar zu einem Knoten zusammen, »es entsteht eher etwas Zeremonielles. Das ist für mich jedenfalls gerade das Ding – zu wissen, dass die andere Person es wirklich will, *das* ist heiß. Und alle Daten werden verschlüsselt gespeichert.« Er kaute an der Nagelhaut seines Daumens.

Julia fummelte an ihrem Handy herum, um sich zu vergewissern, dass es immer noch alles aufzeichnete. Zeke lehnte sich vor, ließ Julias Blick dabei nicht los.

»Frierst du gar nicht?«, fragte Julia mit einer Kopfbewegung auf sein T-Shirt. Sie hatte sich Decken umgewickelt, wärmte sich an dem Teebecher die Hände und hatte trotzdem das Gefühl, ihre Nasenspitze sei ganz taub.

»Braunes Fettgewebe«, erwiderte Zeke grinsend.

Seine Zähne hatten ein frisches Weiß, der Amorbogen unter seiner geraden Nase war ausgeprägt. Unter seinem schwarzen T-Shirt zeichneten sich breite Schultern mit gewölbten Muskeln ab. Seine Hände sahen kräftig aus, aber die heruntergekauten Nägel verliehen ihm etwas Nervöses, das nicht mit seiner konzentrierten Capoeira-Gelassenheit zusammenpasste.

»Also, für mich ist das jedenfalls sonnenklar. Nehmen wir nur diese vielen Prozesse, in denen die Beweislast hin- und hergeschoben wird, da steht immer Aussage gegen Aussage. Bei der Einverständnis-App signiert man nur, und alles ist klar.«

»Mal so aus Neugierde …«, sagte Julia. »Nur weil man unterschreibt, um Sex mit wem anders zu haben, heißt das ja nicht, dass man auch automatisch auf alles einwilligt, was danach passiert. Soll man dann vor jedem Moment pausieren …«

»Welchem, zum Beispiel?«

»Was?«

»Ja, welchen Moment meinst du?« Zeke sah sie mit funkelnden Augen an; sie waren so tiefgrün wie die Pfefferminzblätter in den Teebechern. Seine scharf geschnittenen Wangenknochen, die kaum sichtbaren Sommersprossen über seinen Augenbrauen, wie eine verblichene Reminiszenz an den Sommer … In seiner Pupille zogen Wolken dahin. Und da war es, ganz überraschend: das innere Leuchten. Ihre Wangen brannten, und Julia musste den Blick abwenden.

»Ich zieh dich nur auf, entspann dich«, lachte er. Die knisternde Atmosphäre verschwand abrupt, und Julia ertappte sich bei dem Wunsch, sie tastend wieder heraufzubeschwören. Plötzlich interessierte es sie brennend, wie sich diese Hände, diese Augen, dieser Peter-André-Bauch wohl unter anderen Voraussetzungen anfühlen würden.

»Nein!«, wandte sie ein, etwas hastiger als gedacht – warum bloß musste sie immer gleich so verzweifelt klingen?

»Also, ich bin nicht prüde«, sagte sie in bemüht ruhigem Ton. »Sagen wir mal, wir würden miteinander schlafen … dass ich eingewilligt hätte, und dann, auf einmal, mittendrin, würde ich …« Julia dachte nach, aber auf ihrer Netzhaut zog nur ein verdrehtes Bild nach dem anderen vorbei. Um zu beweisen, dass sie sich von ihrer Verlegenheit nicht aus dem Konzept bringen ließ, sprach sie das Erste aus, was ihr in den Sinn kam: »… dir eine Kerze in den Anus einführen.«

Zeke rührte keine Miene.

»Da würde ich mich nur eines fragen …« Er lehnte sich näher, so nahe, dass sie seinen Atem spüren konnte. »Weihnachtsbaumkerze oder Stumpenkerze?«

*

Ein Stapel schmutziger Teller im Spülbecken verströmte einen strengen Geruch. Der Rest von Zekes kleiner Einzimmerwohnung war akribisch sauber, und alles war in kühlem Weiß gehalten. Über seiner Couch hingen drei Surfbretter, und in einer Ecke stand ein Bett, über dem eine Patchworkdecke stramm festgezogen war. Es war nicht ganz die feine Art, mit dem eigenen Interviewpartner in der Herbstsonne in einer Boule-Bar rumzumachen – aber Julia hatte die Eingebung, doch mal auszuprobieren, was Liv und Lene ihr vorgeschlagen hatten. Sex als Fastfood zu betrachten, einen *Dildo mit Seele* auszuprobieren – und dieses Erste-Mal-außerhalb-der-Ehe endlich hinter sich zu bringen. Und wer eignete sich besser dafür als ein Zweiundzwanzigjähriger, zu dem sie nie und nimmer eine emotionale Bindung aufbauen würde? Zeke sah aus wie pures Testosteron auf Beinen. Und wenn sie bedachte, wie schnell er aus einem Interview einen Akt der Verführung gemacht hatte, ahnte Julia, dass er – trotz seiner Überheblichkeit – zu einer neuen Generation Fuckboys gehörte. Eine Fickmaschine mit vernünftigen Wertvorstellungen war. Zeke wohnte nur eine Viertelstunde Fahrt mit dem E-Scooter vom Park entfernt. Als also die Mittagszeit näher rückte und er sie fragte, ob sie bei ihm zu Hause Lasagne essen und Toto hören wollte, hielt sie das für eine blendende Idee. Jetzt, nachdem sie nun hier war, war sich Julia da allerdings nicht mehr so ganz sicher.

Zeke warf seinen Schlüsselbund aufs Sofa.

»Ich dusche mal eben, okay?«

Am einzigen Fenster der Wohnung stand ein wackliger Tisch mit einem aufgeklappten Laptop und einem Stapel ungeöffneter

Post. Julia befühlte die Heizung, sie war stellenweise kalt, musste entlüftet werden. Niko machte das sehr regelmäßig. Die Kälte war belebend. Das Licht brach sich wellenförmig in den buckligen alten Fensterglasscheiben, das Fenster erinnerte sie an das in Nikos erster Wohnung, als sie sich gerade kennengelernt hatten. Die Dusche rauschte. Sie verspürte ein Gefühl, als würde sie in eine verschwundene Zeit eintauchen. Sie würde offen dafür sein; es nehmen, wie es kam.

Aber zuerst würde sie den Abwasch erledigen.

Die Dusche wurde abgestellt, und gleich darauf spürte sie Zekes Körper hinter sich.

»Äh, wo soll ich das hinstellen?« Sie drehte sich um, hielt ein Glas in die Luft, das vor ein paar Sekunden noch Kakao – bedeckt von einer dünnen Schicht Schimmel – enthalten hatte. Zeke hatte sich ein Handtuch um die Hüfte geschlungen, das früher vermutlich einmal weiß ausgesehen hatte und jetzt verwaschen und gräulich war. Seine Muskeln zeichneten sich unter seiner unglaublich samtigen Haut ab.

»Lass das«, sagte er und presste seine noch vom Duschen heiße Stirn gegen ihre.

Sein Atem war warm und geruchlos. Dadurch, dass sich ihre Augen so nahe waren, sah er aus wie ein Zyklop mit einem einzigen ernsten, schlangengleichen Auge.

»Lass mich raten – du bist Fisch, oder?«, sagte er.

Julia machte einen Schritt rückwärts. Zeke lehnte sich zurück in die tiefe Fensternische, ohne seinen Blick von ihr zu lösen.

»Du schwimmst gleichzeitig in zwei Richtungen. Willst und willst nicht. Von Natur aus zerrissen, verträumt und poetisch, hypnotisch – aber glatt. Was auch immer es ist, du schwimmst davon.«

War das etwa seine Vorstellung von Vorspiel? Seine Art, ihr zu zeigen, dass er sie *wahrnahm*? Also bitte, ein bisschen mehr musste er sich da schon ins Zeug legen! Sie war Fisch, das stimmte, aber das konnte sie jetzt ja nicht zugeben.

»Widder«, erwiderte sie. »Aber ich bin vor allem eines – verheiratet. Und habe Kinder. Zwei.«

Zeke hob die Augenbrauen. »Verstehe«, sagte er. »Bist du etwas nervös vor …«

Er beschrieb einen Kreis um ihr Geschlecht, begleitet von einem Pfeifton.

»Normalerweise merkt man da keinen Unterschied.« Er legte den Kopf schief und sah träumerisch an die Zimmerdecke. »Oder, doch, wenn ich ehrlich sein soll … einen kleinen Unterschied macht das, aber eher auf eine … keine Ahnung … Art, die nice ist. Man spürt sozusagen, dass …«

Julia schleuderte ihm das Geschirrhandtuch ins Gesicht.

»Vielen Dank! Ich bin *keinesfalls* nervös davor.«

Zeke warf das Tuch zurück.

»Cool.« Er griff nach einem gespülten Glas und füllte es mit Wasser.

»Wir führen eine offene Beziehung.«

»Okay?«, sagte er auf seine schleppende Art und trank einen Schluck. »Glückwunsch. Tun das nicht alle?«

»Hast du nichts Stärkeres da?«

Julia hatte schon die Sektflasche auf dem Kühlschrank entdeckt. Sie könnte einen kleinen Schluck vertragen, bevor sie den drastischen Entschluss fasste, sich darauf einzulassen, ihren Körper einem anderen, neuen begegnen zu lassen. Ihre Meinung von ihm ein klein wenig zu betäuben. Den Sekt, erklärte Zeke, habe er zum Abi bekommen, er sei für eine besondere Gelegenheit reserviert.

»Aber das hier ist doch eine besondere Gelegenheit?«, sagte sie. Zeke sank wie ein punktierter Luftballon zurück in die Fensternische. Dann sprang er auf, holte die Flasche und riss mit einer einzigen Bewegung die Metallfolie ab. »Du hast recht«, sagte er und klopfte mit dem Zeigefinger gegen Julias Kopf. »Du hast, verdammt noch mal, recht. Non-Attachment.«

Der Korken schoss an die Decke, der lauwarme Sekt sprudelte heraus und floss über seine starke Faust.

Der Alkohol half.

Sie tanzten zu Totos »Africa« und »Quit Playing Games With My Heart« von den Backstreet Boys. Wechselten sich damit ab, ihre Lieblingssongs zu spielen, und sangen laut krakeelend mit. Sie aßen die Lasagne, die Zekes Mutter selbst gemacht und eingefroren hatte. Julia spielte einen alten Schlager, »En Stilla Flirt« von Ulla Billquist.

Da richtete Zeke seinen Blick auf sie und sagte: »Du bist echt *old*.« Aber nein, ganz und gar nicht – Julia war plötzlich einundzwanzig, all die Jahre lagen vor ihr, unverbraucht, lebendig. Sie knutschten auf dem Fußboden. Die Jeans wurde abgestreift. Sie spürte seinen Atem über sich, zwischen ihren Lippen – süße, feuchte Atemzüge, *du hast einen tollen Körper*, seine kräftigen Hände umschlossen ihre Schenkel. Über sich sah sie die hübsche Stuckrosette an der Decke, sie erinnerte an ein Baiser. Als sie die Augen schloss, sah sie Mahir vor sich. Die Bilder von ihm mischten sich mit dem scharfen Pfefferminzduft von Zekes frisch geduschtem Körper. Sie strich über ihren Bauch, genoss das Gefühl ihrer eigenen Haut. Das Verlangen stieg, langsam.

Sie bekam Lust, ihn zu reiten. Grätschte sich über ihn und zog an seinen Boxershorts.

»Moment«, flüsterte er. Er tastete nach seinem Handy, das gerade »2 become 1« von den Spice Girls spielte, einen Song, der Jahre, bevor Zeke das Licht der Welt erblickt hatte, veröffentlicht worden war.

»Wir müssen noch eben unterschreiben«, stöhnte er, »hol dein Handy.«

»Das müssen wir nicht, ich will es.«

Julia rieb sich an Zeke. Sie wollte jetzt nicht die verpassten Anrufe oder Nachrichten vom Kindergarten über Madenwürmer oder Läuse sehen, nicht den Bildschirmhintergrund mit dem Foto ihrer Familie, wollte nicht daran erinnert werden, wer sie war. Aber Zeke war ein wahrer Botschafter seiner Schöpfung. Er rollte sich auf die Seite.

»Das müssen wir«, sagte er. »Hol dein Handy.«

Während die App runtergeladen wurde, war es merklich still.

»Erklärst du dich einverstanden, Sex mit mir zu haben?«, fragte Zeke. Er lächelte charmant, war sich vollauf seiner Macht bewusst. Julia signierte ungeduldig.

»Und jetzt: Frag mich!«, forderte er sie auf.

»Ähm ... Erklärst du dich einverstanden, Sex mit mir zu haben?«

»Ja«, sagte er. »Und es gibt da etwas, das ich gern ausprobieren würde ...«

Das habe er schon lange mit einer MILF tun wollen, erklärte er, plötzlich ganz scharf auf den Sex, nachdem das mit dem gegenseitigen Einverständnis abgehakt war. *Lass dich auf das Abenteuer ein,* dachte sie. Sie nickte. Zeke verschwand mit federndem Gang auf dem Flur. Ein Schrank wurde geöffnet und wieder geschlossen. Würde er jetzt mit einem Anal-Plug wiederkommen? Oder einem Strap-On? Oh Gott, sie war wirklich nicht dazu bereit, Umschnalldildos auszuprobieren. Oder vielleicht doch ...?

Aber Zeke kam weder mit einer Schwanzattrappe noch einem Arsch-Plug wieder. Stattdessen hielt er einen fluoreszierenden gelben Gegenstand hoch, den Julia schon mal irgendwo gesehen hatte; sie konnte ihn nur nicht richtig einordnen. Erst als er ihr das Ding reichte und sie fragte, ob sie sich vorstellen könnte, das überzustreifen, wurde ihr klar, was es war – so eine Schwimmweste, wie es sie an Bord eines Flugzeugs gab. Mit einer Schnur zum automatischen und einem Rohr zum manuellen Aufblasen. Eine rote Trillerpfeife hing an einer anderen Schnur. Julia lachte zögernd.

»Du willst, dass ich die anziehe?«

Mit einem Mal – das erste Mal seit ihrer Begegnung – wirkte Zeke verlegen.

»Bitte. Ich bin ganz heiß darauf!«, sagte er. »Du musst auch nichts tun, du sollst sie bloß tragen.«

Zögernd reichte er ihr die Schwimmweste. Na gut, das war ja keine große Sache.

»Okay«, sagte sie. »Ich meine – ich bin einverstanden.«

Zeke streifte sich ein Kondom über, während sie sich die Schwimmweste über den Kopf stülpte.

Die Weste hing wie ein schlapper Kragen vor ihren nackten Brüsten und roch penetrant nach neuem Kunststoff. Zeke hob sie an der Taille hoch und setzte sie auf die Küchenarbeitsplatte. Ungestüm grub er sein Kinn in ihren Hals und leckte ihren Kiefer entlang. Seine Hände umklammerten ihre Schenkel, er presste sich in sie. Die Schwimmweste hatte sie aus der Stimmung gerissen. Es war, als würde sie das Geschehen von der Seitenlinie betrachten. Es fiel ihr schwer, ein Lachen zu unterdrücken.

»Äh … cabin crew …«, sagte sie. Das war vielleicht nicht so sexy, aber lustig.

»Ja«, stöhnte Zeke und steckte ihr die Trillerpfeife in den Mund. »Weiter. Blas!«

Was sagten die noch mal gleich?

»Cabin crew, check report … please …« Sie blies vorsichtig in die Pfeife, die einen heiseren Ton von sich gab.

»Check report«, wiederholte Zeke, er schien den Atem anzuhalten.

»Cabin crew«, echote Julia.

Und da zog Zeke an den Schnüren, und die Schwimmweste explodierte mit einem *Peng!* um ihr Gesicht. Zeke fiel mit einem gedämpften Stöhnen in sich zusammen, den Kopf an die aufgeblasene Weste gelehnt. Das armselige Geräusch eines Mannes, der seinen Höhepunkt erreichte, folgte. Julia schnappte geschockt nach Luft. War er etwa fertig? War das wirklich alles gewesen? Zeke sah sie mit trübem Blick an.

»Soll ich dich fingern?«

Bevor Julia antworten konnte, zerschnitt das Geräusch der Türklingel den Moment, und ein Schlüssel wurde klirrend ins Schloss gesteckt.

»Shit, meine Mutter!« Zeke riss das auf dem Boden liegende Handtuch an sich. »Verdammt, war das heute?! Komm nicht rein!«

»Was riecht hier so, Zacharias?« Gefolgt von dem unterdrückten Seufzer einer Mutter. »Ich hab dir wieder was mitgebracht, ein paar Portionen …«

Zeke hechtete ins Wohnzimmer und schleuderte Julias Jeans in die Küchenecke.

»Was geht denn hier vor sich? Sag mal! Hast du etwa deinen Abi-Sekt getrunken?«

Julia schaffte es kaum, die Jeans anzuziehen, bevor eine Frau in den Fünfzigern mit einer bunten Odd-Molly-Strickjacke und verwirrter Miene im Türrahmen erschien. Starr stand Julia in der aufgeblasenen Schwimmweste da. »Hallo.« Sie musste sich das Lachen verbeißen. »Ich heiße Julia. Ich bin … Ich wollte gerade gehen.«

Julia quetschte den Pulli in ihre Tasche, warf sich den Mantel über die aufgeblasene Schwimmweste und eilte hinaus auf die Straße.

Zu Hause angekommen, punktierte sie die Weste mit einem Küchenmesser und stopfte sie ganz zuunterst in den Müll. Sie schaffte es gerade noch zu duschen und sich anzuziehen, bevor Niko und die Kinder nach Hause kamen.

»Na, wie war's mit dem Gaukler?«, fragte Niko.

»Das willst du nicht wissen«, erwiderte Julia wahrheitsgetreu.

Den ganzen Abend lang aber verspürte den heftigen Drang, zu erzählen, dass sie sich von einem zweiundzwanzigjährigen Millionär hatte verführen lassen, dem Mami noch das Essen kochte und den MILFs in Schwimmwesten antörnten. Aber sie würde sich an die Spielregeln halten. Sie würde es auf die französische Art machen. Vielleicht musste Sex ja gar nicht spirituell und transzendental sein oder überhaupt eine körperliche Stimulation. Vielleicht konnte er auch ein seltsames Erlebnis sein, eine Flugreise.

12

S*o sieht also jetzt dein Leben aus*, dachte Niko, während er gestresst die Arbeitsplatte abtastete, Oberschränke und Schubladen aufriss. Wo war nur dieses verdammte Salz? »Julia, hast du das Sa…«

»Anna«, sagte Salve, der sich herausgeputzt hatte und eines von Sibyllas abgelegten Feenkleidern trug, selig, dabei sein zu dürfen. »Mama heißt jetzt Anna.«

»Gut, äh … Tinkerbell«, sagte Niko und nahm den Salzstreuer von Liv entgegen, die Orangen in Scheiben schnitt und sie in eine große Schüssel mit Fruchtpunsch legte. Im Hintergrund verbreitete Sibylla schlechte Laune, während Julia zum fünften Mal versuchte, eine Haarspange an ihrem Pony zu befestigen. Niko salzte das Popcorn. Er schwitzte schon jetzt in dem Schneemannkostüm, das er von Erkan geliehen hatte, und sehnte das Ende dieser Feier herbei.

»Aua!«, schrie Sibylla.

»Dann lassen wir es eben«, sagte Julia. »Elsa trägt doch sowieso keine Haarspange, oder?«

»Elsa hat auch nicht diesen hässlichen Pony!« Wütend zerrte Sibylla an den Haarsträhnen in ihrer Stirn, die sie sich vor einer Woche eigenhändig geschnitten hatte. »Und Olaf trägt keinen Weihnachtsschmuck. Und ich will nicht mal 'ne *Eiskönigin*-Party, das hab ich dir doch gesagt. Salve wollte das! Ich wollte in den Laserdome!«

Sibylla starrte wütend Nikos Weihnachtskostüm an. Liv lachte auf.

»Du kannst froh sein, dass es *Die Eiskönigin* gibt«, sagte Julia. »Darin geht es um die Verbundenheit von Schwestern. Und um Macht. Und darum, sich zu trauen, so zu sein, wie man ist. Und nicht darum, sich nach irgendeinem Prinzen zu sehnen.«

»Deine Mutter hat recht«, sagte Liv, »das ist großer Feminismus.«

»Ich wollte was mit Schießen!«, brüllte Sibylla, riss sich die Haarspange aus dem Pony, warf sie zu Boden und verschwand im Wohnzimmer.

»Aber die Musik ist gut!«, rief Julia. Sie lachten miteinander, alle drei, bevor Julia Sibylla mit einem »Na, komm schon, Sibylla!« hinterherging. Liv wandte sich an Niko, zog die Augenbrauen hoch und folgte den Mädels mit der Punschschüssel auf dem Arm.

Der Bund seiner Boxershorts vibrierte, wo Niko jetzt sein Handy verwahrte, wenn er nichts mit Taschen trug und es nicht offen herumliegen lassen wollte. Sabina hatte er in seinen Kontakten als »AFAB-Pålle 2« gespeichert, hatte die Verbindung zum iPad ausgeschaltet, es so eingestellt, dass die Benachrichtigungen nicht auf dem gesperrten Bildschirm erschienen, und den Code geändert. Auf die französische Art. Schon drollig, wie leicht es doch gewesen war, die alten Moralvorstellungen über Bord zu werfen. Andererseits waren die SMS, die sie austauschten, äußerst züchtig. Er war überrascht gewesen, als Sabina sich plötzlich auch außerhalb der Betreuungszeiten bei ihm gemeldet hatte. Damit war eine Grenze überschritten, aber als Niko beschlossen hatte, darauf zu reagieren, hatten sie bereits ein Nachrichten-Ping-Pong begonnen, das etwas zu schön war, um es sein zu lassen. Niko angelte das Handy heraus und hörte, wie Julia im Wohnzimmer mit Sibylla schimpfte, sie »verwöhnt« nannte, und Liv sich auf Sibyllas Seite stellte. Trotzdem warf er instinktiv einen Blick über die Schulter, bevor er Sabinas Nachricht öffnete.

Das Foto, das Sabina ihm gerade geschickt hatte, ließ ihn überlegen, ob sie vielleicht doch nicht so anständig war, wie ihr norrländischer Dialekt (wie vorurteilsvoll das auch war) ihn hatte glauben lassen. Das Foto war schräg von oben aufgenommen worden, sodass man deutlich den Spalt zwischen ihren Brüsten, den hochgeschobenen Pulli, die geöffnete Hose, und ihre Hand darin erkennen konnte. Ihre klaren schimmernden Augen und feuchten leicht geöffneten Lippen. Sein Körper reagierte sofort, ihm wurde eiskalt. Die Vernunft schrie um Hilfe. Worauf hatte er sich da nur eingelassen? Aber auf die SMS folgte rasch eine weitere: *Sorry, falscher Adressat,* gefolgt von einem errötenden Emoji.

Seine Mutter tauchte hinter ihm auf.

»Kann ich dir irgendwie helfen?«

Er fuhr zusammen und verbarg den Bildschirm schnell in seiner Handfläche.

»Ist alles in Ordnung?«, fragte Tita. »Du siehst etwas erhitzt aus. Ist das wieder die Allergie?«

»Welche Allergie denn? Kannst du hier bitte kurz übernehmen und den Saft eingießen?« Er ignorierte Titas forschenden Tonfall.

Niko schloss die Toilettentür hinter sich, befreite sich umständlich aus dem Schneemannkostüm, setzte sich auf den Klodeckel und rief das Foto erneut auf. Er sollte es sofort löschen, das wusste er, aber er war noch nicht bereit, dieses Gefühl zu opfern – noch nicht. Sie hatte sich vertan, das Bild war nicht für seine Augen bestimmt, das machte es weniger bedrohlich. Gleichzeitig aber auch – wie ihm klar wurde – noch heißer. Was sie hier zeigte, war eine geheime Seite von sich, die sie nur jemand besonders Auserwähltem offenbarte. Und – hatte sie sich überhaupt vertan? Vielleicht war das ja nur ein Vorwand gewesen? Er zoomte ihre Lippen dichter heran. Zögernd umschloss Niko mit der Hand seinen Schwanz, scheiße, er war ein Tier! In einer Viertelstunde würde das Haus voller Kinder sein, da draußen waren Julia und Tita. Es war natürlich die völlig falsche Priorität, sich hier zu dem Bild einer Kindergärtnerin einen runterzuholen, während man darauf wartete, dass die Kinderparty stieg. Niko kratzte sich am Hals. Heiß rauschte ihm das Blut durch die Adern.

Ohne nachzudenken, stellte er die Dusche an. Schrie auf, als das eiskalte Wasser seinen Kopf, dann seine Schultern traf und ihn bis zu den Waden abkühlte. Als er glaubte, wieder er selbst zu sein, stieg er aus der Kabine auf die struppige Badematte und schlang sich ein Handtuch um die Hüfte.

Sollte er auf die Nachricht antworten? Gehörte das nicht zum guten Ton? Sabina hatte sich verletzlich gezeigt, und es wäre unhöflich, sich nicht zu revanchieren. Also schoss er ein Foto von sich – seinem frisch geduschten Ich –, spannte den Bauch an und hielt die Kamera so, dass man die paar Bauchmuskeln erahnen konnte, die zu erringen ihm gelungen war. Er kam sich unsäglich albern vor, schickte das Bild aber trotzdem ab. Schrieb: *Ups. Falsche Nummer* und schickte dasselbe errötende Emoji, das auch Sabina gebraucht hatte. Dann zog er sich die Boxershorts an, steckte das Handy zurück in den Bund und stieg wieder in das Schneemannkostüm.

»Da bist du ja«, sagte Julia. »Ich muss ein paar Worte mit dir wechseln.« Sie hielt inne. »Hast du etwa geduscht? *Jetzt?!*«

»Ja. Dieses Kostüm ist gaaanz …«

Niko wand sich vor Unbehagen. Besaß Julia vielleicht so etwas wie einen siebten Sinn? Ahnte sie, was in ihm vorging?

»Komm.«

Energisch fasste sie ihn am Arm und zog ihn mit sich in die Waschküche. Es roch intensiv nach Weichspüler, ein sicheres Anzeichen dafür, dass Tita gewaschen hatte. Julia und Niko würden nie Weichspüler verwenden, weil es ihnen tatsächlich nicht egal war, wenn die Fische Hormonschäden bekamen. Tita zufolge aber war es Kindesmisshandlung, die Kinder in steifen Laken schlafen zu lassen.

»Können wir das nicht später bereden?« Niko nickte in Richtung der Geräusche der eintreffenden Kinder. »Wenn du sauer bist, dass Sibyll…«

»Das können wir *nicht* später bereden.«

Julia versuchte sich zu sammeln. Niko konnte es sehen, denn sie tat das immer auf die gleiche Weise: Schloss kurz die Augen, erdete sich. Niko biss die Zähne zusammen. Jetzt würde er kommen, der Vorwurf.

»Ich habe mit Zeke geschlafen«, sagte sie.

Niko wollte gerade den Mund öffnen, um etwas zu sagen, als er unerwartet eine Faust in seinem Magen spürte. Gefolgt von einem vagen Gefühl der Erleichterung. *Okay,* dachte er.

»So, jetzt hab ich's gesagt.« Julia sah zu Boden.

»Der Gaukler?«, sagte Niko. »Ist der nicht erst … etwa zwölf?«

Julia vergrub das Gesicht in den Händen, nickte, murmelte ein: »Ja, in etwa.« Er sah auf ihren blassen Scheitel, das dunkle Haar, das ihr Gesicht verdeckte. Der Duft des Weichspülers stach ihm in die Nase. Er fing an, Salves lange Unterhosen zu falten, die in einem Durcheinander auf der Waschmaschine lagen.

»Moment mal. Warum erzählst du mir das überhaupt? Wir wollten es doch auf die französi… Weiß Liv Bescheid?«

Julia schloss kurz die Augen, griff nach einem anderen Kleidungsstück, faltete es ebenfalls.

»Schlimmer. Deine Mutter hat uns zusammen gesehen«, sagte sie grimmig. Sie suchte seinen Blick, aber Niko sah zum Waschbecken. Abgenutzt und dreckig. Zahnpastaflecken auf dem Spiegel. Hatte seine Mutter ihn deshalb in der Küche vorhin so seltsam angesehen?

»Ich wusste nicht, dass sie da war. Und jetzt ... ich habe gespürt, dass irgendetwas nicht stimmt. Sie hat mich schon bei ihrer Ankunft sauer angesehen, dann hat sie angefangen, massenhaft seltsame Anspielungen zu machen, und jetzt hat sie es mir ins Gesicht gesagt. Sie und Birgit und ein paar andere waren auf dem Bouleplatz, ich hab das ganze Damenkränzchen gesehen, aber sie hab ich nicht bemerkt, und da waren gerade auch Zeke und ich und fingen an rumzu... Na ja, sie hat uns gesehen.«

»Mensch, Julia! Beim Bouleplatz?«

»'tschuldigung«, piepste sie. »Aber jetzt glaubt sie, dass ich dir untreu war. Du musst ihr also unsere Abmachung erklären. Damit sie nicht denkt, ich würde dich hintergehen.«

»*Ich* soll das erklären?« Niko wandte sich zum Gehen. Dass er mit seiner Mutter über etwas reden sollte, was auch nur im Entferntesten etwas mit seinem Sexualleben zu tun hatte, das war zu viel! Tita, deren Bild eine Wikipediaseite für »einen Stock im Arsch haben« hätte illustrieren können. Die ihm beigebracht hatte zu duschen, wenn man Kacka auf der Toilette gemacht hatte. Erst als Erwachsener hatte er kapiert, dass das *niemand sonst* machte.

»Ja, aber *ich* kann es ihr wohl kaum sagen«, sagte Julia. »Sie muss es von dir hören.«

»Aber du bist doch diejenige, die ...«

Niko hielt inne und kniff sich in die Nasenwurzel. Das war von Anfang an alles seine Schuld, diese ganze Scheißsituation, das sollte er nicht vergessen. Hätte er sich von der Winzerin Inma nur diesen einzigen Abend fernhalten können, wäre dieses Karussell nie in Bewegung gesetzt worden. Er spürte ein Brummen am Bund seiner Boxershorts, vermutlich hatte Sabina geantwortet.

Im selben Moment klingelte ein weiterer Gast an der Tür.

»In Ordnung«, sagte er schließlich. »Ich rede mit ihr.«

Niko servierte Punsch, schnitt Torte und ließ sich von den unzähligen kleinen Elsas vermöbeln. Alles, um es aufzuschieben. Aber er konnte seiner Mutter ansehen, dass sie bereits dabei war, eine Anklageschrift gegen Julia zu verfassen, und er konnte es nicht so weit kommen lassen. Nach dem Kaffee, während die Kinder mit riesigem Vergnügen auf die Piñata einschlugen, schenkte Niko zwei Tassen Kaffee ein und zog Tita mit sich hinaus zur Rückseite des Hauses. Dunkelgraue Wolken zogen hastig über den Himmel. Natürlich entdeckte Tita sofort den Haufen mit Zigarettenkippen hinter einem der großen Tontöpfe, in denen Julia Lavendel gepflanzt hatte, blasslila und halb verwelkt. Tita deutete auf die Kippen, als wären sie der Beweis dafür, dass etwas nicht stimmte.

»Die sind von Julias Mutter«, sagte Niko, »von Caroline also, obwohl sie angeblich seit Jahren keine Zigarette mehr angerührt hat.« Er lachte. Was auch immer, er musste einen anderen Sündenbock finden, um abzulenken, um ihr nicht sagen zu müssen, dass Julia und er *pervers* waren. Es nieselte, der Wind schüttelte die letzten Blätter von den Bäumen.

»Ähm, Mama …«, fing er an und legte die Kippen in einem ordentlichen Haufen auf das Fenstersims. »Julia hat gesagt, dass du sie neulich gesehen hast.«

Er warf Tita rasch einen prüfenden Blick zu und bemerkte eine verzweifelte Falte zwischen ihren Augenbrauen.

»Ich war völlig … ja, ich wusste nicht, was ich tun sollte, Niko. Was ich sagen sollte, *ob* ich etwas sagen sollte.«

Niko hob die Hand.

»Schon gut«, sagte er. »Julia hat mir alles erzählt. Das ist in Ordnung für mich.«

Tita raffte die Strickjacke enger um sich, schwieg einen Moment, dann sagte sie: »Ja. Einen einmaligen Vorfall kann man vielleicht tolerieren. In einer langen Ehe.«

»Genau«, sagte Niko und fuhr sich durchs Haar, in dem Versuch, lässig zu wirken. Er war nervös, als er hinzufügte: »Weißt du, das hätte mir genauso gut passieren können.«

Tita legte ihm eine Hand auf den Arm, ihre Augen wurden schmal.

»Aber in diesem Fall warst es ja nicht *du*, oder? Du weißt es besser.«

Vielleicht wäre es besser, Tita in dem Glauben zu lassen, dass es eine einmalige Sache war, die Niko Julia großmütig nachsehen konnte. Niko fegte die Kippen zusammen und wollte gerade zurück ins Wohnzimmer gehen, als die Terrassentür quietschte und Julia herauskam, ihre Miene erhellt von einer aufgesetzten Unschuldsmiene. Drinnen hatte die Party jetzt so richtig Fahrt aufgenommen. Sie sah zuerst Tita an, dann Niko.

»Hast du's erzählt?«

»Ja, danke«, sagte Tita angespannt lächelnd. »Wir haben gerade darüber geredet, wie großmütig er ist, dein Niko.«

Julia sah fragend von Tita zu Niko.

»Huhu«, ertönte von drinnen eine bekannte Stimme, und einen Moment später steckte Caroline ihren Kopf aus der Terrassentür. »Hat hier jemand auch ein Auge auf die Kinder? Ach, Tita – hallo!«

Julia lächelte. »Mama?« Sie warf Niko einen schnellen Blick zu. »Du hier? Wann bist du gekommen?«

»Liv hat mir von der Party erzählt«, sagte Caroline, »weil ihr anderen das anscheinend vergessen habt. »Wie ihr wisst, haben wir ja unseren Chat.«

Caroline schlang die Arme um Tita, sodass diese von ihrem Polyesterkimono eingehüllt war. Den legeren Kimono-Look hatte Caroline sich zugelegt, nachdem die Wechseljahre – »die große Befreiung« – gekommen waren, »um sie zu erlösen«. Endlich konnte sie aufhören, Männern zu gefallen, endlich konnte sie aufhören, von unkontrollierbarer Lust getrieben zu werden. Endlich konnte sie darauf pfeifen, sich die Barthaare zu zupfen.

Julia wedelte abwehrend mit den Armen, um die beiden Frauen zum Schweigen zu bringen, und sah stattdessen Niko an. »Sag mal, was hast du denn gesagt? Hast du es ihr denn nicht erzählt?«

Auf einen Schlag wurde es still. Die Hälfte der Terrasse war überdacht. Das Einzige, was zu hören war, war das Geräusch des Regens, der immer lauter auf die gerippten Kunststoffplatten prasselte. Tita sah von Julia zu Niko, zu Caroline und dann zurück zu Niko, wie um sich zu vergewissern, richtig gehört zu haben.

»Wir haben uns entschieden, eine offene Beziehung zu führen«, sagte Julia. Sie weigerte sich, sich für ihre Vereinbarung zu schämen. Und ihre Eltern hatten verdammt noch mal die freizügigen Siebziger miterlebt. Sie konnten damit umgehen.

»Eine offene Beziehung?« Caroline lachte schrill auf. »Ihr zwei? Die ihr so durch und durch spießig seid?«

»Spießig!«, keuchte Julia.

Tita sah Caroline an und wickelte die Strickjacke fester um sich, als wäre es möglich, sich physisch vor den Informationen zu schützen. Verzweifelte schwarze Augen blickten anklagend hinter der stahlumrandeten Brille hervor.

»Bitte sagt mir, dass das nur so ist wie damals, als ihr eine vegane Woche ausprobieren wolltet?«

»Ja, vielleicht genau das. Wir probieren es mal mit etwas … Outsourcing«, versuchte es Niko.

»Outsourcing? Bei dir klingt das wie ein Geschäft, mein Lieber, aber das ist eure *Ehe*. Und selbst wenn ihr vorhabt, polyamourös zu sein, muss sie ja nicht …« Tita fuchtelte mit der Hand in Julias Richtung. »Muss sie ja nicht unverblümt durch die Stadt rennen und es in die ganze Welt hinausposaunen?«

»Dem kann ich zustimmen«, sagte Niko grimmig und sah Julia an. »Aber wir sind nicht polyamourös. Es geht hier nicht um eine neue Identität. Wir wollen nur mal ausprobieren, wie es ist, … ein bisschen frei zu sein.«

Caroline grub in der Tasche und fischte ein Päckchen Zigaretten heraus.

»Liebe Leute, jetzt muss ich eine rauchen. Dabei hab ich schon seit Jahren keine Zigarette mehr angerührt.«

Sie registrierte den vorwurfsvollen Blick ihrer Tochter.

»Die Kinder werden schon nichts merken.«

Caroline stellte sich in eine Ecke, in der man sie nicht durch das Fenster sehen konnte. Sie bemühte sich, den Qualm zur Seite auszustoßen, aber er schlängelte sich wie eine weiße Schlange durch den Türspalt. »Ihr wisst schon«, sagte sie, während sie mit einer Hand den Qualm wegwedelte, »dass man das schon früher ausprobiert hat. Es funktioniert nicht.«

»Genau«, stimmte Tita ihr zu. »Glaubt ihr etwa, die Dinge sind nur zufällig so, wie sie aussehen? Es ist genau wie mit diesem Hafergetränk. Kinder haben immer Milch getrunken, Kinder *brauchen* Milch. Was ist, wenn jemand das Jugendamt verständigt?«

»Jetzt hör schon auf, Mama. Wer sollte denn bitte beim Jugendamt anrufen?« Niko seufzte hörbar und zog Julia dicht an sich heran, ob als Schutzschild oder Stütze, wusste er selbst nicht. Aber die Wärme ihres Körpers hatte eine beruhigende Wirkung. Sie waren zu zweit in dieser Sache.

Titas Augen flackerten hin und her, als ob sie wüsste, dass sie sich auf unsicherem Boden bewegte, aber sie war immer noch nicht bereit, klein beizugeben. »Tja, was weiß ich? Einer ihrer Liebhaber vielleicht … oder die Nachbarn?!«

Dann wandte sie sich ab, um deutlich zu machen, dass das Gesprächsthema für sie erledigt war.

»Übrigens«, sagte Caroline. »Habe ich euch mal davon erzählt wie das war, als ich diesen Lars kennengelernt habe? Larry, wie man ihn nannte. Den Musiker, der mal mit Bob Marley gejammt hat? Vielleicht erinnerst du dich an ihn, Julia? Er und seine Frau hatten jedenfalls so eine Art Arrangement wie ihr – na ja, das hat er jedenfalls behauptet … aber wenn ich jetzt so darüber nachdenke, war es vielleicht hauptsächlich er, der …«

Caroline kicherte, drückte die Zigarette unter ihrem Pantoffel aus und steckte sie hinter den Blumentopf.

Julia wandte sich an Niko, verdrehte die Augen und machte eine auffordernde Kopfbewegung, dass sie ins Haus gehen sollten. Drinnen lag die zerschlagene Piñata auf dem Boden, von ihren Innereien geleert.

*

Niko machte seine übliche Runde: Er knipste überall im Haus das Licht aus, schaute zu den Kindern herein, die tief und lautlos schliefen. Zog das Rollo im Schlafzimmer herunter, hob die Bettdecke an; die Matratze gab nach, als er zwischen die Laken kroch.

Niko schlug sein Buch auf, eines von Jonathan Safran Foer, das schon ein paar Jahre alt war. Julia hatte es ihm vor Langem gekauft. Die Bettdecke raschelte, als Julia näher kroch. Draußen fuhr eine Brise durch das Windspiel, das sie im letzten Sommer aufgehängt hatten. Zu einer anderen Zeit. Jetzt klirrte es schön, oder auch trostlos, je nachdem, wie man es sah. Vielleicht auch beides.

»Ein Gaukler …«, stellte er trocken fest.

Julia verzog den Mund zu einer verkrampften Grimasse.

»*Kinder brauchen Milch!*«, äffte er Tita nach.

Julia rollte sich herum und legte sich auf Niko. Er lachte, denn er spürte, dass das den Schmerz verschwinden ließ. Dass es tatsächlich ging, die ganze Bescherung mit Humor zu sehen.

»Weißt du was?«, sagte Niko, nachdem sein Lachen verebbt war. »Ich bin wirklich nicht eifersüchtig. Keine Spur, ehrlich gesagt.

Aber auf Dauer sollten wir uns daran halten, uns nichts zu erzählen, finde ich.«

»Einverstanden«, sagte sie. »Aber warum?«

»Hm, ich halte das einfach für das Beste. Kann ich noch ein paar Seiten lesen, bevor ich das Licht ausmache?«

Wenig später hörte Niko Julia tief ins Kissen atmen. In seinem Kopf mischten sich Bilder von zusammengepferchten Hühnern mit Julia im Bett mit dem Gaukler. Die Bilder führten jetzt ein Eigenleben, pflanzten sich in seinem Gehirn fort und wuchsen zu monströsen Szenarien, wo der Gaukler Julia in ausgefallenen Stellungen vögelte, bis sie vor unbändiger Lust schrie.

Das war bestimmt die Strafe dafür, dass Niko sich so gewissenlos Selfies vom leicht bekleideten Kindergartenpersonal zuschicken ließ. Dass Sabina vermutlich gegen das Verbot verstieß, etwas mit gemeinsamen Bekannten anzufangen, war noch das geringste Problem mit dieser Beziehung. Aber was sollte er tun? Kannte Niko überhaupt irgendwelche Frauen, die Julia nicht kannte oder mit denen sie zumindest keine Berührungspunkte hatte? Die Trennlinie war unscharf. Er wälzte sich in den Laken. Seine Augen hatten sich an die Dunkelheit gewöhnt. Da, die Umrisse der alten Kommode ... die Monstera und die Vase sahen aus wie schwebende Schatten. Konnte er sie wirklich dort in der Dunkelheit ausmachen, oder wusste er nur, dass sie da waren?

Als Niko nach einer Stunde immer noch nicht eingeschlafen war, trottete er aus dem Schlafzimmer und ging hinunter in die Küche. Leerte die Geschirrspülmaschine, die fertiggebrummt hatte, und füllte sie mit Tassen und Untertassen, nahm den großen Müllsack im Flur und den kleinen in der Küche und trug alles hinaus in die stille Nacht. Die Auffahrt lag verlassen da, das Windspiel klirrte, die Kiefern bogen sich im Wind. Der große Müllsack wog schwer, er musste ihn auf die Schulter hieven. Mitten in der Bewegung hörte er, wie das Plastik riss, und etwas Hartes traf ihn an der Wade. Der Müll verteilte sich über den Boden. *Das konnte jetzt echt nicht wahr sein.*

Mit den Händen kehrte er Essensreste und Pappteller zusammen und brachte alles nach und nach von Hand in die Mülltonne. Ganz zuunterst erhaschte er einen seltsamen gelben Gegenstand, da waren Lichtreflexe auf dem dunklen Asphalt und etwas, das aussah wie eine … Trillerpfeife? Niko beugte sich vor, hob mit spitzen Fingern eine Ecke des Gegenstandes an und hob ihn auf Augenhöhe. War das etwa …? Ja. Das war es. Eine Schwimmweste, aus der die Luft raus war.

13

Niko und Johan machten eine kleine Spritztour in die Region Beaujolais für den Verkaufsstart des Frühweins. Die Dörfer waren im Winter wie leer gefegt, und in der dünn besiedelten Landschaft wiegten sich die trostlosen grauen Rebstöcke von Weinberg zu Weinberg.

Julia rief Niko jeden Abend an, und jeden Abend befand er sich brav in seinem Hotelzimmer. Ziel ihrer Reise war es, ihre Importfirma als Vertriebspartner anzubieten und neue Geschäftsbeziehungen zu weiteren Winzern anzubahnen. Das bedeutete steife Geschäftsessen mit Weinproduzenten, die kein Englisch sprachen. Niko überlegte, ob er sich bei Inma melden sollte; es würde ihn nicht überraschen, wenn sie diese Woche in der Gegend wäre. Aber Niko erinnerte sich auch an Julias »Diese Schlampe soll verrecken«. Also ließ er es sein. Julia – Niko 1:1, wenn man Inma und den Gaukler mitzählte. Denn was hätte Julia sonst tun können, von dem er nichts wusste? Er selbst war ihr treu gewesen, sofern das in einer offenen Beziehung überhaupt möglich war. Sabina und er schickten sich immer noch Nachrichten, waren nach ihrem Selfie-Austausch aber wieder zu harmlosen Gesprächsthemen zurückgekehrt und hatten nicht darüber gesprochen, sich zu treffen.

Nach einem dieser Abendessen setzte sich Niko auf den Balkon und starrte auf die Ziegelmauer des gegenüberliegenden Hauses. Im Dorf, einem verschlafenen kleinen Nest ohne besonderen Charme, war alles still. Planlos scrollte er auf dem Handy durch die Nachrichten und die Clickbait-Schlagzeilen, hatte aber nicht die Geduld, etwas zu Ende zu lesen. Es war elf Uhr an einem Freitagabend. Morgen würde Niko wieder nach Hause fahren. Er rief die Nachricht auf, die er am frühen Abend bekommen hatte. Er liebte Sabinas kleine Betrachtungen, die ihn nicht selten laut lachen ließen. Die Nachrichten gaben ihm Bestätigung. Sie machten süchtig und waren in gewisser Weise beunruhigender als leicht bekleidete Selfies. Er konnte nicht die Augen davor verschließen, weil diese Dinge einer gewissen Dramaturgie folgten. Man konnte sich in einen Abgrund der Erwartungen hineintexten. Wann immer AFAB-Pålle 2 auf seinem Display erschien, versetzte es ihm einen Kick, gefolgt von einer unbestimmten Übelkeit.

Niko legte sich auf das harte Hotelbett. Schrieb Sabina zurück – von einer amüsanten Beobachtung, die sie auf einem der Weingüter gemacht hatten. Das Handy in seiner Hand vibrierte sofort wieder als Reaktion darauf. Diesmal war es aber keine eingehende Textnachricht. Es war ein Facetime-Anruf. Das überschritt eine Grenze, fand Niko; trotzdem warf er einen Blick in den Spiegel und fuhr sich durchs Haar, bevor er mit dem Daumen wischte, um das Gespräch anzunehmen. Sabina befand sich in einem abgedunkelten Raum.

»Ich wollte dir bloß Gute Nacht sagen.«

Sie sprachen bis tief in die Nacht. Als sie auflegten, wusste Niko, dass Sabinas erstes Haustier ein Kaninchen namens Glenn Fiddich gewesen war, das sie nach der Lieblingswhiskeysorte ihres Vaters benannt hatte, und dass sie in einer höheren Liga Fußball gespielt hatte, aber wegen einer Knieverletzung damit hatte aufhören müssen. Niko wiederum lästerte über die Dörfer ab, in denen Johan und er gelandet waren, und ahmte Johans Jargon bei den Geschäftsessen nach. Plötzlich hörte er, wie er sich öffnete und Dinge preisgab, die er bislang nur mit Julia geteilt hatte. Er erzählte von seinen Erinnerungen an seine Interrailtour und hörte, wie er eine ausgeschmückte psychologische Analyse von sich selbst erstellte. Wie die Episode im Garten mit Kristof ihn wohl besonders sensibel für das Weinen anderer Menschen gemacht hatte. Sabina verriet, dass sie als Kind Steißbeinkrebs gehabt hatte.

Murmelnde Stimmen in einem abgedunkelten Raum ... all die Kilometer, die sie voneinander trennten ... Sabina fragte nicht nach Julia, und er sah keinen Grund, sie zu erwähnen. Sabina wusste selbstverständlich, dass er verheiratet war, aber niemand von ihnen hatte das zur Sprache gebracht, und deshalb hatte er ihr auch nicht sagen können, dass Julia und er zurzeit eine offene Beziehung führten. Niko fragte Sabina nicht nach dem Bild, das sie ihm geschickt hatte. Ob es wirklich ein Irrtum gewesen war, dass es an ihn gegangen war. Das war Sabinas Sache. Vielleicht war er einer von vielen Männern, mit denen Sabina solche Nachrichten austauschte. Vielleicht hatte sie nur testen wollen, wie er reagierte. Manche Dinge musste man nicht wissen.

Schließlich breitete sich Schweigen aus.

»Wenn du mit mir tun könntest, wozu du Lust hättest, was wäre das?«, fragte Sabina. Vorsichtig, aber zielgerichtet. »Was würdest du tun?«

Eine Flut von Bildern schoss Niko durch den Kopf.

»Ähm, tja ...«, war alles, was er herausbekam.

Dann ließ er Sabinas Worte auf sich wirken, schloss die Augen und ließ sich auf die Fantasie ein. Er befand sich an einem warmen

Ort; an den Stellen, an denen ihn ihre fiktiven Küsse trafen, begann seine Haut zu brennen; alle Zellen seines Körpers waren in Aufruhr, als sie mit ihren Worten Vorstellungen heraufbeschwor. Telefonsex klang so verdammt traurig, und es erinnerte an Sex-Hotlines und an Einsamkeit. Aber Telefonsex, wenn er gut war, merkte Niko, war etwas ganz anderes. Es war eine überwältigende Erfahrung, mitten in der Fantasie eines anderen zu sein. Niko erinnerte sich vage an Julias Link über performative Philosophie, und ihm wurde bewusst, dass es genau das war, womit er sich gerade befasste.

Am nächsten Tag wachte Niko mit einem Kater auf, einem Kater der himmlischen Sorte. Sein Kopf war federleicht vom Schlafmangel, aber Niko war auch gut gelaunt, wie man es nach einer perfekten Partynacht war, die man nur selten erlebte.

Frankreich hat wirklich diesen ganz besonderen Charme, dachte Niko, während er ziellos auf dem Lyoner Flughafen umherlief, auf seinen Abflug wartete und die Stereotypen um sich herum betrachtete: Männer ohne Strümpfe in Lederloafers, mit Halstuch und Sakko. Frauen mit rot geschminkten Lippen und goldbrauner Föhnfrisur. Johan hatte sich für ein paar Telefonate in die SAS-Lounge zurückgezogen, Niko ging in den Duty-free-Bereich. Sogar die automatischen Durchsagen klangen hier romantisch. Niko war ein Mann von Welt. Er hatte die Nacht mit heißem Telefonsex mit seiner Geliebten verbracht.

Im Geschäft kaufte Niko Mitbringsel für Sibylla und Salve, je ein großes Schokoladenei für beide. Für Julia erstand er ein Parfüm, das, wie er wusste, ihren Geschmack traf. Eine schlichte Geste, die ihm uralt vorkam und bei der er sich wie einer dieser Männer in Lederloafers fühlte.

*

Ein paar Tage später, wieder zurück in Schweden, kontrollierte Niko die Lieferungen, die am Vortag eingetroffen waren, und markierte, welche Weinkisten an welche Kunden gingen. Es war kurz nach acht Uhr morgens, und die Sonne hatte sich noch nicht über die Häuserdächer erhoben. Das Dachgeschoss mit dunklen Holzbalken und Perserteppichen, das Johan zu seinem Büro ausgebaut hatte, war nur von der Schreibtischlampe beleuchtet. Ein leuchtend weißer Fleck in der Dunkelheit. Als Niko fertig war, nahm er sich den vorläufigen Ergebnisbericht vor, den sie vom Steuerberater erhalten hatten. Er war sich nicht so sicher, dass die Ergebnisse den AFAB-Vorstand überzeugen würden, ihr Unternehmen noch einige Jahre zu stützen.

Die Tür wurde aufgerissen, und Johan stürmte herein und trug von draußen Kälte mit herein.

»Ein kleiner Kratzer im Lack, das kann doch nicht so schlimm sein, oder?«

Ruhelos setzte er sich auf das Sofa, eine Auktionserrungenschaft; das Leder knarrte unter seinem Gewicht, bevor er hastig wieder aufstand und sich in der Küchennische ein Glas Wasser einschenkte.

»Ich meine … dazu gehört doch nicht viel, man muss den Scheiß doch einfach nur neu lackieren, oder? Es ist so ein matter Lack, kennst du dich damit aus?«

»Wie bitte?«

»Die Karre des Vorstands, ich hab sie für diese Gala heute Abend geliehen. Es war eigentlich nicht meine Schuld, aber das macht ja trotzdem keinen guten Eindruck, oder?«

»Wie ätzend.« Niko betrachtete aus zusammengekniffenen Augen die Zahlen, die statisch vom Bildschirm zurückstarrten. Zahlen, die nur die Resultate anzeigten und nicht das viele Herzblut und die Arbeit, die in diesem Unternehmen steckten.

»*Wie ätzend.* Das kann man wohl sagen. Hast du was?«

Niko drehte Johan den Bildschirm zu.

»Ich weiß nicht, so wie ich das sehe, geht es jetzt eher darum, die Kosten zu senken.«

»Nein«, sagte Johan, »das ist nichts als Steuerberatersprech, das ist den AFAB-Leuten scheißegal. Die wollen eine Vision haben. Wir müssen uns auf eine Expansion konzentrieren, nicht auf Kürzungen.«

»Ja, aber …«, setzte Niko an.

Johans Handy klingelte.

»Hallo Pålle«, rief er kurz darauf.

Johans Angewohnheit, beim Telefonieren zu schreien, war ein deutliches Anzeichen dafür, dass er ein Dinosaurier war – ein Relikt aus den Neunzigerjahren, als man die chronisch schlechte Mobilfunkabdeckung kompensieren musste. Niko musste dabei an seine polnische Großmutter denken, die davon überzeugt war, dass sie sich überall auf der Welt auf Polnisch verständlich machen konnte, wenn sie nur langsam und deutlich sprach. *Czy rozumiesz co ja mówię?*

»Sicher, ich sitze hier mit Niko«, fuhr Johan fort. »Doch, wir werden etwas präsentieren können. Wir sind ganz kurz davor, unsere Weine im Jesti zu platzieren – ja, in Mirkovic' neuem Lokal –, ausschließlich unsere Weine!« Johan zwinkerte Niko zu.

Moment mal, was sagte er da? Niko versuchte Johan mit Gesten zu signalisieren, dieses Thema nicht zu vertiefen. Er hatte Johan doch schon erzählt, dass Mahir praktisch nicht zu erreichen war. Aus diesem Treffen schien nichts zu werden, obwohl Mahir die Initiative dazu ergriffen hatte. Jetzt antwortete er nicht auf Nikos Mails, er war wohl einer von diesen »Don't call me, I'll call you«-Typen.

»Na sicher, das feiern wir dann bei einem Abendessen. Ich habe doch gesagt, dass es sich lohnen wird.« Johan kicherte. »Ach ja, noch eine Sache … Das Auto hat eine kleine Schramme abbekommen.«

Er lauschte mit angespanntem Lächeln und geballten Fäusten.

»So was kann passieren? Ja, genau das habe ich auch gedacht! – Klasse. War schön, mit dir zu sprechen. Mach's gut, Pålle. Japp – ja, das werden wir. Ciao!«

Johan legte auf. Atmete aus. »Das hat die kleine Schrammerei entschärft.«

Mahir Mirkovic, dachte Niko. *Ausschließlich unsere Weine.*

*

Jeder zweite Donnerstagabend war heilig. Letztes Jahr hatten Niko und drei Kumpel – Farhad, John und Chrille – eine Band gegründet, die sie ironischerweise Sensitive Emotions nannten. John, der Leadsänger, war der Einzige von ihnen, der echte Ambitionen hatte. Niko spielte Bass und hatte sich wie Farhad und Chrille vor allem deshalb angeschlossen, um einen legitimen Grund zu haben, regelmäßig für eine kurze Zeit der Familie zu entfliehen. Chrille war auf einen Proberaum in einem benachbarten Vorort gestoßen, den sie nutzen konnten; sonst probte eine etwas professioneller aufgestellte Band dort, und er kannte den Drummer. Dort trafen sie sich, tranken Leichtbier und versuchten etwas zustande zu bringen, was einer Melodie ähnelte. Der Bass war eine sichere Wahl, Nikos Mangel an Talent ließ sich damit leicht überspielen.

Sie waren alle mehr oder weniger im selben Lebensabschnitt und mussten nicht viel sagen, damit die anderen sie verstanden. So konnte ein eingeworfenes »Und, wie läuft's so mit Anna?« ein Schulterzucken bei Farhad auslösen und die Erwiderung: »Na ja, ihr wisst schon …«, und alle wussten Bescheid. Nachdem sie pflichtschuldig die beiden Songs geprobt hatten, die John geschrieben hatte, gingen sie in die Spelunke nebenan und tranken ein richtiges Bier.

Niko hatte sich auf diesen Donnerstag besonders gefreut – er hatte den anderen schon von Julias und seinem Deal erzählt, was diese mit neidischen und leicht skeptischen Blicken quittiert hatten, und jetzt berichtete er über den Vorfall mit seiner Mutter – ohne zu erwähnen, dass Julia mit einem Zweiundzwanzigjährigen erwischt worden war, denn das war ein Ausmaß an Demütigung, das er nicht offenlegen wollte.

»Und, wie läuft's so?«, wollte Chrille wissen, der größte Skeptiker unter Nikos Freunden.

»Ich weiß nicht, ich finde es geschmeidig, dass die Tür einen Spaltbreit offen steht.«

Chrille und John sahen sich an.

»Okay, aber was ist mit Julia? Vögelt sie mit der halben Stadt, während du mit der angelehnten Tür kuschelst? Vielleicht steht ihre Tür ja sperrangelweit offen?«

Farhad kam mit einem Teller Nachos zurück, die mit Käsesoße übergossen waren.

»Ich bin auch nicht so verdammt unschuldig«, sagte Niko und versuchte seinen Stolz zu verbergen. »Ich texte mit einer Frau, wir flirten ziemlich heftig, also wer weiß, vielleicht wird ja mehr daraus.«

Alle sahen ihn neugierig an. Niko wandte den Blick ab und sah zum Tresen, wo eine goldene asiatische Katze lustlos mit der Pfote wedelte.

»Es ist ein bisschen kompliziert. Sie arbeitet bei den Kindern in der … ähm, genau genommen … in Salves Kindergarten.« Niko bereute es sofort, so angegeben zu haben, als er merkte, dass seine Prahlerei mit dieser Enthüllung auf die Nase fiel.

»Nicht dein Ernst!« Farhad riss die Augen auf und warf sich Nachos in den Mund.

»Das musst du sofort beenden«, sagte John, der bis dahin im Stillen an einem seiner Songtexte gefeilt hatte.

»Aber ich … ich hab die Situation unter Kontrolle. Es sind doch nur ein paar harmlose Nachrichten«, wandte Niko ein.

»Schickst du etwa Schwanzfotos an Salves Erzieherin? Ist ja krank!«

»Sie ist nur die Vertretung.«

Chrille lachte schallend. »Geht Salve nicht in so einen Elterninitiative-Kindergarten? Das macht dich genau genommen zu ihrem Arbeitgeber.«

»Oh-oh!« Farhad schlug mit der Faust auf die Tischplatte. »Autsch.«

Sie lachten. Verlegen lachte Niko mit und kippte den letzten Rest seines Bieres hinunter. Er wusste, dass sie recht hatten, auch wenn er es hasste, das zuzugeben. Die Sache mit Salves Pädagogin zu vertiefen, war ganz klar ein Weg in die Hölle. Vielleicht könnte er ja eine andere finden? Oder so großherzig sein und die ganze Sache langfristiger betrachten – jetzt war eben Julia an der Reihe, rumzuturteln, ein anderes Mal wäre er es. Auf dem Nachhauseweg im Bus fasste er einen Entschluss: Das einzig Sinnvolle wäre, die ganze Sache mit Sabina – was auch immer das war – im Sand verlaufen zu lassen.

*

Als Niko am nächsten Tag zum Kindergarten kam, machte er einen Sport daraus, eine Begegnung mit Sabina zu vermeiden. Er schöpfte sein ganzes vergrabenes Schauspieltalent aus, um eine Show mit gestresster Körpersprache zu veranstalten.

»Hopp, hopp, weg mit den Handschuhen! Gut! Und jetzt die Regenhose …«

Niko hörte Sabinas Lachen, das sich dem Umkleideraum näherte. Er tauchte kopfüber in einen Schrank und gab vor, nach einer verloren gegangenen Mütze zu suchen. Als er sich wieder umdrehte, stand Sabina vor ihm. Sie lächelte freundlich, nicht flirtend, und begrüßte zuerst Salve und dann ihn.

»Hi«, sagte Niko atemlos. »Ich muss los. Wir hören uns!«

Wir hören uns. Gerade das sollten sie doch *nicht* tun. Aber es wäre anmaßend zu sagen, dass sie nicht mehr texten sollten, nachher glaubte sie, er meinte, das würde ihr viel bedeuten. Auf die süße Nachricht, die sie ihm spät in der Nacht zuvor geschickt hatte, hatte er ausweichend geantwortet. Und auch auf die darauffolgende, in der sie beschrieb, was sie mit ihm anstellen würde, wenn er neben ihr liegen würde. So auch auf die danach, in der sie beschrieb, was sie mit ihm angestellt hätte, wenn er neben ihr gelegen hätte. Es war unverständlich, dass sie bei ihren Treffen im Kindergarten so ungerührt schien. War sie vielleicht eine Art Psychopathin?

Am Wochenende blieb er bei seiner Strategie, kühl zu reagieren.

Enthielt die Nachricht keine direkte Frage, antwortete er gar nicht darauf, auch wenn es ihn in den Fingern juckte. Es schien zu funktionieren. Schon am Sonntagabend verstummte AFAB-Pålle 2 völlig. Und erst da wurde Niko bewusst, wie abhängig er doch von den kleinen Dopaminkicks geworden war, die er bekam, wann immer es in seiner Hosentasche vibriert hatte.

Niko hätte nie im Leben geglaubt, dass er einmal von AFAB-Pålles Namen auf dem Display einen Steifen kriegen würde. Er vermisste augenblicklich den leichten Rausch, der darauf gefolgt war, den er beim Verfassen von kleinen Texten empfunden hatte – charmant, witzig und genau das richtige Maß an Andeutungen. Erinnerte sich fast wortwörtlich an lange Passagen ihres Telefonsex zwischen Frankreich und Schweden. Wo der Kontakt zu Sabina Glitter über die Tage gestreut hatte, war jetzt nur eine bedeutungslose Leere geblieben. Gleichzeitig dachte er mit Schrecken daran, was seine Bandkollegen noch gesagt hatten:

Dass Julias Tür womöglich weit offen stand.

14

Die Flaggen auf dem riesigen Gebäude flatterten wie wild. Julia stemmte sich gegen den Wind, als sie weiter den Kai entlangging. Sie hatte die Gewohnheit wieder aufgenommen, an Mahirs Restaurant vorbeizuschlendern, fest entschlossen, eine unverbrauchte neue Chance zu bekommen. Das Universum war schlau, dachte Julia: Ihr Abenteuer mit Zeke war nur ein probeweiser Stapellauf gewesen. Jetzt war der Akt entdramatisiert, und sie konnte sich auf eine ganz andere Weise hingeben. Die Geschichte mit Mahirs Freundin konnte nicht so ernst sein, beschloss sie, er hatte die Beziehung ja nicht mal als Grund dafür genannt, als er sie abgewiesen hatte. Und eine Fernbeziehung – war das überhaupt eine richtige Beziehung? Für jemanden wie Mahir? Julia würde einen diskreten und zu hundert Prozent nicht-verzweifelten Weg finden, ihm mitzuteilen, dass es jetzt völlig risikolos, völlig *koscher* für sie beide wäre, Sex zu haben – wenn er es denn wollte. Was er wollen musste, wie sie annahm. In seinem tiefsten Inneren.

Vor dem Restaurant parkte ein Lkw halb auf dem Gehweg; die Türen standen weit offen. Drei Männer mühten sich mit einem großen, in Luftpolsterfolie eingewickelten Paket. Julias Herz machte einen Sprung. Rasch überquerte sie die Straße, nahm einen langsamen Gang an, umrundete den Laster, hielt sich dort noch ein paar Sekunden länger auf, um ins Innere des Restaurants zu spähen.

Sie spürte seine Anwesenheit unmittelbar, bevor sie ihn sah.

Mahir trug ein weißes T-Shirt, schwarze Jeans und verschlissene olivgrüne Sneakers. Er ließ das Paket nicht aus den Augen.

»Braucht ihr Hilfe?« Julia beugte sich vor.

»Hier rein – tragt es … vorsichtig …«

Julia winkte, um Mahir auf sich aufmerksam zu machen. Seine Augen wandten sich ihr zu – zunächst starr, als würde er sie gar nicht erkennen. Doch dann wurden seine Züge weicher, und sein Gesicht verzog sich zu einem Lächeln. Sein Lächeln … dieser wundervolle Überbiss …

»Was machst *du* denn hier?«

Die Lackierung war stumpf von Abgasen und Schmutz. Auf Mahirs Namen waren fünf Fahrzeuge zugelassen, das hatte Julia bereits recherchiert. Drei Autos, ein Motorrad und etwas, das sie erst googeln musste: ein Anhänger. Plötzlich mutete der Besitz eines Anhängers ausgesprochen sexy, ja fast mystisch an.

Die Sitze des Jeeps waren verschlissen und das Armaturenbrett veraltet. Mahir wollte sich die Haare schneiden lassen. Er hatte Julia angeboten, sie zu ihrem Ziel zu fahren. Sie hatte kein Ziel, aber um nicht ganz richtungslos zu erscheinen, gab sie ihr Büro an. Julia ertappte sich dabei, dass sie hoffte, die Ampeln würden möglichst lange rot bleiben.

»Wie geht's dir?«, fragte er, als sie den Tunnel bei Gamla Stan hinunterfuhren. »Ich hab an dich gedacht. Wie läuft es denn so mit … allem?«

Eine Hand ruhte auf dem Lenkrad, seine andere auf dem Schaltknüppel. Julia bemerkte das Muster aus kleinen Haarfollikeln, die sich über seinen Handrücken zogen. Seine Stimme klang sanft. Irgendetwas an Mahir in diesem staubigen Wagen ließ sie an den Mann aus der Marlboro-Werbung denken, die sie als Kind am Flughafen gesehen hatte, als sie mit einem Schild um den Hals unterwegs zu ihrem Vater gewesen war. Dieses Gefühl der Freiheit … Nichts und niemanden zu brauchen … Obwohl sich die Werbung wahrscheinlich nicht an zehnjährige Mädchen gerichtet hatte, sprach sie sie genauso an wie die Chanel-Plakate mit der kühlen Aura von Claudia Schiffer. Mahir hatte *an sie, Julia, gedacht*, was besagte das? Hatte er an sie wie an ein beklagenswertes Wrackteil gedacht, das gerettet werden musste, oder wie an…

»Wie läuft's mit deinem Buch?« Sie konnte ihn, von der Seite, im Rückspiegel sehen. Die Haut unter seinen Augen war trocken und leicht gerötet.

»Das Buch«, echote Julia. »Keine Ahnung. Ich versuche es … wieder … umzuschreiben.«

Mahirs Handy vibrierte auf dem Armaturenbrett. Darias Bild erschien, ihr Name war umringt von roten Herzen. Mittlerweile war Julia gut vertraut mit Darias verschiedenen Gesichtern, hatte jedes Bild studiert, das Mahirs Freundin jemals gepostet hatte, und alle Bilder, in denen sie getaggt worden war. Julia hatte ihre Freundesclique erfasst, um dort Informationen zu finden. Es gab ihr einen Kick, ein Bild von Daria zu finden, das sie in unvorteilhaftem Licht zeigte – ha, ha! Konnte man sie überhaupt als gut aussehend bezeichnen? Julia zog natürliche Schönheit vor, gebrauchte selbst kaum jemals Make-up. Daria war mit ihrem raffinierten Curtain-Bang-Pony und ihren weißen Vintage-Jeans auf eine Art französisches Mainstream-Modepüppchen getrimmt.

Mahir seufzte. Ein gutes Zeichen.

»Ich muss da rangehen.«

Julia war angespannt. Sie bogen in die Hornsgatan ein. Mahir musste nur eine Stelle zum Wenden finden. Gleich würde sie aussteigen müssen, ohne ihm gesagt zu haben, was sie ihm sagen wollte.

Mahirs Stimme klang heller, als er mit Daria sprach.

»Hey, Baby.«

So verlogen, dachte Julia.

»I'm in the car. With a friend. My friend Julia.«

Er lächelte hastig und zwinkerte Julia zu.

Ein schlechtes Zeichen. Er spielte ihre Gegenwart herunter.

»Can I call you later? I don't know, in an hour maybe. I'm getting a haircut. Yes. Kiss, kiss. Yes, kiss. Bye.«

Er seufzte wieder.

Ein gutes Zeichen.

»Sorry«, sagte Mahir, nachdem er zweimal überprüft hatte, dass das Gespräch tatsächlich beendet war. »Wir haben uns den ganzen Morgen gestritten.« Er schüttelte den Kopf. »Manchmal weiß ich nicht, was ich mit dieser Energie zwischen Daria und mir anfangen soll. Es kann ganz toll sein, aber auch innerhalb einer Sekunde in Chaos umschlagen und zu einem fucking Hiroshima werden.«

Hm. Schwer zu deuten.

»Wenn man sich nicht so oft sieht, wird es vielleicht etwas anstrengend?«

»Dann hättest du uns mal erleben sollen, als wir uns jeden Tag gesehen haben … Alle drei Wochen, das ist perfekt.«

Mahir grinste unergründlich.

»Ist das nicht schwierig?«

»Wir haben beide alle Hände voll zu tun mit unserem eigenen Leben. Daria ist sehr ehrgeizig.«

Julia hielt den Atem an, wollte, dass er mehr erzählte, und wünschte sich gleichzeitig inbrünstig, dass sie über etwas anderes reden würden.

»Ihr würdet euch mögen«, sagte er.

Wohl kaum.

»Bestimmt. Wie ist sie so?«

»Gesellig«, sagte er. »Lustig.« Er hielt inne. »Sie ist wie ein großer, seichter See.«

Lächelnd schielte er zu Julia hinüber. Daria arbeitete als Fotografin, so viel hatte Julia kapiert. In Darias traditionell komponierten Modefotos, die weder in irgendeiner Form herausragten oder etwas Neues aussagten, konnte sie allerdings nicht sonderlich viel Ambition erkennen. War es das, was Mahir mit *seicht* meinte? Julia fand, dass es wie eine Beleidigung klang, er aber sprach es aus wie ein Kompliment.

»Bist du verliebt in sie?«, fragte Julia.

Mahirs Blick war auf die Straße gerichtet. Zuerst antwortete er nicht. Wenn er sie liebte, würde er nicht erst groß darüber nachdenken müssen.

»Ja«, sagte er schließlich. »Ja, das bin ich.« Er lächelte aufrichtig. Julia lächelte auch, verkrampft.

»Hast du's eilig? Es ist so nett, ein bisschen mit dir zu quatschen, ist es okay, wenn ich noch einen Schlenker mache, bevor ich dich absetze?« Mahir sah sie mit einem Anflug von Verlegenheit an.

Ja, lieber Gott, danke! Julia nickte. »Ich muss in zwanzig Minuten da sein.«

Mahir bog ab auf Söder Mälarstrand. Fuhr an den alten Fabriken und Dampfschiffen vorbei.

»Und du?«, fragte Mahir. »Bist du in jemanden verliebt?«

Julia war auf die Gegenfrage nicht gefasst. Hatte vorübergehend vergessen, dass sie auch in einer Liebesbeziehung war. Sie hatte nicht vor, denselben Fehler zu begehen wie Mahir und mit der Antwort zu zögern. Eine ehrliche Antwort hätte gelautet: *Ob ich in jemanden verliebt bin? Wie meinst du das, lieben? Wir sind seit fünfzehn Jahren ein Paar, da ist doch wohl niemand mehr verliebt?* Sie betrachtete Niko mit Mahirs Augen und dachte dabei, dass Niko Besseres verdiente.

»Wir sind schon lange zusammen«, erwiderte sie schnell, ohne zu erkennen, dass sie damit der eigentlichen Frage auswich, was auch als Zögern gedeutet werden konnte. Mahir warf ihr kurzen Blick zu, bevor er sich vor die Stirn schlug.

»Merde! Nikos Mail. Ich muss doch seine Weine fürs Jesti ordern. Auf jeden Fall. Kannst du ihm ausrichten, dass mir das völlig durchgerutscht ist, ich ihm aber bald antworte?« Julia nickte und sagte nicht, wie sehr Niko unter Druck stand, wie verzweifelt er war, weil Mahir nicht zu erreichen war.

»Er ist wirklich der Beste in dem, was er tut«, sagte sie und dachte: *Gut. Was ich jetzt gerade mache, ist das Richtige. Ich unter-*

stütze meinen Mann. Mahir und ich sind Freunde. Auch wenn wir Sex miteinander haben wollen und es in Zukunft wohl auch haben werden, sollen wir in erster Linie Freunde sein. Die Unterhaltung verstummte.

»Wir führen eine offene Beziehung«, hörte sie sich plötzlich sagen, ohne Umschweife, ganz direkt, so als hätte sie das ausgespuckt, nur um festzustellen, wie es aufgenommen wurde, und so war das wohl auch. »Also, weißt du… damals in deinem Restaurant … als ich da war …«

Mahir atmete tief aus und sah sie an, etwas wie Erleichterung huschte über seine Züge.

»Du musst mir nichts erklären.«

»Doch. *Auch nicht ein einziges Mal?*«, wiederholte Julia und vergrub das Gesicht in den Händen. »Du musst mich für einen verzweifelten Freak gehalten haben.«

Er lachte, und jetzt lachten sie beide.

»Ich war nur so – ich weiß nicht – nach unserem Treffen«, erklärte Julia. »Ich dachte dass, wenn wir, ja, aber … ich wollte dich aus meinem System kriegen.«

»Mich, der so absolut unwiderstehlich ist.«

Julia zuckte mit den Schultern und lachte. »Ich weiß nicht, was ich mir dabei gedacht habe. Das war respektlos von mir.«

Mahir legte hastig seine Hand auf ihre. »Ich habe mich geschmeichelt gefühlt.«

Julia wollte kotzen. *Geschmeichelt.* Das hieß auf Gentleman-Art, dass man null Interesse hatte. Das war das Gegenteil von *geil.* Geschmeichelt war man, wenn einem jemand etwas schenken wollte, das man nicht brauchte.

Mahir hielt bei dem Kiosk am Mariatorget an. Er beugte sich vor und drückte seine warmen Lippen auf Julias Wange; sein Atem befeuchtete ihr Ohrläppchen. In diesem Moment dehnten sich die Sekunden aus, reihten sich wie eine Perlenkette von Millisekunden aneinander, bis ein Bus hinter ihnen hupte und Julia sich beeilen musste, auszusteigen.

»Es war mir wie immer ein Vergnügen!«, rief Mahir, bevor sie die Tür zuschlug. Seine strahlenden Augen verhakten sich mit ihren, ließen ihren Blick für einen Moment nicht los. Dann hüllte Kälte sie ein. Der Jeep verschwand in der Ferne. Julia rührte sich nicht von der Stelle und betrachtete die Stelle, an der gerade noch sein Auto gestanden hatte.

Überglücklich und verzweifelt zugleich.

*

Julia dachte, dass sich die Sache mit dem Zuschlagen der Autotür erledigt hätte. Aber es konnte doch nicht einfach so enden, was wäre das sonst für ein Märchen gewesen? Wenn das Universum nur das Geringste über das Geschichtenerzählen wusste, sollte das, was Julia jetzt in Gang gesetzt hatte, wie ein süßer Strom der Bestätigung durch das Objekt fließen, sodass Mahir – genau wie Julia – bald mehr wollte.

Abends im Bett schielte Julia zu Niko hinüber, der mit abgewandtem Rücken zu ihr lag und an seinem Handy herumspielte. Was machte er überhaupt? Ging er aus und fickte junge Kellnerinnen, während sie sich mit Flugbegleiterinnen-Fetischisten zufriedengeben musste und sich nach jemandem verzehrte, der sich lieber mit ihr unterhielt, als Sex mit ihr zu haben? Irgendwie war es schwer, sich vorzustellen, dass Niko mit einer anderen geschlafen haben könnte. Wann sollte das, rein praktisch gesehen, überhaupt geschehen sein? *Beaujolais,* dachte sie, vielleicht war diese Inma ja dort gewesen? Sie spürte in sich hinein, war sie eifersüchtig? Ja, brennend, aber die Eifersucht richtete sich gegen Daria. Was Nikos mögliche, eigentlich unvorstellbare Abenteuer betraf, war sie vor allem neugierig. Er lag schließlich hier neben ihr.

Just da vibrierte ihr Handy auf dem Kopfkissen. Sie musste die Nachricht nicht erst öffnen, um zu lesen, was da stand. Sie war so kurz, dass sie oben auf dem Display zu sehen war. Und das, was Julia da sah, ließ sie vor Freude und Angst erstarren.

Sie legte das Handy auf den Bücherstapel, der ihr als Nachttisch diente.

Nikos Hand schob sich an ihre Taille. Er zog sie an sich, entschieden, küsste ihren Hals.

»Ich hab da über etwas nachgedacht«, sagte er. »Nur weil wir diesen Deal haben, müssen wir ja nicht unbedingt aufhören, miteinander zu schlafen, oder?«

Als hätten sie das nicht schon längst getan!

»Ich weiß«, flüsterte sie. »Das sollten wir nicht vergessen.«

Sie drehte sich in der weichen Bettwäsche um. Atmete in seinen Mund. Bemühte sich, ihre ganze Begierde auf ihn zu projizieren. Er drückte ihre Arme in die Matratze, küsste ihr Schlüsselbein und drang in sie ein.

Sie spürte sein Verlangen und seinen Willen. Julia berührte sich selbst, bis sie kam. Doch als sie die Augen schloss, war sie nicht richtig da, dachte nur an die Nachricht, die sie gerade bekommen hatte. Von Mahir, der geschrieben hatte:

Okay. Ein einziges Mal.

15

Julia stand eine Stunde früher als sonst auf, um Zeit zu haben, jedes noch so kleine Härchen zu entfernen: an den Beinen, entlang der Bikinizone, unter den Achseln und am Kinn. Sie cremte sich ein und zog einen schwarzen Spitzenslip an, den sie noch nie getragen hatte. Er scheuerte im Schritt, aber das war die Sache wert. Um drei Uhr wollten sie sich im Jesti sehen.

Julia hatte sich eigentlich ausgemalt, sich mit Mahir in einem eleganten Hotelzimmer zu treffen, aber sich im Restaurant zu sehen, war auch heiß, weniger vorhersehbar und des bevorstehenden Ereignisses – das in die Annalen eingehen würde – würdiger. Jetzt stand sie im dunklen Schlafzimmer und musterte ihren Körper im Spiegel: die langen Beine, die Haut am Bauch, etwas faltig um den Nabel … Die nach dem Stillen schlaffen Brüste, die dunklen Brustwarzen, die verblichenen Spuren von Dehnungsstreifen, als wäre sie von einem Kätzchen gekratzt worden. Sie fand, dass es schön aussah. Sie schüttelte den Kopf, sodass ihr der lange Pony in die Augen fiel, und probierte aus, sich selbst mit ihrem Blick zu verführen.

»Ich hab mich mit Erkan abgesprochen. Salve kann nach der Kita mit zu ihnen kommen. Aber du hast doch nicht vergessen, dass du heute mit dem Putzdienst im Kindergarten an der Reihe bist, oder?«, rief Niko aus dem Erdgeschoss.

Julia wurde eiskalt.

War das heute? Sie verfluchte ihre einfältige Entscheidung für die Elterninitiative. Warum hatten sie es so toll gefunden, sich fürs Essenkochen, den Einkauf, das Reinemachen und die Einstellung von Personal zu engagieren? Was war nur aus der guten alten kommunalen Kinderbetreuung geworden?

»Was ist nur aus der guten alten kommunalen Kinderbetreuung geworden?«, rief sie.

Julia hätte gar nicht die Stimme erheben müssen, weil Niko bereits im Türrahmen stand.

»Was willst du damit sagen? Das fällt dir ein bisschen spät ein, hm? Um vier geht's los.« Niko verschwand im Anziehzimmer. *Fuck.* Julia könnte natürlich versuchen, einen anderen Termin mit Mahir zu finden, aber dann würde sie auch diesen günstigen Moment verpassen und riskieren, dass er seine Meinung änderte. Es war kaum erregend, auf einen Booty Call zu warten.

Niko kam ins Schlafzimmer; er trug Jeans und ein Karohemd. Schlüpfte in die Strümpfe, breitete in einer ausladenden Geste die Arme aus.

»Sehe ich gut aus?«

»Super!«, sagte Julia.

Ihr Blick blieb an ihm hängen, als wollte sie ihn beschwören: *Bitte, bitte, übernimm das Putzen für mich.*

»Nein«, sagte Niko, der stets wie in einem offenen Buch in ihr lesen konnte. »Ich schaff das heute nicht, ich muss Sibylla zum Fußball bringen, remember? Das ist die letzte Gelegenheit in dieser Saison, und sie haben irgendeine Mannschaftsfeier. Sie ist total heiß darauf, hat sich schon die Fußballkleidung angezogen.«

Ruhig, Julia, ganz ruhig. Nicht das Atmen vergessen. Dieses Dilemma musste sich doch irgendwie lösen lassen.

»Und Tita könnte nicht vielleicht …?«

»Tita ist die ganze Woche bei diesem Volkshochschulding.«

Ach ja, der Aquarellkurs.

»Wenn du heute den Putzdienst in der Kita übernimmst, dann übernehme ich das ganze Frühjahr. Bitte!«

»Was hast du denn vor, das so wichtig ist, Julia? Wir sind die Wochenplanung doch durchgegangen.«

Regelbruch: *Nicht die Logistik zerschießen.*

Julia warf einen kurzen Blick aus dem Fenster. Sollte sie ihm sagen, dass sie plante, mit Mahir zu schlafen? Das würde erklären, weshalb es ihr so wichtig wäre, war aber nicht sonderlich »französisch«. Könnte sie etwas unterschlagen, sagen, dass sie mit Mahir verabredet war, es dabei aber um die Arbeit ging? Oder würde es Niko beunruhigen, wenn sie Mahir erwähnte, nachdem er doch so viel Wert auf die sich anbahnende Geschäftsbeziehung mit dem Jesti legte? *Subventionierte Lüge*, dachte Julia. Es war Zeit für eine subventionierte Lüge.

»Ich bin nur gerade so im Flow, das erste Mal seit Langem, und möchte gern noch eine Stunde schreiben, wenn das geht? Mit dem Manuskript geht es jetzt gerade so gut voran.«

Niko machte schweigend das Bett zurecht, während die Lüge auf Julias Wangen brannte.

»Na gut«, sagte er schließlich und glättete den Bettüberwurf. »Ich übernehme das Putzen. Aber dafür bringst du Sibbi um sechs zum Fußball, ja?«

Julia nickte. Das kriege ich hin.«

Sechs Uhr. Vier, fünf, sechs, rechnete sie. Um Sibylla rechtzeitig vom Hort abholen zu können und zum Ort der Mannschaftsfeier zu kommen, musste sie spätestens um halb fünf bei Mahirs Restaurant aufbrechen. Das gab ihnen eineinhalb Stunden für leidenschaftlichen, heißen Sex. Optimal war so ein begrenztes Zeitfenster für dieses *einzige Mal* nicht, aber es war definitiv besser als nichts.

*

Es war so, als ahnte das Wetter, dass heute ein besonderer Tag war. Feierlich überquerte Julia Skeppsbron und ging mit langen, bedächtigen Schritten zu ihrem Ziel. Diesmal nicht wie eine umherirrende Suchende, die verzweifelt auf Kontakt aus war, sondern als eingeladener – und begehrter – Gast.

Zu wissen, dass man etwas nur einmal tun durfte, war der Inbegriff des Magischen. Julia war feucht und offen. Der Slip schnitt ihr zwar in die Leiste, aber was machte das schon? Er würde sowieso um Punkt drei heruntergerissen werden. Julia blieb stehen, bewunderte die Sturmmöwen, die den Himmel mit ihren schnittigen Flügeln teilten. Vielleicht war dieser Moment das Schönste. War nicht die Vorfreude immer die größte Freude?

Inzwischen war das Restaurantschild montiert worden. Die Nonnen hatten gute Arbeit geleistet. *Jesti* stand in Brandmalerei auf einer geölten Holztafel. Die Fenster waren immer noch mit Pappe verklebt. Die Tür stand einladend offen, aber irgendetwas stimmte nicht: Leises Murmeln drang aus dem Lokal. Julia zog an der Tür. Jemand hatte einen Keil dazwischengelegt, um sie geöffnet zu halten, aber er klemmte, sodass die Tür sich nicht bewegen ließ. Zaghaft rief Julia ein »Hallo«, doch als niemand antwortete, zwängte sie sich durch den schmalen Spalt – zuerst ein Bein, dann den Kopf, den Rumpf und zuletzt das andere Bein. Genau in dem Augenblick, als sie dachte, dass ihr unwürdiger Auftritt unbemerkt geblieben war, wurde ihr Körper ruckartig zurückgerissen. Der Schulterriemen ihrer Handtasche hatte sich draußen um die Klinke gewickelt. Mühsam löste sie ihn und stolperte in den Raum.

An einem großen runden Tisch mit dunkel glänzender Oberfläche unterhielt sich ein Grüppchen mit einem Getränk in der Hand. Glücklicherweise schien niemand ihr Eintreffen bemerkt zu haben. Auch nicht Mahir, von dem nichts zu sehen war. Die Haut an ihrem Hals brannte vor Scham. Sie hatte ihre ganze Woche auf diesen Moment ausgerichtet, und er … hatte ihn vergessen?

Julia hielt sich am Rand des Raumes, als sie in Richtung Küche ging, die Schwingtür öffnete und hineinlinste. Drinnen herrschte reger Betrieb. Fünf, sechs Köche waren hochkonzentriert bei der Arbeit – einer sah auf, aber rasch wieder weg, als er erkannte, dass sie niemand von Bedeutung war. Julia erkannte die Tätowierung wieder, das war doch einer der Typen, in dessen Gesellschaft Mahir an dem ersten Abend gewesen war.

»Äh … ist Mahir da?«, fragte sie. Der Koch machte eine desinteressierte Kopfbewegung hin zur Vorratskammer, aus der Mahir gerade mit einem Arm voller Kunststoffboxen herauskam.

»Julia! Ciao!«, sagte er. »Wie schön, dass du kommen konntest!«

Er gab ihr einen raschen Wangenkuss. Der tätowierte Koch lächelte ihr kurz zu.

Im Zentrum des inzwischen fertig eingerichteten Restaurants thronte ein riesiger Eichentisch, der aus einem einzigen Stück gefertigt war und so alt, dass es ein Verstoß gegen das Naturschutzgesetz gewesen sein musste, den Baum dafür zu fällen. Drumherum standen ähnliche kleinere Tische. Fein säuberlich beschriftete Zettel gaben die Herkunft der Hölzer an. An Julias Tisch war zu lesen, dass der Stumpf dieses Baumes in der Erde geblieben war, um biologische Vielfalt zu fördern.

»Ein schöner Gedanke, oder?«, sagte die Frau neben Julia. »Dass alle Tische aus demselben Stück Holz gefertigt wurden. Und für eine größere Gesellschaft kann man sie einfach zusammenschieben.«

»Zu einem Wurzelsystem?«, sagte Julia und erkannte zu ihrem Entsetzen, dass die Frau ihren schlechten Scherz als etwas sehr Tiefsinniges aufgefasst hatte.

Julia strich über die glatte Oberfläche, die mehrfach geschliffen und geölt worden war. Sie versuchte dasselbe zu empfinden wie die fröhlich gestimmten Gäste, alle umgab eine Aura, Auserwählte zu sein, und sie harrten mit einer unverhohlenen Erwartungsfreude dessen, was sie gleich erleben würden.

»Es ist so, als wäre man in einen geheimen Club eingeladen worden«, sagte die Frau neben Julia.

Fahr zur Hölle, dachte Julia und machte mit nach außen gedrehten Knien einen merkwürdigen Knicks, in einem erfolglosen Versuch, ihren scheuernden Slip zurechtzurücken – vergebens.

Eine Stunde später war ein hervorragendes Gericht nach dem anderen serviert worden. Schakschuka – pochierte Eier in einer Tomatensoße gekocht, Tajine mit zartestem Lammfleisch, karamellisierte Aprikosen, säuerlicher Pilaw, Langkornreis mit Dill und Butter, gegrilltes Gemüse und leichte Soßen, Tahini und Limettenschale. Zwischen den Gängen erschien Mahir und erzählte – mehr von persönlichen Erinnerungen, die mit den verschiedenen Gerichten verbunden waren, als von den Zutaten, und er tat dies mit selbstbewusster Nonchalance und dem abgetragenen Micky-Maus-T-Shirt unter seiner Schürze. Womöglich hätte Julia – wenn sie nicht so von seinem natürlichen Charme geblendet gewesen wäre – gemerkt, dass das Ganze ziemlich durchdacht war. Etwas, das sie Niko gegenüber spöttisch hätte imitieren können, wenn sie nach Hause kam. Aber in diesem Moment sah sie nur die Art, wie Mahir seine Hände bewegte, wie er sich ausdrückte – so originell, so sinnlich! Sah sein Lachgrübchen und seine leicht gekrümmte Haltung – alles das schwebte buchstäblich über allem Alltäglichen und ließ Mahir in einem seltenen Licht erscheinen. Zugleich hasste sie ihn. Gott, wie sehr sie ihn hasste!

Alles, was Mahir auftischte, war eine Erfahrung für sich. Julia versuchte sich einzuprägen, wie sie jedes Gericht fand – war es die Säure, das Süße oder eine unerwartete Mischung, die sie später kommentieren könnte? Was riefen die Aromen in ihr wach? Nichts. Es schmeckte wie das Essen an Bord eines Flugzeugs – als wären die Geschmacksknospen von dem hohen Luftdruck betäubt. Es schmeckte, als würde sie auf geschmacklosem Flugzeugessen herumkauen. Julias Magen war wie ausgehungert, aber sie hatte keinen Hunger. Nicht auf Essen. Und jetzt war es schon gleich vier. Sie würde bald losflitzen müssen, um Sibylla abzuholen. Eigentlich war es schon zu spät. Das Zeitfenster, das sie eigentlich für die körperliche Verschmelzung mit dem Objekt ihrer Begierde nutzen wollte, war mit sinnlosem Small Talk und – nun ja, im Moment – ebenso sinnlosen kleinen Gerichten vergeudet worden. Sie konnte unmöglich die Himbeertorte, das Baiser und den Rosenpfeffer genießen, wenn sie doch nur das Salz von Mahirs Haut lecken wollte.

»Köstlich, nicht wahr?«

Die Frau neben ihr – wie hieß sie noch, Susanne? – war Kuratorin und hatte die Kunstwerke ausgesucht, die nun die Wände des

Jesti zierten: antike Suzani-Stoffe, düstere Ölgemälde, alte Stillleben mit Wurzelgemüse, Pfirsichen und Blumenarrangements. Wann immer die Frau sich bewegte, war ihr Parfüm zu riechen. Es war einer dieser Unisex-Düfte, die sich so frisch anfühlten, als sie auf den Markt kamen mit ihrer Mischung aus Zedernholz, Benzin und Gold und mit vielsagenden Namen, die ihren Trägern das Gefühl gaben, einzigartig und weltgewandt zu sein, aber irgendwann – nachdem sie jeder Hipster an der Halsgrube trug – schließlich einfach mit dem Geruch der Stockholmer U-Bahn verschmolzen. Ein Geruch, der jetzt auch noch Julias Geschmackserlebnis in den Hintergrund drängte.

»Und inwiefern sind Sie in das alles hier involviert?«, fragte Susanne.

»Ich habe nichts mit dem Restaurant zu tun. Ich bin Schriftstellerin.«

Julia nahm einen Schluck Wein. Warum hatte sie das bloß gesagt? Sie wusste doch, wie die nächste Frage lauten würde.

»Ach, wie schön. Und bei welchem Verlag?«

»Nein«, sagte Julia, plötzlich resigniert. »Ich habe zurzeit keinen.«

Gerade als sie sich entschuldigen wollte, um aufzubrechen, kam Mahir. Er legte seine Hände auf Julias Schultern und drückte sie, so als hätte er gespürt, dass sie drauf und dran war, aufzugeben.

»Ihr fandet es hoffentlich essbar?«, rief er in den Raum.

»Jetzt warten wir nur noch auf eine Sache, dann seid ihr entlassen.« Julia wurde ins Visier genommen. Ihre Wangen glühten. Dort, wo seine Hände sie berührten, hinterließen sie eine Feuerspur.

»Ist sie deine Freundin?«, fragte Susanne und sah zu Mahir hoch.

Mahirs und Julias Blicke trafen sich hastig, und Julia wollte schon widersprechen.

»Jaaa … ja, das könnte man sagen.« Mahir zwinkerte Susanne zu, bevor er in der Küche verschwand.

»*Jetzt* verstehe ich.« Susanne lächelte mit neu aufgeflammtem Interesse ihre Tischnachbarin an.

Eine Sekunde lang erfuhr Julia, wie es wäre, Mahirs Freundin zu sein, und das reichte, um doch noch einen kleinen Moment länger bleiben zu wollen. Es war jetzt Viertel nach vier, und sie würde es wohl nicht ganz rechtzeitig zu Sibylla schaffen, war sich jetzt aber so gut wie sicher, dass es noch nicht an der Zeit war, sich geschlagen zu geben.

In einem Anfall von Genialität – *logisch, so würde sie die Angelegenheit mit Sibyllas Mannschaftsfeier lösen!* – ging sie kurz vor die Tür. *Nicht die Logistik zerschießen*, hallte es in ihr wider. Draußen wehte ihr ein kalter Wind um die Beine. Auf dem schwarzen Wasser spiegelte sich die Stadt in wabernden Lichtfeldern. Die Verbindung wurde aufgebaut.

Dies ist die Mobilbox von 073…

Typisch Liv, hatte immer die »Nicht stören«-Funktion eingeschaltet. Julia legte auf und rief sie noch einmal an.

Schickte ihr eine Nachricht: *geh ran. es ist wichtig.*

Julia wollte gerade die Flinte ins Korn werfen, als endlich ihr Handy klingelte.

»Ich tue alles, ich würde sogar einen Tag auf Roy aufpassen«, flehte Julia.

»Ich habe heute Abend ein Date, mit diesem Zahnarzt, über den wir gesprochen haben.«

Julia biss sich auf die Lippe. »Wann?«

»Ich muss noch nach Hause, duschen, mich zurechtmachen.«

»Wann?«

»Um sieben.« Schweigen. »Na gut. Ich hole Sibylla ab, aber ich werde nicht für dich lügen.«

»Aber das ist keine Lüge, beziehungsweise, es ist nur eine subventio… na gut, scheißegal. Wenn du Sibylla nur hinbringst, dann treffe ich euch gleich da. Du schaffst es noch zu deinem Date.«

Nachdem das letzte Gericht serviert worden war, war es fünf. Mahir kam ohne Schürze und in seinem Mantel aus der Küche. Er schüttelte allen die Hände und bedankte sich für das Feedback. Er hoffe, sie bei der offiziellen Eröffnung in einigen Monaten wiederzusehen, sobald er endlich dieses verfluchte Schankrecht erhalten habe. Jubel wurde laut, und Wangenküsschen wurden verteilt; auch Julia bekam einen, der jetzt noch auf ihrer verwirrten Haut brannte.

»Musst du los?«, fragte Julia mit einem vielsagenden Blick auf seinen Mantel.

»Ja, die Jungs und ich machen jetzt die Biege«, sagte er. »Aber ihr könnt ruhig noch bleiben.«

Er vertraute Susanne den Schlüssel an, erwähnte beiläufig, dass die Kunst sowieso das Beste am ganzen Lokal sei. Susanne lachte. Mit Mahir verschwand jeglicher Glanz und Zauber aus der Tür, und selbst die interessant erscheinenden Leute in der Runde verblassten ohne Mahir zu tristen Schatten. Julia schrieb eine Nachricht an Liv, dass sie Sibylla doch nicht abholen müsse, dass sie es selbst noch schaffen würde, wenn sie sich beeilte.

Zu diesem Zeitpunkt war sie sich sicher, dass ihr Slip ihre Bikinizone völlig wundgescheuert hatte. Sie lächelte verkrampft und entschuldigte sich, schob den klobigen Stuhl zurück und stand auf. Da vibrierte ihr Handy.

Komm zur Küche

Die Erregung durchfuhr sie wie ein Schuss. Die Gäste, die an ihrem Likör nippten, merkten nichts – oder doch? –, als Julia sich mit einem Klingeln in den Ohren in Richtung Kücheneingang schlich. Sie schob die Tür auf, und ein gekachelter Raum und Essensgerüche empfingen sie. Alles war klinisch rein, obwohl das letzte Gericht erst vor wenigen Minuten serviert worden war. Und dort, an die Arbeitsplatte aus Edelstahl gelehnt, stand er mit dem Handy in der Hand. Und wartete. Auf sie.

Etwas Schwarzes war in seinen Blick getreten, etwas Wildes, Fiebriges. Er machte ein paar schnelle Schritte auf sie zu, und schob sie – seine Zunge gegen Julias gepresst – rückwärts zum Kücheneingang, schloss die Tür ab und zog sie dann quer durch den Raum. Er drückte seinen Bauch so fest gegen ihren, dass sie durch ihren Mantel hindurch die Kacheln an ihrem Rücken spürte. Aus dem Restaurant war immer noch ein Murmeln zu hören. Julias Tasche glitt von ihrer Schulter zu Boden. Ihr Hinterkopf berührte die Wand, seine Hände waren in ihrem Gesicht, seine Lippen an ihrer Stirn, ihrer Nase, ihrem Mund, ihren Wimpern. Ihre Hände schoben sich unter sein Shirt, fuhren tastend über seine glatte Haut. Sie machte sich an seinem Jeansknopf zu schaffen.

»Wie hast du das Essen gefunden?«, murmelte er.

»Schrecklich«, stöhnte sie und schob die Hand in seine Jeans. Mahir lachte leicht an ihrer Wange, als sie auf einmal merkte, dass er gar nicht hart war.

»Sorry … es war so viel zu organisieren. Ich bin ein bisschen nervös.«

So süß. So heiß. So wundervoll.

Was Julia nun erlebte, hatte sie sich in keiner Weise träumen lassen. Es war besser. Denn es war keine Vorstellung, keine Fantasie. Es waren warme Haut und ein weicher Schwanz und Realität. Sie sank auf dem Betonboden auf die Knie und genoss den Schmerz, der durch ihre Kniescheiben schoss, genoss das Gefühl an ihrem Gaumen, als er in ihrem Mund anschwoll.

War es das, was unser Geschlechtstrieb mit uns anstellte? War es das, wofür Politiker Karrieren opferten, für die sie ein Leben lang geschuftet hatten – für einen Blowjob? Der Trieb riss Julia und Mahir mit wie ein Orkan, und was scherten sich die Winde schon um Verbote? Sie wollten nur wirbeln, bis sie sich aus eigener Kraft selbst verschlangen.

Mittendrin durchzuckte Julia ein warmes Gefühl für Niko, der es ihr ermöglichte, das hier zu erleben. Traurig machte sie das nicht, nur noch erregter. Was für einen großmütigen und aufgeschlossenen Mann sie doch hatte, der verstand, was es hieß, Mensch zu sein. Sie hoffte, dass er selbst auch sein entsprechendes Vergnügen fand, was auch immer es war, was er sich im Rahmen ihrer Vereinbarung gönnte.

Als sie anschließend von der Arbeitsfläche aus Edelstahl heruntersprang, hinterließen Julias Pobacken darauf einen beschlagenen Fleck. Sie unterdrückte den Impuls, ihn wegzuwischen. Wenn sie sich nur ein einziges Mal trafen, wollte sie wenigstens irgendeine Spur hinterlassen.

Bevor sie sich trennten, verzog Mahir das Gesicht.

»Ich werde übrigens morgen deinen Mann treffen«, sagte er. »Oder soll ich das lieber absagen?«

Der Riemen ihrer Schultertasche schnitt schmerzhaft in ihre Schulter. *Mit niemandem, den wir beide kennen.* Bisher kannten sich Niko und Mahir noch nicht, aber wenn sie sich trafen, um Weine zu probieren, miteinander Geschäftsbeziehungen anbahnten – wem würde Mahir dann gehören? Andererseits war Niko darauf angewiesen, dass der Deal mit dem Jesti zustande kam. *Wir dürfen nie vergessen, wem unsere Loyalität gehört.*

»Nein, tu das nicht«, erwiderte Julia. »Schon okay. Bitte sag's nicht ab.«

Mahir zwinkerte ihr zu, als wollte er ihr mit seinem Blick zu verstehen geben: *Ich verurteile dich nicht.*

Aber nachdem sich die Ekstase gelegt hätte, würde er sie doch bestimmt verurteilen?

*

Sie hatte unzählige verpasste Anrufe aus dem Hort auf dem Handy. *Oh nein. Shit.* Im Eifer des Gefechts hatte sie ganz vergessen, Liv ein weiteres Mal anzurufen, und sie zu bitten, Sibylla doch abzuholen. Jetzt war es sechs, und Sibylla würde es keinesfalls rechtzeitig zur Mannschaftsfeier schaffen. Und der Hort war auch schon geschlossen.

Julia hechtete in ein Taxi. Sie überlegte, womit sie ihre Tochter entschädigen könnte, konnte vor lauter Adrenalin noch keinen klaren Gedanken fassen. Deshalb zögerte sie nicht einmal, als sie Mahir schrieb: *Danke für die beste Mahlzeit, die ich je hatte.*

Über dem Schulhof war tiefschwarze Nacht, als Julia atemlos angerannt kam. Das große Backsteingebäude schlummerte im Dunkeln, bis auf ein einziges erleuchtetes Fenster im hinteren Flügel. Sibylla und ihre Erzieherin Halle saßen vor der Schultür auf der Treppe.

»Danke!«, keuchte Julia, als sie sie erreichte. Halle, die trotz der Verspätung nicht allzu mürrisch aussah, würde nie wissen, *wie* dankbar sie ihr war.

Als Halle mit knirschenden Schritten über den Schulhof davonging, setzte Julia sich neben Sibylla. Strich ihr übers Haar. Sah sie Sibylla neben Salve, fand Julia sie meistens schon so groß, so kompetent und frühreif, aber jetzt sah sie deutlich, wie klein ihre Tochter noch war, wie sehr auf die Fürsorge von Erwachsenen angewiesen. Sibylla fröstelte in ihrer bis zum Kragen geschlossenen Winterjacke.

»Wir hätten Popcorn kriegen sollen. Und Medaillen«, schluchzte sie.

Julia nahm ihre Tochter in den Arm, wärmte sie mit ihrem Körper, bat sie immer und immer wieder um Verzeihung. Aber wie ferngesteuert konnte Julia nicht davon ablassen, gleichzeitig auf ihrem Handy nachzusehen, ob Mahir ihr geantwortet hatte. Doch das hatte er natürlich nicht, und wie ihr jetzt bewusst wurde, war ihre Nachricht furchtbar lächerlich gewesen.

Ihre Mütze hatte Sibylla drinnen in der Garderobe vergessen. Ihre Fußballstrümpfe endeten direkt unter ihren kleinen knubbeligen Knien. Sie gingen über den Schulhof.

»Wir bringen das wieder in Ordnung«, versicherte Julia ihr. »Wir könnten auf dem Heimweg Popcorn kaufen.«

»Das ist nicht dasselbe.«

»Nein, aber … fast so?«, sagte Julia vorsichtig, während ihr der Kopf davon schwirrte, weshalb Mahir ihr nicht geantwortet hatte. Einen Smiley hätte er sich doch wohl abringen können? Und dann überfiel sie eiskalt eine andere Erkenntnis – was, wenn Sibylla Niko erzählen würde, dass Julia es vergeigt hatte? Wir sollte sie bloß wieder aus dieser Nummer rauskommen? *Zuckerbrot und Peitsche,* scherzten Niko und Julia immer. So würde der Titel ihres Buches über Kindererziehung lauten. Welche Methode aber wäre in dieser Situation die richtige? Die Peitsche war selbstverständlich ausgeschlossen. Aber Zuckerbrot? Etwas, mit dem Julia sie bestechen könnte und was Julias logistisches Versagen in einen Vorteil für sie alle verkehrte?

»Eine Sache haben deine Mannschaftskameraden aber ganz bestimmt nicht, Liebling …«, sagte Julia und stupste Sibylla in die Seite.

Sibylla schüttelte den Kopf. Julia beugte sich zu ihr herunter und flüsterte: »Eis mit Schokosoße. Zum Abendessen.«

Sibyllas halber Schneidezahn wurde sichtbar; er wuchs gerade, nachdem sie den alten Milchzahn kürzlich verloren hatte. Ihr Gesicht verzog sich zu einem widerwilligen, aber doch eindeutigen Lächeln.

»Aber das bleibt unser Geheimnis«, fügte Julia hinzu.

Sibylla nickte.

16

Die kleinen Steinchen klirrten im Staubsaugerrohr; ein singendes Geräusch, das von eindeutigen Ergebnissen zeugte. Niko zerrte das unhandliche Gerät über die Terrakottafliesen im Garderobenraum der Kita. Er riss den Schrank auf und saugte darin, nahm den heruntergetropften, inzwischen getrockneten Matsch vom Boden auf. Klirr, Klirr, Klirr. Sammelte einen vergessenen Goretex-Handschuh auf. Das Klimpern der Lehmklümpchen im Metallrohr erinnerte an Glöckchen. Vielleicht solche, die an einer Narrenkappe saßen …? Und wer hatte sie auf? Trugen nicht auch Gaukler solche Kappen? Nikos Gedanken schweiften ab. Zeke, der Gaukler, er lächelte schief. Und wer stöhnte da? Niemand anderes als Julia. Sie lag mit ausgestreckten Armen unter Zeke, während er seinen Gaukler-Schwanz aus seinem Gaukler-Kostüm hervorzog. Scheiße, warum musste er gerade solche Fantasien hegen, wenn seine Gedanken einfach mal nur so dahinfließen konnten?

Niko staubte die Fensterbänke ab. Goss die Grünpflanzen. Gerade als er die Küche in Angriff nehmen wollte, um den Backofen zu schrubben, zog ein eiskalter Luftzug über den Boden.

»Hallo?«

Sabina erschien in der Küchentür.

»Entschuldige«, sagte sie, beugte sich vor, zog ihre Schuhe aus und hielt sie in die Luft. »Mensch, tut mir echt leid.« Sie hatte eine kleine Schmutzspur mit hereingebracht. »Ich hab meine Lunchbox vergessen, die wollte ich nur kurz holen. Nicht, dass du mich für eine irre Stalkerin oder so hältst … Ich schwör's, ich hatte keine Ahnung, dass du heute mit Putzen dran bist.«

Sabina nahm einen Plastikbehälter aus der Spülmaschine und schwenkte ihn, wie um zu beweisen, dass sie die Wahrheit gesagt hatte.

Niko lachte. »Und sonst so? Geht's dir gut?«

Sabina nickte, zog eine Grimasse und fischte noch drei weitere Brotdosen aus dem Geschirrspüler. Niko verteilte Backofenspray im Ofen und fing an, verkohlte Essensreste zu bearbeiten. *Ganz bestimmt hatte sie auf den Plan geguckt und gewusst, dass Salves Eltern heute Putztag hatten*! Sabina lehnte sich gegen die Arbeitsplatte.

»Dann hast du also heute Frondienst, hm?«

»Nur heute?« Er grinste ironisch.

»Brauchst du Hilfe?«

Sie nahm ein Wischtuch und fuhr damit zerstreut über den Wasserhahn. In Nikos Brustkorb kribbelte es. Ihr provokantes Selfie, der Telefonsex im Beaujolais ... Die zahlreichen offenherzigen Bekenntnisse. Niko wollte irgendetwas Lustiges von sich geben, aber je mehr er in seinen Gedanken grub, desto leerer wurde sein Schädel. Es war nicht leicht, mit ihrem verführerischen Hinterteil vor Augen, wie sie sich da so am Spülbecken zu schaffen machte, einen klaren Gedanken zu fassen. Hatte sie diese Jeans schon mal getragen?

»Du ... sag mal ... hast du mich geghostet?«

Niko riss seinen Blick von Sabinas Hintern los.

»Wie bitte?«

»Jetzt tu nicht so, als wüsstest du nicht, was das bedeutet.« Sie schwieg kurz. »Du antwortest nicht mehr auf meine Nachrichten. Liegt es an etwas, das ich gesagt habe? Das mit dem Steißbeinkrebs war wohl nicht so sexy, hm?«

Niko holte tief Luft, wollte sich erklären.

»Ich zieh dich doch nur auf!« Sabina drehte sich zu ihm um und lächelte ihr wärmstes Lächeln. »Wenn ich ehrlich sein soll, hatte ich angenommen, dass ihr gar kein Paar mehr wärt, du und Salves Mutter. Dass du sozusagen ... na ja, du hast auf mich wie ein Single gewirkt.«

Niko biss die Zähne zusammen.

»Sonst hätte ich dich doch nie geküsst«, sagte sie und vergrub das Gesicht in ihren Händen. »Und das alles danach nicht getan. Aber warum hast du nichts gesagt? Ich hab ja begriffen, dass irgendwas komisch war. Dann habe ich auf der Liste gesehen, dass ihr dieselbe Adresse habt.«

»Das war nicht …«, setzte Niko an, merkte aber, dass es zwecklos war. Er stand jetzt da wie ein Schwein, wie jemand, der seiner Frau untreu war. Wie jemand, der mit Sabinas Gefühlen gespielt und dann einfach den Kontakt abgebrochen hatte, nachdem der Spaß vorbei war.

»Wir haben eine dieser … offenen Beziehungen«, versuchte er es erneut. »Aber weshalb ich nicht mehr geantwortet habe … Na, ja, weil …«

»Schon kapiert«, erwiderte sie. »Weil ich Salves Kindergartentante bin.« Sie verzog das Gesicht.

»Erzieherin«, korrigierte Niko.

Sabina rollte mit den Augen. »Cringe.«

Mannomann, wie schön sie war! Diese goldbraune Haut, die silbernen Augen, das goldene Haar. Ihre runden Hüften, die kurzen, stämmigen Beine …

»Entschuldige«, sagte er. »Ich hätte gleich von Anfang an sagen sollen, was Sache ist. Ich habe mich einfach nur so über unseren Austausch gefreut. Über unseren, na ja, du weißt ja, unsere Plauderei, als ich in Frankreich war.«

»Unsere *Plauderei.*«

Sabina lächelte grimmig. Eine kurze Stille entstand, dann schwenkte sie ihre Brotdosen.

»Ich geh dann mal, um sie zu Hause aufzufüllen.«

Sabina machte einen Schritt auf ihn zu, streckte die Arme aus und umarmte ihn. Er spürte ihre Brüste an seinem Körper. Niko erwiderte die Umarmung, zog sie noch ein klein wenig in die Länge. Sie roch so gut! Nach Kokos, oder Biskuitkuchen. *Schluss da-*

mit, dachte er. Sabina ließ ihn los – dann aber zog es sie beide wie magisch wieder zueinander hin.

Die Flasche mit dem umweltfreundlichen Putzmittel und das Wischtuch fielen zu Boden. Sabinas warme, weiche Lippen lagen auf seinen, sie tänzelten seinen Hals hinab. Aneinandergeschmiegt stolperten sie weiter in den Gruppenraum und landeten in der Kissenecke. Sabina zerrte sich ihr T-Shirt vom Leib und legte einen Push-up-BH frei. Wie lange hatte er so etwas schon nicht mehr gesehen? Viel zu lange! Er küsste die glatte Haut ihrer Brust, fuhr mit der Zunge unter den Bügel des BHs, leckte ihre salzig schmeckende Brustwarze mit der Zungenspitze. Sie stöhnte. Umschloss mit festem Griff seinen noch bekleideten Schwanz.

»Oh, Alek«, flüsterte sie in sein Ohr. Niko hielt jäh inne. »Ich hab nur *Spaß* gemacht«, lachte sie.

Sie stand auf und streifte sich die Hose ab, zog dann Nikos Hose aus und setzte sich rittlings auf ihn.

»Nein, warte!«, sagte Niko.

»Was denn?« Sabina wirkte ungeduldig.

»So geht das nicht.« Er erhob sich ächzend. Sie blieb sitzen und sah ihn an. »Nicht hier. Nicht hier, wo die Kinder spielen.«

Er streckte seine Hand aus, sie ergriff sie. Sie blickten sich um. Wo in einer Kita spielten Kinder denn *nicht*? In der Küche? Nein, das wäre zu unhygienisch. Im Büro? Das war abgeschlossen. Der Putzraum vielleicht, das wäre safe. Sie mussten kichern, als sie die Tür der Kammer hinter sich schlossen. Es fühlte sich immer noch verboten an, nur nicht mehr ganz so … unpassend.

Sie küsste ihn leidenschaftlich, bevor sie sich vorbeugte und sich am Ikea-Regal abstützte. Ihr Hinterteil wölbte sich vor ihm … es war wie ein Lockruf; das Haar fiel ihr weich und einladend über den Rücken.

»Äh … wir sollten vielleicht … ein Kondom benutzen?«, quetschte Niko hervor.

»Keine Sorge«, flüsterte Sabina, »ich nehme die Pille … und ich vögel nicht rum. Du aber vielleicht? Von wegen offene Beziehung und so.«

Niko schüttelte den Kopf. »Nein. Es gibt nur dich, du bist die Erste.«

»Aha«, sagte sie kurz, und es war schwer einzuschätzen, ob sie das anmachte oder erschreckte.

Es brauchte so wenig, nur einen Schritt vorwärts, und schon war er in sie hineingeglitten. Seine Hände umklammerten ihren Po. Und er konnte nicht aufhören. Ein seltsamer Gedanke kam ihm, als sein Blick über ihre Steißbeinregion wanderte. Aber, oh Gott, wie konnte er jetzt damit aufhören?

17

In der Nacht nach Julias Rendezvous mit Mahir bekamen beide Kinder Magen-Darm. Dieser Gott war wirklich missgünstig, dass er nicht aufhören konnte, diese Familie für ihren Hochmut zu strafen! Aber die Krankheit hatte auch etwas Gutes, wie Julia feststellte. Denn während Sibylla die Reste des Eisbechers in einen Eimer erbrach, dachte sie ganz bestimmt nicht daran, Niko von der verpassten Mannschaftsfeier zu erzählen, und das hieß, dass Julias Schnitzer jetzt als vergessen eingeordnet werden konnte.

Julia und Niko halfen sich gegenseitig schlaftrunken dabei, Eimer zu leeren, Handtücher zu befeuchten und die Kinder in den Arm zu nehmen; da waren sie nach unzähligen solchen Nächten ein eingespieltes Team. Julia & Niko – Gott 1:1.

Am Morgen waren die alten, undichten Fenster mit Kondenswasser beschlagen. Die Heizkörper bollerten mit aller Kraft gegen die Kälte draußen an. Sibylla und Salve lagen auf dem Sofa und schauten einen Film.

Julia blickte Niko nach, als er mit dem Lastenrad voller Wein davonradelte. *Mein fantastischer Mann*, dachte sie. *Mein fantastisches Leben.*

Dieses Gefühl, dass es ihr an nichts fehlte, währte etwa eine Stunde und zwanzig Minuten. Dann setzte die Rastlosigkeit wieder ein. Sie spielte am Handy herum. Wartete. Jetzt müsste Niko bei Mahir angekommen sein.

Als Niko am Frühstückstisch erzählte, wie aufgeregt er war und wie sehr er sich auf das Treffen im Jesti freute, tat Julia ihr Bestes, ungerührt zu erscheinen. In seinem Blick schimmerte Zuversicht.

Sie ertappte sich dabei, ihn zu beneiden. Mahir hatte nicht auf ihre SMS geantwortet. Natürlich nicht.

Ein einziges Mal. Liv hatte recht: Mit jemandem zu schlafen, um ihn sich aus dem Kopf zu schlagen, war eine unmögliche Gleichung. Julia schweifte ab zu jenem besonderen Moment in der Küche des Jesti; sie konnte mit jeder Faser ihres Körpers jenen Augenblick nachempfinden und war vor Begierde gelähmt, wenn sie nur an Mahirs Augen, seine Hände, seine Zunge dachte. Sie könnten doch wenigstens Sexpartner sein? Ach nein, sie durften sich ja nicht wieder treffen. Julia war unbehaglich zumute wegen ihres Mangels an Schuldgefühlen. Müsste das nicht stärker wehtun? Sich falscher anfühlen?

Eine Zeile aus einem Gedicht von Edith Södergran kam ihr in den Sinn: »Eigensinnig und kalt wurde mein Herz, seit ich mich nach deiner Zärtlichkeit zu sehnen begann.«

Er ist nur ein Mann, dachte Julia. *Nicht mehr. Seine Lippen sind nur Lippen, seine Augen nur Augen. Was ich fühle, hat nur etwas mit Projektionen und Hormonen zu tun.* Sie holte tief Luft, aber auf halbem Weg stockte ihr der Atem.

Auf Instagram gab's nichts Neues. Mahir hatte keine neuen Bilder ins Netz gestellt. Julia schaute auf Darias Profil vorbei. Ein rosa Ring umgab ihr Profilbild. Julia zögerte. Wenn sie klickte, würde

Daria wissen, dass Julia ihre Story gesehen hatte. Aber Daria konnte ja nicht wissen, wer Julia war, oder? Julia klickte. Daria hatte eine Story von einem sonnigen Tag an der Pont Neuf gepostet. Echt jetzt! Sacré-Cœur im Gegenlicht. Was war sie, eine japanische Touristin? Was konnten Mahir und sie bloß gemeinsam haben? Daria wirkte so seicht, lächelte immerzu. Eine »gesellige, lustige Frau«. *Ein großer, seichter See,* wie Mahir gesagt hatte. Julia erschauderte bei dem Gedanken, dass jemand sie so beschreiben könnte. Das klang wie ein größeres Wasserloch.

Julia hatte gerade ihren Platz am Schreibtisch verlassen und war zu den Kindern ins Bett geschlüpft, als das Handy in ihrer Gesäßtasche vibrierte. Blitzschnell zog sie es hervor. Eine Nachricht von Niko. Ein Foto, das ihr Herz erstarren ließ. Mahir hatte einen Arm um die Schulter ihres Mannes gelegt. Beide hielten eine Flasche Wein in der Hand und reckten den Daumen nach oben. Julia zoomte Mahirs Gesicht näher heran. Nichts an dem Bild ließ darauf schließen, dass es ironisch gemeint sei, es gab keinen Subtext, der verriet, dass Niko jetzt über alles Bescheid wüsste. Dass sie sich gegen sie verbündet hätten. Aber in Mahirs Blick stand auch nichts, das an gestern erinnerte. Dass er danach irgendwie verändert wäre. Er sah aus wie immer. Ob sie das auch tat? Obwohl in ihrem Inneren alles auf den Kopf gestellt worden war?

Im Hintergrund war die Arbeitsplatte aus Edelstahl zu sehen, wo sie noch am Vortag gesessen hatte, mit Mahir zwischen ihren Schenkeln. Niko stand da wie ein Idiot.

*

»Ich vertraue deinem Geschmack.«

Mit diesen Worten hatten Mahir und der neue Restaurantleiter zweihundert Flaschen mit dreißig verschiedenen Weinen von Niko geordert – ohne sie zu kosten und ohne einen Sommelier zu

Rate zu ziehen. Niko schlug Mahir selbstbewusst vor, dass er zwanzig Prozent Rabatt auf die gesamte Lieferung bekäme, wenn sie den gleichmäßigen Umsatz garantieren könnten, der beinhaltete, Weine im glasweisen Ausschank zu haben. Mahir hatte angebissen, als Niko sein Ass ausspielte: Er habe über Jahre hinweg eine enge Zusammenarbeit mit einem Winzer aus der Champagne etabliert, und so hätten sie irgendwann beschlossen, individuelle Etiketten zu erstellen. Wenn Mahir und das Jesti sich eine exklusive Zusammenarbeit über einen längeren Zeitraum vorstellen könnten, was den Champagner beträfe, könne Niko ein speziell für das Jesti entworfenes Etikett beisteuern. Mahir willigte sofort ein. Der Champagner des Hauses würde höchstwahrscheinlich zu so gut wie jedem Abendessen als Aperitif ausgeschenkt werden, das bedeutete eine Win-win-Situation für beide Parteien.

Jetzt flatterte Jestis Speisekarte in Nikos Hand, als er die Skeppsbron hinunter in Richtung Büro radelte. Er würde das Menü umgehend bis ins kleinste Detail analysieren, um die Gerichte mit Weinen zu kombinieren, die das richtige Maß an Säure, Fruchtigkeit und Tannin aufwiesen. Dann würde er mit dem Designer Kontakt aufnehmen, damit dieser sich direkt an die Gestaltung des Etiketts machen konnte.

Der Erfolg des Treffens mit Mahir hatte vorübergehend andere Dinge geistig in den Hintergrund gedrängt, mit denen Niko sich nun auseinandersetzen musste. Als er sein Handy hervorzog, begriff er, dass die Sache noch dringender war als befürchtet. Bevor Niko mit Julia zusammengekommen war, hatte er oft mit Frauen Sex gehabt, die er anschließend ignoriert hatte. Allerdings konnte er die Male an einer Hand abzählen, bei denen sich eine Frau nach dem Sex *nicht* mehr bei ihm gemeldet hatte. Diese Ausnahmen hatten Seltenheitswert. Warum konnten sich Frauen nie damit zufriedengeben? Warum reichte es nicht aus, einmal schmutzigen Sex in einer Putzkammer zu haben, ohne die schöne Erinnerung daran dadurch zu trüben, indem sie die Sache weiterverfolgen wollten? Kapierten sie denn nicht, dass die Mehrzahl aller Ficks nichts anderes war als das – ein Fick – und dass jeglicher Zauber in neun von zehn Fällen futsch war, nachdem die Bedürfnisse des Körpers befriedigt worden waren? Es war ja geradezu so, als würden die Frauen darum betteln, zurückgewiesen zu werden.

Und jetzt hatte Sabina ihn in einer SMS gefragt, wann sie sich wiedersehen könnten, ob er vielleicht Lust hätte, mit ihr ins Kino zu gehen oder irgendwas anderes zu unternehmen.

Ins Kino zu gehen oder irgendwas anderes zu unternehmen. Nein.

Julia und er hatten sich zwar darauf verständigt, dass sie Dates wahrnehmen durften, aber in Nikos Kopf fühlte es sich nicht gut an und auch vom Zeitumfang nicht gut vereinbar mit der Alltagslogistik. Sabinas Eifer ließ ihn außerdem vermuten, dass sie mehr wollte. Und wenn er ganz ehrlich war, dann war es bei ihrem Kontakt ja nicht *nur* um Sex gegangen. Sie hatten Vertrauliches ausgetauscht, sich gegenseitig mit alltäglichen Beobachtungen unterhalten. Es wäre schlimm, wenn sich herausstellen würde, dass Sabina in ihn verliebt war. Sabina wusste jetzt zwar, dass er eine offene Beziehung führte, aber Julias und seine Abmachung, es *französisch zu halten,* hieß ja nicht, dass Sabina mit dieser Regel einverstanden wäre. Was wäre, wenn sie querschoss und sie Julia alles erzählte?

Niko wurde eiskalt. Er würde den potenziellen Super-GAU verhindern müssen, auch wenn das bedeutete, Sabina zu enttäuschen.

Gleichzeitig kam er sich albern vor, weil er sich selbst eine solch große Bedeutung in ihrem Leben beimaß. Hatte sie den Krebs überstanden, würde sie auch das hier überstehen!

*

Niko legte Salves Handschuhe auf die Ablage und bemerkte mit einem Kribbeln, dass die Tür der Putzkammer einen Spaltbreit offen stand. Auf Strümpfen lief er zur Raupen-Gruppe, wo Sabina sich mit den älteren Kindern aufhielt. Salve war so vertieft in seinen Schienenbau, dass er nicht einmal aufblickte, als Niko Hallo sagte. Auf den Fenstersims hatten die Kinder getrocknetes Herbstlaub gelegt. Sabina saß auf einem Schaffell und half einem Kind mit seinen Strümpfen. Niko wippte auf den Fersen.

»Hi«, sagte er und stellte fest, dass es ausnahmsweise einmal richtig rüberkam, lässig und souverän. »Kannst du kurz reden?« Er deutete mit dem Daumen zum Garderobenraum.

Sabina sah sich um – sie war allein mit fünf Kindern.

»Jetzt gerade geht's nicht so richtig, aber du kannst ja vielleicht reinkommen?«

Niko betrat den Gruppenraum. Ein Kind hatte sich einen Mantel angezogen und schwang ein Holzschwert, während es ein übertriebenes »Ha-Ha!« ausstieß.

»Ha-Ha!«, ahmte Niko verlegen nach und schwang ein unsichtbares Schwert in Sabinas Richtung. Jede Souveränität war wie weggeblasen.

»Ha-Ha«, erwiderte sie, geistesabwesend gestikulierend. Sie ging auf ihn zu, zeigte, dass sie bereit war, ihm zuzuhören, während sie gleichzeitig die Kindergruppe im Auge behielt.

»Ich habe gedacht ... diese Sache ... neulich«, sagte er, »das mit dem *Putzen ...*«

Sie schaute ihn geradeheraus an und nickte. Sah er da etwa Hoffnung in ihrem Blick aufblitzen? Shit.

»Ja ... da muss man vielleicht nachwischen ... gründlich, auch nach dem eigentlichen Putzen. Damit keine Krümel zurückbleiben ... wenn du verstehst, was ich meine?«

Sabina lachte auf. Klang sie spöttisch? Nicht gut.

»Ich weiß nicht.« Sie richtete ihren Blick wieder auf die spielenden Kinder. »Ist das nicht vielleicht eher … na ja, *dein* Job, nach dem Putzen nachzuwischen?«

Niko straffte sich.

»Schon, ja, klar. Aber, ich meine ja nur … wir waren ja zwei, die geputzt haben, deshalb wollte ich das nur mal klären.«

»Hm«, sagte sie, während sie mit ein paar Aufziehperlen auf dem Tisch spielte und ihm gestenreich signalisierte, dass sie zurück zu den Kindern müsse.

Niko blickte sich um. Ein Kind mit Pagenkopf betrachtete Niko eingehend. Niko erwiderte den Blick des Kindes.

»Meine Mama liebt mich«, sagte das Kind mit heiserer Stimme.

»Ähm, ja, das glaub ich gerne«, sagte Niko. Das Kind rührte sich immer noch nicht vom Fleck. Verfolgte, wie Niko eine Perle in die Hand nahm und zwischen seinen Fingern rollte. Sabina sah ihn fragend an.

»Okay, aber … bist du jetzt hergekommen, weil du … weiter putzen willst oder weil du … den Vertrag kündigen willst?«

Den Vertrag? Hatten sie einen Vertrag?

Sabina stieß einen müden Seufzer aus, als er nichts darauf erwiderte.

»Entschuldige«, sagte Niko, hob die Hand und senkte die Stimme. »Ich meine ja nur … verdammt … ich will ganz ehrlich sein. Julia und ich haben eine Regel. Viele Regeln: Nicht die Logistik zerschießen, mit niemandem, den wir beide kennen, etwas anfangen … Und ich habe das Gefühl, dass es dem gefährlich nahe ko… ach ja, und dann wäre da noch die Sache, dass Julia und ich es französisch halten … ich meine, dass wir vereinbart haben, uns gegenseitig nichts von unseren Begegnungen zu erzählen, also ich wäre wirklich dankbar, wenn du … diskret damit umgehen würdest?«

»Hjalmar! Was haben wir gesagt? Wir haben doch gesagt, dass man nicht richtig zustechen darf?!« Sabina riss Hjalmar das

Schwert aus der kleinen Hand. Hatte sie überhaupt zugehört? Niko stand regungslos da, während er darauf wartete, dass Sabina sich ihm wieder zuwandte. Das Kind, dessen Mutter es liebte, starrte ihn, Niko, weiterhin an. Sabina wandte sich an Niko und verdrehte leicht die Augen.

Er roch den Duft ihrer Kokos-Hautcreme.

»Ich habe ja schon einen Vertrag mit einer anderen Person«, sagte er, »den ich nicht brechen kann.«

»Okay«, sagte Sabina. »Dann ist ja alles klar.«

Niko nickte langsam.

»Dann ist ja alles klar«, wiederholte er.

Als er davonradelte, erfasste ihn Erleichterung. Salve lachte jedes Mal, wenn sie bergab sausten. Der Wind biss sie in die Wangen, und die Straßenlaternen warfen ihr weißes Licht auf die schwarzen Straßen. Sie fuhren vor dem Zaun vor, und Julia stand winkend am Küchenfenster. Salve lief hinein. *Dann ist ja alles klar,* dachte Niko und schloss das Fahrrad an. Das hatte er gut hingekriegt, er war klar und deutlich gewesen. Da plingte es in seiner Hosentasche. Niko hielt inne. Eine neue Nachricht. Von Sabina.

Was machst du am Wochenende?

18

Die ganzen Tage über war Julia aufs Äußerste gespannt, schielte immer mit einem Auge auf das Handy. *Ein einziges Mal.* Mehr hatte Mahir ihr nicht in Aussicht gestellt, eher das Gegenteil. Weshalb also diese beständige Hoffnung, die sich zu sterben weigerte?

Julia sehnte sich und litt im Stillen, während Niko neben ihr Jestis Menü unter die Lupe nahm. Er nannte es »brillant«, und Julia musste sich auf die Zunge beißen, um nicht zu verraten, dass sie Mahirs gesamte Palette an Speisen schon probiert hatte.

Die Arbeitszeit verbrachte Julia damit, Mahirs Namen zu googeln. Sie las Interviews mit ihm, und wenn sie auf Französisch oder Japanisch waren, ließ sie Google Translate darüberlaufen und entschlüsselte beharrlich die unfreiwillige Poesie, die manchmal durch diese Art Übersetzungen zustande kam. Sie schwelgte in den Erinnerungen an den Sex, konnte mitten beim Gehen erstarren, weil der Gedanke an seine Haut ihr Schauer über den Rücken jagte. Im Büro masturbierte sie auf der Toilette, während sie sich ein YouTube-Video mit Mahir ansah, der kochte. Zum Höhepunkt kam sie nicht.

Was bitte war das hier? Julia war so sexuell frustriert wie nie zuvor, jedenfalls soweit sie sich erinnerte. So konnte es nicht weitergehen! Sie musste ihren Hunger ignorieren. Also versuchte sie es mit einer asketischeren Haltung.

Keine Sexfantasien mehr, keine Selbstbefriedigung. Wenn sie sich ganz und gar unsichtbar machte, würde Mahir es vielleicht bemerken. Und sich dann möglicherweise melden.

*

Eines Abends, als Julia und Niko bereits zu Bett gegangen waren, vibrierte etwas neben dem Bett. *Huhu, noch wach?*

Julias Wangen begannen sofort zu glühen. Sie taumelte aus dem Bett, ging in die Küche, stellte sich unter das Licht der Dunstabzugshaube und erwiderte mit klopfendem Herzen: *Ja. Ich bin noch da. Wie geht's dir?*

Wie geht's dir? Mahir stand doch über so einem trivialen Small Talk! Er schrieb, dass er wie immer viel gearbeitet und mit einem Bauern gesprochen habe, dem ein Schaf namens Julia gehöre. Dass er deshalb an sie gedacht habe und sich nun fragte, ob sie mit ihm auf den

Lämmer-Hof des Bauern auf dem Land kommen wolle. Die Fahrt dorthin dauere etwa eine Stunde, und *es wäre toll, ihn dir zu zeigen.*

Würde Julia gerne mitkommen?

Sie musste morgen ein paar Bannertexte für ein Blumen-Abo fertigstellen. Ein Job, den sie gern machte, hieß das doch im besten Fall, dass sie sich etwas poetischer als gewöhnlich ausdrücken konnte. Aber das würde sie schon irgendwie hinkriegen. Vielleicht konnte sie die Texte ja auf dem Rückweg vom Hof im Auto schreiben.

Natürlich will ich das Schaf Julia kennenlernen!

Kaum hatte sie die Antwort verschickt, schlug ihre Freude in Unsicherheit um. Was wollte Mahir wirklich? Würde er sagen, dass er nicht aufhören könne, an sie zu denken, und sich ein Leben ohne sie nicht vorstellen könne? Hatte er ihren Namen gegoogelt und dieses schrecklich unvorteilhafte Foto von ihr entdeckt, das, wie sie wusste, zwischen den Suchergebnissen existierte? War er, im Unterschied zu Julia, den Impulsen seiner Seele gefolgt?

Ich fühle mich geschmeichelt, würde sie sagen, *ich will es auch. Aber ich liebe Niko.*

Oder aber er wollte genau das, was sie auch wollte: Eine Affäre. Auf die französische Art.

Oder auch nicht.

Eine neue Angst schlich sich ein. Was, wenn Mahirs Nachricht nur ein Ausdruck seines Egos war? Er checken wollte, ob sie noch Interesse hatte. Sich rückversichern, dass sie sich auf alles einlassen würde. Sogar auf eine Stunde Autofahrt mit ihm, um Schafe zu streicheln. Morgen würde er sich bestimmt melden und sagen, dass er seine Meinung geändert hatte.

Oder auch nicht.

*

Der Vordersitz war mit allerhand Zeug vollgemüllt – alten McDonald's-Tüten, einer lila Haarbürste mit langen karamellfarbenen Haarsträhnen, einer leeren Limo-Dose. Mahir entschuldigte sich und warf die Sachen auf den Rücksitz, damit Julia sich setzen konnte.

»Deine Schuhe eignen sich besser für diese Unternehmung«, sagte Mahir, als sein Blick auf ihre Stiefel fiel. Es waren braune Chelsea Boots, die eigentlich zum Reiten gedacht waren, in denen aber sämtliche Eltern in Södermalm alltags umherrannten. Mahir und Julia hatten die Stadt verlassen und fuhren jetzt auf der Autobahn. Julia konnte sich kaum zügeln, sie musste unbedingt wissen, weshalb Mahir sich wieder bei ihr gemeldet hatte. Weshalb überhaupt. Das Schaf Julia *konnte* doch nur ein Vorwand sein.

»Jetzt kannst du mir helfen, diesen Text für meinen Auftrag zu schreiben.«

»Schieß los, was hast du bisher?«

Julia räusperte sich. Sie schämte sich plötzlich, als sie ihren Entwurf laut vorlesen sollte.

»Hm, ich stelle mir ein Bild von einem schönen Blumenstrauß und einer Frau vor – denn meistens kaufen nur Frauen Schnittblumen – und dazu den Text: *Self Care.* Ganz schlicht also.«

Dass Julia ebendiesen Ausdruck – »self care« – von Daria aufgeschnappt hatte, die diesen oft auf Instagram verwendete, wusste Mahir natürlich nicht. Zu duschen war »self care«, mit Freunden Champagner trinken war »self care«, die nächste große Netflix-Serie bei Kerzenschein schauen war »self care«.

Mahir tat so, als sei er über dem Lenkrad eingeschlafen. Julia lachte. Mahir kam mit Vorschlägen, die wie sexistische amerikanische Werbetexte aus den Fünfzigerjahren klangen. Er meinte das ironisch, selbstverständlich. Er sagte, dass sie einfach irgendwas raushauen und sich stattdessen auf das wirklich Wichtige konzentrieren sollte: ihr eigenes Buch. Julias Blick schaute auf Mahirs sehnige Hand, als er schaltete, um auf eine kleinere Landstraße abzubiegen. Sie wollte ihre Hand auf seine legen, ließ sie aber in ihrem Schoß liegen. Schweigend betrachteten sie die Landschaft, die kahlen Felder, auf denen im Frühjahr die Lämmer umherspringen würden.

»Ich habe übrigens neulich deinen Mann getroffen«, sagte Mahir da in gedehntem Tonfall.

»Mm«, sagte Julia.

»Sehr netter Typ«, sagte er.

Julia löste den Blick nicht von der Straße.

»Das macht es ja etwas kompliziert«, sagte Mahir. »Ich weiß, dass ihr da euer eigenes Ding habt, aber …«

Julia hielt den Atem an, während sie auf die Fortsetzung wartete, aber es kam keine.

»Ich wollte mich schon lange bei dir melden, wusste aber nicht, ob ich das durfte.«

Julias Stimme klang angespannt, als sie sagte: »Du darfst.«

Er lächelte ihr kurz zu. Gott sei Dank zeugten die rot gestrichenen Ställe, der unverwechselbare Geruch von Tierkot und das Mähen der Schafe davon, dass sie den Hof erreicht hatten.

Der Bauer trug enge Jeans, ein ledernes Hemd und große Stiefel. Ein Tattoo, das ein loderndes Herz darstellte, ragte aus seinem Hemdkragen. Er führte sie herum und erklärte ihnen ausführlich die Aufzucht, die Ernährung der Schafe und die Abläufe auf dem Hof. Mahir gab sich tatkräftig, stellte viele Fragen, nickte ermunternd zu den Ausführungen des Bauern und gab beeindruckte Ausrufe von sich. Es war mit Händen zu greifen, wie das Vertrauen zwischen den Männern minütlich wuchs. Auch der Bauer schien sich von Mahir bestätigt zu fühlen, das merkte Julia an seinem Lachen und dem Blick seiner Augen. Als sie den Stall betraten, drehten ihnen sofort sämtliche Schafe den Rücken zu, hoben die Schwänze und pinkelten.

»Das ist ein Verteidigungsmechanismus. Sie kehren einem den Rücken zu und urinieren bei Stress«, sagte der Bauer.

»Kenn ich«, sagte Julia und fragte sich für den Bruchteil einer Sekunde, ob sie nach Schafspisse riechen würde, wenn sie nach Hause käme, und wie sie das Niko verklickern sollte. Mahir lachte. Julia spürte die Anziehungskraft seines Körpers, fühlte sich wie elektrisiert. Sie wünschte sich inbrünstig, dass sie hier bald fertig wären, damit sie wieder in die intime Atmosphäre des Autos zurückkehren könnten.

»Und welches von ihnen heißt Julia?«, fragte Julia, als sich der Rundgang dem Ende näherte und der Bauer sie in den Stall gelassen hatte, damit sie die Schafe streicheln konnten.

»Wie bitte?«, sagte der Bauer.

Julia wiederholte ihre Frage und suchte Mahirs Blick. Er war in die Hocke gegangen und zerzauste einem Schaf das Fell; seine Augen funkelten neckisch und undurchschaubar im dämmrigen Stall.

»Tut mir leid, eine Julia gibt es nicht«, erwiderte der Bauer.

Mahir lächelte unergründlich, zog die Augenbrauen hoch und schüttelte leicht den Kopf.

Plötzlich entschuldigte sich der Bauer, er habe es eilig und müsse noch etwas in der Stadt erledigen.

»Aber nur keinen Stress. Ihr findet später ja sicher selbst raus?«

Mahir sah Julia an. Sie zuckte mit den Schultern, so wie man mit den Schultern zuckt, um zu zeigen, dass man ungerührt ist, aber gleichzeitig leuchteten seine Augen vor Verlangen. Sowie der Bauer gegangen und das Motorengeräusch seines Wagens verebbt war, legte Mahir Julia eine Hand ins Kreuz.

»Komm«, sagte er.

Er führte sie weiter in das Innere des Stalles. Dort küsste er sie gegen einen Stapel von Düngersäcken gepresst.

»Das einzige Schaf hier, das Julia heißt, bin ich.«

»Und ich bin der Wolf im Schafspelz.« Mahir sah mit seinem weichen Grübchen und dem glücklichen Schimmer in seinen Augen wirklich nicht wie ein bedrohlicher Wolf aus.

»Und ich dachte, dass es nur ein einziges Mal geben würde«, flüsterte Julia an seinem Mund.

»Aber dann habe ich Blut geleckt«, sagte Mahir.

Er knöpfte ihre Hose auf, drehte sie um, sodass sie am rauen Holzverschlag einer Box lehnte. Sie fing den Blick eines Heu kauenden Schafes auf, das sie mit trübem Blick anglotzte. Mahir drang in sie ein; sie umschloss seine langen, rauen Finger wie eine warme Höhle. Er griff in ihr Haar und drehte ihr Gesicht zu sich, zu seinem Mund. Verschlang sie mit all der Leidenschaft, nach der sie sich gesehnt hatte. Als sie die Augen schloss, ließ sich ein Ausdruck nicht abschütteln: *self care.*

19

Du musst dir keine Sorgen machen, hatte Sabina Niko gesimst. Aber dadurch machte er sich erst recht Sorgen. Einmal am Tag schickte sie ein rotes Herz und manchmal ein *Denke an dich*. Wann immer Julia Salve in den Kindergarten brachte oder von dort abholte, saß er da wie auf heißen Kohlen, falls Sabina etwas tun oder sagen würde, das verriet, dass sie und er mehr getan hatten, als nur über Salve zu reden.

Um sich abzulenken, meldete Niko sich in dem Fitnessstudio an, das in Büronähe lag, und machte Krafttraining. Danach ging er meistens für ein leichtes Mittagessen in ein nahe gelegenes Café. Es war eines von der altmodischen Sorte – keine Overnight Oats, so weit das Auge reichte, nur Sandwiches mit Leberpastete, eingelegte Gurke und Käsebrötchen, Gemüsesuppe und Filterkaffee. Hier war Niko in Gesellschaft von Rentnern. Die junge Frau hinter dem Tresen trug weite Jeans, die ihr auf der Hüfte saßen, und Tennissocken in Birkenstocks. Wenn sie sich beim Servieren vorbeugte, lächelte sie immer breit. Eines Tages setzte sie sich zu ihm.

»Weißt du, das wir hier ein Laptopverbot haben?«

Niko sah auf.

»Ups, tatsächlich?«

Er klappte seinen Rechner sofort zu.

»Warum gehst du nicht in das Café gegenüber?«, sagte sie. »Dort scheinen sie einen Wettbewerb zu veranstalten, wer am längsten sitzen bleiben und an einem Cappuccino nippen kann. Ich habe das Gefühl, dass du da ziemlich gut abschneiden würdest.«

»Hm, ich weiß nicht«, erwiderte Niko. »Ich kann nie länger als bis vier bleiben. Ich bin einer von denen, der sein Kind vom Kindergarten abholen muss.«

Die Frau lachte. »Ahh, so einer also, verstehe. Wie nennt man das doch jetzt gleich noch … ein …«

»Ein Erziehungsberechtigter«, sagte er.

»Ha, ha, was?«

»Man sagt nicht länger Mama oder Papa, man sagt ›Erziehungsberechtigte Person‹, alles andere wäre ausgrenzend.«

Sie nickte langsam. Dann zog sie ein Knie an die Brust und lehnte sich zurück.

»Was bist du denn noch außer Erziehungsberechtigter?«

»Was ich noch bin?«

Sie sah ihn prüfend an.

»Was ist so wichtig, dass du das Laptopverbot nicht beachtest?«

»Erstens wusste ich nicht, dass es hier ein Laptopverbot gibt«, seufzte Niko. »Und zweitens ist es auch nicht *so* wichtig. Ich habe nur ein Formular ausgefüllt.«

Ein Kunde betätigte die kleine Glocke an der Kasse. Die junge Frau stand auf und eilte hinter den Tresen. Während sie ein Brötchen auf einen Teller legte und das Geld entgegennahm, spürte Niko ein Vibrieren in seiner Hosentasche. Er fischte das Handy heraus. AFAB-Pålle 2. Heute Morgen, nachdem Niko Salve abgegeben und Sabina flüchtig zugewinkt hatte, hatte er eine SMS mit dem Text *Danke dafür* bekommen. Er hatte nicht gewusst, was er erwidern sollte, und hatte es deshalb auf sich beruhen lassen, aber jetzt war eine weitere Nachricht gekommen: *Wenigstens auf meine* SMS *könntest du ja mal antworten. Es ist ja nicht so, als würde ich ein Kind von dir wollen und dein halbes E-Bike, du Blödi.*

Blödi?

Niko war ehrlich gewesen, als er erzählt hatte, dass er in einer Beziehung sei und das, was zwischen Sabina und ihm war, eine einmalige Angelegenheit wäre. Was hatte Sabina gedacht? Dass er sie, wann immer er in die Kita kam, mit einer Umarmung und einem Kuss bedachte? Was hätte ihn in dieser Situation weniger zum Arschloch gemacht? Unbeholfen versuchte er eine Antwort zu formulieren, wurde aber davon unterbrochen, dass die Frau wieder an seinen Tisch zurück kam.

»Ich heiße Claudia«, stellte sie sich mit festem Händedruck vor. Claudia ... *Schön, und doch irgendwie Achtzigerjahre-Softporno,* dachte er unwillkürlich. Wer lief noch so herum – das Haar zu einem perfekten Pagenkopf geschnitten, der hohe Wangenknochen und einen breiten roten Mund einrahmte – und hieß Claudia? Und wer stellte überhaupt solche Überlegungen über wildfremde Frauen an, wenn nicht irgendein Blödi?

»Niko«, erwiderte Niko, »aber ich muss jetzt wohl gehen. Das Formular wartet.«

»Wenn du an einem anderen Tag ein anderes Formular ausfüllen willst, können wir ja vielleicht mal eine Ausnahme von der Regel machen«, sagte sie. Niko lächelte automatisch. Das war nicht misszuverstehen, das war eine klare Einladung. War das schon immer so gewesen, die ganzen Jahre hindurch? Jahre, in denen er nur

Augen für Julia gehabt und es deshalb nicht gemerkt hatte? Es war nicht nur Sabina, die auf ihn abfuhr. Er hatte es immer noch drauf. Beschwingt verließ er das Café. Er hatte die feste Absicht, wiederzukommen.

*

In dieser Nacht wachte Niko mit einem unguten Gefühl auf. Er scrollte in dem SMS-Thread mit Sabina zurück zu dem Selfie, das Sabina ihm während Sibyllas Feier geschickt hatte. *Mist*, dachte er. Sie brachte ihn in eine völlig unkontrollierbare Lage. Wenn er nicht auf ihre letzte Nachricht reagierte, würde er nur noch mehr als Blödi dastehen, aber was zum Teufel sollte er schreiben? Dass er keineswegs dachte, dass sie auf sein E-Bike aus sei? Sein Blick wanderte zu Julia; er betrachtete ihre zerzausten Haare auf dem Kopfkissen, nahm den Geruch nach Schlaf in sich auf. Er wollte sich zu ihr herumrollen und sie in den Arm nehmen, sie sanft wecken und um Rat bitten. Aber wie würde Sabina eine SMS interpretieren, die er ihr mitten in der Nacht schrieb?

Er beschloss, wieder einzuschlafen, aber mit dem flauen Gefühl, dass die Situation geklärt werden musste. Immer noch.

*

Niko lief zehn Kilometer auf dem Laufband, duschte, ging in die Sauna und duschte ein weiteres Mal kalt. Mit der Mütze auf dem noch feuchten Haar ging er ins Café. Claudia stand an der Kasse und lächelte breit mit blendend weißen Zähnen, als er hereinkam. Ihr weiches Haar fiel über ihre hohen Wangenknochen, während sie an dem störrischen Kartenlesegerät herumfummelte. Wie alt sie wohl sein mochte? Fünfundzwanzig? Jung genug, um ihn nicht als Alek zu erkennen, aber doch so alt, dass er nicht als Kinderschänder betrachtet werden würde, wenn er ihre Flirtversuche erwiderte.

Er setzte sich auf seinen angestammten Platz. Klappte den Laptop auf und konnte nicht anders, als in Claudias Richtung zu schielen, um zu überprüfen, ob sie es registriert hatte. Es war natürlich eine bewusste Provokation, das Gerät rauszuholen, hoffte er dadurch doch, dass sie zu ihm rüberkommen und ihn wieder ermahnen würde. Gedanklich legte er sich bereits einen Gag zurecht, den er dann anbringen könnte – etwas Entwaffnendes, Charmantes. Aber diesmal kam Claudia nicht zu ihm. Vielleicht hatte es ihr ja einen Schrecken eingejagt, dass er gleich am nächsten Tag wiedergekommen war, sich ein bisschen zu eifrig zeigte, so als hätte er sich irgendetwas eingebildet. Sie saß hinter dem Tresen und scrollte auf ihrem Handy. Sah kaum auf.

Erst als er gehen musste, hob sie den Blick.

»Na, hat's mit den Formularen geklappt?«

Er lächelte steif. Claudia erwiderte freundlich sein Lächeln.

Was hatte er sich denn eingebildet? Dass sie mit ihm schlafen wollte, bloß weil sie ihm erlaubt hatte, hier seinen Laptop zu benutzen? Wer war er denn? Er rief Sabinas SMS auf. Es gab nur eine vernünftige Antwort.

Du hast recht, schrieb er, *ich hab mich wie ein Blödi verhalten.*

20

Eine Liebesaffäre bestand aus zwei Personen und drei Komponenten.

Erstens Adrenalin. Zweitens Dopamin. Drittens Serotonin.

Erregung, Glück, Entspannung.

Wenn sie eine Affäre haben würden, und das wollte Julia, machte Mahir ihr klar, dass dann Folgendes gelte: einfach nur Spaß zusammen zu haben. Es sollte nie schmerzhaft werden, sondern ihnen nur Glück und Freude schenken. Mahir gab Julia in einem Hotelkorridor ein High five.

»Wir sagen *Fuck you!* zu allem und überlisten unser System!«

»Genau!«

Julia hatte sich durchgesetzt. Das war genau das, worum es bei dem Lovehack ging. Mahir hatte es endlich kapiert. Sie würden auf nichts verzichten müssen, würden einander keinen Ärger bereiten. Würden nichts als fantastischen Sex haben. Sie war selig, sie hatte es im Griff.

Konnte man das so machen? Konnte man so fühlen?

Während sich die ganze Stadt auf Weihnachten einstellte, blühte Julia auf, als wäre es Frühling. Sie fühlte sich zu allem imstande. Wenn Mahir und sie miteinander sprachen, senkte sich eine Glaskuppel über sie. Alles andere als ihr Gespräch, sich ineinander verhakende Blicke, die Harmonie ihrer magnetischen Zellen war eine unerwünschte Ablenkung. Unter der Glaskuppel spielte sich eine eilige Begegnung, eine Entdeckungsreise klopfender Herzen ab. Der Wunsch, dass dieser Moment niemals enden möge.

*

Eines Abends saßen sie am Tresen eines französischen Schuppens in Vasastan. Ein Lokal, das eigentlich preiswert sein sollte, aber trotzdem teuer war, wo sie fetttriefende Kartoffelgratins mit Speck für zweihundertfünfzig Kronen servierten und in hoher Lautstärke »Non, je ne regrette rien« spielten. Wo die Kellner sangen und der Wein in dicken Gläsern auf klobigem Fuß ausgeschenkt wurde. Julia hatte das Lokal ausgesucht, weil sie meinte, es läge leicht versteckt und sei klassisch, aber jetzt wurde ihr in aller Deutlichkeit bewusst, was es war: eine Imitation eines Imitats. Julia bestellte die Schnecken, Mahir das Bœuf bourguignon. Sie war sich etwas weltgewandt dabei vorgekommen, aber dann kamen die in Knoblauch getränkten Weichtiere, und Julia bereute ihre Entscheidung sofort.

Der Oberkellner umkreiste Mahir, erkannte ihn offenbar wieder. Er sprach sie beide als Einheit an, und das Mahir entgegengebrachte Interesse färbte auch auf Julia ab. Wie das wohl von außen betrachtet aussehen würde? Sie sehnte sich fast danach, dass – oberflächliche – Bekannte von ihr vorbeigehen und sie beide hier zufällig zusammen sehen würden. Ihr »Date« würde immer zu entschuldigen sein – sie waren alte Freunde, die sich auf einen Drink trafen. Niko hatte sie erzählt, dass sie ins Kino gehen und anschließend mit einem alten Bekannten ein Glas Wein trinken gehen würde, hatte den Namen einer Person genannt, die es nicht wirklich gab. Niko hatte schon immer Schwierigkeiten gehabt, ihre alten Freunde auseinanderzuhalten – sowie sie jemand anderen als Liv erwähnte, trat etwas Verwirrtes, Fragendes in seinen Blick. Die Geschichten folgten der Logik ihrer französischen Regel. Eine subventionierte Lüge.

Julia lehnte sich zu Mahir vor. Er hatte sich diesen Abend ein Hemd angezogen, während er sonst doch fast immer nur T-Shirts trug; sie deutete es so, dass er für sie gut aussehen wollte. Aber vielleicht lag es auch nur daran, dass er heute schon einem Journalisten ein Interview in seinem Restaurant gegeben hatte. Für eine große Reportage in einem Männermagazin. Er war gefragt worden, ob er seinen Namen für ein Tiefkühlgericht eines großen Herstellers hergeben würde.

»Wow!«, sagte Julia.

»Tiefgefrorener Labneh«, sagte Mahir und verzog das Gesicht, »und Taboulé in Dosen.«

»Mit deinem Gesicht auf der Verpackung?«

Mahir zeigte ihr auf dem Handy den Entwurf, die die Firma mit dem Angebot geschickt hatte. Eine Cartoon-Zeichnung von ihm, die seine markantesten Züge hervorhob. Das Verspielte in seinem Blick, das Grübchen in seiner Wange. Er tat das Ganze ab, als sei es ein Witz.

Wann immer Mahir auf sein Handy sah, erschien Darias Bild. Julias Blick verirrte sich immer wieder dorthin. Sie versuchte Darias Gesicht zu erfassen – sah sie nun süß oder nichtssagend aus? Und wenn sie wirklich so schlicht war, wie Julia annahm, was sagte das dann über Mahir aus? Es sprach von Distanz. Dass er sich vor dem Tiefgründigen schützen wollte.

Mahir sprach von Daria mit einem sanften, amüsierten Lächeln.

»Ich hatte immer das Ziel, in einer Beziehung gleichberechtigt zu leben und so, aber Daria … Hm, sie stammt aus einer eher konservativen Familie. Sie möchte mit dem Kinderkriegen warten, weil sie aufhören würde zu arbeiten. Dazu ist sie noch nicht bereit.«

»Hör doch auf! Sie muss doch überall Frauen sehen, die Kinder haben *und* arbeiten?«

»Schon, aber das sitzt tief in ihr drin. Das rührt wohl von ihrer Mutter her. Daria möchte auch, dass ich ihr den Stuhl rausziehe, wenn wir essen gehen, und so was.«

Julias Lachen klang wie ein Schnauben.

»Darin erkenne ich dich überhaupt nicht wieder«, sagte Julia und fühlte sich darin bestärkt, dass diese kleine Beziehung, die er da unterhielt, hauptsächlich ein Zeitvertreib war.

»Mir gefällt's trotzdem, in so eine Rolle zu schlüpfen«, sagte er, »wenn man es wie ein Spiel betrachtet. Ich finde es wichtig, verschiedene Rollen an- und ablegen zu können. Man muss das alles nicht so ernst nehmen.«

Später fiel Julia ein, dass sie ihn hätte fragen sollen, was er damit meinte. War er Julia gegenüber aufrichtig, aber bei Daria spielte er eine Rolle? Oder war die Rolle des »Liebhabers« jetzt auch eine Rolle, in die er geschlüpft war? Aber solange Julia in Mahirs Gesellschaft war, war sie zu sehr damit beschäftigt, die Bewegungen seines Mundes zu beobachten oder nach schlagfertigen Repliken zu suchen, um überhaupt zu bemerken, was sie in ihrem tiefsten Inneren wissen wollte. Sie trank durstig.

Mahir spießte eine eingelegte Zwiebel auf und steckte sie sich in den Mund.

»Sie möchte zum Beispiel gerne heiraten.«

Julia hörte sich erneut schnauben, stützte die Wange in die Hand und suchte in seinen Augen nach dem inneren Leuchten. Sie reagierten.

»Aber ich glaube nicht so richtig ans Heiraten. Ich hatte meine Ex geheiratet, weil wir Kinder wollten. Aus praktischen Erwägungen und damit wir alle denselben Nachnamen hätten. Ansonsten halte ich das Modell für überholt. Daria meint, es sei unromantisch, so zu denken.«

»Du willst also nicht wieder heiraten?«

»Ich glaube ja nicht daran, also – nein«, sagte er, »daran sind ja auch ein Haufen anderer Erwartungen geknüpft. Wenn ich so darüber nachdenke, finde ich, dass meine Ex und ich ein tolles Paar waren. Wir haben alle möglichen Reisen unternommen, haben Abenteuer erlebt …«

Julia lauschte eifersüchtig.

»Aber als wir dann Eltern wurden, waren wir nicht mehr so toll als Paar. Da haben wir besser als Freunde funktioniert. Wenn man jemanden findet, mit dem man schöne Dinge unternimmt und in den man verliebt ist, warum das dann ruinieren, indem man mit dieser Person auch noch Kinder bekommt? Das sollte man besser voneinander trennen.«

Julia lachte.

»Hm, hm«, sagte sie. »Aber hast du nicht gesagt, dass Daria keine Kinder will?«

»Ich habe gesagt, *noch* nicht.«

Julia ließ ihren Blick durch das Restaurant schweifen. Der Oberkellner wandte hastig seinen Blick ab. Hier saß sie und genoss Mahirs ungeteilte Aufmerksamkeit. Er teilte vertrauliche Dinge mit ihr, sie war auserwählt. Jemand Besonderes.

»Wie langweilig, so rational zu sein! Man möchte doch auch irgendwie mitgerissen werden, oder nicht?«, wandte Julia ein und bemühte sich, sich nicht zu sehr zu offenbaren.

Mahir befeuchtete seine Unterlippe mit der Zungenspitze und legte seine Hand auf Julias Knie; sein Daumen fuhr streichelnd über das dünne Netz ihrer Strumpfhose. Nur 20 DEN trennten ihre Haut von seiner.

»Und wie läuft's bei dir so? Mit allem? Mit dem Buch? Hast du getan, was ich dir gesagt habe?«

»Was?«

»Na, dass du in dich gehen musst. Alles Gekünstelte über Bord werfen sollst. Es genauso schreiben, wie es war.«

Ärger stieg in ihr auf. Wie überzeugt er von sich war! Als würde er mit allem richtigliegen. Er hatte die wenig schmeichelhafte Tendenz, manchmal autoritär zu klingen.

Um zur Toilette zu gelangen, musste man durch einen Gang gehen, der durch einen schweren braunen Samtvorhang abgetrennt war. Julia wartete gestresst, dass das WC frei wurde, sie wollte keine Minute der Zeit vergeuden, die sie mit Mahir verbringen konnte. Als die Toilette endlich frei war, beeilte sie sich, entfernte ihren Tampon und legte stattdessen ein paar Lagen Toilettenpapier in ihren Slip. Wieder zurück, schlängelte sie sich neben ihm auf den Barhocker. Er drehte das Handy zu ihr hin. Er hatte sie fotografiert. Im Profil, wie sie halb versteckt hinter dem Vorhang stand.

»Ich fand das irgendwie so treffend. Für das, was wir … tun.«

Sie hielt den Atem an.

»Was tun wir denn?«

Er lächelte. Dann beugte er sich vor und ließ zu, dass sie ihn küsste.

»Wir haben viel Spaß zusammen, oder nicht?«

Sie presste ihren Körper an seinen, spürte seinen Herzschlag durch den dünnen Stoff seines Hemdes hindurch, spürte, wie sein Herzschlag in ihrem resonierte.

*

Niko durchwühlte im Schein der fahlen Küchenlampe die Post, als er einen Zettel in die Finger bekam, der zuunterst im Stapel gelegen hatte. Darin wurde ein Entwicklungsgespräch im Kindergarten angekündigt, das schon für morgen anberaumt war. Der Brief war geöffnet worden, aber Julia hatte den Termin wie üblich nicht in den Kalender eingetragen. Mann, warum war sie bloß immer so zerstreut? Niko schickte Julia eine SMS, schrieb in passiv-aggressivem Ton, dass er das wohl mal wieder selbst übernehmen müsse. Dann sah er aus dem Fenster. Es hatte zu schneien begonnen. Eine weiche Schneeschicht legte sich über die Auffahrt.

Fluff-fluff-fluff-fluff, es hörte sich an wie ein galoppierendes Pferd, dessen Hufschläge von einer dicken Decke erstickt wurden. Oder wie Fledermausflügel, die durch die Nacht flatterten. Oder aber wie das winzige Herz eines Kindes, das ein Versprechen auf die Zukunft war.

Julia und Niko waren seit vier Jahren ein Paar, als Julia eines Morgens nach tagelangem Gefühl, einen Hangover zu haben, auf den Streifen eines Schwangerschaftstestes gepinkelt hatte. Nebeneinandersitzend verfolgten sie schwindelig, wie sich zwei Striche im Testfenster manifestierten.

Durch eine Schwangerschafts-App erfuhren Julia und Niko, wie eine befruchtete Eizelle die Größe verschiedener Früchte annahm.

Sie verschlangen alles zu dem Thema, was es zu lesen gab; wie der Embryo von der Größe eines Kiwikerns zu einem Apfel, einer Grapefruit und einer Honigmelone heranwuchs. Früchte waren – im Gegensatz zu der seltsamen Tatsache, dass ein Mensch in einem anderen wachsen konnte – etwas, mit dem alle etwas anfangen konnten. Aber als das Baby da drinnen mit der Größe einer Kumquat verglichen wurde, reichte es Niko. Was sollte das überhaupt sein?!

Ein Jahr zuvor wäre ein Kind für sie noch unvorstellbar gewesen. Niko und Julia sparten Geld, um nach Brooklyn zu ziehen. Der niedrige Dollarkurs würde es ihnen ermöglichen, ein paar Monate in New York zu leben. Julia würde schreiben, und Niko hätte Zeit, sich über seine nächsten beruflichen Schritte klarzuwerden. Irgendeinen Beruf musste er ja ergreifen, und die Antwort lag – so empfand er es zumindest – auf der anderen Seite des Atlantiks. Sie träumten beide davon, die Arbeit und ihre Identität miteinander in Einklang zu bringen, so wie es bei vielen aus ihrem Bekanntenkreis der Fall war.

Jetzt sah Niko vor sich, wie das mit der *Identität* plötzlich unbedeutend werden würde. Dass ihr Kind allem einen neuen Sinn verleihen würde, sich neue Türen öffnen würden. Sie hätten später immer noch Zeit, all ihre Träume zu verwirklichen. Sie waren jung und noch immer heftig ineinander verliebt, und nun erwarteten sie ihr erstes Kind. Was hinderte sie eigentlich daran, später, als Familie, nach New York zu ziehen? Wie Julia immer sagte: »Meine Güte, so was machen die Leute doch dauernd!«

Das war zwei Jahre nach Kristofs Tod. Tita hatte seitdem ein stilles Dasein in dem alten Einfamilienhaus geführt und das getan, was sie am besten konnte – die Trauer verdrängt. Im Advent hängte sie rote Gardinen auf und zu Ostern gelbe, sie hielt den Garten in Schuss, obwohl das immer Kristofs Sache gewesen war, und füllte die Zimmer mit frischen Sträußen, obwohl die meisten Räume nie benutzt wurden. Aber sobald Tita von der Schwangerschaft erfuhr, verkaufte sie das Haus und erstand eine kleine Wohnung in Stockholm. Sie wollte in der Nähe der jungen Familie sein. Tita, die spirituellste Person, die Niko kannte, gestand ihnen in einem schwachen Moment sogar, dass sie geträumt habe, es sei Kristofs Seele, die in Gestalt des Kindes wiedergeboren werde.

»Glaubst du das auch?«, hatte Julia Niko gefragt.

Niko schüttelte den Kopf.

»Aber ich wünschte, er hätte Krümel noch kennengelernt.«

»Krümel« war der Kosename für das Mädchen, das Sibylla werden würde. Sie hatten das witzig und speziell gefunden, bis ihnen dämmerte, dass fast alle Schweden ihre ungeborenen Kinder Krümel oder etwas Ähnliches nannten. Das war einfach das Erste, was ihnen beim Blick auf das Ulltraschallbild in den Sinn gekommen war.

Julia hatte Niko mitten in der Nacht geweckt.

»Ich glaube, jetzt geht's los«, sagte sie. »Bald lernen wir Krümel kennen.« Diese Information war völlig unfassbar. Niko hatte eine Playlist mit Julias Lieblingsmusikern vorbereitet: Band of Horses, Bright Eyes und Håkan Hellström, Kate Bush und El Perro del Mar. Er nahm seinen Auftrag zutiefst ernst. Während Julia *Games of Thrones* anschaute – in ihrem Bett zu Hause, ein Handtuch zwischen die Schenkel gepresst, die Zähne zusammenbeißend und immer wieder wie ein Tier wimmernd –, war es Nikos Verantwortung, die Abstände zwischen den Wehen zu messen. Er fütterte Julia mit Smoothies und Wraps und rief die Entbindungsstation an, die sie bat, noch etwas zu warten. »Wie stark sind denn die Schmerzen, auf einer Skala von 1 bis 10?«, erkundigte sich die Hebamme. »Können wir mit der werdenden Mutter sprechen?«

Und so konnte Niko nur eines tun: versuchen, Julia von den Schmerzen abzulenken.

»Habe ich dir eigentlich schon den Witz mit den Golfbällen erzählt?«

Julia nickte. »Erzähl ihn mir trotzdem.«

»Es war einmal ein kleiner Junge, der Geburtstag hatte. Als er fünf wurde, fragten ihn seine Eltern, was er sich wünsche. ›Golfbälle‹, antwortete er. Als er im nächsten Jahr wieder Geburtstag hatte und sie ihn fragten, was er für ein Geschenk haben wolle, erwiderte er abermals: ›Golfbälle‹. Im nächsten Jahr: ›Golfbälle‹, und so ging es immer weiter. Als er zwanzig wurde: ›Golfbälle‹. Als er fünfunddreißig wurde: ›Golfbälle‹. Und so fort und so fort. Als er hundert wurde und sich wieder Golfbälle wünschte, fragte seine Familie ihn: ›Kannst du uns jetzt nicht mal erzählen, was du mit all den Golfbällen anfangen willst?‹ Der Alte holte Luft und wollte gerade antworten – da fiel er tot um.«

Julia verzog das Gesicht.

»Der ist so was von blöd!«

»Ja.« Niko grinste.

Als Julia zwischen den Wehen nicht länger lachen konnte, fuhren sie ins Krankenhaus. Es war ein dunkler Morgen, als sie auf das Taxi warteten, die Kälte biss sie in die Wangen, die Stadt stand still. Bald würde sich Julias und Nikos Leben für immer ändern.

Nach einer Weile, drinnen im Kreißsaal, verfolgte Niko, wie sich Julias Blick gleichsam nach innen kehrte, wie ihre Hand seine losließ und sie sich an die trockene, erfahrene Hand der Hebamme klammerte. Sie bohrte ihr Gesicht in die Maske mit Lachgas und weigerte sich, loszulassen. Die Laute, die sie von sich gab, erinnerten ihn an das Röhren eines Damhirsches, wie damals, als sie unter dem Grabstein gelegen hatte. Sie wurde zu einem Urzeittier. Er wurde unwichtig, hatte das Gefühl, dass es keine Rolle spielte, ob er da wäre oder nicht, verstand aber auch, dass er sich an diesem Moment um jeden Preis festklammern musste. Niko war unglaublich stolz auf Julia. War sich ganz sicher, dass er selbst nie durchgestanden hätte, was sie gerade durchmachte.

»Es wird nichts aus dem blöden Kind! Es klappt nicht!«, brüllte Julia.

Das waren ihre letzten Worte, bevor Sibylla aus ihr herausglitt, rosig lebendig, blass von der Käseschmiere und mit platt gedrückter Nase und zusammengekniffenen Augen. Ein Geruch nach Eisen breitete sich im Kreißsaal aus. Julias Schmerzen verflogen schnell. Ihre Augen strahlten wie Sterne, als man ihr das Baby auf die Brust legte und Sibylla sofort anfing, sich zur Brustwarze vorzuarbeiten. Niko stand daneben, verzaubert von den ruckartigen Bewegungen des Babys. Julia sah ihn an, und in dem Moment spürte er es – einen Abstand zwischen ihnen, als zuckte sie innerlich vor ihm zurück wie vor einer Bedrohung.

»Es schneit«, sagte eine Hebamme. »Ich weiß nicht mehr, wann wir zuletzt schon im Oktober Schnee hatten.«

Niko sah zum Fenster.

»Winter is coming«, flüsterte er Julia zu.

Sie wurden in ein Familienzimmer der Entbindungsstation verlegt und lagen beide auf dem harten Bett mit den flachen Kissen und Sibylla zwischen sich. War ihre Haut nicht ein bisschen gelblich? Sie sieht aus wie deine Oma. Ja, aber sie hat deinen Mund. Sie mussten lachen, weil Sibylla die kurzen Ärmchen hochgehoben und die Finger gekrümmt hatte, als hielte sie eine winzige Geige.

Bon Ivers »Skinny Love« erklang leise aus den mitgebrachten Lautsprechern.

»Ich liebe sie«, sagte Niko in einem Atemzug.

»Ich auch.« Julia lachte erstaunt.

»Noch viel mehr, als ich dich liebe«, sagte er.

Niko konnte das Gefühl nicht anders beschreiben, das ihn wie ein Tsunami überrollte. Er hatte nie jemanden so sehr geliebt wie Julia, das war seine nächstliegende Bezugsgröße. Julia sah Niko an.

»Mir geht's genauso«, flüsterte sie und drückte seine Hand. »Noch viel mehr, als ich dich liebe.«

Draußen schmolz der Schnee auf den Gehwegen und den geparkten Autos.

Seitdem hatte es natürlich noch viele Male geschneit, aber die Art, wie das Licht der Straßenlaternen in ebendiesem Moment in der Adventsdunkelheit leuchtete, löste in Niko Erinnerungen an jenen Augenblick in der Geburtsklinik aus. Er dachte an Sibylla, die jetzt eine eigene Persönlichkeit war, und an Julia, die ihre Mutterrolle so selbstverständlich ausfüllte. Seine Seele schmolz bei dieser Erinnerung dahin. Er konnte damit leben, dass Julia Rechnungen und Schreiben verschlampte. Es lohnte sich doch nicht, daraus eine große Sache zu machen! Das musste man eben schlucken, wenn es die Frau betraf, die für die Geburt des gemeinsamen Kindes durchs Fegefeuer gegangen war. Er zog sein Handy hervor und schrieb: *Winter is coming.*

*

Julia und Mahir hielten ihre Gesichter mit weit aufgerissenem Mund gen Himmel, um die Schneeflocken aufzufangen. Im Hintergrund leuchtete die beschlagene Scheibe des französischen Restaurants. Glücklich sahen sie sich an.

»Zu mir können wir nicht gehen«, sagte Mahir. »Bella ist mit einer Babysitterin zu Hause.«

»Und was ist damit?« Julia zeigte auf ein schäbiges Junggesellenhotel. Mahir rümpfte die Nase.

»Wir fahren zum Jesti«, sagte er entschieden und bestellte ein Uber.

Im Taxi nahm Julia ihr Handy heraus. Niko hatte ihr heute Abend schon eine verärgerte SMS geschickt – typisch, er konnte einfach nicht wertschätzen, wie lebendig sie war! Machte wegen so eines blöden Schreibens der Vorschule aus einer Mücke einen Elefanten. Mahir dagegen war ganz anders drauf: Er sah das Schöne im Leben! Aber jetzt hatte Niko ihr eine neue Nachricht geschickt.

Winter is coming.

Eine sentimentale Wärme erfasste Julia. Sie lächelte auf das Display herunter und hatte vor Scham einen Kloß im Hals, als hätte sie die Erinnerung an jene zauberhafte erste Nacht mit Sibylla besudelt, indem sie den ersten Schneefall des Jahres mit ihrem Liebhaber erlebte.

Sich Julias Rührung völlig unbewusst, lehnte Mahir sich zu ihr; der Ledersitz knarrte unter seinem Körpergewicht. Er legte seine Hand mit dem Handrücken nach unten auf ihr Knie. Julias Daumen strich über seine Finger, die ganz schwielig waren von unzähligen Arbeitsstunden in der Küche. Sie blinzelte die Tränen fort. Mahir berührte ihren Trauring. In diesem Augenblick glaubte sie, ihn etwas sagen zu hören, es klang wie: *Du hättest auf mich warten sollen.* Doch als sie Mahir ihren Blick zuwandte, saß er vorgebeugt da und verfolgte, was sich auf dem Navi des Taxis tat.

Hatte er überhaupt den Mund geöffnet, oder hatte sie sich das bloß eingebildet? Diese ungelöste Frage wuchs in ihr zu einem Berg an.

Das Taxi hielt vor dem Jesti. Julias Blut sackte von ihrem Kopf in andere Körperregionen. Und damit schwanden auch jegliche Überlegungen zu Niko und seiner SMS, und der Schnee wurde wieder zu etwas, das sie nur mit Mahir teilte.

*

»Sehnst du dich nie danach, dass ich nur *dir* gehöre?«, flüsterte sie aus einer plötzlichen Eingebung heraus und packte Mahirs Arm. Sie lag rücklings auf einer der großen Tischplatten im Gastraum und sah zu den Lampen aus mundgeblasenem Glas hinauf, die rot, grün, ockergelb und türkis leuchteten.

»Das tust du doch«, sagte Mahir. »Wenn wir uns sehen, gibt's doch nur uns.«

Aber das stimmte nicht ganz, waren die anderen doch trotzdem gegenwärtig. Auch wenn sie versuchten, sie auszublenden. Niko. Daria. Wie viel Daria wohl wusste? Ob sie es hätte wissen wollen?, fragte sich Julia. Oder ob sie jetzt gerade auch mit einem anderen schlief?

»Ich hab immer noch ein bisschen meine Tage«, sagte Julia.

»Ha, who cares!«, sagte Mahir.

Er drang in sie ein. Julia spürte, wie ihr Fleisch ihn umschloss.

So wie Autoanhänger sexy waren, wenn sie der richtigen Person gehörten, war eine seltsame Wortwahl sexy, wenn sie von der richtigen Person kam. Mahir sagte, dass er es liebte, ihr Becken zu spüren, tief im Inneren ihres Körpers.

*

Einen Tag später schickte Julia Mahir eine SMS, in der sie ihn bat, ihr die Aufnahme zu schicken, als sie vor dem WC gewartet hatte. Es dauerte lange, bis eine Antwort von ihm kam. Wann immer das so war, litt sie furchtbar. Fragte sich, ob er es bereute. Wollte er vielleicht keinen Kontakt mehr zu ihr? War das gestern das letzte Mal gewesen, dass sie sich gesehen hatten?

Als Mahir ihr endlich antwortete, schrieb er, dass er das Bild wohl versehentlich gelöscht habe. Julia weinte auf der Toilette, fühlte sich wie zerkaut und ausgespuckt. Doch dann dachte sie, dass dies nur ein Zeichen dafür sei, dass ihre Treffen ihm mehr bedeuteten. Er musste dazwischen jede Spur der Erinnerung an sie tilgen. Es war ein Zeichen dafür, dass die gegenseitige Anziehung für ihn ebenso gefährlich war wie für sie.

21

Julia erledigte ihre Arbeit, aber wiederum auch nicht. Heißt: Sie schusterte ihre Texte in letzter Sekunde zusammen und hoffte, dass niemand merkte, wie dahingeschlunzt sie waren. Zwischen ihren Schenkeln war ein ständiges Pochen. Sie war jederzeit rasiert und bereit. Die Zeit zwischen ihren Treffen mit Mahir – sie wusste nie, wann sie sich das nächste Mal sehen würden, es geschah immer auf seine Initiative hin – waren ein Jammertal des Wartens. Sie fragte sich, was er wohl machte, woran er dachte, wen er gerade traf, ob er an sie dachte.

Von außen betrachtet war das, was zwischen ihnen vor sich ging, eine diskrete Affäre, eine private Angelegenheit zwischen zwei gleichberechtigten Partnern, eine lustvolle Flucht vom Alltag. Aber unter der Oberfläche tat sich ein immer größerer Abgrund von Geheimnissen auf. Das Verlangen schmerzte. Julia wollte mehr.

Sie tröstete sich damit, dass sie mit diesen Gefühlen bestimmt nicht allein war. Mahir ging sicherlich Skeppsbron entlang und fühlte dasselbe. *Er ist in mich verliebt*, dachte Julia, das musste er sein. *Warum sonst sollte er mich mit diesem Blick ansehen? Warum sollte er mich sonst treffen, obwohl er eine Freundin hat?* Dieses seichte Wasserloch konnte er doch wohl kaum lieben. *Er hält nur an ihr fest, weil ich nicht verfügbar bin.* Aber warum sagte er das dann nicht einfach? Aus Angst. Angst vor etwas, das echt ist, Angst vor echter Nähe. *Ich darf ihm nicht länger Angst machen. Ich darf ihm nicht zeigen, wie sehr ich ihn will, sonst verschwindet er womöglich.*

»Lass es gut sein«, riet Liv. »Vertief dich da nicht noch mehr rein.«

Aber was brachte das, wenn Julia doch immer auf die Tiefgründigkeit aus war?

Das läge bestimmt an der Sache mit ihrem Vater, jener Traumabindung, rief Liv ihr ins Gedächtnis.

»Du glaubst, ihr seid füreinander bestimmt, dass es etwas Besonderes zwischen euch gibt, aber dahinter steckt eigentlich nur eine starke emotionale Reaktion, die dein Herz höherschlagen lässt. Du hast diese spezielle Beziehung zu deinem Vater – du weißt ja, chaotisch, ambivalent, du wurdest emotional vernachlässigt. Und jetzt hast du dir diese Illusion geschaffen – und auf Mahir projiziert. Und denkst, er könne deine Wunden heilen. Das nennt sich Traumabindung. Was ich sagen will: Du verknüpfst starke Emotionen, wie sich abwechselnd sehnen und Bestätigung erfahren, mit dem Gefühl von Liebe und Leidenschaft. Eigentlich aber ist nur Stress der Auslöser dafür.«

»Stress?«, sagte Julia. »Und was ist mit Liebe, wie fühlt sich das an?«

Eines Tages war Julia in der U-Bahn zufällig dem Intendanten über den Weg gelaufen, der ihr einst die silbernen Schuhe geschenkt hatte. Sie hatten mehrere Jahre lang keinen Kontakt gehabt – er hatte sich eine Freundin zugelegt und sich nicht mehr bei ihr gemeldet, obwohl Julia ihre Beziehung immer nur als platonisch aufgefasst hatte. Sie erinnerte sich aber noch deutlich an das Gefühl der Vertrautheit, das sie geteilt hatten, und erzählte Mahir alles über den Mann – in dem Glauben, dass, wenn überhaupt jemand, dann Mahir die metaphysische Dimension von Julias Erfahrung nachvollziehen könne.

»Lass es gut sein!«, sagte er, ohne zu ahnen, dass er gerade wortwörtlich Julias beste Freundin zitierte, und klang dabei fast verärgert. »Der verarscht dich doch nur, diese Typen kenne ich.«

Rückblickend beschloss Julia, dass der Theaterintendant nur eifersüchtig und dadurch missgünstig gewesen war. Sie redete sich ein, dass, wenn dem so war, sie Mahir genauso verarschte. Mahirs und ihr Deal beruhte schließlich genauso auf ihren Bedingungen. So war es doch.

In ihren Tagträumen verließ Mahir Daria. Julia wartete darauf, dass er über seine Beziehungskrise sprechen würde, dass er anfangen würde, nachlässig zu werden. Aber er schien eine fast unmenschliche Fähigkeit dazu zu besitzen, diese beiden Teile seines Lebens voneinander zu trennen. Von außen besehen konnte es so wirken, als hätte Julia dieselbe Fähigkeit. Aber wann immer sie durch den Spiegel trat und in Mahirs Dimension eintauchte, schien es, als würde sie ein weiteres kleines Stück von sich dort drinnen bei ihm zurücklassen. Je öfter sie sich sahen, umso weniger Stückchen nahm sie mit sich nach Hause. Die Regeln, die sie vereinbart hatten, waren eindeutig, aber Julias Fantasie führte ein Eigenleben. Schließlich ließ sich durch die Kraft der Fantasie doch die Wirklichkeit ändern, war es nicht so?

Irgendwo hatte Julia einmal gelesen, dass man sich heutzutage nicht scheiden ließ, weil man unglücklich war, sondern weil man glaubte, noch glücklicher werden zu können. Aber wie glücklich durfte man sein? Diese Frage schwirrte ihr nun im Kopf herum. Eines Tages stellte sie sie geradeheraus Mahir. Er zog die Augenbrauen hoch und erzählte von einem Film, den er erst vor ein paar Tagen gesehen hatte. Die Hauptfigur, gespielt von Charlotte Gainsbourg (»Gainsbourg« sprach er in perfektem Französisch aus), sei eine Frau, die sich immerzu nach *mehr* sehnte. Wenn sie einen schönen Sonnenuntergang betrachtete, löste das eine Gier in ihr aus, und sie wünschte sich, er wäre noch schöner.

Julia erkannte sich darin wieder und fragte sich, ob Mahir bei dem Film wohl auch an sie gedacht hatte.

Sie nickte: »Schon, aber wonach soll man sonst streben?«

Seine Antwort sah sie als ein Zeichen. *Alles* ließ sich für jemanden als ein Zeichen deuten, der sich mit magischem Denken befasste. Julia trug jedes Mal ihre Chelsea Boots, wenn sie Mahir traf, weil er sie einmal kommentiert hatte. Natürlich schaute sie sich auch die von ihm erwähnten Filme an. Jedes von ihm geäußerte Wort wurde von Julia einer genauen Analyse unterzogen. Sie wusch einen Pulli und ließ ihn extra in der Waschmaschine liegen und vor sich hinmuffeln, nur um dann ihr Gesicht darin zu vergraben. Der Geruch löste Assoziationen an den ersten Abend im Restaurant in ihr aus. Erinnerte sie an das innere Leuchten, das in Mahirs Augen aufgeglommen war. Sie wusste, dass sie mit dieser Besessenheit aufhören musste, wusste aber nicht wie. Googelte stattdessen »Schafe«.

*

Wenn Julia im Fitnessstudio war, zwang sie sich dazu, länger zu joggen, als es ihre Kondition zuließ. *Wenn ich nur fünf Minuten länger jogge, wird er sich ganz auf mich einlassen.* Sie sog ihre Rendezvous in sich auf, verlor drei Kilo Gewicht, sodass ihre Jeans um ihre Taille schlackerte. Sie suchte in der Literatur nach vergleichbaren Schilderungen solcher Erfahrungen, um sich darin spiegeln zu können. Entdeckte eine Erzählung von Marcel Proust, »Madame de Breyves' melancholischer Sommer«. Jene Madame de Breyves, die mit ihrer außergewöhnlichen Fantasie eine zunächst von ihr nach seiner Ablehnung ihrer Avancen als ordinär und verabscheuenswert empfundene Person zu einem gottähnlichen Mann erschuf. Julia musste daran denken, was Mahir gesagt hatte: *Du hättest auf mich warten sollen.* Wenn er das denn gesagt hatte.

Es war die Kraft der Projektion, wie bei Pygmalion und seiner Galatea. Julia las noch eine weitere Madame B: *Madame Bovary* von Flaubert und fühlte sich erhaben, stand sie doch in einer Tradition sich sehnender Frauen, Mahir war ihr Rodolphe. Ihr Blick schweifte in die Ferne, ihr Mund verstummte, wenn es keinen Grund gab, *seinen* Namen zu sagen. Julia nahm sich wieder als schön wahr. Als jung und lebendig. Als die, die zu sein ihr bestimmt war. So schließlich sollte das Leben gelebt werden!

Aber Niko, was war mit Niko?

Niko wurde in Julias Welt zu einer Schattengestalt, zu einer Randfigur. Das, was zwischen Mahir und ihr vor sich ging, hatte so gar nichts mit Niko und ihr zu tun. So gesehen war es doch erstaunlich leicht, das eine vom anderen zu trennen.

Adrenalin. Dopamin. Serotonin.

Oxytocin. Das Bindungshormon. Das *Du-gehörst-mir*-Hormon.

Wenn es jedoch etwas gab, das Männer – vor allem Männer, die der Gegenpart in einer Liebesaffäre waren – nicht ertrugen, waren es Erwartungen. Erwartungen waren das Gift jeder sorglosen Affäre. Also hörte Julia auf, ihm Nachrichten zu schicken. Meldete sich nicht mehr. Aber auch das wurde unerträglich. Und so schickte sie stattdessen nur noch mehr Liebesbeweise, mit denen sie sich auslieferte, aus jähen Impulsen heraus, weil sie sich weigerte, ihr Begehren kleiner zu machen, als es war.

Je mehr Julia an Mahir dachte, umso überzeugter war sie, dass er »der Richtige« war. Er gab ihr die Stimulanz, die sie brauchte, nicht nur sexuell gesehen – es war vielmehr so, dass er ihre Vorstellung davon komplettierte, wie sich das Leben anfühlen *sollte*. Weshalb sonst war diese Anziehung so stark? Und da kam Julia eine erschreckende Erkenntnis: Was, wenn es immer schon Mahir gewesen war? Sie hatte ihn ja schon als Teenie gekannt – sie hätte auf ihn warten sollen. Aber wenn es die ganzen Jahre hindurch Mahir gewesen war, auch in den Jahren, in denen sie keinen Gedanken an ihn verschwendet hatte – hieß das dann automatisch, dass Niko der Falsche gewesen war?

Julia beobachtete Niko genauer, und mit einem Mal traten seine Mängel für sie glasklar zutage: Er war kein Träumer wie Julia. Er war übertrieben gut erzogen, fast schon ein Spießer, und deshalb empfand sie ihre Beziehung auch nicht länger als lebendig. Sie stellte Nikos Mängel allem gegenüber, das Mahir kennzeichnete: Mahir war freimütig, kreativ, ein Alpha-Mann, der sie als Frau herausfordern konnte.

»Das kannst du doch nicht machen«, sagte Liv. »Du kannst doch nicht Nikos schlechte Seiten mit Mahirs guten Seiten vergleichen. Du musst Schlechtes mit Schlechtem und Gutes mit Gutem vergleichen.«

Also bemühte Julia sich, sich Nikos sämtliche Tugenden in Erinnerung zu rufen: seine Zuverlässigkeit, sein trockener Humor. Die Krähenfüße, die seine aufmerksam blickenden, lieben Augen umgaben. Dass sie nach etwas suchte, wusste Julia, sie suchte nach der Antwort auf ein Rätsel, sie konnte es nur nicht richtig benennen. Äußerlich war ihr nichts anzumerken. Sie heiligte den Schwur, es auf die französische Art zu handhaben.

Sie blieb nie über Nacht weg.

Und sie hatte sich schließlich nicht *verliebt*. Sie litt nur ein wenig.

22

Niko und Julia backten mit den Kindern Pfefferkuchen und hängten Popcorngirlanden an sämtliche Spiegel und Bilderrahmen. Sie trockneten Orangenscheiben und fädelten sie auf. Am dritten Advent schmückten sie zusammen den Baum. In den Fenstern standen schmale Kerzenhalter; das weiche Licht der Kerzen kontrastierte die undurchdringliche Dunkelheit dahinter.

Am Abend vor dem Heiligen Abend klingelte das Telefon. Julia hatte monatelang nichts mehr von ihrem Vater gehört, und jetzt erschien sein Bild auf WhatsApp. Er hatte ein Profilbild hinzugefügt, das ihn mit einer Zigarre im Mund zeigte. Sie meldete sich auf dieselbe verhaltene Art wie sonst auch. Tim erzählte, dass er zufällig geschäftlich in Stockholm sei und gerne am Weihnachtsabend vorbeikommen würde.

»Ich habe Geschenke für die Kinder gekauft«, sagte er.

Julias Mutter schlug die Einladung aus, sowie sie erfuhr, dass ihr Ex-Mann kommen würde. Seit ihrer Scheidung vor über fünfundzwanzig Jahren hatten Caroline und Timothy nur ein paar Sätze miteinander gewechselt, und in denen war es nur um die Unterhaltszahlungen gegangen, die nie kamen, wenn sie es sollten.

»Du verstehst doch, mein Schatz, dass ich mit dieser Person nicht mehrere Stunden zusammen verbringen kann? Erinnerst du dich denn nicht mehr an Salves Taufe, beziehungsweise an sein Namensgebungsdingsbums, als er ohne Geschenk auftauchte? Ich bitte dich – *weil er es sich nicht leisten konnte.* Nur um gleich darauf mit seinem brandneuen, tollen Vogelbeobachtungs-Objektiv anzugeben. Weißt du, wie teuer das war? Ich hatte es anschließend gegoogelt. Zwanzigtausend Kröten! *Das* konnte er sich wundersamerweise leisten!«

»Ich hab ihn mir nicht als Vater meiner Kinder ausgesucht«, gab Julia zu bedenken.

»Wenn Tim kommt, müsst ihr ohne mich auskommen, nur damit ihr's wisst. Ich kann dann am ersten Weihnachtstag da sein.«

Was Julias Eltern einst ineinander gesehen hatten, war schwer zu begreifen. Wenn Julia ihre Mutter mal danach gefragt hatte, hatte diese nur den Kopf geschüttelt – wenn sie es zu erklären versuchen sollte, dann vielleicht damit, dass er damals womöglich anders gewesen war.

So in etwa hatte sie Julia Timothys und ihre Geschichte erzählt: Es war in den Achtzigerjahren gewesen, und Timothy war Austauschstudent an der Stockholmer Universität. Caroline jobbte damals in einem U-Bahn-Kiosk neben der Uni, wo er immer eine Schachtel Zigaretten und eine Banane kaufte. Tim kam immer allein, verbrachte nie Zeit mit den anderen Studenten. Er trug eine hässliche senfgelbe Jacke und komische Sandalen, während alle anderen braune oder weiße Segelschuhe anhatten. Er hatte grüne neugierig blickende Augen, sprach mehrere Sprachen und war unzweifelhaft an Carolines Gedanken über dies und das interessiert, während andere Typen sie eher nur als Paula-Abdul-Abziehbild wahrnahmen. Trotzdem mangelte es in Carolines Leben nicht an Kandidaten, die sie umwarben, weshalb sie Tims Vorschläge, sich auf einen Kaffee, ein Bier oder für ein Konzert im Park zu treffen, immer wieder ablehnte. Aber nachdem er mehrere Körbe von ihr hatte kassieren müssen, änderte er seine Strategie: Er lud sie auf eine Party zu sich nach Hause ein.

»Hm, ich weiß nicht. Wer kommt denn so?«, hatte Caroline gefragt.

»Alle«, sagte Tim. »Ein paar aus der Uni und noch ein paar andere Kumpel.«

Das Wort *Kumpel* hatte er so auf der Zunge zergehen lassen, als hätte er es soeben das erste Mal gebraucht, und so war es sicherlich auch.

»Okay, ich schau mal«, erwiderte Caroline.

Caroline hatte nicht vorgehabt, hinzugehen, aber als sie an dem Abend, an dem die Party steigen sollte, den Kiosk zumachte, schaute sie doch aus einem Impuls heraus bei ihm in seiner Studentenbude vorbei. Sie mopste zwei Dosen Leichtbier und fuhr mit dem Bus zu der Haltestelle, die er ihr genannt hatte. Aus seinem Zimmer drang kein Laut. War sie an der falschen Adresse? Vorsichtig klopfte sie an die Tür. Sekunden später ging die Tür auf, und Tim trat zurück, um sie in sein winziges Zimmer einzulassen. Er setzte sich aufs Bett – was in diesem Fall keine dreiste Anmache war, denn es handelte sich um das einzige Möbelstück im Raum. Er griff nach der Gitarre neben sich und fing an, ein paar Akkorde darauf zu zupfen.

»Bin ich zu früh?«, fragte Caroline, die immer noch auf der Schwelle stand.

Tim lächelte verlegen. »Nein, du kommst genau richtig.«

Caroline hatte große Lust dazu, einfach auf der Stelle kehrtzumachen, aber irgendwas ließ sie verharren. Dass er solche Mühen unternommen hatte, bloß um sie zu treffen! Er tat ihr doch immerhin so leid, dass sie sein Geklimper zwei Stunden lang ertrug, von »Oh Susanna« bis hin zu einem seltsamen deutschen Volkslied.

Danach sahen sie sich nur am Kiosk wieder, woraus sich jedoch eine Art Freundschaft entwickelte, sodass sie – als Tim nach Australien zurückkehrte –, Adressen austauschten und sich in den folgenden Jahren sporadisch schrieben. Ein paar Jahre nach Studienende war Tim zufällig in Stockholm und meldete sich bei ihr. Ob sie Lust habe, sich zu treffen? Und diesmal war es ein ganz anderer Typ Mann, der da vor ihr stand: Statt nerdiger Sandalen trug er Segelschuhe. Hatte einen modernen Haarschnitt und strahlte Weltgewandtheit aus. Er war kein Student mehr, sondern ein junger Finanztyp.

»Darf ich dich mal etwas fragen«, hatte Caroline gesagt, »war ich damals eigentlich der einzige Gast, den du zu deiner Party eingeladen hattest?«

Tim lächelte schelmisch, zog eine Banane aus seiner Anzugtasche, schälte sie und aß einen Bissen.

Und auf Amors launische Weise verliebte Caroline sich.

Als sie schwanger wurde, zog er nach Stockholm. Sieben Jahre später, als Julia sechseinhalb war, verließ er die Stadt. Zwei Welten waren aufeinandergeprallt, und das war nicht gut gegangen. Während dieser sieben Jahre hatte sich eine ungeheure Wut in Caroline aufgestaut. Tim war andauernd fort. Er log sie an. Er war untreu und machte sich nicht mal die Mühe, es zu verbergen. Aber das wusste Julia damals ja nicht – noch nicht.

Weil Tim so viel auf Reisen war, wurden Julia und Caroline zu einem eingeschworenen Team. Deshalb dauerte es auch Monate, bis Julia begriff, dass ihr Vater sie richtig verlassen hatte. Manchmal rief er sie an, war wegen der schlechten Verbindung kaum zu verstehen. Dann erkundigte er sich danach, was sie in der Schule machte, und bat anschließend darum, Caroline sprechen zu dürfen – Telefongespräche, die immer damit endeten, dass Julias Mutter laut in den Hörer schrie, bevor er mit metallischem Klicken zurück auf die Gabel fiel. Blöde Mama, dass sie ihn so anschrie! Dann würde er doch vielleicht nie mehr nach Hause kommen wollen! Julia lag in ihrem Zimmer und blickte zur Küche hinüber, wo Carolines Schatten über die Wände huschte, bevor sie zu Julia kam und sich neben sie legte.

»Du und ich«, sagte Caroline und hielt Julias Kopf so fest umklammert, dass es wehtat.

Sie schauten zusammen Seifenopern und tranken Tee mit Milch und Honig, und alles war gut und genau so, wie es sein sollte. In ihrem Tagebuch hielt Julia in krakeliger Handschrift fest: *Heute warn wir mit der Klasse im Fergnügungspak. Ich hofe, das es Papa gut get.* Als Julias Vater ein Jahr lang nicht mehr zu Hause gewesen war, vermischten sich die Erinnerungen an sein Gesicht mit dem von anderen wichtigen Anzugträgern, die Julia im Fernsehen gesehen hatte. Einmal schaute sie sich eine ganze Debatte von Parteivorsitzenden an, weil sie sich einbildete, dass Carl Bildt ihr Papa sei.

Julia wusste, dass ihr Vater wegfahren musste, obwohl er das nicht wollte. Das lag an seinem wichtigen Job. Sonst hätte er Julia nämlich nie verlassen. Bald darauf gehörte ihre Sehnsucht nach Tim und seinem Kommen und Gehen ebenso natürlich zu ihrem Leben wie Carolines ständige Gegenwart.

»Kannst du es nicht wenigstens um der Kinder willen aushalten?«, drängte Julia ihre Mutter jetzt am Telefon.

»Ich möchte einen schönen Weihnachtsabend erleben«, sagte Caroline. »Aber ich kann verstehen, dass du einmal ein Weihnachten mit deinem Vater verbringen willst. Das ist okay. Wir feiern im nächsten Jahr wieder zusammen.«

Julia legte sich zu Niko auf die Couch. Vergrub ihre Nase in seiner Halsgrube. Er spielte mit ihrem Haar.

»Warum hast du Tim nicht einfach gesagt, dass es nicht geht?«, fragte Niko dann. »Möchtest du nicht lieber deine Mutter hier haben?«

»Ich kann meinem eigenen Vater ja schlecht sagen, dass er am Heiligen Abend nicht willkommen ist.«

*

Am Morgen des Weihnachtsabends versammelte sich die Familie um den Kamin. Das Feuer knisterte, Rauch wirbelte aus dem Schornstein. Die Kinder bekamen das komplette Programm. Sie stellten der Tradition zufolge Haferbrei für den Weihnachtsmann vor die Tür. Sie schauten die letzte Folge der Sendung *Weihnachtskalender* und öffneten das vierundzwanzigste Türchen. Sie gingen hinaus und kratzten ein paar lose Schneebälle aus dem nachts federleicht gefallenen Schnee zusammen, der bald wieder schmelzen würde. Salve machte einen Schneeengel, und als er aufstand, war sein ganzer Schneeanzug voller Matsch. Niko kochte Grünkohl mit Sahne, sodass es im gesamten Erdgeschoss danach roch. Julia fiel es die ganze Zeit über schwer, richtig präsent zu sein. Sie wirbelte in der Küche herum, bereitete Essen vor, dekorierte Weihnachtsschmuck um, nahm das Lametta vom Baum, damit er eleganter aussähe. Aber ihre Gedanken gingen ständig auf Reisen.

Tita umkreiste den Herd und inspizierte alles.

»Sollen wir uns schon mal zu Tisch setzen, oder warten wir noch länger auf deinen Vater?«

»Wir warten noch einen Moment«, sagte Julia.

Tita senkte ihre Stimme zu einem Flüstern.

»Und über diese Sache mit dem Auto … habt ihr da nicht noch mal drüber nachgedacht? Kann ja auch ein ganz kleines sein?«

Mahir hatte sich nicht gemeldet. Keine Weihnachtsgrüße, nichts.

Julia überlegte, ob sie ihm eine Nachricht schicken sollte. *Frohe Weihnachten. Ich denk an dich.* Aber sie ließ es bleiben. Wollte sich nicht dem Risiko aussetzen, keine Antwort zu erhalten. Sie war sauer auf ihn, weil er so halbherzig agierte. So feige. Was sollte sie mit so einem Liebhaber anfangen?

Um vier Uhr nachmittags klingelte das Telefon. Es war Tim. Er gab an, dass ihm etwas dazwischengekommen sei und er nicht kommen könne. Im Hintergrund war Weihnachtsmusik zu hören, Gläserklirren. Seine Stimme klang sentimental, so wie immer, wenn er ein paar Whiskey intus hatte.

»Es hat keinen Zweck, zu kommen, ich könnte sowieso höchstens eine Stunde bleiben.«

Was, bitte schön, konnte denn wichtiger sein, als an Weihnachten seine Enkel zu treffen? Aber sie erwiderte nur: »Ist gut, verstehe, nicht schlimm.«

Nicht vielen Menschen gelang es, durch ihr Erscheinen *und* ihr Nicht-Erscheinen Feiern zu sabotieren.

Die Geschenke wurden verteilt. Julia hielt Salves warmen kleinen Körper auf dem Schoß, fühlte sich ein wenig geborgen und sah zu, wie er von einem Paket nach dem anderen das Geschenkpapier abriss. Sie vergrub ihre Nase zwischen seinen Schulterblättern.

»Au, du zerdrückst mich ja!«, sagte Salve und entwand sich ihrem Griff.

Tita schenkte Julia und Niko einen Spa-Besuch. Sie fand, sie sollten sich auch mal um sich kümmern.

Als die Kinder in ihren Betten eingeschlafen waren, schlüpften Julia und Niko unter die Flanelldecke, mit der sie Weihnachten immer das Bett bezogen. Julia grübelte darüber nach, weshalb alles, das mit Tim zu tun hatte, immer noch so starke Gefühle in ihr auslöste, obwohl sie doch inzwischen dagegen abgehärtet sein müsste und längst eine eigene Familie hatte.

Sie dachte an die Reisen, die sie zu ihm unternommen hatte. Sie verschmolzen zu einer einzigen Erinnerung. Sie sah vor ihrem inneren Auge, wie sie mit einem Schild um den Hals an einem Flughafen gewartet hatte. Auf den Marlboromann gewartet hatte. Wenn er dann endlich auftauchte, waren seine Augen hinter der Pilotensonnenbrille blutunterlaufen gewesen, und er war von einer Wolke Aftershave umgeben gewesen. Er hatte eine neue Frau an seiner Seite gehabt, die Julia mit dick aufgetragenem lila Lippenstift Wangenküsschen gegeben hatte, während an ihren schmalen Handgelenken Schmuck geklimpert hatte. Bilder an den von der Sonne aufgeheizten Jaguar stiegen vor ihrem inneren Auge auf, dessen Lack in verschiedenen Farben schillerte wie der Panzer eines Mistkäfers. Tim fuhr immer so schnell, dass ihr davon flau im Magen wurde. Mit 200 Sachen heizte er über die Autobahn, während draußen die fremde, in der Sonne brutzelnde Landschaft an ihr vorbeirauschte. Sie hatte heute noch den Geruch nach Wüste und Abgasen in der Nase. Er wollte demonstrieren, wie viele Pferdestärken er besaß. Sie sah alles vor sich: die dicke Armbanduhr an seinem Handgelenk, seine behaarte Hand, die auf dem Schenkel der nach Haarspray riechenden Frau ruhte. Das schrille Lachen der Tussi auf dem Beifahrersitz. *Ich hasse dich*, hatte Julia gedacht.

»Habe ich dir eigentlich mal davon erzählt, wie er uns einmal zu Hause besucht hat?«, fragte Julia Niko jetzt.

»Nö, ich glaub nicht«, erwiderte Niko und zeigte deutlich, dass er ganz Ohr war.

Es war zu der Zeit gewesen, als Tim sie immer noch gelegentlich besuchte. Er übernachtete sogar bei ihnen, bewahrte Umzugskartons in ihren Schränken auf. Julia hüpfte voller Energie in den drei Zimmern der Wohnung umher, selig, dass er da war. Tim hatte ihr ein verspätetes Geburtstagsgeschenk gemacht, hatte ihr eine große Puppe gekauft, für sie sie sich eigentlich schon zu alt vorkam, mit der sie aber pflichtschuldig trotzdem spielte. Tim telefonierte, las die Zeitung, ging aus und kehrte erst spätabends wieder. Eines Tages saß er wie gebannt vor dem Fernseher und sah sich ein Eishockeyspiel an. Der Puck schoss hin und her, wie öde! Also beschloss Julia, Tim ein wenig zu ärgern – indem sie etwas Theater machte. Sie flatterte vor dem Fernseher herum und trällerte etwas. Tim lachte und wedelte mit der Hand.

»Aus dem Weg!«, sagte er, klang aber immerhin belustigt.

Julia tanzte weiter, gestikulierte auffällig und drehte sich lachend im Kreis.

»Jetzt musst du aber mal da weggehen, sonst verpasse ich das Spiel.«

Aber Julia machte einfach weiter.

»Weg da!« Jetzt brüllte er. »Ich verpasse doch das Spiel, verdammt!«

Julia spürte vor Erniedrigung einen Kloß im Hals von ungeweinten Tränen. Sie zögerte, dann riss sie den Stecker aus dem Fernseher und machte mit ihrer albernen Show weiter. Und da passierte es. Tim hatte Julia schon früher Klapse verpasst, um ihr zu demonstrieren, dass sie etwas falsch gemacht hatte, allerdings nie besonders hart oder so, dass sie verletzt wurde. Aber inzwischen ging Julia in die Schule. Sie wusste, dass Kinder in der Gesellschaft Rechte besaßen, dass es verboten war, Kinder zu schlagen. Als Tim also vom Sofa hochschoss, sie sich unter den Arm klemmte, während sie schrie und zappelte, und sie auf das Bett in ihrem Zimmer warf, ihre Strumpfhose herunterzog und eine Hand zum Schlag ausholte, brannten Julias Wangen. Nicht, weil ihr das Herz blutete, weil er ihre Bemühungen, Kontakt zu ihm herzustellen, abgewiesen hatte, nicht wegen des zu erwartenden Schmerzes und nicht einmal, weil sie wusste, dass das, was er tat, falsch war und gegen das Gesetz verstieß – sondern auch, weil es das war, was sie gewollt hatte. Jetzt richtete er seine Aufmerksamkeit endlich einmal auf sie. Ihr Vater würde nie ein anderes Kind schlagen oder es zurechtweisen, er schlug Julia, weil sie seine Tochter war, er schlug sie, weil sie ihm etwas bedeutete.

Niko war eine Träne ins Auge getreten, er wischte sie hastig fort.

»Ich hasse dieses Arschloch«, sagte er. »Glück für ihn, dass er nicht gekommen ist.«

»Na ja, so schlimm war das ja auch wieder nicht«, sagte Julia reflexartig, erkannte dann aber, dass sie Tim verteidigte. »Ich meine ja nur … bestimmt hat er selbst als Kind ständig Prügel bezogen. Er wusste es nicht besser.«

Doch dann schoss ihr durch den Kopf, wie sie damit umgegangen wäre, falls Niko Sibylla dasselbe angetan hätte, was er natürlich nie tun würde. Sie hätte ihn ermordet. Ermordet.

»Weißt du was?«, sagte Julia zu Niko. »Mir ist da etwas klar geworden. Es ist irgendwie so, als hätten immer zwei Parallelwelten in mir existiert. Eine bei meiner Mutter und eine bei meinem Vater. Eine reale Welt und eine Fantasiewelt – du weißt schon, eine, die ich in Gedanken aufsuchen und mir ausmalen konnte, wie das Leben darin wohl sein würde. Wer ich dann sein würde.«

Niko zog sie an sich.

»Hmm«, sagte er, schien darüber nachzudenken, was sie gerade gesagt hatte.

»Mein Vater war jemand, den ich besucht habe. Er war ein Ferienziel.«

»Furchtbar«, sagte Niko.

»Findest du? Ich fürchte nämlich, dass ich nie wirklich zufrieden sein werde. Dass mein Geist für immer aus zwei verschiedenen Hälften bestehen wird. Dass ich solche Ferienziele brauche.«

*

Schon am ersten Weihnachtstag fuhr Niko mit den Kindern im Regionalzug nach Västerås zu seinem Cousin David. David hatte drei Kinder, alle noch unter fünf. Er besaß dieselben tiefen Stirnfalten und von silbernen Strähnen durchzogenen Haare wie Nikos Nachbar Erkan. Niko und David hatten sich immer schon nahegestanden. Als Kind war Niko immer gern bei der Familie seines Onkels zu Besuch gewesen. Dort gab es keine verkrampften Umgangsformen, da brüllten die drei Kinder im Teenie-Alter und knallten mit den Türen, und die Erwachsenen brüllten genauso wütend zurück.

Nach dem Zubettbringen der Kinder passte Davids Freundin Golnaz auf sie auf, und David und Niko gingen ein Bier trinken – ihr traditioneller Heimkehrerabend. Niko dachte gespannt, ob er wohl jemandem aus seiner Schulzeit über den Weg laufen würde. Bisher waren jedoch nur David und er hier, eine Clique von Leuten um die zwanzig und ein paar ältere Herren, die am Bartresen hockten.

David beschwerte sich darüber, dass er jegliche Identität verloren habe. Dass Golnaz und er nie Sex hätten und er bei der Arbeit völlig seinen Drive verloren habe.

»Es ist so, als hätte mein Hirn sämtliche Fähigkeiten eingebüßt, weißt du, was ich meine? Es klingt schrecklich, aber manchmal wünsche ich mir nachts, tot zu sein. Dann hätte ich jedenfalls meine Ruhe.«

»Ha, ha«, Niko legte David einen Arm auf die Schulter. »Ich weiß, wie du dich fühlst. Die Windeljahre sind die schlimmsten. Es wird besser.«

»Ich weiß, ich weiß. Das sagen alle. Aber Windeljahre mit drei Kindern, das ist trotzdem eine lange Zeit. Wie überlebt man das bloß, verdammt?«

Niko schlürfte den Schaum vom Bier.

»Na ja, also …«, setzte er an.

»Sag nicht, dass ihr eine Paartherapie macht! Denn das will Golnaz auch für uns. Ich finde aber, dass das nur noch ein Termin mehr im Kalender ist.«

»Das wollte ich gar nicht sagen. Sondern, dass Julia und ich gerade versuchen, eine offene Beziehung zu führen.«

»Was meinst du damit?«

»Wir gehen mit anderen ins Bett ... beziehungsweise, wir haben es uns erlaubt, wenn wir das wollen. Unter Einhaltung bestimmter Regeln natürlich.«

David ließ seinen Blick durch die spärlich besuchte Bar schweifen.

»Holla! Okay«, sagte er und wirkte plötzlich munter. »Wenn du also die da hinten aufreißen wolltest«, David zeigte auf eine Frau in taillenhohen Jeans, die an der Bar stand, »dann wäre das also in Ordnung für Julia?«

Niko nickte. »Prinzipiell ja – wenn ich es auf die französische Art mache.« Niko bemerkte Davids perplexen Gesichtsausdruck und fügte hinzu: »*Don't ask, don't tell,* du weißt schon.«

»Wie um Himmels willen hast du sie dazu gebracht, das mitzumachen? Golnaz würde mir den Schwanz verbrühen und dann mit den Kindern abhauen. Was gar nicht mal übel klingt, wenn ich so darüber nachdenke. Mal abgesehen von der Sache mit dem verbrühten Schwanz.«

Niko lachte.

»Früher waren wir echt pornomäßig drauf, Golnaz und ich. Das war unser Ding. Aber inzwischen ... Vor ein paar Monaten hab ich mich mal aufgerafft, weißt du. Die Kinder haben gepennt, wir hatten Wein getrunken. Also hab ich ... ich hab's ihr oral gemacht. Zum ersten Mal seit ... hm, wie alt ist Ted jetzt? Ah, genau! Zum ersten Mal seit eineinhalb Jahren. War mit mir selbst ganz zufrieden. Und dann habe ich einen Tag später ein Telefonat mit angehört, als Golnaz mit 'ner Freundin drüber gesprochen hat. Weißt du, was sie gesagt hat? Dass sie es *um des lieben Friedens willen* zugelassen hatte, dass ich sie leckte. Ist das nicht furchtbar? Bin ich denn so abstoßend?«

Niko verzog das Gesicht.

David lehnte sich vor. »Aber sag mal …«, begann er. »Willst du das denn nicht ausnutzen? Gibt's hier in der Stadt nicht noch irgendeine alte Flamme von dir – du weißt schon, *the one that got away* –, die du bei dieser Gelegenheit treffen könntest? Oh, schau mal, wer da gerade kommt!«

Niko drehte sich um. Ein paar Freundinnen waren gerade dabei, sich an einen Tisch am anderen Ende der Bar zu setzen, darunter eine Frau mit ihm nur allzu vertrautem, lockigem schwarzen Haar. Er drehte sich wieder zu dem breit grinsenden David um.

Rebecca. Seine einstige Nachbarin, die immer nur Augen für andere, ältere Jungs gehabt hatte. Er spürte in sich hinein, suchte nach irgendwelchen brachliegenden Gefühlen. Hoffte, einen Anflug sexueller Erregung, ein Kribbeln zu spüren. Seitdem er den Kontakt zu Sabina abgebrochen hatte, hatte Niko das Gefühl, bei Julias und seinem Deal den Kürzeren gezogen zu haben. Er sollte sich mehr ausleben. Stattdessen fand er sich zu Hause im Bett liegend wieder, während er hörte, wie Julia spätnachts von Liv nach Hause kam oder mit einem Kunden eine After-Work-Party besucht hatte – das gab sie jedenfalls als Erklärungen an –, hörte sie ins Bad tapsen und das Schrubbgeräusch, wenn sie sich die Zähne putzte, bevor sie ins Schlafzimmer schlich. *Verdrängen, verdrängen.* Er vertraute Julia. Sie war sein und er der ihre. So war das doch? Er musste nur besser darin werden, ihren Deal ebenfalls auszukosten.

»Möchtest du noch was?«, fragte Niko mit einem vielsagenden Nicken zur Bar. David kippte sein restliches Bier herunter und verzog das Gesicht.

»Nee, morgen früh bin ich an der Reihe. Ted wacht um Punkt halb fünf auf.«

David zog sich die Jacke an, bemerkte Nikos Zögern, folgte seinem Blick.

»Aber du kannst ruhig noch bleiben. Es ist schließlich Heimkehrerabend!«

Niko stützte die Ellbogen auf die Bar aus Mahagonifurnier, winkte den Barkeeper heran und bestellte sich ein weiteres Bier. Nahm auch gleich noch einen Jägermeister dazu. Dann näherte er sich zögernd Rebecca. Sie war in Gesellschaft von drei Freundinnen hier – keine, die er kannte, aber es war nicht ganz auszuschließen, dass welche von ihnen früher in seine Klasse gegangen waren.

»Hallo«, sagte Niko. Rebecca drehte sich um. Ihr Gesicht war schmaler geworden, aber die unverkennbaren Sommersprossen waren noch da, sie hoben sich von ihrer dunklen Haut ab wie ein Sternenhimmel. Sie kniff die Augen zusammen, dann lächelte sie strahlend. »Um Gottes willen – Niko?!«

Niko breitete die Arme aus. Sie umarmte ihn; ihr Haar kitzelte ihn am Kinn. Rebecca stellte ihm ihre Freundinnen vor, drehte ihnen dann den Rücken zu und sah ihn an.

»Ist das lange her!«, sagte sie. »Ich wusste gar nicht, dass deine Mutter noch immer hier wohnt.«

Niko schüttelte den Kopf. »Nein«, sagte er. »Meine Mutter ist nach Papas Tod weggezogen. Aber mein Cousin wohnt noch hier, drüben, beim Sportplatz, du weißt schon. In Rocklunda.«

Sie lachte. »Ja, das kenne ich! Meine Töchter spielen da jeden Dienstag Fußball.« Sie trank einen Schluck Weißwein. »Rauchst du auch? Möchtest du eine, wollen wir kurz rausgehen?«

Sie gingen vor die Tür, und Rebecca angelte eine Schachtel Blend hervor und assistierte Niko beim Anzünden.

»Ich habe mit Martin Kinder, falls du dich noch an ihn erinnerst? Aber wir sind nicht mehr zusammen.«

Sie lächelte ihn an.

Als sie wieder an die Bar zurückkehrten und sich an den Tresen setzten, bemerkte Niko, dass Rebeccas Freundinnen zu ihm rüberschielten.

»Möchtest du vielleicht zu deinen Freundinnen zurückgehen?«, fragte er.

»Ach, die sehe ich fast jeden Tag«, lehnte Rebecca ab und sagte mit lächelnden Augen: »Weißt du noch, wie wir uns früher immer bei dir getroffen haben? Wir haben in deinem Zimmer Musik gehört.«

»Ob ich das noch weiß?« Niko lachte auf, er hatte nichts mehr zu verlieren. »Diese Momente waren die Highlights meines Lebens. Na ja, bis dahin also ...«

Rebecca lächelte. »Sag die Wahrheit! Es ist immer noch das Highlight, oder?«

»Du hast damals gesagt, ich sei zu gut für dich«, erinnerte sich Niko. »Und ich habe gedacht: Eines Tages werde ich ihr mein wahres Ich zeigen. Den He-Man, der in mir steckt.«

»Den was?«

»Na, He-Man ... du weißt schon ...« Selbstironisch spannte er den Bizeps an. Rebecca umschloss ihn und drückte zu. Niko wurde sofort verlegen. »Ach, das war nur ein Scherz«, sagte er, »ich weiß gar nicht, wovon ich rede.«

»Nein, nein, sprich ruhig weiter«, bat Rebecca ihn. »Ich freue mich darüber, sozusagen nachträglich. Damals habe ich ja nichts gecheckt. Ich war immer nur scharf auf die Idioten.« Sie lächelte Niko wertschätzend an und murmelte dann: »Wie Martin, zum Beispiel.«

Jetzt mach ich's einfach, dachte Niko. *Jetzt setz ich alles auf eine Karte.* »Wenn du nur gewusst hättest ...«, sagte er, wobei der leichte Schwips seiner Selbstsicherheit sehr zuträglich war, »wenn du nur gewusst hättest, was ich alles mit dir hätte anstellen wollen, hättest du mich vielleicht nicht für zu gut gehalten.«

In Rebeccas Augen blitzte es kurz auf, bevor sie den Rest ihres überteuerten Chardonnays austrank.

Rebecca wohnte mit ihren beiden Kindern in einer Zweizimmerwohnung in Zentrumsnähe. Nur vorübergehend, erklärte sie, bis sie etwas Besseres gefunden hätte. Martin hatte das Haus behalten, und Rebecca lebte lieber beengt, als zurück zu ihren Eltern zu ziehen. Ihre Töchter hatten das Schlafzimmer bekommen, und Rebecca übernachtete auf einer Schlafcouch im Wohnzimmer. Die Kinder seien zwischen Weihnachten und Silvester bei Martin.

Rebecca legte leise Musik auf, irgendeinen alten R&B-Song, der Niko vage bekannt vorkam. Verführerisch tanzte sie auf Niko zu, schob ihn auf die Schlafcouch und setzte sich rittlings auf ihn. Presste ihren vollen Lippen auf seine. Heilige Scheiße. Es gab keinen Zweifel daran, dass sie jetzt *ihn* wollte. Warum hatte er nur ausgerechnet im *Kindergarten* seine Netze ausgeworfen? Das hier war es doch, wofür der Lovehack da war – um alte Jugendträume auszuleben. Niko wand sich unter Rebecca, fasste nach ihren Brüsten – es waren feste Kugeln, ganz anders als Julias kleine, weiche. Plötzlich entzog sich Rebecca ihm, sah ihm in die Augen.

»Das ist das erste Mal, dass ich … mit jemand anderem zusammen bin. Nach Martin.«

Niko strich ihr eine Locke aus dem Gesicht. Er nickte. »Verstehe. Wir können es auch langsam angehen lassen.« Er stemmte sich auf die Ellbogen hoch. »Möchtest du, dass ich gehe?«

Rebecca schüttelte den Kopf. »Auf gar keinen Fall. Und ich will es auch nicht langsam angehen lassen.«

Sie küsste ihn. Niko küsste ihren Hals. Küsste sich einen Weg nach unten. Hob ihren Rock an und zog ihr die Strumpfhosen aus. Streichelte ihre langen Beine.

Er machte es ihr mit dem Mund. Rebecca lag ganz still und ließ es geschehen. Etwas zu still vielleicht?

Leicht verunsichert ließ Niko weiter seine Zunge kreisen. Dann vernahm er endlich ein Stöhnen. Oder doch nicht? Klang das nicht verdächtig nach einem Schluchzen? Niko hielt inne. Rebecca rieb sich rhythmisch an seinem Mund, was er als Aufforderung interpretierte, weiterzumachen.

»Wie war es, als ihr euch habt scheiden lassen?«, murmelte sie plötzlich.

Niko hielt inne, den Mund immer noch gegen ihre Muschi gepresst. »Was?«

»Martin braucht vielleicht nur eine Pause. Ein bisschen Abstand voneinander. Dann kommt er zurück. Oder was ging dir durch den Kopf, als ihr euch getrennt habt?«

Niko sah zwischen ihren Schenkeln zu Rebecca auf.

»Ich bin nicht getrennt. Ich bin verheiratet, aber wir haben …«

Rebecca strampelte mit den Beinen. Ihre Ferse traf ihn an der Lippe.

»Auuu!«, Niko fasste sich an den Mund, spürte etwas Klebriges. Er sah auf seine Hand herunter, das Blut an den Fingerspitzen. Seine Lippe musste aufgeplatzt sein.

»Was soll das heißen?!« Rebecca raffte die Bettdecke an sich, um sich dahinter zu verbergen. »Willst du damit sagen, dass du *untreu* bist?«

»Nein, nein. Wir führen eine offene Beziehung. Ich darf mit anderen schlafen. Wir beide dürfen …«

Rebecca schoss von der Schlafcouch hoch und zog ihren Rock herunter, während Niko liegen blieb und zu begreifen versuchte, was überhaupt los war.

»Pfui Teufel!«, flüsterte sie.

Ein Schauder ließ sie erzittern. Dann setzte sie sich wieder hin, ohne ihn anzusehen. »Bäh, wie widerlich.«

Niko rief immer wieder David an und schrieb ihm Nachrichten – ohne Ergebnis. Also blieb er draußen vor der Haustür in der beißenden nächtlichen Kälte auf der Treppe sitzen und scrollte durch die Fotos von Julia und den Kindern. Las noch einmal den alten

SMS-Thread mit Sabina durch, fragte sich, ob er ihn löschen sollte, fragte sich dann, ob er ihn nicht vielleicht wiederbeleben sollte, indem er etwas Neues schrieb. Tat weder das eine noch das andere.

Um 04.30 Uhr ging die Lampe in der Küche an. Niko klopfte an ans Fenster. David öffnete ihm mit einem putzmunteren Ted auf der Hüfte sitzend die Tür. Er riss seine schläfrigen Augen auf und kicherte, als er Nikos dicke Lippe bemerkte: »Na, gab's Streit?«

*

Julia und Liv trafen sich zwischen den Jahren auf ein Bier in einem kleinen Lokal in Vasastan, in das sie jedes Jahr gingen. Julia beklagte sich über ihren Vater und fragte Liv nach einer Diagnose für ihn.

»Ein eindeutiger Fall von Narzissmus«, sagte Liv, »aber es könnte, ehrlich gesagt, auch eine Autismusvariante sein. Das ist übrigens erblich. Du bist allerdings keine Bitch.«

Der dunkelgrüne, mit uralten Bierflecken übersäte Teppichboden verschluckte das gedämpfte Gemurmel. Liv hatte Weihnachten bei Verwandten in Südschweden verbracht und ließ sich seufzend darüber aus, wie Bridget-Jones-mäßig das Ganze gewesen sei: mit entfernter Verwandtschaft in Weihnachtspullovern und aufgesetztem, steifem Lächeln.

»Man hat die Panik in ihren Augen gesehen«, sagte Liv. »Oh nein, Liv kommt *auch dieses Jahr wieder* allein.«

»Na, aber das stimmt doch wohl nicht«, sagte Julia. »Das interpretierst du da bloß rein.«

»Es stimmt! Ich *schwöre,* dass sie versucht hat, mich mit meinem dreiundzwanzigjährigen Cousin Liam zu verkuppeln. Und dabei ist es ihr völlig schnuppe, dass ich vor allem auf Frauen stehe. Cousins *dürfen* tatsächlich untereinander heiraten. Das hat Oma gesagt, das ist wahr.«

»Nein, das hat sie ganz bestimmt *nicht* gesagt.«

»Aber ihr *Blick* sprach Bände. Liam lebt außerdem auf Malta.«

Julia lachte lauthals und schielte auf ihr Handy.

»Wenn man Mahir glauben will, ist genügend Abstand das A und O.« Julia hatte es wieder geschafft, das Gespräch erfolgreich auf ihr Lieblingsthema zu lenken. Liv und Julia hatten bereits weite Teile des Abends damit verbracht, diese und jene Nachricht von Mahir zu analysieren. Welcher Zeitrahmen schwebte ihm vor, wenn er *Bis bald* schrieb, und was besagte dieses hingeworfene Kuss-Emoji eigentlich *wirklich*? Julia wurde geradezu high davon, Liv an ihren Qualen teilhaben zu lassen, während sie gleichzeitig Livs Skepsis hinter jeder ihrer halbherzigen Analysen spürte. Außerdem hatte Liv ja auch längst ihren Senf dazugegeben. Sie hatte sich noch einmal erbarmt, mit Julia darüber zu sprechen, doch bald wäre der Bogen überspannt.

»Aber wenn wir mal beiseiteschieben, was er will und meint – und deine Traumabindung beiseiteschieben. Was willst *du selbst*? Willst du, dass ein Paar aus euch wird?«, wollte Liv wissen, als wäre diese Frage so einfach zu beantworten.

»Nein. Nein, das will ich nicht«, sagte Julia etwas zu schnell. »Aber ich will, dass *er* das will. Vielleicht jedenfalls.«

»*Vielleicht jedenfalls*«, äffte Liv sie nach und betonte, wie verwöhnt Julia klang. »Sorry, aber jetzt hab ich die Faxen endgültig dicke! Die Welt steht in Flammen. Zwanzig Minuten von hier entfernt erschießen Kinder andere Kinder. Die Schwedendemokraten sitzen im Parlament. Das Recht auf Abtreibung ist bedroht. Und ich muss vielleicht *mit meinem Cousin* Kinder zeugen. Kapierst du das? Und du – die alles hat! – analysierst Nachrichten von einem Kerl, den du nicht mal wirklich willst, dir aber als Alternative warmhalten willst, weil dein privilegiertes Mittelschicht-Leben vielleicht nicht *gaaaanz* so toll ist, wie du es dir ausgemalt hast.«

Julia schmollte trotzdem weiter. »Nur weil ich von Mahir besessen bin, beeinflusst das doch nicht die Abtreibungsrechte in den

USA! Marihuana zu kaufen, das dagegen hat mit dem einen oder anderen gesellschaftlichen Problem zu tun, wenn man sich denn unbedingt die großen Zusammenhänge anschauen will.«

Liv schnaubte. »Du weißt doch, dass ich nur meinem Nachbarn etwas abkaufe, der es für seinen Privatgebrauch anbaut. Noch dazu biologisch. Ich bin also clean.«

Kurz herrschte Schweigen. Julia legte ihre Hand auf Livs.

»Hast du noch etwas von dem Zahnarzt gehört?«

»Fang gar nicht erst davon an!«

Julia suchte im Inneren nach einer diplomatischen Art, ihre Theorie zu präsentieren, die sie schon seit Langem vorformuliert hatte.

»Hast du nie daran gedacht, dass Roy der Cockblocker sein könnte? Dass es so sein könnte, als hättest du Sara noch nicht aus dem Bett geschmissen, und deshalb auch niemand anderes darin Platz hat?«

Liv sah aus dem Fenster.

»Roy ist zutiefst empathisch. Sara ist eine Soziopathin. Die kannst du nicht vergleichen.«

Julias Handy auf dem Tisch leuchtete auf. Sofort huschten ihrer beider Blicke zum Display.

Wollen wir uns treffen?

Julia musste nur aufsehen, und Liv wusste Bescheid. Liv griff nach ihrer Tasche, sagte, dass sie sowieso mit Roy Gassi gehen müsse – was nicht stimmte, wie Julia wusste. Das Viech käme prima noch ein paar Stunden allein zurecht. Flehend sagte sie zu Liv: »Bitte bleib, ich kann Mahir absagen.«

Aber das war nicht der Punkt, realisierte Julia. Denn wer wollte schon mit jemandem Zeit verbringen, der sich im Grunde mit ganzer Seele danach sehnte, woanders zu sein?

*

Mahir tauchte eine Stunde später auf. Julia hatte sich in den Durchgang verzogen, der die verschiedenen Bereiche des Jesti miteinander verband. In der Tasche ihres Lammfellmantels lag das kleine Päckchen mit der Erzählung, die sie für Mahir gekauft hatte und die sie immer bei sich trug, falls er sich meldete. »Madame de Breyves' melancholischer Sommer«. Auf der Innenseite des Covers hatte sie *Frohe Weihnachten wünscht Madame de B.* geschrieben. Das war als ein Augenzwinkern gemeint, ein Hinweis darauf, dass Madame de Breyves in der Erzählung dasselbe durchmachte, was auch Julia quälte. Julia hoffte, Mahir würde sich in Prousts leidenschaftlichen Ergüssen wiedererkennen. Würde dasselbe bittersüße Déjà-vu haben wie sie, als sie das Buch gelesen hatte. Außerdem gefiel ihr die Vorstellung, dass es fortan bei ihm zu Hause stehen würde und ihn jeden Tag an sie erinnerte.

»Und, wie war dein Weihnachten so?«, fragte er, sich unruhig umsehend. Wo blieb nur sein Bier?

»Ganz okay. Meine Mutter wollte nicht kommen, weil mein Vater sich angekündigt hatte, aber dann ist er gar nicht erschienen.«

»Oh je«, sagte Mahir. »Lebt er in der Nähe?«

Julia glaubte sich daran zu erinnern, ihm erzählt zu haben, dass Tim nicht in Schweden lebte. Besser gesagt, sie war sich sicher, es ihm erzählt zu haben, weil sich sämtliche Details ihrer Gespräche mit Mahir in ihr Gedächtnis eingebrannt hatten. Was vielleicht gar nicht mal *so* seltsam war, erinnerte sie sich doch an alles aus ihrer Kindheit, an alles über ihn, an alles, was er je gesagt hatte. Wenn er sich dagegen an etwas erinnerte, das sie betraf – wie der Kurzgeschichtenwettbewerb –, war sie erstaunt. Andererseits – ihnen war gemeinsam, dass sie am selben Ort aufgewachsen waren; er war sozusagen in ihrer DNA. Sie besaßen denselben Referenzrahmen und hatten dieselben Erfahrungen gemacht, indem sie beide von dort weggezogen waren. Daria in ihrem scheiß Château hatte doch keinen blassen Schimmer! Nicht mal Niko hatte den. Und deshalb waren Mahir und sie auch auf so besondere Weise miteinander verbunden. Und das sagte mehr aus als irgendwelche unwesentlichen Details.

»Was treibt deine Familie heute Abend?«, erkundigte sich Mahir.

Weshalb fragte er das? Wo sie sich jetzt doch endlich sahen?

»Sie sind weggefahren und besuchen Nikos Cousin und seine Familie.«

»Und du wolltest nicht mit?«

Sie hatte nicht vor, die Wahrheit zu verraten. *Nein, ich wollte hierbleiben, damit ich dich treffen könnte.* Es war eine unausgesprochene Tatsache, dass sich Mahirs und ihre Beziehung im Dazwischen abspielte und nichts war, wofür man aktiv Zeit einplante. Julia hätte gerne feste, regelmäßige Termine für ihre Treffen mit ihm gehabt, sodass sie sich zwischendrin hätte entspannen können, in dem Wissen, wann das nächste Mal wäre. Aber sie war sich ziemlich sicher, dass Mahir das genaue Gegenteil davon wollte, ergo: es so wollte, wie es jetzt war.

»Bella war über Weihnachten sowieso da. Sie wollte bei mir sein. Und Daria ist hergekommen.«

Dem Barkeeper schien aufgefallen zu sein, dass keine Musik lief, und spielte jetzt einen Song; er war ein klein wenig zu laut. Julia musste lauter sprechen.

»Kommen sie gut miteinander aus? Bella und Daria, meine ich.«

»Ja«, sagte er, »beziehungsweise – ich weiß es nicht wirklich, Bella ist immer so höflich. Man weiß gar nicht, was ihr wirklich durch den Kopf geht.«

»Hast du sie gefragt?«

Er warf ihr einen Blick zu.

»Oder weißt du nicht, ob du die Antwort hören möchtest?«

»Sie ist schon groß, sie wird sowieso bald ausziehen.«

»Sie ist zwölf.«

»Was willst du damit sagen?«

»Weiß nicht. Vielleicht nur, dass …«

»Meine größte Angst ist es, in ihrem Leben nicht präsent genug zu sein. Dass sie als Erwachsene denken könnte, ihrem Vater wäre es immer nur um seine Arbeit gegangen.«

Julia erwiderte nichts, um ihm den Zweifel zu nehmen, auch wenn sie ahnte, dass er sich das wünschte. Sie wollte ihn stattdessen bestrafen, ihn dazu bewegen, zu raffen, dass er nicht alles haben konnte. Er hatte allen Erfolg, den er sich je hätte erträumen können, eine elegante Französin als Freundin, eine wundervolle heimliche Geliebte in Schweden und darüber hinaus eine enge Beziehung zu seinem Kind. Auch *er* musste etwas opfern, genau wie Julia.

Mahir stand auf, um zur Toilette zu gehen. Julia blieb sitzen, fühlte sich auf einmal in ihrer Ehre gekränkt, durch die Lage, in die sie sich gebracht hatte. Er wollte sie nicht. Nutzte sie nur aus. Aus den Lautsprechern erklang jetzt »Stand by Your Man« von Tammy Wynette. Julia musste sich zusammenreißen, um angesichts der Ironie nicht zu lachen. Hatte wirklich eine Frau diesen Text geschrieben, der Männern aus der Seele sprach? Gleichzeitig konnte sie nicht verhindern, dass er auf sie wirkte. Tammys Stimme, gepaart mit der Szenerie hier im Restaurant, ja der ganzen Situation, vermittelte Julia das Gefühl, Teil eines romantischen Dramas zu sein.

Als Mahir zurückkam, hatte sie sich beruhigt; sie wollte ihnen nicht weiter die Stimmung vermiesen. Sie nahm das Geschenk aus der Tasche. Vielsagend schob sie es über den Tisch zu ihm hin.

Seine Gesichtszüge wurden weich. »Für mich? Wirklich?«

Und da war es wieder: sein Wangengrübchen. Und in diesem Moment wollte sie ihn einfach nur küssen. Sich für ihre blöden Gedanken entschuldigen. Er verdiente alles, was er sich wünschte. Natürlich war das Leben auch für ihn nicht immer nur lustig und einfach.

Als er nach dem Päckchen griff, berührten sich ihre Finger. Er drückte es an seine Brust wie ein Kind, bevor er es in die Innentasche seines Mantels steckte. Julia erhaschte einen Blick auf die Mantelmarke, die von diskreter Exklusivität sprach und die er vor einer gefühlten Ewigkeit vor dem 7-Eleven hatte aufblitzen lassen. Nachdem sie ihn nun etwas besser kannte, und auch seinen Geschmack, sein absolutes Desinteresse an Kleidung, kam es ihr unwahrscheinlich vor, dass er sich den Mantel selbst gekauft hatte. Vermutlich war er ein Geschenk gewesen. Wahrscheinlich von Daria. Deshalb hatte er die Marke also so stolz zur Schau getragen.

»Willst du es denn gar nicht öffnen?«

»Wie – jetzt? Nein, das bewahre ich mir für später auf.«

»Ach doch, bitte!«

Mahir musste nicht überredet werden, sondern riss nachlässig das Papier ab. Drehte das Geschenk um, das zutage trat.

»Ein Buch. Danke!«

»Lies, was drinnen steht.«

Er schlug den Einband auf und entdeckte Julias kurze Widmung. Auf einmal kam sie ihr albern vor. Sie schob ihr Bein zwischen seine Knie.

»*Madame de B?*« Er lächelte.

Sie nickte.

»Danke«, wiederholte er. »Ich habe leider nichts für dich.«

Er klemmte ihr Bein zwischen seinen Schenkeln ein. Ihre Oberschenkel begannen zu kribbeln, und ihr Blut strömte in ihre Mitte, ließ sie heiß werden. Julia verzog den Mund. Mahir kippte sein Bier. Lächelte schief.

»Sollen wir gehen?«

*

Gerade rechtzeitig zu Silvester war Nikos Lippe wieder geheilt. Die offizielle Version lautete, Ted habe ihn mit einem Spielzeug am Mund getroffen. Julia und Niko feierten zusammen mit Johan und Lene, die sie zum Abendessen zu sich einluden. Sie waren erst kürzlich in eine neue Wohnung mit riesiger Dachterrasse gezogen, die einen Ausblick auf die funkelnden Lichter der Stadt bot. Die Kinder machten es sich auf dem großen Samtsofa mit einem Film gemütlich, bis sie einschliefen. Nachdem die Uhr zwölf geschlagen hatte, nahmen Niko und Julia mit den Kindern ein Taxi nach Hause. Sibylla presste die Stirn gegen die Autoscheibe und verfolgte mit großen Augen das Schauspiel am Himmel.

Nachdem sie die Kinder ins Bett gebracht hatten, sanken Niko und Julia aufs Sofa, zündeten ein paar Kerzen an, rauchten an der Terrassentür eine Zigarette und öffneten eine Flasche Schampus. Die Neujahrsraketen kamen jetzt in größeren Abständen, doch gelegentlich wurde das Wohnzimmer noch jäh erhellt, gefolgt von einem Knall. Sie kicherten und redeten, und in einem Moment war Julia kurz davor, Niko zu fragen, ob es nicht Zeit für eine Zwischenbilanz wäre. Ihre offene Beziehung auszuwerten. Vielleicht konnte Silvester ja die Ausnahme von der Regel sein, es *französisch zu halten*. Aber als sie sich über das Ausmaß dessen, was sie selbst offenbaren müsste, klar wurde, ließ sie es bleiben. Stattdessen schliefen sie auf dem Wohnzimmerteppich miteinander, und Julia spielte aus einer sentimentalen Laune heraus David Bowies Song »Modern Love« ab. Sie tanzten übertrieben albern dazu, und Julia und Niko dachten beide einen berauschten Augenblick lang, dass er von ihnen und ihrer modernen Liebe handelte.

23

Der Januar versank in Dunkelheit. Der Februar kam, und die Vögel fingen wieder an zu zwitschern. Mit jedem Tag ging die Sonne eine Minute früher auf und eine Minute später unter. Wenn Julia vom Büro nach Hause ging, war der Abendhimmel rosafarben. Der Schneematsch rann in die Gullys und hinterließ Splitt auf den Bürgersteigen.

Julia und Niko verfielen in den altbekannten Trott. Aber wann immer Julia Mahir traf, wurde die Harmonie gestört; ihr Herz schwoll, und ihre Toleranz gegenüber dem Leben zu Hause schrumpfte. Was als gegenseitiges Begehren begonnen hatte, hatte – was sie betraf – einen anderen Charakter angenommen und war zu einem Hinterherlaufen geworden.

Sie wünschte, dass es für ihre Affäre auch Regeln gäbe, entsprechend denen, wie sie Niko und sie ausbaldowert hatten:

1. Wir antworten *immer* schnell auf Textnachrichten
2. Wir nutzen *jede* Gelegenheit, um uns zu sehen
3. Wir haben mit niemand anderem eine Affäre
4. Wir geben uns der Illusion hin, dass es für immer wäre, wenn es keine äußeren Hindernisse gäbe

Doch weil Mahir und sie eben keine Regeln hatten, bestand Julias Dasein darin, zu warten – tatsächlich nicht ganz unähnlich wie damals, als sie auf Initiativen von Niko gewartet hatte. Was für ein beschissener Antiklimax. Vielleicht sollte sie einfach mit jemand anderem schlafen? Doch das kam ihr obszön vor.

Julia benahm sich wie ein unreifer Teenager. Sie verbrachte Stunden damit, Horoskope zu studieren und sich Tests wie »Is he secretly in love with you?«, »10 signs he loves you« oder »Is he shy or just not that into you?« im Internet zu unterziehen und alles über geweitete Pupillen und Körperhaltungen, die auf amouröse Absichten deuteten, in sich aufzusaugen, als würde sie dort ernsthaft Antworten auf ihre Fragen finden.

Sie sollte schreiben. Aber nachdem sie es aufgegeben hatte, den *Wahnsinnigen* irgendwie auf die Kette zu kriegen, war es ihr schwergefallen, etwas Neues anzufangen. Ihre gesamte Kreativität floss in die Formulierungen der Nachrichten und Briefe, die sie an Mahir schrieb, aber nie abschickte. Sie bewahrte sie in einem Ordner auf, den sie »Sturm im Wasserglas« nannte, was ihrer Meinung nach bewies, dass sie immer noch genügend Selbstdistanz hatte.

Sie schrieb beispielsweise:

Ich habe Angst, dass du meine Liebe abweisen wirst, wenn du sie erkennst, dass du mich verlassen wirst. (Aber ich glaube, dass du sie sowieso in meinem Blick siehst und in meinem Körper spürst, diese Wahrheit, die da ist, dass ich mich immerzu nach dir sehne und an dich denke – so viel an dich denke, dass selbst, wenn ich nicht an dich denke, das Nicht-Vorhandensein des Gedankens so greifbar ist, dass es genauso gut ein Gedanke an dich hätte sein können.)

Niko und Julia versammelten sich um die Alltagsroutinen, die das Leben ausmachten.

Will man zwei, verliert man beide, wie es in einer finnischen Redewendung heißt.

Aber man gewöhnte sich schnell daran – daran, zwei zu haben.

Also galt diese Redewendung vielleicht nicht für sie.

Vielleicht auch nicht für Mahir.

Oder aber sie galt erst recht.

*

An einem Samstag im März geschah das, was unvermeidlich war – wie Julia hätte wissen müssen. Die beiden Welten waren sich so nahe, die Stadt war klein.

Sie waren mit der ganzen Familie in die Innenstadt gefahren, um neue Anziehsachen für die Kinder zu kaufen. Sibylla hatte über alles die Nase gerümpft, was Julia im Secondhandladen aufgetrieben hatte, und jetzt waren sie bei H&M gelandet, wo Sibylla sich sofort in eine blaue Kunstfelljacke verliebte.

Julia fächerte sich mit der Hand Luft zu. Sie zog ihren Mantel aus und legte ihn sich über den Arm, erhaschte bei dieser Bewegung einen Blick auf sich selbst im Spiegel. Sah ihr statisch aufgeladenes Haar, wie das unschmeichelhafte Licht der Neonröhren ihrer Haut einen gräulichen Ton verlieh, sah ihre Stirnfalten, die sich für immer dort eingegraben zu haben schienen. Salve fing an, sich die Schuhe abzustreifen, um seine Füße in ein Paar Glitzerpantoffeln mit Einhorn-Hörnern zu stecken. Julia hielt nach Niko Ausschau.

»Aber diese hier ist zusätzlich wasserabweisend«, drängte Julia und hielt die Jacke hoch, die sie für ihre Tochter favorisierte. »Darin kannst du viel besser spielen.«

»Mama! Ich *spiel* doch nicht mehr!«

Wo steckte bloß Niko? Julia schlängelte sich zwischen den dicht an dicht auf Plastikbügeln hängenden Kleidungsstücken hindurch. Alles wirkte grell und billig. Popmusik dröhnte aus den Lautsprechern. In einem Gang zwischen all den Kleiderständern sah sie ein Mädchen, deren Anblick ihr einen Stich in die Brust versetzte. Die Pubertät hatte zaghaft ihre Formen gerundet. Sie hatte langes, karamellbraun glänzendes Haar, das ihr in Wellen über eine kurze Jacke mit Pelzkragen fiel, ein zierliches Kinn, tiefblaue Augen mit einem scharfen Wimpernkranz und eine Haut von der Farbe flüssigen Honigs. Das Mädchen rührte sich gedankenverloren auf langen, athletischen Teenie-Beinen, über denen ihr Po nahtlos in einer perfekten Rundung hervorstand. Sie schien sich vollkommen unbewusst zu sein, dass sie angesehen wurde. In ihrem Blick lag etwas Poetisches. Es war so, als ob mit jedem Detail eine Aktie an

Wert gewann. Aber es lag nicht an dem puren Gefühl, eine Schönheit zu betrachten, weshalb Julia ihren Blick nicht von ihr abwenden konnte, sondern ein aufflackerndes Gefühl der Rivalität. Denn Julia dachte: *Nur noch ein paar Jahre, dann ist dieses Mädchen eine junge Frau, und ich bin alt.* Was wäre, wenn Mahir dann dieser Frau begegnen würde? Er würde sich Knall auf Fall in sie verlieben. Julia hätte keine Chance.

Dieser Gedanke war absurd; krank und schrecklich. Gleichzeitig wusste sie, dass er ein großes Körnchen Wahrheit enthielt. Das Mädchen verschwand zwischen den Kleiderständern, und Julia nahm ihre Suche nach Niko wieder auf. Dann meinte Julia einen Blick auf etwas anderes in einem der Spiegel zu erhaschen: einen Hinterkopf, den sie kannte, schwarzes Haar, einen vertrauten Wirbel. Einen bekannten Mantel. Andererseits bildete sie sich immerzu ein, Mahir irgendwo zu sehen.

»Niko?«

»Hier!«

Julia umrundete eine Ecke. Und da standen die beiden.

Für einen flüchtigen Moment wurde Julia schwindelig. Rasch richtete sie ihre Frisur, versuchte die feinen Härchen zu glätten, befeuchtete ihre Lippen. Gab es noch eine Rückzugsmöglichkeit? Nein, das sähe nur noch schlimmer aus. Sie lächelte verkrampft.

»Hej.«

»Julia, hi!« Mahir umarmte sie hastig.

»Ich habe Mahir gerade von den Verzögerungen mit dem Import erzählt«, sagte Niko, »aber das sollte sich in ein paar Tagen gelö…«

»Wie geht's?« Mahir schien Nikos Anwesenheit ganz vergessen zu haben und hatte nur Augen für Julia.

»Gut«, erwiderte Julia kurz. Ob man ihr wohl ansah, wie schnell ihr Herz schlug? Aus den Lautsprechern dröhnte es laut. »Mensch, können die denn nicht mal diese Musik leiser stellen?«

Niko sah Julia erstaunt an, merkte anscheinend selbst, dass er plötzlich sozusagen unsichtbar geworden war. In ebendiesem Augenblick schlenderte das Mädchen, das Julia gerade noch beobachtet hatte, auf Mahir zu und hielt einen Pulli hoch.

»Der hier«, sagte sie.

Mahir nahm ihr den Bügel aus der Hand und nickte.

»Das ist meine Tochter Bella«, sagte Mahir. »Julia und ich kennen uns seit unserer Kindheit, wir hatten damals fast dein Alter.«

Bella hob die Hand zu einem lahmen Winken. Vor Julias Augen wurde plötzlich alles schwarz, so als wäre sie von einer grellen Lampe geblendet worden.

»Was haltet ihr übrigens davon, wenn wir mal zusammen ausgehen?«, sagte Niko, der sich immer noch damit abstrampelte, in die Unterhaltung eingeschlossen zu werden. »Sollen wir nicht mal zusammen essen gehen oder so?«

Julia hätte ihn am liebsten hier weggezerrt, ihm gesagt, *Nein, du setzt dich nur in die Nesseln.* Aber es ging nicht. Immerhin war es ihre Schuld, dass er als so blöd dastand, auch wenn er das nicht wusste. Und sie wollte nicht, dass Mahir Niko so sähe. Um Nikos willen, wie ihr klar wurde – sie wollte auch nicht, dass Mahir mitbekam, wie geringschätzig Julia den Mann behandelte, den sie zu lieben behauptete.

»Ich finde ihn arrogant«, sagte sie zu Niko, nachdem sie sich voneinander verabschiedet hatten.

»Mahir? Findest du? Ich finde ihn eigentlich ganz sympathisch. Und er scheint dich wirklich zu mögen.«

Julia schämte sich, und aus diesem Gefühl der Scham heraus erwuchs ein anderes, ebenso mächtiges Gefühl – Niko bestrafen zu wollen. Wie konnte er sich so behandeln lassen? Wie konnte sie auf Niko vertrauen, der sie dazu zwang, ihn zu belügen? Je mehr sie ihrer Sehnsucht nachgab, umso mehr Gefühle musste sie unterdrücken. Julias zwei Wünsche waren ein Puzzle, dessen Teile nicht zusammenpassten. Das Motiv war so verzerrt wie ein Picasso-Gemälde.

Nein, das Ganze hier war nicht *französisch.* Es war Bullshit.

24

Sibylla war drei, als Niko und Julia mehr als eine Nacht kinderfrei hatten. Sie fuhren für ein Wochenende nach Barcelona. Es war Frühherbst, aber die Stadt war immer noch ein vor Hitze und Touristen brodelnder Kessel, und goldenes Licht fiel über die schmutzigen Fassaden. Niko und Julia stürzten sich in die Gassen von El Raval, schlenderten von Bar zu Bar und tranken Cañas. Sie hatten über Airbnb ein kleines Appartement in einem angesagten Viertel gemietet, verbrachten aber nahezu die ganze Zeit eng umschlungen draußen, machten Spaziergänge und blickten in den Himmel. Sie hielten sich abseits der Ramblas und ihrer menschlichen Statuen, Taschendiebe und rot verbrannten Engländer in Shorts. Taten stattdessen so, als ob sie hier lebten und das kleine Appartement mit den Dachbalken ihnen gehörte.

An einem Abend sollten sie Julias Vater treffen, der von Andorra hergekommen war. Julia warnte Niko, dass das Treffen womöglich steif werden könnte, er das aber nicht persönlich nehmen solle.

»Erwähne nicht, dass wir immer noch in der Einzimmerwohnung leben«, sagte sie.

Sie trafen sich in einem englischen Pub in unmittelbarer Nähe zur Rambla. Tim hatte die Bar ausgesucht. Er war schon dort, als sie erschienen und sich zu ihm setzten. Tim hatte sich frittierten Fisch bestellt, den er hörbar kaute. Julia betrachtete ihn mit einer Mischung aus Zärtlichkeit und Zurückhaltung. Sie schien nicht zu bemerken, dass sich Tims Fragen ausschließlich um Sibyllas Leistungen drehten. Dabei hatte er seine Enkelin bislang noch nicht einmal persönlich kennengelernt.

»Kann sie schon rechnen, wie läuft es mit Mathe?«, wollte er wissen.

Niko hatte gelacht. Es gab wohl kaum Dreijährige, die bereits richtig rechnen konnten. Er sah Julia an, ihre leicht geweiteten Augen, als sie ein diplomatisches und verzweifeltes Lächeln an Tim und ihn verteilte.

»Es ist wichtig, früh damit anzufangen«, sagte Tim. »Sonst passiert dasselbe wie mit Julia. Caroline hat das nie begriffen, weil sie selbst nie irgendwelchen Ehrgeiz hatte.«

Julia lächelte nach wie vor, aber zwischen ihren Augenbrauen hatte sich eine verärgerte Falte gebildet.

»Man kann schließlich auch den Ehrgeiz haben, ein guter Mensch zu sein«, wandte Julia sanft ein.

»Oder Eltern, die für ihr Kind da sind«, fügte Niko leicht verärgert hinzu.

Tim nickte und hielt nach der Kellnerin Ausschau, ihren eigentlich offenkundigen Seitenhieben gegenüber anscheinend völlig verständnislos oder ungerührt.

»Julia ist wahnsinnig ehrgeizig«, sagte Niko. »Sie schreibt gerade ein Buch. Es ist ganz unglaublich.«

Julias Blick gab ihm zu verstehen, dass er das nicht hätte verraten sollen. Erst später begriff Niko, dass sie lieber mit Informationen über sich geizte, sich nicht verletzlich machen wollte, um sich vor Enttäuschungen zu schützen.

Ein scharfer Ausdruck trat in Tims Blick. »Ach ja? Und wovon handelt es?«

Julia bemühte sich zusammenzufassen, was sie mit *Der Wahnsinnige* vorhatte, dem Manuskript, mit dem sie gerade erst begonnen hatte, aber in das sie – wie Niko wusste – große Hoffnungen setzte. Nach nur wenigen Sätzen trat etwas Geistesabwesendes in Tims Blick. Er winkte die Kellnerin heran.

»Ich lese keine Belletristik«, sagte er. »Sondern ausschließlich Sachbücher.«

Niko konnte über sein offenkundiges Desinteresse am Leben seiner Tochter nur staunen. Aber noch schlimmer war, wie rasch Julia ihre Enttäuschung wegblinzelte und so unbekümmert das Thema wechselte. Sie lächelte weiterhin ergeben und bekräftigte Tim sogar noch, als er es nach knapp einer Stunde plötzlich eilig hatte und sagte, dass er in einer anderen Bar noch »eine Freundin« treffen würde. Als sie sich voneinander verabschiedeten und auf die Gasse hinaustraten, ließ Julia die Schultern hängen, und ihre Miene wurde ausdruckslos.

»Das ist doch gut gelaufen«, sagte sie und lächelte Niko zu.

»Wie stellst du dir dein Leben vor?«, fragte Julia Niko am nächsten Abend, als sie in einer anderen Bar in einer anderen schmalen Gasse saßen. Offen und direkt – über dieses Thema sprachen sie eigentlich ständig, aber sie hatten sich diese Frage nie so geradeheraus gestellt, wie ihm plötzlich aufging. Jetzt stellte er überrumpelt fest, dass ihn ein sehr eindeutiges Gefühl überkam: dass alles ganz genau so war, wie er es sich wünschte. Jedenfalls so über den Daumen gepeilt.

»Na ja, wir könnten uns irgendwann vielleicht wohnlich etwas vergrößern«, sagte er nach kurzem Überlegen.

»Ich meine das doch nicht praktisch«, unterstrich Julia. »Wovon *träumst* du? Das meine ich.«

Niko fingerte an der Zigarettenschachtel herum, die sie gekauft hatten, pulte eine Kippe hervor und steckte sie an. Julia nahm sie ihm ab und machte einen flüchtigen Zug, räusperte sich: »Na gut«, sagte sie. »Ich fang an. Ich träume davon …« Sie sah hoch zu dem summenden Deckenventilator der Bar. »Ich sehe eine Pergola vor mir. In einem warmen Land. Die Sonne fällt durch die Blätter von … Weinreben oder so. Hm, und da sind auch Rosen. Es duftet. Ich sitze darunter und tue nichts außer zu schreiben. Ich trage üppigen Goldschmuck. Vielleicht fahre ich gelegentlich auf Lesereise. Fahre nach Wien oder so. Du und Sibbi kommt natürlich mit. Wir essen mit interessanten Menschen zu Abend. Und wir haben einen Haufen Geld, müssen uns darum keine Sorgen machen. Wir sind vollkommen frei. Ja, davon träume ich ... davon, vollkommen frei zu sein.«

Julia strahlte, als sie wiedergab, was sie sich in ihrer Fantasie ausgemalt hatte. Und in seinem tiefsten Inneren spürte Niko, dass es sein Traum war, ihr alles das zu ermöglichen. Und er hoffte, es ihr auf irgendeiner Ebene schon ermöglicht zu haben.

»Du bist dran«, forderte Julia ihn auf und griff nach seiner Hand. Niko wünschte, er könnte genauso lebendige Bilder wie Julia heraufbeschwören. Nach Inspiration suchend, blickte er sich um.

»Na ja, eine Wohnung mit starken Dachbalken wäre gut, sodass wir eine Sexschaukel aufhängen können«, sagte Niko.

Julia lachte. Ihre Stirn glänzte vor Schweiß. Sie drückte seine Hand.

»Was hältst du davon, wenn wir noch ein Kind bekämen?« Sie sprach das nicht zum ersten Mal an. »Ich möchte unbedingt noch einmal schwanger sein«, fügte sie hinzu, »das war das Coolste, was ich je erlebt habe.«

Niko unterließ es, sie daran zu erinnern, wie deprimiert sie in den ersten drei Schwangerschaftsmonaten gewesen war. Er unterließ es auch, sie zu fragen, wie ein weiteres Kind denn mit ihrem Traum von Freiheit zusammenpasste. Kinder zu haben, war das Gegenteil von Selbstverwirklichung, so viel hatten sie mittlerweile kapiert. Gleichzeitig war Sibylla das Entzückendste, Beste und Großartigste, was ihnen je widerfahren war. Wollte er so etwas noch einmal erleben? Na logisch! Also erwiderte er: »Dann sollten wir vielleicht diese Sexschaukel aufhängen und einfach loslegen?«

*

Das Spa hatte etwas sehr Japanisches an sich: Es war ein niedriges Gebäude aus Glas und Holz inmitten eines mit schweigenden Kiefern bewachsenen Terrains in einem Vorort von Stockholm. Niko hatte sich diesen Wochenendtrip als eine romantische Auszeit vorgestellt. Stattdessen fühlte er sich so, als seien sie in einem Sci-Fi-Film gelandet – lauter geklonte, Sushi essende und grünen Tee schlürfende Paare in identischen schwarzen Morgenmänteln, darauf filigrane japanische Kalligrafie in Weiß. Womöglich bedeuteten die Schriftzeichen so etwas wie *Schlapper Schwanz*, das würden die Spa-Besucher wohl nie erfahren.

»Hab ich irgendwas verpasst? Haben wir uns einer Sekte angeschlossen?« Niko lehnte sich im Pool zurück und ließ seinen Blick über die anderen Morgenmantelträgerinnen und -träger schweifen.

»Du sagst es«, nahm Julia den Faden auf. »Sie breitet sich über die gesamte Gesellschaft aus. Ist noch mächtiger als das Christentum. Die weit verbreitete Sekte namens *Heteronormative Paarbildung.*«

Niko lachte auf.

»Der Unterschied zu einer Sekte besteht wohl darin, dass die Hürden hoch sind, in diesen Kreis aufgenommen zu werden. Manchen wird immer wieder der Zugang verwehrt«, fuhr Julia fort.

»Eine Mitgliedschaft ist also trotzdem wünschenswert?«

»Was heißt schon wünschenswert. Sie ist nötig.«

»Aber stell dir doch mal Folgendes vor …«, sagte Niko. »Alle die Paare hier … nichts als eine Bande von Heuchlern. Die sich garantiert wünschten, mit jemand anderem als ihrem Partner oder ihrer Partnerin zu schlafen. Die hierhergekommen sind, um zu retten, was noch zu retten ist.«

»Alle, bis auf uns.«

»Genau, alle bis auf uns.« Niko nickte zufrieden. »Wir sind wenigstens ehrlich.«

Julia lächelte breit. Auf einmal sah sie aus wie ein Kind, mit den ungeschminkten Augen und dem nassen Haar, das ihr am Kopf klebte. Niko fasste nach ihrer Hand, spürte ihre schrumpeligen, vom Wasser aufgequollenen Fingerspitzen. Ihre Lippen waren warm, ihr Gesicht feucht.

»Haben wir da nicht etwas vergessen?«, sagte Niko.

»Was denn?«

Niko räusperte sich.

»Kiiiinder…«, setzte er an.

Julia schaute sich um. Sie schien zu zögern.

»…freiii«, sang sie dann leise und hastig, so als wollte sie es schnell hinter sich bringen.

»Kiiinderfreiiiii«, tönte Niko aus vollem Hals, während Julia den Kopf untertauchte, statt einzustimmen.

Später im Hotelzimmer schälte Julia sich aus ihrem nassen Badeanzug und betrat die Dusche. Niko musterte ihren nackten Körper, ihre langen Beine und den weich gerundeten Po. Lust flackerte in ihm auf. Er brauchte Julia. Musste ihren Körper spüren, brauchte jede Bestätigung, die er bekommen konnte, dass sie immer noch existierte. Immer noch *ihm* gehörte. Niko folgte ihr, zerteilte das brausende Wasser mit seinem Körper. Schlang die Arme um sie und presste sich von hinten an sie. Julia schloss unter dem Wasserstrahl die Lider. Seine Hand bahnte sich einen Weg zwischen ihre Schenkel. Er streichelte sie behutsam. Glaubte zu spüren, wie sie erstarrte, so als würde sie lieber in Ruhe gelassen werden. Instinktiv wich er einen Schritt zurück. Julia drehte sich um, sah ihn durchdringend an, nahm seine Hände und legte sie an ihren Hals.

»Kannst du so zufassen?«

Er schloss seine Finger um ihren Hals.

»So?«

Er drückte leicht zu.

»Ja.«

Niko hielt sie vorsichtig, presste sich gegen sie.

»Fester!«, flüsterte sie. Niko lachte nervös.

»Das ist …« Er ließ los.

»Kannst du mich stattdessen ohrfeigen?«

Niko fuhr sich durchs Haar. Durch das Wasser in seinen Augen sah er ihre Züge verschwommen, konnte nur schwerlich ihren Gesichtsausdruck erkennen.

»Nee«, sagte er und lachte auf. Er wollte nicht solche Spielchen spielen, er wollte ihr nahe sein. Das war es, was sie jetzt brauchten: Intimität, kein dämliches Rollenspiel.

»Doch, na komm schon!«

Sie packte sein Handgelenk und ließ seine Handfläche auf ihre Wange klatschen. Niko zog mit einem Ruck die Hand zurück.

»Nein«, sagte er. Entschieden diesmal.

»Warum nicht? Ich will es doch.«

Niko gab klein bei. Wenn es nun mal das war, was sie von ihm wollte … Er schlug ihr leicht mit der Handfläche auf die Wange.

»Noch mal.«

Niko schlug noch einmal zu, etwas härter diesmal. Und mit diesem Schlag spürte er, wie Wut in ihm hochkochte. Erschrocken wich er zurück.

»Ich mag das«, versicherte ihm Julia. »Es ist okay.«

Niko trat aus der Dusche und riss das Handtuch an sich. Julia blieb unter dem Wasserstrahl stehen.

Er trocknete sich hastig ab, wurde plötzlich von einer enormen Mattigkeit übermannt, so als würde er plötzlich krank. Er sank auf das Bett, das so niedrig war, dass sich seine Knie auf Brusthöhe befanden. Julia kam ins Zimmer, baute sich nackt und tropfnass vor ihm auf und starrte ihn sauer an.

»Und?«, sagte sie.

»So was hast du früher nicht gemocht«, sagte Niko vorwurfsvoll.

»Na und? Man kann doch wohl mal was Neues ausprobieren. Dinge ausloten.«

»Ich meine ja nur … das hast du doch woanders her, äh, aufgeschnappt … Ach, egal.«

»Kann man nicht mal zusammen etwas ausloten«, beharrte sie. Und das war keine Frage.

»Hm, schon, aber das Timing«, murmelte er.

Auf einmal fühlte er sich mit seinem halb erschlafften Penis verletzlich, entblößt. Er machte sich daran, sich die Boxershorts anzuziehen. Dann erfasste ihn von Neuem diese Mattigkeit, sein Brustkorb sank nach innen, und seine Schultern fielen herab. Er sah sie an, legte eine Hand an sein Glied, damit es steif wurde, um seine Niedergeschlagenheit vor ihr zu verbergen, aber was er sagte, kam nur als ein leises Murmeln heraus.

»Wie bitte?«, fauchte sie.

»Ich frage mich nur, woher diese Inspiration kommt«, sagte Niko und ließ seinen Schwanz wieder los.

Julia verdrehte die Augen.

»Genau – eine Ohrfeige«, sagte sie. »Das ist ja auch … tja … das *Extremste*, was es gibt. Richtig Hardcore.«

»Was ich sagen will … ob du viel rumgevögelt hast? Fickst du alles und jeden? Lässt du andere Männer so etwas mit dir anstellen?«

»Was?« Es klang wie ein Lückenfüller, den man gebrauchte, um sich Zeit zu erkaufen.

»Vergiss es, ich will's gar nicht wissen«, motzte er. Er wusste nicht, ob er sie oder sich selbst dadurch schonen wollte.

»Ich erzähl dir gern davon. Das wollte ich schon die ganze Zeit. Es war deine Idee, dieses verdammte *Französische*.«

»Na gut. Sprich weiter. Erzähl's.«

Die Sonne brannte durch die Fensterscheibe. Sie kniff die Augen gegen das Licht zusammen. Schnappte sich ein Laken und wickelte es um sich.

»Also, jetzt willst du's wissen? Jetzt, in *diesem* Moment?«

»Ja«, sagte Niko und wappnete sich. Er wollte es eigentlich gar nicht wissen, aber vielleicht musste es sein. Dieses Wochenende war ja eh schon ruiniert. Wie sollten sie sich von dieser Sache je wieder erholen? Julia hatte also etwas zu erzählen. Wie blöd er doch gewesen war, wie naiv von ihm, zu denken, dass diese Sache nicht so schlimm sei. Nur ein Lovehack.

Julia holte Luft. In diesem Moment änderte er seine Meinung.

»Nein«, sagte er schnell, um sie aufzuhalten. Er kam damit einfach nicht klar. »Es spielt wirklich keine Rolle, weißt du. Ich muss es nicht wissen.«

Julia schob die Unterlippe vor und schien sich selbst unendlich leid zu tun. Es war, als würde man eine Theateraufführung betrachten, *Szenen einer Ehe*, aber mit Julia statt Liv Ullmann in der Hauptrolle. Oder nein, sie hatte mehr mit dem Mann gemein, der so selbstmitleidig gewesen war und egozentrisch … wie hieß noch gleich der Schauspieler, der ihn verkörpert hatte? Niko war Liv Ullmann, er schmierte die Butterbrote, schenkte Bier ein.

»Warum hast du aufgehört, mit mir zu schlafen?«, sagte Julia schließlich und setzte sich neben ihn. »Warum hast du aufgehört, mich zu begehren?«

Niko blieb der Mund offen stehen, so perplex war er über diesen jähen Vorwurf. Er schüttelte leicht den Kopf, sodass ihm ein paar Wassertropfen auf die Schultern fielen. Beugte sich vor und strich sie mit der Hand weg. Erstarrte.

»*Du* warst es doch, die aufgehört hat, mit mir zu schlafen«, warf er ihr vor.

Julia wollte gerade etwas erwidern, aber Niko sprach schon weiter.

»Erinnerst du dich denn nicht mehr daran? Du hast mich ständig abgewiesen.«

»Das ist nicht wahr. Nur als ich gestillt habe. *Ich habe gestillt!*«

Niko lachte auf, legte sich zurück aufs Bett und sah zur Decke.

»Das hat doch nie aufgehört, du hast doch fünf verfluchte Jahre lang gestillt. Ich war doch dabei, ich hab es immer wieder versucht. Hab mich so was von verletzt gefühlt. Du warst es, die mich verlassen hat.«

»Ich habe dich nicht *verlassen*, ich habe mich um *unsere Kinder* gekümmert. Du bist doch derjenige, der immer behauptet, das wären nur die Kleinkindjahre. Aber wenn ich sage, dass ich gestillt habe, dass ich deshalb nicht ständig Lust hatte, da ist das offensichtlich etwas anderes. Kannst du hier jetzt irgendwo Kinder sehen? Kannst du mich nicht einfach ficken? Ist das denn so furchtbar schwer? Warum musst du mich immer so vorsichtig anfassen, als sei ich aus Porzellan? Kannst du mich nicht einfach richtig begehren, mich festhalten, mir eine scheiß Ohrfeige verpassen?«

Niko sprang vom Bett auf, baute sich vor ihr auf. Ein lautes Klatschen war zu hören, als seine Handfläche ihre Wange traf. Julia legte ihre Hand auf die schmerzende Stelle. Niko wich sofort zurück. Ihm wollte schon eine Entschuldigung über die Lippen kommen, aber nicht einmal er war so ein Schisser, dass er *jetzt* um Verzeihung bat. Er spürte, wie es um seine Mundwinkel zuckte. Es war dieser Tic, der zusammen mit seiner Lippenspaltennarbe seine Klassenkameraden dazu verleitet hatte, ihn in der Grundschule »Hase« zu nennen. Er hasste es, wenn er zum »Hasen« wurde.

»Willst du vielleicht auch, dass ich wie so ein bescheuerter Pavian auf dich draufspringe und dich vergewaltige?«

»Ja!«, rief sie.

»Soll ich hier vor dir den Gaukler geben, auf den Händen laufen? Dann musst du ja vielleicht nicht zu anderen rennen, um dein schier unersättliches Verlangen nach Anerkennung befriedigt zu kriegen!«

Durch einen Tränenschleier sah sie ihn von der Bettkante her an. Was für ein Abgrund sich da doch zwischen ihnen aufgetan hatte! Diese klaffende Wunde, die sie teilten. Niko streckte die Hand aus, sie nahm sie. Er packte sie am Handgelenk und schmiss sie aufs Bett. Sie landete auf dem Bauch. Er presste sie mit seinem Gewicht in die Matratze, ihre Finger krallten sich in das stramm gespannte Laken. Ihre Nägel rutschten an der glatten Oberfläche ab. Und dann tat er es, fickte sie, so wie sie ihn gebeten hatte. Als sie zum Höhepunkt kam, schrie sie ins Kissen. Als er fertig war, stand er auf und holte Toilettenpapier, damit Julia sich sein Sperma abwischen konnte, das aus ihr herausrann. Niko wickelte sich in seinen Morgenmantel.

»Ich geh ins Restaurant. Kommst du?«

Julia nickte schweigend. Mit gedämpftem Klicken schloss sich hinter Niko die Tür. Seine Hausschuhe glitten geräuschlos über den Hotelkorridor. Er war hier draußen. Drinnen saß Julia, die er fast schon sein ganzes erwachsenes Leben lang liebte. Aber wer war sie überhaupt?

*

Wie Jean Sebergs Figur in dem französischen Nouvelle-Vague-Film *Außer Atem* fragte sich Julia, ob sie sich so unfrei fühlte, weil sie nicht glücklich war, oder ob sie eher deshalb unglücklich war, weil sie sich nicht frei fühlte. Julia hatte den Film mindestens zehnmal gesehen, sie hatte das Zitat sogar in einem Kapitel von *Der Wahnsinnige* verwendet.

Sie saßen im Bus zurück Richtung Stadt. Die Sitze erzitterten unter den Vibrationen des Motors. Zaghaft legte Julia ihre Hand in Nikos. Erleichterung breitete sich in ihr aus, als er seine Finger mit ihren verflocht. Sie hatten nicht irgendeine Beziehung – nein, zwischen ihnen existierte ein ganzes Universum mit hundert Zeitebenen, die es unmöglich machten, das Jetzt von sämtlichen Erinnerungen zu trennen. Julia dachte darüber nach, wie lange es gedauert hatte, sie zu erschaffen, und wie zerbrechlich sie waren.

Kurz vor ihrem Streit im Hotelzimmer hatte Julia ihr Handy gecheckt; und das, obwohl sie den ganzen Tag gegen den Impuls angekämpft hatte, Mahirs Instagram-Profil aufzurufen. Sie hatte eine Nachricht erhalten, und hastig stieg ihre Vorfreude – nur um ebenso hastig wieder zu ersterben, als sie erkannte, dass die Nachricht nur von einem alten Bekannten kam, dessen Konto gehackt worden war und jetzt Spam versandte. An dieser Stelle hätte sie es auf sich beruhen lassen können, aber wie alle Süchtigen machte sie weiter. Sie ging auf Darias Profil. Der rosafarbene Ring um ihr Profilbild zeigte, dass Daria eine neue Story gepostet hatte. Julias Euphorie konnte man mit dem leichten Rausch nach einem ersten Glas Wein vergleichen. Hier gab's Informationen zu holen! Gefühle zu erleben! Julias Herz klopfte ängstlich und freudig zugleich. Ihr Daumen drückte auf den Ring.

Zuerst kamen Bilder von Stockholm. Ein Haus am noblen Strandvägen mit gestreiften, halbrunden Markisen. Julia erkannte es wieder, es lag nur einen Steinwurf vom Jesti entfernt. Ein Foto von einem Cappuccino in einem Café und einem üppigen Blumenstand. Darias Spiegelbild in Mahirs Wohnung. Die dunkelgrünen Kacheln im Hintergrund. Dann ein Bild von Daria und Bella, die sich einen Milchshake teilten.

Mit einem Mal wurde Julia sich bewusst, was sie war: die Geliebte. Die allein zurückblieb, die Nägel jederzeit perfekt lackiert, deren Existenz von widerstrebend gewährter Barmherzigkeit abhing und die sich mit einem heimlichen Telefongespräch an Weihnachten begnügen musste. Aber sie war noch nicht mal *diese Art*

Geliebte. Sie hatte keine lackierten Nägel. Und sie bekam auch keinen Anruf an Weihnachten.

Nach ihrem Streit hatten sich Julia und Niko im Restaurant des Spas getroffen. Der Reis und der rohe Fisch waren in ihrem Mund immer größer geworden. *Ich hasse dich*, dachte sie, als sie Niko ansah. *Ich hasse dich, weil du mir nicht alles geben kannst. Ich hasse dich, weil ich mich schmutzig fühle, nachdem ich dir meine sexuellen Wünsche offenbart habe.* Gleichzeitig fragte Julia sich jedoch, ob Niko durchschaut hatte, was sie da in der Dusche versucht hatte? Es war der Versuch gewesen, Mahir aus dem System zu drängen, Niko zu nötigen, die Zellen aus Julias Körper zu ficken, die sich einbildeten, sie gehörten einem anderen Mann. Die Sehnsucht nach Mahir pochte unentwegt in ihr, verursachte ihr fast chronische Schmerzen.

So kann es nicht weitergehen, dachte Julia abermals, und ihr Blick schweifte durch die verschmutzten Scheiben des Busses, zu den dunklen Kiefern und den kleinen Flecken blauen Himmels, die zwischen den Nadeln aufblitzen.

Das hier hatte nichts damit zu tun, die Liebe zu hacken. Es hackte die Liebe kaputt.

*

Als sie von ihrem Wochenendtrip nach Hause kamen, fiel Julias Blick auf die Treppe zum ersten Stock mit den rosa, blau und gelb gestrichenen Stufen. Sie schlängelten sich hinauf wie ein LSD-Trip. Sie schweifte ab in Erinnerungen an damals, als sie mit Salve im achten Monat gewesen war. Niko war eines Tages gut gelaunt heimgekommen und hatte erzählt, dass er an einer Reihenhausgegend vorbeigeradelt sei, die nur eine halbe Stunde von der Stadt entfernt läge.

»Es ist überhaupt nicht so, wie man sich eine Reihenhaussiedlung vorstellt«, sagte er. »Es ist nicht auf schwedische Art spießig, sondern bunt und etwas gegen den Strich gebürstet. Überwucherte Gärten. Und ein Reihenhaus kostet genauso viel wie eine Dreizimmerwohnung in der Stadt, ist das nicht irre?«

Die Vorstellung, in einem Reihenhaus zu wohnen, war für Julia ein wahrer Albtraum. Es kam einem Rückschritt gleich, einer Endstation.

»Wir hätten einen eigenen Garten – und einen Kamin.«

Nikos Begeisterung schwang in jeder Silbe mit. Als hätte er soeben seinen persönlichen Traum vor sich gesehen, nach dem sie ihn in Barcelona gefragt hatte. »Und du könntest deine Pergola bekommen«, sagte er, »wo du schreiben kannst. Ich baue sie dir.«

»Eine Pergola?« Sie rümpfte die Nase. »Du und bauen?«

»Ich kann es doch lernen. Mein Vater war klasse in so etwas«, konterte Niko.

Julia kam widerstrebend mit und sah sich dieses ach so tolle Reihenhaus an. Und Niko hatte recht: Es hatte nichts von den lachsrosa Achtzigerjahre-Häusern auf der anderen Seite der Bahnlinie an sich, wo sie aufgewachsen war. Stattdessen sah sie eine Reihe alter Holzhäuser in bunten Farben mit zugigen Fenstern und wuchernden Gärten. Im Haus befand sich eine knarrende Holztreppe, die ins Obergeschoss mit drei kleinen, aber perfekten Schlafräumen führte. Vom Elternschlafzimmerfenster aus konnte Julia den Apfelbaum im Garten sehen, aber auch die Autobahn, die in die Stadt führte.

»Und der Fahrradweg führt ganz bis nach Södermalm«, sagte Niko. Julia legte sich eine Hand auf den Bauch. »Ich weiß nicht … sind das wirklich *wir*?«

»Wir können es ja auf unsere Art machen«, insistierte er. »Wir sind ja keine Reihenhaus-Typen. Wir müssen nicht mal einen Grill kaufen. Und die Treppe könnten wir in Regenbogenfarben streichen, was meinst du?«

Julia sah sich um. Sie fühlte sich hier auf seltsame Art zu Hause; das Haus hatte eine gute Seele.

Niko verfügte über die zu leistende Anzahlung, er würde seine Wohnung verkaufen. Sie würde ihm die Hälfte leihen, sodass sie im Fall eines späteren Verkaufs an einer möglichen Wertsteigerung beteiligt wäre. Sie unterschrieben den Darlehensvertrag, und drei Monate später, als Salve geboren worden und sieben Wochen alt war, bekamen sie die Schlüssel für ihr neues Zuhause. Sie übernachteten auf einer Luftmatratze, Sibylla lag zwischen ihnen, Salve in dem kleinen neuen Babynest.

Julia stillte ihn in der Dunkelheit und betrachtete die Mondsichel über der Autobahn. High von dem Stillhormon Oxytocin hatte sie ganz und gar nicht das Gefühl, dass das Leben hier endete. Es fühlte sich vielmehr wie ein Anfang an, ein Anfang von etwas Großem, Unvorhersehbarem und Schönem.

Julia rief Niko zu, dass sie spazieren gehen würde. Sie ging hinaus vor die Tür, steckte sich die Kopfhörer in die Ohren und rief Liv an.

»Ich bin in Mahir verliebt«, schluchzte sie.

»Ups«, sagte Liv und stimmte in ihr Schweigen ein. »Wie es zu erwarten war. Und was jetzt? Was sagen die Regeln?«

Julia schniefte.

»Es beenden«, murmelte Julia. »Es sofort beenden.«

»Folge den Regeln«, sagte Liv, ohne zu zögern.

Liv hatte recht, die Regeln gab es aus gutem Grund, und sie waren mehr als eindeutig. Sie hatte Mahir in ihr System hineingelassen, und jetzt war sie auch dafür verantwortlich, ihn wieder hinauszubefördern.

Ihre Affäre hatte etwas von diesen Pompons, die Sibylla im Schulhort gebastelt hatte, dachte Julia; so etwas, wo man die Wolle um einen ausgeschnittenen Pappring wickelte und die Fäden später aufschnitt. Er hatte weder Anfang noch Ende, bestand nur aus abstehenden losen Enden. Wenn jeder Abschied ein Aufbruch war, ein potenzieller Exit, wie verhielt man sich dann, um zu einem tatsächlichen Ende zu kommen?

Sich nur mit einer SMS zu verabschieden, fand Julia würdelos. Außerdem wollte sie gern Mahirs Reaktion miterleben. Der Gedanke, wie sinnlos alles nach dem Beenden der Affäre sein würde, quälte sie. Aber welche Alternative gäbe es? Wenn Mahir Daria verlassen würde und Julia seine ganze Liebe geben würde, wäre sie dann bereit, einen solchen Schritt zu wagen? Dass sie auf diese Frage keine Antwort hatte, machte ihr Angst.

Hast du Zeit für ein Treffen? So ungekünstelt konnte sie es sich leisten zu sein. So direkt.

Die Stunden vergingen. Sie rief alle fünf Minuten ihre Textnachrichten auf.

Nicht gelesen, nicht online.

Online, nicht gelesen.

Nach sieben Stunden hatte er sie gelesen, aber nicht geantwortet.

In einer manischen Frequenz, an die sie sich gewöhnt hatte, rief sie die Nachricht wieder und wieder auf, hoffte Punkte zu sehen, die anzeigten, dass er etwas schrieb. Um 23.24 Uhr antwortete er ihr.

Jetzt habe ich Zeit.

Verdammte Scheiße! Um nichts in der Welt würde Julia um diese Zeit, mitten in der Nacht, eine Ausrede einfallen, Mahir sehen zu können. Sie legte das Handy beiseite, ohne ihm zu antworten. Morgen würde sie zum Jesti fahren. Sie würde persönlich dort aufkreuzen und diese Katastrophe von einer Affäre beenden.

Trotzdem blieb die leise Hoffnung, dass er sie überreden würde, ihre Meinung zu ändern.

*

»Nächste Woche ist Eröffnung«, sagte Mahir und presste ein Lächeln hervor. »Ich hab alle Hände voll zu tun, damit du's weißt.«

Mahir hatte im ersten Augenblick genervt ausgesehen, als sie einfach so ohne Vorwarnung aufgekreuzt war.

»Es dauert nicht lang«, sagte Julia. »Gehen wir einen Kaffee zusammen trinken?«

Mahir sah vielsagend auf sein Handgelenk, als besäße er eine Armbanduhr, die er jedoch nicht hatte.

Er seufzte.

»Bitte, seufze nicht.«

Mahir sah sie kühl an. »Wir können in die Bar vom Grand gehen.«

Auf dem kurzen Weg zum Grand Hôtel dachte Julia daran, wie Mahir sie immer gefickt hatte. *Schließ die Augen und fühl einfach; fühl jede einzelne Nervenfaser*, hatte er manchmal gesagt. Ein Mann konnte doch wohl nicht so mit einer Frau Liebe machen und dann behaupten, dass keine Liebe im Spiel war? Oder war das genaue Gegenteil der Fall – konnte ein Mann solchen Sex nur mit einer Frau haben, die er nicht liebte?

Ich liebe es, dich zu ficken, flüsterte er immer. *Das ist so gut, wie kann das so gut sein?* Allein bei dem Gedanken daran wurde sie feucht. Aber jetzt würde sie auf das Vergnügen verzichten müssen. Denn leider war sie so geschaffen, dass sie mit Affären auf rein sexueller Basis nicht umgehen konnte. Ihr Frontallappen wurde gekappt, und sie traf dumme Entscheidungen. Jetzt hatte sie ausnahmsweise einmal eine kluge getroffen.

»Ich hab da über eine Sache nachgedacht …«, sagte Julia, als sie auf den lederbezogenen Barstühlen saßen. »Und zwar, dass wir uns besser nicht mehr sehen sollten.«

Ihre Hände zitterten, ihre Kehle war wie zugeschnürt.

»Findest du?«

Mahir winkte den Barkeeper heran und bestellte einen Kaffee. Er klang unbekümmert, als würden sie etwas Unbedeutendes bereden. Nicht ihre gemeinsame Zukunft. Ihr Romeo-und-Julia-Schicksal.

»Nein, eigentlich nicht, aber ich glaube, es ist nötig.«

»Verstehe«, sagte er und zog die Augenbrauen zusammen. »Das ist schade.«

Schade, dachte sie. Ja, so konnte man das natürlich auch nennen.

»Findest du das? Dass es schade ist?«

»Ja.« Er legte ihr eine Hand auf die Schulter. »Aber ich kann verstehen, dass es einfacher für dich ist, wenn wir nur Freunde sind.«

»Einfacher für *mich?*«, sagte Julia.

»Hmm. Dass es zu viel Unordnung reinbringt.«

»Und für dich? Ist das denn nicht schwierig für dich? Bist du nicht eifersüchtig, wenn du dir vorstellst, dass ich mit …?«

Sie wollte Nikos Namen nicht nennen. Mahir überlegte einen Moment. Dann schüttelte er den Kopf. Julia wollte alles Gehörte von sich weisen. Dass das so einfach für ihn war, das konnte doch nicht wahr sein! Mahir grüßte einen vorbeigehenden Bekannten, dann wandte er sich erneut Julia zu.

»Weißt du, es ist so: Ich hab nie den Gedanken gefasst, dass mehr zwischen uns sein könnte als das, was wir haben.«

Julia starrte ihn stumm an. *Ich hab nie den Gedanken gefasst.* Was hieß das überhaupt? Sie hatte noch nie in ihrem ganzen Leben aktiv einen Gedanken gefasst. Entweder er war da, oder er war es eben nicht. Beziehungsweise in ihrem Fall: das Gefühl. Aber wenn Mahir nun so jemand war, der kontrolliert Gedanken fasste oder sie beiseiteschob und seine Gefühle ihnen folgen ließ, dann hätte er den Gedanken fassen *können*, wenn er es nur gewollt hätte. Und das wollte er nicht.

Als sie sich voneinander verabschiedeten, hatte sich Mahirs anfängliche Genervtheit gegeben.

»Es war schön, dich zu sehen«, sagte er. »Das ist es immer.«

»Gleichfalls«, erwiderte Julia. Sie holte tief Luft und sagte dann mit leicht zitternder Stimme das, was womöglich das Aufrichtigste war, das sie ihm je zu sagen gewagt hatte: »Ich habe dich sehr gern.«

»Und ich dich«, erwiderte er, ohne zu zögern.

Mahir nahm Julia in den Arm und drückte seine Lippen auf ihre Wange. Plötzlich hatte sie das Gefühl, einen schrecklichen Fehler begangen zu haben. Als sie so seinen Geruch wahrnahm, seinen Mantel unter ihren Fingerspitzen und seine Bartstoppeln an ihrer Wange spürte, wusste sie nicht mehr, weshalb sie das Gefühl gehabt hatte, dieses Verhältnis so dringend beenden zu müssen.

Draußen warf er ihr noch einen Luftkuss zu.

»Wir sehen uns«, sagte er, drehte ihr den Rücken zu und ging in sein Restaurant.

Wie konnte ein Mensch so voller Leidenschaft und gleichzeitig so rational sein? Von der ersten Begegnung an war ihre gegenseitige Anziehung bittersüß gewesen. Jetzt war's damit vorbei. Julia würde sie als eine große Liebe in Erinnerung behalten. Als etwas, aus dem etwas hätte werden können, das aber nichts geworden war. Ihr kamen die Tränen, ihr sank das Herz zu Boden. Sie hatte das Gefühl, als sei das Leben ein Film, ein Musical, in dem jede Bewegung bewusst geschah, jedes Gefühl mit schicksalhafter Bedeutung angefüllt war.

So spaßig, so urkomisch, versuchte sie zu denken. *Und gleichzeitig so unsagbar traurig.*

Au.

Wie das wehtat.

Aber waren es nicht gerade die unvollendeten Geschichten, die am längsten Bestand hatten?

Heidi ist oben.

Etwas, von dem sie auf ihrem Totenbett erzählen könnte.

25

Etwas hatte sich verändert nach dem Spa-Wochenende. Niko merkte deutlich, dass Julias distanziertes Verhalten plötzlich nachließ. Stattdessen nahm er eine Verletzlichkeit an ihr wahr. Sie war ernsthaft traurig. Vielleicht war ihr Streit, so schrecklich er auch gewesen war, für sie beide ein nötiges Ventil gewesen. Es war jedenfalls das Gegenteil von Verdrängung. Es war eine Weiterentwicklung, hervorgerufen durch ihren Lovehack – und zwar, der Realität ins Auge zu blicken!

Niko tat das, was er vor Langem hätte tun sollen – was er, direkt nachdem er Julia mit Inma betrogen hatte, hätte tun sollen, wenn er Gelegenheit dazu bekommen hätte: Statt sich hinter Schuldgefühlen zu verstecken, hätte er seine Aufmerksamkeit besser auf Julia richten und ihr das geben sollen, was sie – wie sie beteuert hatte – sich gewünscht hatte. Er hätte sich darauf konzentrieren sollen, sie glücklich zu machen. Nicht, indem er den Geschirrspüler leerte und den Kindergarten an ihrer Stelle putzte, sondern durch Gesten, die ihr zeigten, dass er sie wahrnahm, dass er Interesse an dem zeigte, was sie zu sagen hatte. Sie hätten zusammen wegfahren sollen, den Fernseher auch mal ausschalten, mutigere Gespräche über ihre Zukunft führen sollen. Niko sollte aufhören, Sand ins Getriebe zu streuen und mit praktischen Einwänden zu kommen, wenn Julia von ihren Träumen erzählte, von einem Caravan oder einem Umzug ins Ausland. Er müsste auf ihr Gedankenkarussell aufspringen und sehen, wo sie landeten. Er würde sie ohrfeigen, falls sie ihn erneut darum bitten würde.

Er kaufte seiner Frau Blumen.

Vielleicht fühlte sich Niko auch deshalb inspiriert, weil es allmählich besser für die Firma aussah. Mitte März wurde endlich das Jesti eröffnet. Niko und Johan waren dabei. Julia war müde und antriebslos, sie blieb zu Hause. Niko feierte die ganze Nacht mit Mahir und seiner wundervollen Freundin Daria, und als Niko aufbrach, spürte er deutlich, dass die Geschäftsbeziehung, die sie gerade mit Mahir etablierten, vielversprechend auf die Zukunft blicken ließ.

Durch die Zusammenarbeit mit dem Jesti hatten inzwischen weitere Restaurants die Weine, die Johan und Niko importierten, auf dem Schirm. Außerdem bewältigten sie den nötigen Papierkram, um ihre Weine leichter an Privatkunden verkaufen zu können. Auch wenn sie nicht die Ersten waren, die einen Abo-Service für Naturweine anboten – sie waren die Ersten, die Bestellungen mit attraktiven Abo-Prämien verknüpften. In einem Monat gab es einen prämierten Zestenschneider, im darauffolgenden erhielten die Kunden eine einzigartige handgetöpferte Schale für Mandeln oder Oliven dazu. Ein schmutziges Kalkül, ganz einfach.

Am Tag nach der Eröffnungsfeier des Jesti hatte Julia jedes noch so kleine Detail darüber erfahren wollen. Niko interpretierte ihr jähes Interesse für seine Vorhaben als ein gutes Zeichen. War sie vielleicht sogar ein klein wenig eifersüchtig? Er erkannte, dass er das vermisst hatte – das Gefühl, dass das, was er machte, sie beeinflusste. Im Unterschied zu den vielen Monaten, in denen es ihr schnurzpiepegal gewesen zu sein schien, ob er mit anderen ins Bett stieg oder nicht.

Als seine Bandkollegen von Sensitive Emotions sich erkundigten, wie ihr Beziehungsdeal denn so liefe, konnte Niko guten Gewissens antworten: »Gut.« Er erzählte ihnen von Rebecca, verschwieg aber, dass sie ihm eine dicke Lippe verpasst hatte, und unterstrich lieber, wie geil er sie in seiner Jugend gefunden hatte und was das jetzt für eine Retourkutsche gewesen sei. Dafür gab er jedes Detail seiner irren Geschichte von Sabina und der Putzkammer zum Besten, von dem sich anschließenden unabdingbaren Gespräch mit ihr und der Erkenntnis, was für ein Blödmann er gewesen war – etwas, das im Umgang mit anderen emanzipierten Familienvätern in seiner Lage eine fast normbrechende Großtat war. Doch jetzt habe er eine Auszeit von alldem eingelegt. Farhad verriet, dass seine Freundin und er eine ähnliche Vereinbarung wie Niko und Julia erwogen.

*

Eines Abends kam Niko ins Badezimmer, als Julia mit Salve badete. Sie bespritzten sich gegenseitig fröhlich mit Wasser und bewarfen Niko mit dicken Schaumflocken. Später am Abend hatten Niko und Julia Sex. Er war geprägt von Nähe und Intimität, meilenweit entfernt von der Nummer im Spa. Für Niko war es so, als hätten sie einen Sturm überstanden.

Anschließend holte Niko Toilettenpapier aus dem Bad. Als er zurück ins Zimmer kam, sah Julia mit blanken Augen zur Decke.

»Ich finde es schwer zu sagen, ob wir zusammen sind, weil wir es wirklich wollen oder weil wir eine Scheißangst vor Veränderungen haben«, sagte sie.

Es war ganz und gar nicht das, was er erwartet hatte. Ein Anflug des Gefühls, das er gehabt hatte, bevor der ganze Lovehack angefangen hatte, überkam ihn. Doch anstatt eine Verteidigungshaltung einzunehmen, behielt er sich im Griff. Schließlich sagte er: »Ja. Vielleicht haben wir Angst vor Veränderungen.« Er setzte sich auf die Bettkante. »Aber ich weiß, was ich will. Ich will dich nicht verlieren.«

Julia lächelte. Nahm seine Hand und drückte sie.

All das fiel zeitlich mit einem Wetterumschwung zusammen. Der Winter löste seinen Griff um die Stadt, und der Frühling hielt Einzug.

26

Im Mai wurde es heiß. Schon bevor der Sommer in voller Blüte stand, hatten die Temperaturen fünfundzwanzig Grad erreicht. Der Tag, an dem die fragile Normalität, die Niko und Julia erreicht hatten, auf die Probe gestellt werden würde, fiel mit einer großen Messe für Naturweine zusammen – nun ja, so groß, wie eine Messe in einer kleinen Branche in einem kleinen Teil der Welt eben sein konnte.

Für Niko war es ein wichtiger Tag. Der AFAB-Vorstand hatte in derselben Woche beschlossen, sein Investment in die Importfirma zu verlängern. Das gäbe Johan und Niko Zeit, ihr Unternehmen zu stabilisieren. Niko hatte sich den Ruf erworben, ein verlässlicher Geschäftspartner zu sein. Man wollte mit ihm zusammenarbeiten. Julias Brust weitete sich vor Stolz. Er hatte sich seine Erfolge wirklich hart erarbeitet.

Der erste Monat nach der Trennung von Mahir war schlimm gewesen. Das Leben war Julia durch und durch farblos und trist erschienen. Sie hatte furchtbar gelitten, sich aber auch schmerzhaft lebendig gefühlt. Sie putzte, arbeitete und spielte mit den Kindern, aber ihr Herz war wie vernarbt. Gewohnheitsmäßig studierte sie weiterhin Mahirs Horoskop: In den kommenden Tagen würde er eine wichtige Entscheidung treffen müssen. Ob er sich dann voller Bedauern bei ihr melden würde? Nein, *das* war es ganz sicher *nicht*.

Liv tröstete Julia damit, dass dieser Zustand bald vorübergehen würde. Julia habe aus einem lauen Lüftchen einen Orkan gemacht. Und auch wenn Julia nicht akzeptieren wollte, dass die Affäre mit Mahir nur ein unbedeutender kleiner Lufthauch gewesen sein sollte, wusste sie doch, dass sie diese Episode eines Tages nur noch als eine leichte Kräuselung auf der Wasseroberfläche des Lebens wahrnehmen würde. Sie hegte die entsetzliche Vorstellung, dass ihre Unzufriedenheit, ja ihr ganzer Lovehack vielleicht nur den Zweck erfüllt hatte, die Augen davor zu verschließen, dass sie tatsächlich ein ganz anderes Leben führen wollte als das, welches sie lebte. Ein Leben weit weg von Reihenhäusern, von der Familie, ja sogar weit weg von Mahir. Wie würde es sein, das alles hinter sich zu lassen? Zumindest zeitweise vielleicht. Sie romantisierte die Vorstellung von einer eigenen Wohnung und wie sie diese einrichten würde.

Und dann war da Niko. Niko, der mit schweren Einkaufstüten nach Hause kam, vegetarische Fleischwurst und Quorn-Hackfleisch auspackte, die Erbsen in den Gefrierschrank tat. Niko, der von dem Jyllandland-Honorar einen Sommerurlaub für sie alle buchte und ihr den Kopf massierte. An ihrem Geburtstag kamen Niko und die Kinder frühmorgens ins Zimmer und brachten ihr ein Ständchen, mit Kerzen und noch ganz zerzausten Haaren. Salve sang aus voller Kehle. Liv hatte recht – wie konnte Julia sich damit befassen, ihr egoistisches Privatvergnügen zu vergrößern, wo sie doch eine wunderbare Familie, ein Zentrum der Geborgenheit hatte, und das, während die Welt um sie herum in Flammen stand?

Trotzdem besprach Julia ihre Zweifel mit Niko – an einem Abend nach zärtlichem Sex –, woraufhin er gesagt hatte: *Ich weiß, was ich will. Ich will dich nicht verlieren.* Warme Tränen der Rührung stauten sich hinter Julias Augenlidern.

Und während die Wochen vergingen, schwächten sich die schmerzhaften Gefühle ab. Sie konnte wieder atmen. Konnte etwas lesen, das nicht von Leidenschaft handelte, ohne gleich das Interesse daran zu verlieren. Konnte sich sogar über die politische Lage im Land aufregen. Und zwischen Julia und Niko glommen Momente unerwarteter Glückseligkeit auf – ein liebevoller Blick, ein herzhaftes Lachen.

Eine Zufriedenheit mit dem, wo sie standen, trotz allem.

*

Die Messe für Naturweine war wie ein Musikfestival aufgezogen und fand in einer großen, mit Wimpeln dekorierten Scheune und einem eigenen DJ statt. Draußen breitete sich ein Garten mit rustikalen Apfelbäumen aus, übersät von kleinen weißen Knospen, die bald aufblühen würden. Eine Vielzahl von Naturweinimporteuren hatten ihre Tische aufgebaut und saßen in den Startlöchern, um sich lang und breit über Gärungsprozesse auszulassen und darüber, welche tierischen Skelettteile in welchem Mondzyklus nach den Regeln für biodynamischen Weinanbau in der Erde zu vergraben waren. Julia hatte den Jargon der Naturweinleute inzwischen drauf: lässig, gekünstelt-ungekünstelt, aber inkludierend: »Ah, versuchen Sie es doch mal mit diesem munteren Gauner der Rebsorte Gamay. Mit Aromen von Veilchen, roten Beeren und einem Hauch Schaumbananen.« Oder die eifrige Aufmerksamkeit, wenn ein Kunde den Wein kostete: »Klasse, oder? Gut, dann gehen wir von hier aus weiter!«

Doch obwohl Julia mit einem Mann zusammenlebte, der alles über Bouquets und Böden und was so besonders an einer Rebsorte aus dem Jura war, wusste, war das immer noch nicht in Julias Kopf hängen geblieben. Sie konnte sich problemlos daran erinnern, was David aus der 8b für ein Sternzeichen gehabt hatte (Steinbock), aber nicht, was einen Burgunder von einem Beaujolais unterschied. Ein Handicap, das sie meistens verbergen konnte, doch wohl kaum hier.

Es roch nach Grillfleisch.

Julia hatte die Kinder heute zu Caroline gebracht. Damit Niko und sie mal das Wochenende für sich hätten, so die Idee. Zuerst die Messe, danach ein Abendessen mit Johan und Lene. Und dann etwas Zeit miteinander, die sie dringend benötigten, wie sie sich beide einig waren. Nicht so wie im Spa, sondern wirklich Zeit *füreinander*. Um *die Primärbeziehung zu pflegen*, wie es in Polyamorie-Sprech hieß. Na ja, nicht, dass sie poly wären, aber trotzdem …

Nikos Haar war lang geworden und rahmte lockig sein Gesicht ein, betonte seine markanten Wangenknochen. Er wurde mit den Jahren immer nur attraktiver. Mit seinen Fältchen um die Mundwinkel, seinen Krähenfüßen … der Narbe an der Lippe, an die sie so gut wie nie mehr dachte. Man konnte merken, dass er hier, in diesem Umfeld, jemand war. Man legte Wert darauf, mit ihm zu reden. Er glänzte in seiner Rolle, wie er da so hinter Johans und seinem Messetisch stand.

Julia hakte sich bei Lene unter, und zusammen drehten sie eine Runde um die Scheune. Julia hoffte immer noch, ihr inneres Dilemma dadurch lösen zu können, dass sie mit jemandem darüber sprach, der mehr Erfahrung mit dem Führen von langen, offenen Beziehungen besaß als sie. An einem Stand mit japanischen Naturweinen blieben sie stehen. Dort wurden mit Sardellenbutter eingeriebene Maiskolben angeboten, und ein Typ mit einem großen Muttermal im Gesicht und einer lässig-verschlissenen Schirmmütze mit der neckischen Aufschrift *Mais, Mais, Baby* schenkte ihnen beiden einen kleinen Schuss einer orangefarbenen Flüssigkeit in ihre hauchdünnen Gläser.

»Wir haben hier einen Delaware«, verkündigte er. »Der hier wurde mit Gärung ohne Schalen hergestellt, deshalb besitzt er diesen schimmernden Sonnenuntergangston – ich finde, er schmeckt nach Jasmin … vielleicht ein bisschen nach leicht bitterer Zitrusfrucht. Nach Weihrauch? Was meinen Sie?«

Lene nippte an ihrem Glas.

»Er ist lecker, finde ich.«

»Das finde ich auch«, sagte Julia.

Der Weinfachmann lächelte nachsichtig und wandte sich in der Hoffnung auf zahlungskräftigere Kundschaft dem nächsten Besucher seines Standes zu.

»Ich wollte nur mal von dir hören … wie ihr das macht, Johan und du …«, setzte Julia an, als sie sich mit ihrem Maiskolben und einem Glas Sonnenuntergangswein in eine Nische zurückgezogen hatten. »Erzählt ihr euch, wenn ihr mit jemand anderem im Bett wart, oder macht ihr's … auf die französische Art?«, fuhr sie fort und knabberte an den süßen Körnern.

»›Auf die französische Art‹?« Lene sah Julia fragend an. Dann machte es Klick. Sie lachte.

»Ach, das. Das weiß ich nicht«, sagte sie. »Ich habe jedenfalls mit niemand anderem gevögelt, und ich bin mir ziemlich sicher, dass Johan das auch nicht getan hat. Das würde er nie wagen.«

Julia musste sich verhört haben. Oder lag es an Lenes leicht vernuscheltem dänischen Akzent?

»Wie, ihr habt nicht …? Wie meinst du das?«

Lene machte eine abwehrende Geste. Julia erstarrte. Lene und Johan hatten doch völlig überzeugend von ihrem neuen Lebensstil gesprochen und dadurch ein umwälzendes Experiment für Niko und sie initiiert! Niko und sie hatten ihre Regeln auf qualifizierte Tipps von Johan gegründet, das hatten sie wenigstens gedacht. Sie hatte sich Nikos wegen auf diese blöden Regeln eingelassen, obwohl sie im Widerspruch zu ihrem Bauchgefühl gestanden hatten. Und nun hatte sich wegen all der Geheimnisse ein Abgrund zwischen ihnen aufgetan.

»Aber was ist mit … Dildo mit Seele und so weiter?«, stotterte Julia.

Lene lachte auf und schielte zu Johan hinüber, bevor sie wieder zu Julia sah.

»Johan würde es nicht gefallen, mich das sagen zu hören«, sagte sie, »aber ich glaube nicht, dass er zu einem solchen Arrangement imstande wäre. Er ist mir schrecklich ergeben.«

»Wie …? Dann ist alles, was ihr im Herbst bei dem Abendessen gesagt habt, nur … Schwachsinn gewesen?«

Lene sah Julia bekümmert an. Stellte ihren Pappteller auf einem Stehtisch ab.

»Nein. Ich meine … Johan würde sicher gern so sein, wie er sich darstellt. Aber du weißt ja, Bittes Untreue und dass sie ihn nach ihrer Affäre mit diesem Finnen verließ, das hat ihn tief verletzt. Johan ist total handzahm. Aber das darfst du Niko gegenüber nicht erwähnen.«

Julia nickte. Für sie änderte das eigentlich nichts; sie hatte ganz unabhängig von Lene und Johan den Entschluss gefasst, es mit einer offenen Beziehung auszuprobieren. Aber was Niko betraf, fürchtete sie, dass Johans hohle Prahlerei entscheidenden Einfluss auf seine Entscheidung gehabt hatte. Lene beugte sich vor: »Wie läuft's denn bei euch?«

»Gut«, erwiderte Julia matt. »Ich frage mich nur, ob diese Sache mit der Transzendenz und dem Sex … Na ja, diese außerkörperliche Sache, nach der man sich sozusagen sehnt … Setzt diese Art von Leidenschaft nicht voraus, dass man mit jemand Neuem zusammen ist … dass man diese Transzendenz verzweifelt erreichen will?«

Lene nippte an ihrem Wein, ließ ihren Blick über das Messegelände schweifen. Dann sah sie Julia an.

»Das weiß ich nicht, aber beim Yoga heißt es, man könne außerhalb des eigenen Körpers keine Transzendenz finden. Dass man nicht in einem anderen Menschen nach Transzendenz suchen kann. Dass sie aus deinem Inneren kommen muss.« Lenes verfärbte Zähne blitzten auf. »Aber du weißt ja – dieses typische Yoga-Geschwurbel.«

*

Nikos Firma gewann den Preis. *Importeur des Jahres.* Sie fuhren zurück in die Stadt, wo Johan einen Tisch in einem Pop-up-Restaurant in einem ehemaligen Hotel für sie reserviert hatte; die Hotelzimmer waren als einzelne private Speiseräume gestaltet, jeder hatte seinen eigenen unverwechselbaren Charakter. Der Kellner geleitete sie zu einem Raum mit herrlichem Ausblick aufs Wasser. Über den nahe gelegenen alten Industriegebäuden leuchtete der Himmel aprikosenfarben, während ihr Separee in einer glänzenden schwarzen Farbe gestrichen war und eingerahmte vergilbte Poster vom Louisiana Museum of Modern Art und der Fondation Maeght die Wände zierten. Julia sah Niko an. Mit der Urkunde neben sich strahlte er wie ein kleiner Junge.

Hin und wieder erschien ein Kellner mit einer Vokuhila-Frisur und Shorts und servierte Häppchen in Sardellendosen, Wodka-Shots in Spritzen und Belugakaviar auf einem Silberlöffel.

Julia ging zur Toilette, ließ am Waschbecken kaltes Wasser über ihre Handgelenke laufen und atmete tief ein. Als sie ihr Handy hervorholte, ploppten eine Reihe Benachrichtigungen wie Brandbomben auf, flankiert von einer Flut leidenschaftlicher roter Herzen. Ihr wurde heiß, ihre Wangen brannten, das Herz sprang ihr beinahe aus der Brust. Das, worauf sie in diesen ganzen Monaten so lange gewartet hatte, war endlich eingetroffen.

Ich vermisse dich

Was machst du heute Abend?

Ich vermisse dich

Ich will dich

Ich will dich auch, dachte Julia.

Oh, antwortete sie. Schrieb, in welchem Restaurant sie sich aufhielt.

Was zum Teufel machst du da? Komm zu mir!, textete Mahir. *Komm jetzt sofort zu mir nach Hause!*

Mahir, der sonst so zurückhaltend agierte, als fürchtete er, ihr irgendwelche Versprechungen zu machen oder Grenzen zu überschreiten … Diese Nachrichten aber zeugten von reiner Ergebenheit. Er musste es ernst meinen. Alles in ihr krampfte sich zusammen. Sie hatte Angst. Schreckliche Angst. Das war das Zeichen, auf das sie gewartet hatte. Das war ein in Worte gegossener Wille. Julia wusste – würde sie diese Chance nicht ergreifen, wäre sie für immer dahin. Dies war der Moment, in dem Heidis Freundin gesagt hatte, wo Heidi sich befand, und die Entscheidung, die Julia jetzt treffen musste – ob sie zu Mahir fahren sollte oder nicht –, würde den Ausgang ihrer Geschichte entscheiden. Jegliche Moral verließ sie.

Auf zitternden Beinen kehrte sie zum Tisch zurück. Setzte sich mit beherrschten Bewegungen, nahm die anderen wie durch einen Nebel wahr. Johans Lachen, so schrill und fremd. Lenes ausladende Gesten. Nikos glückliches Gesicht. Dann fing er ihren Blick auf. Sie lächelte gezwungen, aber das merkte er natürlich. Merkte, dass irgendetwas war. Julia entschuldigte sich, sagte, Liv habe sich gemeldet, sie säße in einer Bar in der Nähe und wäre down. Julia würde besser nach ihr sehen. Die Lüge kam ihr nur widerwillig über die Lippen.

»Soll ich mitkommen?«, bot Niko ihr an. »Oder willst du sie hierherbitten?«

»Nein, nein, bleib du nur«, sagte sie. »Bleib hier. Mach Party! Wir sehen uns nachher zu Hause.«

Das ist der Moment der Entscheidung, dachte sie. Niko schien zu zögern. Schließlich nickte er.

»Grüß Liv von mir. Ich hoffe, dass es ihr bald besser geht.«

Julia küsste ihn zärtlich.

»Ahhh«, seufzte Lene.

Wenn man eine Ehe einging, ging man auch das Risiko ein, Schiffbruch zu erleiden. Wüsste man vorher, wie sie endete, hätte man dann trotzdem geheiratet, wären die zusammen verbrachten Jahre den Schmerz wert gewesen? Mit diesem Gedankenspiel würden Julia und Niko sich bald auseinandersetzen. Jetzt jedoch ließ Julia Nikos Hand los. Bevor sie endgültig ging, drehte sie sich noch einmal auf der Türschwelle um, sah ihn unbekümmert lachen. Glücklich. *Du bist zu gut für mich*, dachte sie.

*

»Pssst!«, flüsterte Mahir. »Bella schläft.«

Er öffnete die Tür einen Spaltbreit, gekleidet in eine gestreifte, extrem hässliche Boxershorts. Ihr Blick wanderte über seine schlanken, athletischen, unbehaarten Beine. Er zog sie an sich. Übersäte ihre Wangen, ihre Stirn mit kleinen leichten Küssen. Seine Lippen fühlten sich kühl an, so als hätte er gerade erst ein Glas eiskaltes Wasser getrunken.

»Hej.«

Er lächelte breit.

»Hej«, japste sie. Ja, sie japste. Ihr Körper war erstarrt vor Furcht und Begehren.

Mahir ergriff Julias Hand und zog sie albern lachend mit sich in die Küche.

»Willst du etwas?«

Ja, dachte sie. *Ich will etwas. Ich will, dass du es wieder sagst. Dass du mich willst. Ich will, dass du mir alle deine Gedanken und dein Herz schenkst.*

Aber das tat er nicht. Auf dem Küchentisch vibrierte sein Handy.

»Das ist Daria. Ich muss kurz rangehen. Kannst du so lange hier warten?«

Julia wartete in der Küche, während Mahir mit Daria über Facetime telefonierte. *Sie haben Schluss gemacht*, dachte Julia hoffnungsvoll und erschrocken. *Und jetzt ruft sie an und ist traurig, natürlich muss er sich damit befassen.* Die Kälte des Metallstuhls drang durch ihre Jeans, er war hart und unbequem, nicht dafür gemacht, um darauf zu sitzen. Julia konnte ihr ganzes Gespräch mit anhören, obwohl die Stimmen gedämpft waren. Darias Stimme war schläfrig; es war eine Stimme, die nur für jemanden bestimmt war, den man liebte. Sie klang intim und persönlich, und sie gab ganz und gar nicht das Bild von diesem großen, seichten See ab, das sie auf ihren Social-Media-Kanälen von sich zeigte. Sie klang ruhig und selbstbewusst, überhaupt nicht wie jemand, der fallen gelassen worden war. Sie war eine Frau, genauso ein Mensch, wie Julia es war. Julia wurde mit einem Mal eiskalt, als ihr alles klar wurde: Daria war gar nicht fallen gelassen worden. Sie hatte nicht angerufen, um etwas mit Mahir zu bereden – ihr Gespräch war Teil einer normalen Routine als Paar.

Mahir gähnte hörbar; er hatte einen langen Tag im Restaurant hinter sich. Julia hörte, wie er Gute Nacht sagte. Was für ein verabscheuungswertes Schauspiel! Es ließ sich so gar nicht mit dem rechtschaffenen Mann in Einklang bringen, der in ihrer Vorstellung existiert hatte. Dem Mann, der ihre Annäherungsversuche abgewiesen und gesagt hatte, er wolle versuchen, fokussierter zu leben.

Sie konnte es nicht begreifen.

Mahir kam wieder in die Küche geschlendert. Sorglos lächelnd. Ob sie ein Glas Wasser haben wolle? Julia starrte nur leer vor sich hin.

»Sorry«, sagte er, als er Julias Unmut bemerkte. »Ich muss das so machen. Sonst glaubt sie, dass ich sie anlüge.«

»Aber das tust du doch.«

»Das hängt davon ab, wie man es sieht.«

Ich hasse dich, dachte Julia.

»Ich dachte, dass du das auch so machst?«, sagte Mahir, und sah ehrlich erstaunt aus.

»Was hast du mit deiner SMS gemeint?«

»Welcher?«

»Du hast geschrieben, dass du mich vermisst.«

Er wurde sanft.

»Aber das tue ich doch auch. Ich freue mich riesig, dass du hier bist!«

Ich liebe dich, dachte sie jetzt wieder. Trotzdem rang sie sich ein paar Tränen ab, wollte es ihm nicht so leicht machen. Ihm zeigen, dass auch *sie* ein Mensch war.

»Ich kapier gar nichts mehr.« Mahir sah sich nach seinem Wasserglas um. »Was willst du eigentlich, Julia?«

Ihr ganzer Körper spannte sich an.

»Weißt du denn nicht, dass ich verliebt in dich bin?«

Mahir sah sie perplex an.

»Ich bin ganz furchtbar verliebt in dich«, wiederholte sie, um es ihm einzuimpfen. Es tat gut, das zu sagen; es war fast so, als würden sich die Gefühle, die sie im Griff hatten, in dem Moment, als sie sie aussprach, lösen. So als würde sie eine Rolle spielen. Mahir sah kurz zu Boden und dann wieder hoch.

»Okay«, sagte er.

»Okay?«, erwiderte Julia und schluckte. »Und?«

»Ich bin nicht in dich verliebt, Julia«, sagte er unverblümt. »Das weißt du doch, ich habe doch eine Freundin. Daria. Und du hast Niko.«

Julia schwieg.

»Hätte ich gewusst, dass du mit dieser Sache nicht umgehen kannst, hätte ich mich nie darauf eingelassen«, sagte er, sachlich wie bei einem Gespräch mit der Bank. »Ich habe es unter Kontrolle. Ich komme mit den Widrigkeiten klar.«

»Aber wenn du nicht in mich verliebt bist, was ist das dann, was wir hier tun? Was tust *du?* Warum sehen wir uns dann jetzt? Warum hast du mir gerade diese ganzen Nachrichten geschickt?«

Mahirs Hand schloss sich um ihren Oberschenkel, knetete ihn sanft.

»Ich habe mich nach dir gesehnt, genau wie ich es dir geschrieben habe. Ich finde dich clever, lustig und unglaublich attraktiv. Ich mag dich.«

»Mögen?« Nein, das reichte nicht. Es musste mehr geben. Das musste es einfach.

»Du bist toll und cool. Und sexy. Wir wollten doch eine Affäre«, erinnerte Mahir sie. »Das ist es, was ich hier zu liefern versucht habe.«

Julia legte ihren Kopf an seinen Hals, an seine zarte, weiche Haut, und küsste sie. Der Bart, den er sich hatte wachsen lassen, kratzte an ihrer Stirn. Leicht drückte sie ihre Lippen auf Mahirs, und er erwiderte den Kuss. Hinter ihren Lidern brannten Tränen. Sie verspürte den jähen Impuls, alles niederzubrennen. Sich völlig preiszugeben, in einer dramatischen Zurschaustellung ihrer lodernden Liebe. Sie ließ die Tränen kommen.

»Bist du okay, Julia?«

Julia atmete schwer.

»Vielleicht sollten wir das hier lieber abblasen. Soll ich dir ein Taxi rufen?«

»Nein«, sagte sie und senkte ihre Stimme zu einem heiseren Flüstern. »Du musst mich jetzt ficken.«

Er schüttelte den Kopf. Schob sie von sich.

»Nur noch einmal?«

Er schüttelte wieder den Kopf, aber seine Hand schlüpfte wie von selbst unter ihre Hose, streichelte sie unter dem Slip. Sie stöhnte leise. Seine Atmung wurde schneller. Es funktionierte, er konnte ihr nicht widerstehen.

»Was soll ich bloß tun?«, schluchzte sie, während sie immer wieder stöhnte. »Wie kann ich dich behalten?«

»Das kommt darauf an, was *du* willst«, sagte Mahir dicht an ihrem Ohr, außer sich vor Lust. Sie hatte gewonnen.

»Was würdest du zu mir sagen, wenn du mein Daddy wärst?«

Die Worte purzelten ohne nachzudenken aus ihr heraus.

Mahirs Hand streichelte sie fester, das war ein Spiel, das ihn anmachte. Eine Rolle, die er spielen konnte. Sie schloss die Augen und spürte pures Verlangen in sich pochen.

»Wenn ich dein Daddy wäre …«, flüsterte Mahir ihr ins Ohr und schob seine Finger tief in sie hinein. Sie biss sich auf die Lippe. »… dann würde ich sagen, dass du perfekt bist, so wie du bist. Dass an allem nur die Umstände des Lebens schuld sind. Daddy kann nicht immer für dich da sein. Aber jetzt bin ich es.«

Tränen der Erleichterung rannen ihr über die Wangen.

Schuld sind nur die Umstände des Lebens.

Das hatte etwas Versöhnliches an sich.

*

Niko taumelte, als er sich die Schuhe auszog, über die Stiefel stolperte, die verstreut im Flur lagen. Er ging in die Küche und trank gierig Wasser. Der Kühlschrank brummte. Er füllte noch ein Glas. Es war für Julia, wenn sie aufwachte. So leise er konnte, schlich er die Treppe hinauf. Öffnete vorsichtig die Tür zum Schlafzimmer.

Die Laken waren unberührt. Er stellte das Wasserglas auf ihren Nachttisch. Julias Abwesenheit war im ganzen Haus zu spüren. Trotzdem ging er auf die Suche. Er lugte ins Kinderzimmer, sah die leeren Betten. Er schaltete das Nachtlicht und die Lichterkette am Fenster aus. Er hatte keine SMS, keine entgangenen Anrufe auf dem Handy.

Er schrieb: *Alles okay?*

Nachdenklich legte er sich auf das Bett. Sollte er die Polizei alarmieren? Nein, sie war bestimmt mit Liv nach Hause gegangen. Aber es war so gar nicht ihre Art, sich nicht zu melden.

Das Wasserglas auf dem Nachttisch war das Erste, was er sah, als er von sanften Sonnenstrahlen geweckt wurde. Ein paar Staubkörner lagen auf der Wasseroberfläche. Julias Bettseite war unberührt.

Sein Handy blieb stumm.

Niko ließ seinen Blick über die vertraute Szenerie vor dem Schlafzimmerfenster schweifen. Als sich sein Rausch zu einem leichten Hangover abschwächte, kam die Besorgnis. Er ging nach unten und schmierte sich ein Brot, stellte es vor sich auf den Tisch. Versuchte zu essen, aber das Brot schmeckte trocken und fade und wurde in seinem Mund immer größer.

Er fühlte sich wie ein leckgeschlagenes Wrack. Wünschte sich eine Lüge herbei, mit der er die Löcher stopfen könnte. Wo hatte Julia übernachtet?

*

»Es ist sieben Uhr.«

Eine unsanfte Hand rüttelte Julias Schulter. Das Zimmer war in trübes Dämmerlicht getaucht. Mahir saß auf der Bettkante. Julias Kopf schmerzte von der gestrigen Weinorgie.

»Was?«

»Wir sind eingeschlafen. Es ist sieben. Zum Glück ist Bella noch nicht aufgewacht. Beeil dich.«

Mahir stand auf. Ihre Handtasche mit dem Handy lag noch im Flur, wo sie sie gestern zurückgelassen hatte. Julias Fußsohlen berührten den kalten Boden. Ihre schwarze Jeans lag nachlässig hingeschmissen in der Ecke, auf der transparenten Bluse prangte ein Weinfleck. Daneben lag ihr Tanga. Plötzlich verlegen wegen ihrer Nacktheit zog sie sich hastig an.

Mahir lehnte mit nacktem Oberkörper und nachlässig zugeknöpften Jeans an der Küchenarbeitsplatte. Seine Mundwinkel zuckten ungeduldig. Sie brauchte ihn jetzt. Es musste Bestimmung gewesen sein, dass das hier passiert war. Julia ging zu ihm und legte ihre Wange an seine Brust. Seine Arme hingen schlaff an seinen Seiten herunter, bis er widerstrebend eine Hand hob und ihren Rücken tätschelte, obwohl er es, wie sie ahnte, eigentlich gar nicht wollte.

»Kriegst du jetzt Probleme?«

Er sagte das mit einem kurzen, vermutlich entwaffnend gemeinten Lachen. So unerträglich hatte sie ihn noch nie erlebt. Mit diesem nervösen Lächeln und dem gehetzten Blick. Julia wich zurück, nickte.

»Es wird sich schon eine Lösung finden«, sagte sie. Obwohl sie keinen blassen Schimmer davon hatte, wie bloß. Bruch der Regel: *Nicht über Nacht wegbleiben*. Sie suchte in Mahirs Blick nach Zugewandtheit, aber er war gedanklich nicht bei ihr. Sie waren zwei Inseln. Julias Riesendummheit war nicht sein Problem. Nicht ihr Problem, ihr gemeinsames. Nur ihres.

»Papa?«

Bella stand in T-Shirt und Hausschuhen im Türrahmen.

»Hallo, Liebling.« Mahir streckte einen Arm aus, arrangierte sich beunruhigend schnell mit der Situation.

»Wo ist Daria?«

Mahir fummelte am Geschirrtuch herum.

»Wie bitte? Daria? Immer noch in Paris«, sagte er locker. »Das ist eine Bekannte, sie wollte hier nur etwas abgeben.«

»Hallo«, sagte Julia. »Wir sind uns schon mal begegnet, bei H&M.«

»Ah. Hi.«

Bella nahm sich eine Capri-Sonne aus dem Kühlschrank und verschwand wieder in ihrem Zimmer.

Mahir drückte Julia hastig die Lippen auf die Stirn, bevor er die Tür hinter ihr schloss. »Viel Glück«, murmelte er. Sie blieb im Hausflur stehen, der stark nach Chlorreiniger roch. Hörte, wie Mahir drinnen Bellas Namen rief. »Wollen wir heute nach Gröna Lund?«

Auf dem Weg zur U-Bahn begegnete Julia keiner Menschenseele. Sie versuchte mehrmals, Liv zu erreichen, vergeblich. Den Bahnsteig teilte Julia sich nur mit einem Straßenkehrer. Und da, da sah sie es. Auf einer großen Werbetafel in der U-Bahn. Da prangte das Plakat, es war unmöglich zu übersehen: sie alle, strahlend lächelnd. Salve und Sibylla mit Taucherbrillen. Niko mit künstlich gebräunten Beinen. Ihr retuschiertes Gesicht. Und im Hintergrund: Wasserrutschen und springende Delfine. *Jyllandland – das Abenteuer für die ganze Familie!*

Julia ging die Reihenhausallee hinauf. An den Rosensträuchern hatten sich Triebe gebildet. Insgeheim hoffte sie, dass Niko noch schlief. Dass sie neben ihm unter die Decke schlüpfen und so tun könnte, als sei nichts gewesen. Sie öffnete die Pforte, blieb auf den Steinplatten stehen, die zur Haustür führten, und erblickte Niko durch das Küchenfenster. Er saß auf seinem Platz, an dem er immer frühstückte. Julia wusste, was sie zu tun hatte.

Sie öffnete die Haustür, betrat den Flur. Ihr Blick fiel auf Nikos Hände; sie lagen wie versteinert auf dem Tisch. Sie sah den schlichten Goldring an seinem Ringfinger. Sein unangetastetes Frühstücksbrot.

»Willst du nichts essen?«

Er lachte trocken. Wandte den Blick ab.

»Wo bist du gewesen?«, fragte er. »Und lüg mich nicht an.«

»Bei Mahir.«

Er hielt den Atem an. Seine Augen waren blank. Seine Haut matt und leblos, grau. Von Müdigkeit gezeichnet.

»Ist ja klar«, sagte er und wandte erneut seinen Blick ab. »Ist ja klar, dass er es ist.«

»Was soll das heißen?«

Niko schüttelte den Kopf.

»Nein, nichts, wie schön für ihn. Dass er mit dir schlafen durfte.«

Julia wurde von einem Impuls erfasst, sich zu verteidigen – das, was sie mit Mahir gehabt hatte, zu verteidigen. Doch das war eine Koketterie, die sie sich nicht leisten konnte. Wie sollte das – was es auch war – sich mit dem Schmerz messen, den sie Niko zugefügt hatte?

»Entschuldige.« Die Worte stockten in ihrem Hals. »Entschuldige. Ich bin eingeschlafen, ich wollte nach Hause kommen.«

Niko schüttelte erneut den Kopf. Stand auf. Ging in den Flur, zog sich die Schuhe an.

»Es ist nur zu offensichtlich, dass das, was ich dir bieten kann, dir nicht reicht.«

In seiner Stimme schwang keine Sentimentalität, kein Märtyrergehabe mit. Es war eine simple Feststellung.

»So ist das nicht.« Julia klang nicht sonderlich überzeugend.

Niko schlüpfte in seine Jeansjacke.

»Wo gehst du hin? Bitte bleib.«

»Was glaubst du denn? Dass ich zu Mahir gehe und ihn zum Duell auffordere? Ich hole die Kinder ab.«

Niko wühlte in der Schublade, in der sie die Schlüssel verwahrten. Mitten in der Bewegung hielt er inne. »Sag mal, hältst du mich eigentlich für blind?«, sagte er. »Ich habe es dir doch angesehen. Jeden verfluchten Tag. Dein Blick liegt auf mir, und dabei fragst du dich: *Bin ich zufrieden? Reicht mir das? Reicht er mir?* Ich kann so nicht leben, ständig so unter die Lupe genommen zu werden.«

»Ich *bin* zufrieden«, sagte sie. »Ich werde ihn jetzt sofort anrufen und ihm sagen, dass wir uns nicht mehr sehen können.«

Niko erwiderte nichts, blickte sie nicht an.

»In Ordnung?«

Julias Blick fiel auf die Kinderzeichnung an der Küchenwand. Der Klebstreifen hatte sich schon wieder gelöst. Sie drückte ihn mit dem Daumen an.

»Fühlst du etwas für ihn?«, fragte Niko.

Julia erwiderte nichts, aber das reichte als Antwort. Niko nickte langsam, während er sie verarbeitete.

»Well, that's that, nehme ich an«, sagte er, so als spielte er in irgendeinem albernen Frank-Sinatra-Musical mit.

»Ich hole die Kinder«, sagte Julia.

»Klar. Tu das.« Niko zuckte mit den Schultern und setzte seine Hipster-Cap auf, wegen der Julia ihn immer aufzog, die jetzt aber nur Zärtlichkeit in ihr wachrief. Dann war er draußen. Sie sah, wie er durch die Pforte hastete und wegging, sah, wie er den Spielplatz überquerte und in Richtung Wald verschwand.

3. TEIL

Polen, Sommer 2010

Dampfende, mit Bauchspeck bestreute Piroggen, triefend vor Butterschmalz. Niko betrachtete Julia amüsiert, als sie sich unter den wachsamen Augen seiner Oma ein Stückchen davon in den Mund steckte.

»Good?« Oma nickte. »Good!«, stellte sie fest, noch bevor Julia diese himmlische, salzig-fettige Köstlichkeit überhaupt probiert hatte. Niko strahlte über das ganze Gesicht und biss von seiner Pirogge ab.

Eine Woche wollten sie bei Nikos Oma bleiben; er wollte Julia zeigen, wo er als Kind die Sommer verbrachte hatte. Ihr die Nische auf dem Dachboden zeigen, wo er geschlafen hatte. Bevor er Julia getroffen hatte, hätte er sich nie vorstellen können, jemals eine Freundin mit hierher zu bringen. Niko suchte eifrig alte Comic-Hefte und ausgeblichene, abgegriffene Donald-Duck-Taschenbücher hervor und reichte sie ihr, als wären sie *der* Schlüssel zum Verständnis seiner Person. Und Julia freute sich über jede neue, noch so bedeutungslose Information.

Eine Häkeldecke bedeckte das Bett, und an der Stirnwand des Zimmers hing ein Kruzifix. Niko hatte bisher gezögert, Julia zu sagen, dass sie in getrennten Räumen würden schlafen müssen, obwohl sie zu Hause in Stockholm bereits zusammengezogen waren. Aber solange sie nicht verlobt waren, galten unter diesem Dach die Regeln seiner Oma.

Magda hatte Julia ihr eigenes Schlafzimmer überlassen und darauf bestanden – wirklich *bestanden* –, dass sie selbst auf der Küchenbank nächtigen würde. In diesem Moment aber lagen die jungen Leute Wange an Wange zusammen auf dem Dachbodenbett.

»Als Opa noch lebte, ist er immer um sechs Uhr aufgestanden«, erzählte Niko. »Dann hat er ganzen Tag auf dem Acker gearbeitet. Kam nur zum Mittagessen und später vielleicht für eine kleine Kaffeepause herein, bevor er wieder rausging und weiterarbeitete, bis er ins Bett fiel. Oma hat immer gesagt: *Opa ist ein guter Mann, er arbeitet und schuftet, und dann legt er sich schlafen. Trinkt keinen Schnaps, prügelt sich nicht. Er ist glücklich und zufrieden mit dem Wenigen im Leben.* Aber dass Opa *glücklich* gewesen sein soll, das war eine klare Übertreibung.« Niko lachte. Er hatte seinen Opa nie auch nur irgendeine Gefühlsregung angesehen oder eine Meinung äußern hören. Das Leben war eine einzige Pflicht, und das war's.

Wenn Niko bei seinen Großeltern in Kokoszkowy war, las er viele Bücher. Auf Donald Duck folgten, als er zum Teenager heranwuchs, Biografien von Rockbands oder Unterhaltungsromane von Dan Brown, die, wie Niko fand, absolut »mind-blowing« waren.

»Oma hat sich immer daran gestört, dass ich las. *Warum liest du immerzu? Geh doch lieber raus.*« Er ahmte ihre Stimme nach.

»*Aber dadurch lerne ich doch was*«, habe ich dann erwidert. »*Das ist doch nichts Schlechtes.*«

Nikos Polnisch war im Alter von zehn ins Stocken geraten, weil sein Vater Kristof es leid gewesen war, dass Niko ihm immer auf Schwedisch antwortete, und es deshalb aufgab, sich mit seinem Sohn in seiner polnischen Muttersprache zu unterhalten. Jetzt auf die passenden Worte zu kommen, war mühsam. »Weißt du, was Oma mir geantwortet hat? *Warum willst du so viel lernen? Zu viel Wissen macht einen nur unglücklich.*«

Traurig erkannte Niko, dass seine Oma in all den Jahren, in denen er sie nicht besucht hatte, wirklich *alt* geworden war. Man sah es vor allem an kleinen Einzelheiten: ihren mageren Händen, dem nur nachlässig gespülten Besteck, den eingetrockneten Essensresten an den Kacheln über dem Herd. An der feinen Staubschicht auf der Häkeldecke auf dem Dachboden.

»Hier hast du also gottesfürchtig gelegen und Donald Duck geschmökert«, sagte Julia und streckte sich auf dem Bett aus. »Hast dir vielleicht ab und zu einen runtergeholt beim Anblick von Daisys gefiedertem Po?«

Sie kicherte.

»Behütet vom Engel Gabriel«, sagte Niko und nickte zu dem Bild hinüber, das einen Engel und zwei Kinder zeigte. »Nee, das nicht, aber wenn ich Angst hatte, habe ich tatsächlich an diesen Engel da gedacht. Hier oben allein zu liegen, war ja gruselig. Ich hab mir dann immer ausgemalt, dass mich der Engel beschützen würde.«

Julia streichelte Nikos Wange. »Wie süß!«

Sie zog ihn an sich und küsste ihn.

»Ich kapier nicht, dass es eine Rolle spielt, ob man in einem Bett schläft oder nicht«, sagte Julia. »Schließlich kann man ja nicht nur nachts miteinander …«

Niko löste sich behutsam aus Julias Griff. Sie sah ihn erstaunt an. Heiß rauschte ihm das Blut durch die Adern – seine Nervosität schlug Purzelbäume in seiner Magengrube. Er musste sich enorm anstrengen, um seine zitternden, feuchten Hände vor Julia zu verbergen. Seine Stimme brach vor unterdrückter Lust, als er sagte: »Nicht jetzt. Komm …«

In Kokoszkowy hatte Niko von seinem fünfzehnjährigen Cousin ein altes Moped leihen dürfen. Es spuckte stotternd Abgase, als sie über die Landstraßen bretterten, vorbei an riesigen sonnengelben und unter dem bedeckten Himmel geradezu leuchtenden Rapsfeldern. Der süße, saftige Duft war Julia von anderenorts vertraut. Zwei Jahre waren mittlerweile seit ihrem Unfall auf dem Friedhof vergangen, und seit diesem Tag war Niko ihr unter die Haut gegangen, und warme, unmissverständliche Gefühle hatten sich in ihr eingenistet und beschlossen, zu bleiben.

Julia hatte Tita und Kristof kennengelernt, aber dass Niko sie hierhin mitgenommen hatte – zu seiner Oma, von der er ständig sprach –, war irgendwie auf ganz andere Art etwas Besonderes. Julia wusste, dass seine Oma ihn sehr geprägt hatte: Sie war das Bindeglied zu seinen Vorfahren und hatte ihm gleichermaßen Respekt und Geborgenheit vermittelt. Magda hatte etwas ungemein Bodenständiges. Auch wenn ihre Hand vom Alter zitterte, strahlte sie eine Tatkraft aus, die in der westlichen Welt allmählich ausstarb, wie Julia dachte. Jemand, der den Weltkrieg miterlebt hatte und wusste, was es hieß, von der Hand in den Mund zu leben. Die fünf Kinder gestillt, Hühner geschlachtet und eine Bluse zehnmal umgenäht hatte, bis diese irgendwann woanders noch als Flicken endete. Wo ein jeder Gegenstand und jede Aufgabe ein Zahnrad der Ereignisse war, die ein Leben prägten. Nikos Blick schweifte über das Rapsfeld; die gelbe Farbe ließ seine braunen Augen strahlen. Er lächelte ihr zu. Sie liebte seine feine Narbe. Zeichnete sie mit ihrer Zunge nach, als sie sich küssten.

Niko schob sie behutsam von sich und sprang in plötzlicher Eile auf.

»Müssen wir denn schon los?«

Niko sah sich um. Niemand außer ihnen war hier, mal abgesehen von den summenden Bienen, die hin und her taumelten, als wären sie betrunken. Niko hustete, kniff die Augen gegen die Sonne zusammen. Noch bevor er angefangen hatte, war sein Gesicht hochrot.

In tastendem Sprechgesang sang er das »Elephant Love Medley« – jene Zeilen, die davon handelten, dass die Liebe etwas Herrliches sei, die einen emporhebt, der Ort ist, wo man zu Hause ist.

Julia lachte entzückt.

»All you need is love«, sang Niko weiter. Sang jetzt richtig. Vielleicht nicht hundertprozentig überzeugt, aber – er sang. Er hatte das ganze »Elephant Love Medley« auswendig gelernt. Jetzt war er kurz vor der Partie, die Nicole Kidman im Falsett gesungen hatte. Und da konnte sie, Julia, ihn, das spürte sie, also wirklich nicht hängen lassen.

Also stimmte sie mit ein. Und so sangen sie umgeben von Raps und Bienen das gesamte Duett zusammen. Etwas in ihrem Inneren machte einen Satz; sie konnte es bereits in ebenjenem Moment wie von außen betrachten – wie sich die Erinnerung an diesen Moment für immer und ewig in sie eingrub –, er hatte das gesamte Lied auswendig gelernt! Für sie! Ausgerechnet er – der doch sonst *nie* sang!

Und als Niko geendet hatte, nachdem er schallend den ganzen *How wonderful life is while you're in the world*-Part gesungen hatte, zog er einen kleinen glitzernden Gegenstand aus seiner Hosentasche. Julias Magen verkrampfte sich erwartungsvoll. Wenn einem so etwas widerfuhr, sollte man schließlich zu Tränen gerührt sein. So war es jedenfalls immer im Film. Aber Julia bekam stattdessen einen Krampf in den Wangen vor Glück. Das hier war besser als alle romantischen Komödien der Welt.

»Willst du mich heiraten?«, fragte Niko Julia.

Magda stand in der Küche und rührte in einem Topf, als sie zurückkamen.

»Und?«, fragte sie.

Niko nahm Julias Hand und streckte sie ihr mit dem Ring entgegen.

»Den will ich später aber wiederhaben«, mahnte Magda und brummte etwas, das Niko Julia am Abend im Flüsterton übersetzte, als sie unter der Häkeldecke, behütet vom Engel Gabriel, im selben Bett lagen.

Was junge Leute nicht alles anstellen, um miteinander in die Kiste steigen zu können.

27

Julia fingerte an Magdas altem Ring herum. Neben ihr lag Sibylla und zählte die blass leuchtenden Kunststoffsterne an der Zimmerdecke. Salve war am Fußende des Bettes eingeschlafen. Julia und die Kinder schliefen im Gästezimmer, beziehungsweise im Katzenzimmer. Ingela und Stefan hießen sie, benannt nach zwei Klassenkameraden von Caroline, die »immer etwas gehänselt wurden«. Es war eine seltsame Art, ihren einstigen Klassenkameraden Gerechtigkeit widerfahren zu lassen, aber auch ein typisches Beispiel dafür, wie Caroline die Welt sah. Die dicken Katzen saßen auf ihrem Kratzbaum und spähten mit gelben Augen ins Dunkel.

Julia hatte auf dem Weg zu ihrer Mutter Mahir angerufen. Eine unerklärliche stille Hoffnung hallte immer noch in ihrer Brust wider, während das Rufsignal rausging, die Überbleibsel des Virus, der erst gestern noch Julias Blutkreislauf beherrscht hatte.

»Ich bin in Gröna Lund, gibt's was Wichtiges?« Julia konnte seine Anspannung hinter dem leichten Ton erahnen.

Sie schluckte. Schirmte das Handy mit der Hand gegen den Wind ab.

»Ich wollte dir nur erzählen, dass ich es Niko gesagt habe. Und dass wir beide, du und ich, nie wieder Kontakt haben werden. Diesmal meine ich das auch so. Und ich möchte, dass du das respektierst.«

Am anderen Ende blieb es still. Nur ausgelassenes Kreischen, schepperndes metallisches Klirren und Musik von einer der vielen Buden war zu hören. Julia sah alles genau vor sich: die Treppen des Verrückten Hauses, das Spiegelkabinett und Ikaros, den hundertzwanzig Meter hohen Turm, an dessen Spitze eine goldene Sonne rotierte, die symbolisch die Flügel der hochmütigen Fahrgäste der Attraktion in Brand steckte und sie im freien Fall zu Boden stürzen ließ.

»Moment«, sagte Mahir jetzt scharf. »Gib mir nicht die Schuld. Wir hatten Spaß zusammen, ihr hattet euren Deal, und ich übernehme Verantwortung dafür, was das für Daria und mich bedeutet. Ich dachte, dass du wusstest, worauf du dich einlassen würdest, weil ich das auch wusste. Jedenfalls hast du es mir gegenüber so dargestellt.«

»Ich weiß.«

»Mach nichts Negatives aus der Sache«, sagte er und legte auf. Julia ahnte, dass er mit »aus der Sache« die Erinnerung an ihn meinte, so als ob es das Wichtigste für ihn wäre, dass er in Julias Augen gut dastünde. Voller Verachtung dachte sie an seine Angst, sich verletzlich zu zeigen, ehrlich verletzlich und nahbar.

Er wollte kein Homewrecker sein, genau wie er es gesagt hatte. Ein Wolf dagegen schon, denn auf diese Weise hatte er es unter Kontrolle. Konnte wochenlang nachts auf die Jagd gehen. Seine Beute einkreisen, sie anlocken, fangen. Aber wenn er damit fertig war und die delikatesten Teile verzehrt hatte, blieben die Reste liegen, und das in den Bau geschleifte verwesende Aas begann zu stinken. Die Beute, die für ihn nur eine Mahlzeit unter vielen gewesen war.

»Wo ist Papa?«, fragte Salve, plötzlich hellwach.

»Zu Hause«, erwiderte Julia, »wir machen hier nur einen Besuch.«

Sie setzte sich auf, zeichnete sein weiches Profil mit dem Zeigefinger nach, streichelte seine Stirn und die Nase, bis er wieder eingeschlafen war. Durch den Türspalt drangen die Worte des Hörbuchs, dem Caroline in der Küche lauschte. Ihre Stricknadeln klirrten rhythmisch aneinander. Julia mühte sich aus dem engen Bett, ging rüber. Setzte sich Caroline gegenüber.

»Was wird das?«

Caroline zuckte mit den Schultern. »Es wird, was es wird, wie immer. Eine Mütze, nehme ich an.«

Am Kühlschrank hingen Bilder von Sibylla und Salve, die sie früher für ihre Oma gemalt hatten. Ein ausgeblichener Kunststoffmagnet in Gestalt der kleinen Meerjungfrau, die Julia als Kind als Gimmick in einem Happy Meal gehabt hatte. Drum herum häuften sich weitere Magnete, Zettel und Gedächtnisstützen. Carolines Einrichtungsstil – oder vielmehr nicht vorhandener Einrichtungsstil – bot schon lange nicht mehr das gemütliche Paradies ihrer Kindheit. Was früher eine wahre Schatzkammer für Entdeckungsreisen gewesen war, wirkte auf die erwachsene Julia wie die Rumpelkammer eines Messies. Alles sah noch so aus wie in den Neunzigerjahren: der eingeschaltete Deckenventilator mit Licht, die mit Schmuck, Cremes, leeren Plastikflaschen und Quittungen übersäten Oberflächen. Der als Kleiderhaken für fusselige Kunstfaserstrickjacken herhaltende Türgriff. Dinge, die Caroline im Versandhandel gekauft hatte und die einfach liegen geblieben waren.

»Deine Bedürfnisse standen immer an erster Stelle«, sagte Caroline da wie aus dem Nichts.

»So ist das meistens, wenn man Kinder hat«, sagte Julia.

»Schon, aber ich meine, mehr als gewöhnlich. Daran bin wohl ich schuld, weil ich dich zu sehr verwöhnt habe«, sagte Caroline, »aber ich habe vermutlich versucht, dadurch Tims Fehlen zu kompensieren.«

Da hatte Caroline wahrscheinlich nicht ganz unrecht. Julia war verwöhnt worden, zwar nicht mit materiellen Dingen, aber sie hatte immer das Gefühl gehabt, im Mittelpunkt zu stehen, sich als den Nabel der Welt gesehen. Caroline und sie hatten in einer wundervollen Symbiose gelebt, im selben Bett geschlafen und alles gemeinsam gemacht. Grenzen hatte es nie gegeben; sie waren gleichberechtigt, ihre Bedürfnisse waren deckungsgleich, und sie hatten alles miteinander geteilt. Aber was sie als Kind wunderbar fand, nahm ihr mit dem Erwachsenwerden die Luft.

»Und jetzt muss ich mir wieder jede Nacht Sorgen machen«, sagte Caroline. »Mich fragen, ob es dir gut geht, ob du traurig bist. Wieder einmal dreht sich alles um deine Bedürfnisse. Dabei weißt du doch, dass ich sowieso schon Schlafprobleme habe.«

»Hallo, nun aber mal langsam, es ist nicht deine Familie, die hier auf dem Spiel steht. Sondern meine.«

Caroline pausierte das Hörbuch. Der Ventilator summte.

Julia versuchte sich zu beherrschen. Tränen traten ihr in die Augen. Caroline legte das Strickzeug beiseite und streckte die Hand aus.

»Mir fällt es mit meinem Borderlinesyndrom manchmal etwas schwer, Liebling, zu …«

Julia seufzte. »Du bist nicht borderline, Mama.«

»Doch, das das bin ich. Zumindest habe ich es in einer leichten Form. Das hat Liv doch gesagt.«

Julia lachte auf.

»Das stimmt! Sie glaubt übrigens, dass du ADHS hast. Vielleicht ist das ja die Erklärung für dieses ganze Chaos?«

Julia rollte mit den Augen.

»Was hast du dir bloß dabei gedacht?«, fragte Caroline nach einem kleinen Moment. »Warum wolltet ihr eine offene Beziehung führen?«

Julia schwieg, wusste nicht, wo sie überhaupt anfangen sollte oder ob ihre Mutter sie verstehen könnte, ohne einen weiteren Kommentar über Julias Egoismus abzugeben. Caroline streichelte Julias Wange.

»Wie auch immer, vielleicht war es die Sache ja wert?«

Julia spürte in sich hinein. Wie sollte sie darauf antworten? Sie wusste immer noch nicht, wie alles ausgehen würde. Ihr Blick huschte zur kleinen Meerjungfrau am Kühlschrank. Arielle, die sich mit schmalen, aber muskulösen Ärmchen auf einen Felsen hievte. Dort unten im Meer waren ihre Familie, ihre Freunde, ihre gesamten Besitztümer. Aber jetzt war ihr Blick auf Prinz Erik gerichtet, der dort in der Sonne wandelte. Arielle hatte das Aussehen einer Barbiepuppe, aber ihr Herz blutete ebenso wie das der kleinen Meerjungfrau, der die Zunge herausgeschnitten wurde. War es das wert?

*

Niko öffnete seine Reisetasche und warf Kleidung, Bettzeug, Handtücher, Duschgel und seine Zahnbürste hinein. Er konnte die Kinder nicht ewig bei Julias Mutter wohnen lassen, konnte aber auch nicht mehr mit Julia zusammenwohnen. Morgens aufwachen, so als ob nichts passiert wäre, ihr verschlafenes Gesicht sehen, sich vor den Kindern fröhlich geben, obwohl es ihm gerade das Herz zerriss. Niko würde ins Büro ziehen. Nur so lange, bis er wusste, wie seine nächsten Schritte aussehen würden.

Auf der Suche nach irgendeinem Gegenstand, der schnell vergessen war, ging er in den Keller des Reihenhauses, wo er vor dem Vitrinenschrank stehen blieb – darin standen seine alten Spielfiguren aufgereiht, mit schwellenden Muskeln und Capes. Transformer und He-Man und Darkwing Duck. Ein alter Kellogg's-Frosties-Tiger. Niko rückte eines der Plastikfigürchen wieder zurecht und stieß dabei eine andere zu Boden. Ehrfurchtsvoll stellte er sie zurück in die Vitrine.

Gerade als Niko die Tür hinter sich abschließen wollte, sah er, dass eines der kleinen Grayskull-Schwerter auf den Betonboden gefallen waren. Er hob es vorsichtig auf. So viel ihm diese Plastikteilchen auch bedeutet hatten, so wenig bedeuteten sie ihm heute. Wann hatte er seine Begeisterungsfähigkeit, seine ungebrochene Zuversicht verloren? Aus einem jähen Impuls heraus nahm Niko seine Goldkette ab, fädelte das Schwert auf die Halskette und legte sie sich wieder um.

Nachdem er die Alarmanlage eingeschaltet und die Haustür abgeschlossen hatte, kam Erkan verschwitzt und rotwangig auf seinen Rollskiern angefahren. Unmittelbar vor Niko legte er eine Vollbremsung hin, beugte sich vor und verzog das Gesicht wie man es tat, wenn man sich körperlich angestrengt hatte und darüber hinaus betonen wollte, wie *sehr* man sich verausgabt hatte.

»Machst du nächstes Jahr beim Wasalauf mit?«, fragte Niko munter, um seinen Sinneszustand zu verbergen.

Erkan nickte. »Ja, verdammt, wenn du dabei bist, bin ich auch dabei.«

Erkan stieg aus seinen Skiern und hielt sie Niko hin.

»Probier's zumindest mal. Wenn du mal einen schlechten Tag hast, bekommst du damit so richtig den Kopf frei, glaub mir.« Er klopfte Niko auf die Schulter. Wenn Erkan nur wüsste … Niko würde mehr brauchen als ein Paar Rollerblades für Erwachsene, um diesen Tag zu vergessen. Trotzdem nahm er sie.

*

Niko machte sein Bett auf der Mogensen-Couch im Büro, legte sich hin und schaute durch das Dachfenster, wo Flugzeuge wie blinkende Satelliten über den nächtlichen Maihimmel zogen.

Am nächsten Tag trafen die Weinpaletten ein, die weiter zum Jesti sollten. Niko entfernte die schützende Kunststofffolie, nahm eine der Flaschen heraus. Da war er. Der verspätete Hauschampagner. Fünfhundert Flaschen, die Etiketten zierte Mahirs unverkennbares Profil in naivistischem Stil sowie der Schriftzug *Jesti!* in großen, nachlässig gekritzelten Buchstaben. Niko zögerte nicht. Er riss den Korken ab und trank den Champagner direkt aus der Flasche. Die Kohlensäure stach in der Nase. Er legte eine alte Platte einer Hardcore Band auf. Mit dem Schwert um den Hals plante er seine Rache an Skeletor. Er war sich nicht ganz sicher, ob nun Julia oder Mahir der Feind war. Momentan war es so, als wären sie es beide gleichermaßen. Und Niko hatte es zugelassen wie der letzte Idiot. Was hatte Julia sich dabei gedacht? Dass er einen so schwerwiegenden Verstoß gegen ihre Vereinbarung einfach so runterschlucken würde? Dass seine Liebe und seine Abhängigkeit von ihr ihn die existenzielle Ohrfeige, die sie ihm verpasst hatte, tolerieren lassen würde? Nein, wenn er etwas mit vollkommener Klarheit wusste, als die Bässe in seinem Hintern wummerten und die Promille ihren Job erledigt hatten, dann, dass er auch alleine klarkäme.

Was sollte er jetzt mit der Lieferung machen? Er würde die Flaschen natürlich persönlich abliefern. Würde hinfahren, stolz und unbeugsam, und seine ehrliche Meinung sagen. Welche Meinung das war? Eine, die ihm wieder seine Macht zurückgäbe und seinen Gesichtsverlust rächen würde. *Herzlichen Glückwunsch, du hast gewonnen!* Nein, das klang verbittert, armselig.

Hat es Spaß gemacht mit ihr?

Widerlich.

Sollte er eine Champagnerflasche zu Boden werfen, um sein Eintreffen anzukündigen? Sich mit Wein übergießen – Moment, mit welchem dann bloß? Dem Franzosen, einem fermentierten Gamay Noir vielleicht, indem er ihn wie das Schweineblut in Stephen Kings *Carrie* über sich ausschüttete, die Arme ausbreitete und brüllte: *Na, wie gefällt dir das?*

Niko sah die Szene vor sich, er selbst in einem blütenweißen Sakko, und konnte nicht aufhören, sich in seinem Elend zu suhlen.

*

Am nächsten Tag fuhr Niko mit dem vor Weinkartons klirrenden Transporter los, während hinter seinen Schläfen der Kater pochte. Überquerte rücksichtslos Kreuzungen und gab einen Scheiß darauf, ob irgendetwas zu Bruch ging oder er selbst verunglückte, dann hätte er zumindest seine Ruhe. Bei genauerer Überlegung konnte das allerdings noch schlimmer enden: Als Invalide wäre er ein noch größeres Opfer mitleidsvoller Blicke.

Im Strandvägen hielt er an einer roten Ampel. Ein Schwarm von Touristen ergoss sich über den Zebrastreifen, irrte hin und her in Hüten und beigefarbenen Jacken mit schwankenden Selfiesticks, während sie mit zusammengekniffenen Augen die Fahrpläne der Schärengartendampfer studierten. Von hier aus konnte er den Eingang des Jesti sehen.

Sein Herz, das vor blinder Wut gehämmert hatte, wurde plötzlich eiskalt. Wusste Mahir, dass Niko alles erfahren hatte? In wie engem Kontakt standen Julia und er überhaupt? Julias Versprechen, Mahir anzurufen und die Affäre zu beenden, schätzte er nach all ihren Lügen als nicht besonders verlässlich ein.

Wenn Mahir wusste, dass Niko es wusste, wäre die Lage klarer. Dann konnte Niko darauf reagieren und einen auf Carrie machen. Aber wenn Mahir nicht wusste, dass Niko es wusste, dann müsste er ihm zuerst sagen, dass er, Niko, davon wusste, und das würde seiner ganzen Racheaktion die Spitze nehmen. Niko bog auf die Ladezone vor dem Jesti. Die Tür zur Küche war einen Spaltbreit geöffnet.

Fuck it!, dachte Niko. *Tu's einfach. Geh rein, mach den Wichser zur Sau!* Niko steckte das kleine Plastikschwert unter sein T-Shirt, stieg aus dem Transporter und betrat das Jesti. Drinnen herrschte eine beinahe sakrale Atmosphäre; bis auf das Klirren von Besteck, das anscheinend sortiert wurde, und ein maschinelles Brummen aus der Küche war nichts zu hören. Die schlichte Einrichtung mit den glänzenden Tischen und den schweren Ölgemälden, die einen so ursprünglichen, natürlichen Eindruck vermitteln sollten, wirkte mit einem Mal blasiert auf ihn. Trotzdem war Niko sich schmerzlich bewusst, dass er das Restaurant genauso konzipiert hätte, wenn es nach ihm gegangen wäre. Eine Frau in verwaschener Bluse, das Haar zu einem lockeren Knoten hochgesteckt, erschien an den Schwingtüren der Küche.

»Zu wem möchten Sie?«

Nikos Blut rauschte. Er war bereit für den Fight, dafür, dem Feind ins Auge zu sehen. Stattdessen hörte er sich antworten: »Ähm. Ich heiße Niko und bringe ein paar Paletten Champagner.«

Die Kellnerin lächelte, machte ein paar schnelle Schritte auf ihn zu, wischte sich die Hände an der Schürze ab und streckte ihre Hand aus.

»Jackie. Ich bin die Sommelière. Mahir ist leider nicht da, er hatte einen dringenden Termin.«

Ist ja klar, dachte Niko. Na, dann wusste er, Niko, ja zumindest, dass Mahir wusste, dass Niko es wusste.

»Haben Sie Hilfe zum Reintragen, oder sollen wir das zusammen machen? Pelle kann bestimmt auch kurz mit anpacken.« Sie nickte in Richtung Küche und rief: »Pelle?«

»Ich mach das schon«, sagte Niko. »Alles gut.«

»Wirklich? Super, dann können Sie sie …« Sie legte einen Finger an die Unterlippe und ließ ihren Blick durch den Raum schweifen, »… dorthin stellen. Wir erwarten noch ein paar Kühlgeräte, das wird erst mal gehen.«

Sie lächelte. War es ein spöttisches Lächeln? Ob sie es wusste? Hatte sie Julia hier gesehen? Hatte Mahir lauthals lachend alles zum Besten gegeben, bevor er zu seinem »Termin« musste? Dieses rückgratlose Aas!

Niko riss die Tür des Transporters auf, lud einen Karton aus und stellte ihn auf den Bürgersteig. Dann noch einen. Seine Muskeln packten das.

Als Niko wieder ins Restaurant kam, schwer beladen mit Champagner, war Jackie nirgends mehr zu sehen. Er stellte die Flaschen direkt hinter dem Eingang ab, nicht an die gezeigte Stelle. Er war schließlich Importeur, kein dummer Laufbursche. Das sollte ihnen klar sein, nicht zuletzt Mahir!

Als der Transporter geleert war, rief er *Tschüss* und war selbst erstaunt, wie nett es klang. Auf einem der kunstvoll gestalteten Tische lag sortiertes Besteck. Niko nahm eine Handvoll davon und steckte es sich in die Jackentasche. Das war vielleicht nicht vergleichbar mit dem, was He-Man getan hätte, war aber immerhin ein kleiner Seitenhieb. Mit hastigen Schritten verließ er das Lokal, sprang in den Wagen und fuhr mit quietschenden Reifen davon.

*

Unter dem Bett im Katzenzimmer lagen Julias alte Tagebücher. Diejenigen, die sie von sieben Jahren an aufwärts geschrieben hatte, bis sie etwa zwanzig war und von zu Hause aus- und direkt bei Niko einzog. Jeder Bucheinband beinhaltete Erinnerungen, Düfte, Emotionen. Es war wie ein Besuch bei alten Freunden, die sie besser als sonst jemand kannten. Konzentriert blätterte sie darin, suchte nach Hinweisen, einem Zeichen, etwas, das ihr Aufschluss darüber geben könnte, wer sie war. Was sie eigentlich suchte.

Sie las einen längeren Abschnitt, den sie mit achtzehn verfasst hatte. Damals hatte ihr Vater in Berlin gewohnt, und sie hatte ihn eine Zeit lang besucht. Sie legte damals vielleicht nicht mehr so viel Wert auf seine Gesellschaft, doch sein Angebot, bei ihm zu wohnen, hatte sie gern wahrgenommen. Tim und seine Freundin Linda, die damals bereits ein paar Jahre ein Paar waren, lebten in einer Wohnung in der Nähe des Alexanderplatzes. Linda hatte eine sechsjährige Tochter, Monica, die bei ihrem vermögenden Vater in Bulgarien lebte, woher auch Linda stammte. Jeden Tag vergoss sie Tränen über ihre Tochter und hatte extra ein Zimmer in der Wohnung für sie eingerichtet, mit lilafarbenen Bettbezügen mit Prinzessinnenmotiven, einer Kleiderstange mit schönen Kleidern und einem Schreibtisch voller Malbücher und Play-Doh. Monica war noch nie dort gewesen.

Die ersten Wochen verliefen ohne größere dramatische Ereignisse. Linda vertraute sich Julia an wie einer Freundin. Sie gaben Tims Geld beim Shoppen aus, und Linda redete schlecht über die Frau, mit der Tim vor ihr zusammen gewesen war und die Julia eigentlich gemocht hatte. Linda sagte, dass Männer wie Tim Flittchen geradezu anzogen, fügte aber schnell hinzu, dass das natürlich nicht auf Julias Mutter zuträfe.

»Eine Frau wie Caroline verlässt man nicht«, sagte Linda über Julias Mutter. »Die Mutter des gemeinsamen Kindes und eine Schönheit noch dazu. Ich habe Fotos von ihr gesehen, sie sieht ja aus wie Sophia Loren.«

Abends ging Julia aus und fand Anschluss bei einer Gruppe von Erasmus-Studenten. Eine bunte Schar von Leuten, unter denen zwar niemand hervorstach, zu dem sie besonders guten Kontakt gehabt hätte, aber immerhin hatte sie Leute, mit denen sie in den Techno-Club Berghain gehen konnte. Während der drei Monate, die Julia in Berlin lebte, aß sie nur Fast Food, trank Bier und nahm an Gewicht zu.

»That's enough«, sagte Linda bei irgendeiner Gelegenheit, gemünzt auf Julias zusätzliche Kilos. »No more.«

Julia stritt sich mit Tim über seine Ansage, dass sie spätestens um zwölf Uhr nachts zu Hause zu sein habe. Julia ärgerte es, dass er die Stirn hatte, sich ausgerechnet jetzt, wo sie volljährig war, als ihr Vater aufzuspielen, doch sie wertete sie es immerhin als einen Beweis dafür, dass sie ihm nicht egal war. Zum ersten Mal sah Julia ihn mit anderen Augen; nicht länger mit dem bewundernden Blick eines Kindes. Ihr fielen seine schlechte Körperhaltung, seine seltsamen Wertvorstellungen und sein hässlicher Ledergürtel im Set mit der Handytasche auf.

Auf einer gemeinsamen Shoppingtour gestand Linda Julia mit Tränen in den Augen, dass sie in Tims Suchverlauf gesehen hatte, dass er *big boobs* gegoogelt habe. Daraus hatte Linda geschlossen, dass sie sich Silikonbrüste zulegen müsse; dass sie geheult hatte, lag daran, dass Tim sich geweigert hatte, den Eingriff zu bezahlen.

Julias idealistische Vorstellungen von ihrem Vater, die bereits leicht ramponiert gewesen waren, lösten sich in jenen Monaten in Berlin völlig in Luft auf. Jene Illusion, dass Tim der ungekrönte König war, eine wichtige Persönlichkeit in einem fremden Land, in dem er dringender gebraucht wurde als zu Hause bei seiner eigenen Tochter. Ein Land, in dem alles besser war, in dem sie eines Tages Prinzessin sein würde, ein Land, in das sie sich in ihrer Fantasie flüchten konnte.

Julia sah in Carolines Wohnung aus dem Fenster. Ihr Blick fiel auf den Betonkomplex gegenüber, auf die Fensterreihen, die wie Hunderte kleine leuchtende Augen aussahen. Auf die Parabolantennen und Jalousien. Früher hatte sie hier am Fenster gestanden und sich fortgesehnt, fort von allem Mittelmäßigen. Fort von Caroline, der übergroßen Nähe und dem Wursteintopf auf dem Herd. Hatte sich nach dem Außergewöhnlichen, dem Romantischen und Extremen gesehnt. Und nun stand sie hier und fragte sich, ob ihre Daddy Issues so ausgeprägt waren, dass sie wie ihr Vater geworden war.

Hatte Julia wirklich gedacht, dass es eine ehrbare Weise gäbe, ihre Doppelnatur auszuleben? Ein Lovehack. Dass es ausgerechnet Niko und ihr gelingen würde, Untreue, Leid und Grundpfeiler, auf die sich ihre Kultur gründete, auszutricksen?

Sie googelte den Begriff *Lifehack*. Ein »Hack« war etwas, das ein Problem oder eine Schwierigkeit effektiv löste. Außerdem war es englischer Slang für »Gaul« – wurde inzwischen aber meistens dafür gebraucht, jemanden als »Schreiberling« zu degradieren. Weitere Bedeutungen lauteten: »hacken«, »zerteilen«, »zerstören«. Julia war es tatsächlich innerhalb kürzester Zeit gelungen, sämtliche weniger schmeichelhaften Bedeutungen zu erfüllen.

Also, war es das wert? Julia dachte an ihr letztes Treffen mit Mahir; als sie in ihrem Rollenspiel so getan hatten, als ob er ihr Daddy wäre. Dachte an das Schmutzige und das Verdrehte, das zutage getreten war; an ihr Schamgefühl, das wie ein Troll im Sonnenlicht zerplatzt war. Vielleicht hatten Jung, Freud und Esther Perel ja damit recht, dass die Sexualität ein Tor zu unserem Unterbewusstsein war und Wunden aus der Vergangenheit heilen konnte? In dem Fall musste es die Sache doch wert gewesen sein?

Julia wollte Niko an ihren Erkenntnissen teilhaben lassen; die Sehnsucht nach ihm brandete in schmerzhaften Wellen durch ihren Körper. Aber wenn sie ihn anrief, nahm er nicht ab, schrieb stattdessen: *Kontaktiere mich nur, wenn etwas mit den Kindern ist.*

Magdas schöner, schlichter alter Ring … Julia dachte über die Symbolik seiner Geometrie nach, den geschlossenen Kreis aus Edelmetall, das sogenannte Band der Ehe. Das Gegenteil von Untreue, die sich durch seine viele losen Enden und möglichen Exits auszeichneten. Julia drehte am Ring.

*

Johan war mit Lene in Venedig, deshalb meldete sich Niko bei seinen Bandkollegen und ein paar anderen alten Kumpels, die er inzwischen nur noch selten sah. Freunde mit Familie hatten keine Zeit für spontane Unternehmungen; das war ein Vorgeschmack auf das Leben als Trennungsvater: Einer, der sich am äußeren Rand des Bekanntschaftskreises bewegte, der allein in einer beschissenen Zweizimmerwohnung hockte und mit dem sich die Leute nur aus reinem Mitgefühl abgaben. Niko hatte selbst solche Bekannte – Bekannte, die geschieden waren, vorgeblich superhappy mit der Situation, während ihnen die nackte Verzweiflung ins Gesicht geschrieben stand. Strahlte er das auch aus, wie er da so im angesagten Riche saß, seinen Ehering abnahm und ihn tief in der Tasche seiner Jeans verschwinden ließ? Sämtliche weiblichen Wesen hier sahen entweder aus wie Teenies oder wie alte Tanten. Wo waren die attraktiven Frauen in seinem Alter? Hier jedenfalls nicht. Vermutlich auf irgendeiner Couch, Netflix schauend, mit Babysabber auf der Strickjacke.

Zusammen mit Alexej, einem Bekannten aus der Sommelierausbildung, landete Niko auf der Tanzfläche. Mit steifen Hüften näherte er sich einer Gruppe tanzender Frauen; hatte genügend intus, um sich nicht den Kopf darüber zu zerbrechen, dass sie jung genug waren, um seine Töchter zu sein – jedenfalls, wenn er schon in jungen Jahren Kinder bekommen hätte. Die jungen Frauen trugen weite Jeans und ihr Haar offen und tanzten so, als wären sie ganz für sich. Niko wurde mitgerissen. Er war wie sie, in seinem tiefsten Inneren war er das! Und der DJ, war der nicht auch ziemlich alt? So alt immerhin, dass Niko ihn aus der Zeit, als er selbst andauernd auf der Piste gewesen war, wiedererkennen müsste. Der DJ spielte ein Hits-Medley, und Niko hörte sich selbst den Text mitbrüllen. Eine Frau mit schwarzem Haarknoten und rot geschminkten Lippen lächelte Niko strahlend von der anderen Seite des Raumes zu, tanzte zu ihm hin. Tanzte ganz dicht an ihn heran. Atmete gegen seinen Hals. Niko war sorgfältig darauf bedacht, sie nicht anzufassen, das könnte missverständlich sein. Nur weil er verzweifelt, betrogen und gedemütigt worden war, war er schließlich kein Me-too-Typ. Robyns »Dancing on my own« ertönte. Niko schloss die Augen. Fest. Stampfte mit den Füßen, streckte die Hände in die Luft, als würde er nach unsichtbaren

Äpfeln greifen. Shit, er hatte es immer noch in sich, hatte es immer noch drauf!

Als ihm jemand auf die Schulter klopfte, erwachte er aus seiner Trance. *Jetzt,* dachte er, *jetzt passiert es – und nichts hält mich mehr zurück!*

Aber als er die Augen öffnete blickte er nicht in die Augen einer jungen Frau, die sein Tanz angemacht hatte. Sondern in das braune Augenpaar eines bulligen Security-Typen.

»Zeit, zu gehen«, forderte der Mann ihn auf.

Niko blinzelte verwirrt.

»Wie? Es ist doch wohl noch nicht Schließzeit?«

Der Wachmann packte Nikos Unterarm. Schob seine Unterlippe vor.

»Zeit, zu gehen, hab ich gesagt.«

*

Niko torkelte in sein Büro und legte sich auf die Couch, sah durch das Dachfenster. Am Himmel leuchtete ein einsamer Stern. Niko griff nach seinem Handy. Es quoll geradezu über von Julias zahlreichen Entschuldigungen und Versuchen, Kontakt zu ihm aufzunehmen. Er rief seine Fotos auf. Salve, Sibylla. Musste an die Morgen denken, an die vielen Morgen, an denen er sich matschig aus dem Bett gequält hatte.

In seiner Erinnerung war es Winter. Draußen vor den Fenstern herrschte undurchdringliche Dunkelheit. Mit einem starken Kaffee in der Hand saß er da und hielt die Kinder auf dem Schoß. Salve drückte seine schnoddrige Kuscheldecke an Nikos Wange. Ein Geruch nach Sabber und Schlaf umgab ihn. Ob Salve mit seinen vier Jahren vielleicht doch schon zu alt für eine Kuscheldecke war? Andererseits gab es keinen Grund dafür, der Babyzeit gewaltsam ein Ende zu setzen. Die weichen Körper der

Kinder, ihr blubberndes Lachen … all die lieb gewonnenen kleinen Rituale wären eines Tages sowieso unwiderruflich verloren. Nur noch Erinnerungen für Niko an … ja, woran? Das Einzige, was er sich je erträumt hatte, war ein Leben, das wahrhaft einen Sinn hatte.

Sein Rausch hatte sich abgeschwächt. Sein Blick fiel auf Erkans Skier, und da kam ihm kam eine Idee. Unter dem Waschbecken in der Kochnische befand sich eine Werkzeugkiste. Darin fand er einen Akkuschrauber, den er in seinen Rucksack stopfte.

Niko fuhr die menschenleeren Straßen entlang. Mit Death Metal in den Kopfhörern stöckerte er vorwärts; Schweiß brach auf seiner Stirn aus, seine Muskeln zitterten und brannten vor Anstrengung. Vor dem Jesti blieb er stehen und streifte die Rollskier ab. Sah sich um; bis auf ein paar Taxis, die mit glänzendem Lack still vorbeiglitten, war die Straße leer, die vertäuten Boote knarrten. Niko sah hoch. Wenn er sich streckte, konnte er gerade so an das Schild heranreichen; es bestand aus einer schlichten Holzplatte, die an einem Metallstift befestigt war. Es brauchte nicht mehr als ein paar *Brzzzs* mit dem Akkuschrauber, und schon hielt er das Schild im Arm. Niko schnallte sich wieder die Rollskier an, fuhr zum Kai und ließ das Schild fallen. Mit einem drolligen Platschen teilte das Schild die Wasseroberfläche.

Kurz darauf ploppte es wieder an die Oberfläche und schaukelte auf den dunklen Wellen. Unbefriedigt von seiner Unternehmung suchte Niko in der Hosentasche nach seinem Ehering und betrachtete ihn dann, wie er da so auf seiner Handfläche lag. Kurz entschlossen schleuderte er den Ring fort, der in hohem Bogen gen Himmel flog. Lautlos musste er dann irgendwo zwischen den Kräuselungen auf dem Wasser gelandet und von dort in die Dunkelheit hinabgezogen worden sein, wo der Schein der Straßenlaternen, die sich auf dem schwarzen Wasser spiegelten, nicht mehr hinreichte.

28

Die Hitze hatte die Stadt seit mehreren Wochen fest im Griff. In den Schlafzimmern im ersten Stock war es unerträglich warm. Julia und die Kinder waren wieder nach Hause gezogen, aber Niko war nicht zurückgekommen. Julias Nachrichten beantwortete er einsilbig.

Kommst du nach Hause?

Nein.

Wann immer ihr Handy vibrierte, machte Julias Herz einen erwartungsvollen Satz. Die Ungewissheit lähmte. Julia schnitt Karottenstäbchen und setzte sich Salve und Sibylla gegenüber an den Tisch.

»Wie war euer Tag?«

»Gut«, erwiderte Salve.

»Wann kommt Papa?«, wollte Sibylla wissen.

Julia schluckte und lächelte gezwungen.

»Bald. Er ist nur auf einer kleinen Reise«, sagte Julia.

»Unfair«, sagte Salve.

Als die Kinder ins Wohnzimmer gegangen waren und Julia hörte, wie sie sich um die Fernbedienung stritten, räumte sie methodisch die Spülmaschine ein. Spülte Preiselbeermarmelade von Messern und Gabeln, schaufelte Weißkohlreste in den Papierbeutel für Kompost.

Würde Niko nach Hause kommen und sagen, dass es ihm reichte? War dies das Ende?

Gewohnheitsmäßig drehte sie sich um zu ihrem Equal-Care-Plan, um ein Häkchen zu setzen, hielt dann aber mit dem Stift in der Hand inne. Sie sah ihre eigenen Häkchen, aber Niko hatte anscheinend schon monatelang keine mehr gemacht. Warum war ihr das nie aufgefallen? Das ergab doch ein ganz schiefes Bild davon, wer von ihnen hier was erledigte. Nun, nachdem Niko ein paar

Tage lang nicht zu Hause gewesen war, traten eine Menge Aufgaben zutage, die Niko stillschweigend erledigt hatte, sichtbar als das, was sie waren – als Liebesdienste.

Jemand klopfte an die Tür, und jäh flackerte Hoffnung in ihr auf. Natürlich würde er wieder nach Hause kommen! Aber weshalb sollte Niko anklopfen? Julia glättete hastig ihr Haar, wischte sich die Hände ab.

Es klopfte wieder. Draußen stand Erkan und deutete auf ihre Auffahrt.

»Hi. Sagt mal, habt ihr Anfang der Woche vergessen, die Mülleimer rauszustellen?«

Julia konnte ihm zunächst nur schwer folgen.

»Es haben sich schon Maden gebildet«, sprach Erkan weiter, »und es stinkt, habt ihr das gar nicht bemerkt?«

Julia zog ihre Latschen an und folgte Erkan nach draußen zu den Mülleimern. Der Gestank verrottender Essensreste war erdrückend. Die Sonne brannte ihr auf den Kopf.

»Wir müssen es vergessen haben«, sagte Julia.

Erkan fuhr sich durch seinen grauen Haarschopf und sah sie durchdringend an.

»Ist alles in Ordnung?«

Julia nickte tapfer.

»Niko hat sich neulich meine Skier ausgeliehen«, sagte er. »Ist er zu Hause, damit ich sie mir wiederholen kann?«

»Was?«

Erkan wiederholte, was er gesagt hatte. Julia unterdrückte ein Lachen. Niko musste die Rollskier absichtlich ausgeliehen haben, als eine Form von Scherz, einem Augenzwinkern, das auf sie gemünzt war. Die Vorstellung, die ihr dabei kam – wie Niko auf Rollskiern vorwärtsstakte, auf der Flucht vor seinem persönlichen Schrei aus der Wildnis, munterte sie etwas auf. Sie sehnte sich so sehr nach ihm, dass es wehtat. Als sie Erkan versprochen hatte, die

Müllabfuhr anzurufen und eine Sonderleerung zu veranlassen, schrieb sie Niko eine weitere SMS.

Ich vermisse dich

Große Gesten wären angebracht gewesen. *Ich vermisse dich* war nicht nur armselig, sondern auch anmaßend.

*

Ein weiterer Tag verging, und noch einer. Liv übernachtete an einem Abend bei ihnen im Haus.

»Euer Hack … das ist so wie mit der Sozialdemokratie«, flüsterte Liv und spielte mit Sibyllas Haaren, die schlafend zwischen ihnen auf dem Sofa lag, »das Volksheim und der Wohlfahrtsstaat in Miniatur. Niko und du, ihr wart so überzeugt von eurer Großartigkeit und Zusammenarbeit, eurem Zusammenhalt. Ihr habt euch so blind darauf verlassen, dass ihr geglaubt habt, diese Ideen verraten zu können. Und das brachte alles zum Einsturz.«

Müde sah Julia ihre Freundin an.

»Das wird sich schon wieder einrenken«, versicherte Liv. »Ganz bestimmt wird es das. Ich meine … er kann dich doch nicht … kann dich doch nicht verlassen, oder?« Letzteres deutete sie mit Gesten an, damit Sibylla es nicht in ihren Träumen hören konnte. Julia erwiderte nur stumm Livs Blick.

Und was, wenn sich Liv irrte? Vielleicht war es ja genau das, was Julia verdiente. Was sollte sie dann tun? Wer würde sie sein? Wo sollte sie hingehen?

Liv schwenkte die Fernbedienung. »Was meinst du? Jack und Rose?«

Julia schüttelte den Kopf. »Die können mich mal!«

Nach Julias Tagebüchern zu urteilen, Carolines Liebesromanen, sämtlichen scheiß Filmen, die sie gesehen hatte, und – oh – ihren eigenen Erfahrungen zufolge schien es so leicht wie nur was, sich in jemanden zu verlieben. Daran war nichts Großartiges. *Titanic, Die kleine Meerjungfrau, Die fabelhafte Welt der Amélie* und *Moulin Rouge*. Vor dem Altar der Leidenschaft in die Knie zu gehen – lebte man so wahrhaftig? Folgte man da seinem Herzen – oder betete man da nur zu einem falschen Gott?

Liv schnitt eine Grimasse. »Was dann? *Les Misérables*?«

»*Les Mis*«, stimmte Julia mit kurzem Nicken zu.

*

Es kehrte wieder Alltag ein. Julia brachte die Kinder weg, ging ins Büro und schrieb – mit der Energie einer Trauernden – eine Werbereportage über Antischnarchmittel. Aus einem plötzlichen Impuls heraus vereinbarte sie einen Termin bei der Bank, nur um zu erfahren, dass der Kredit, der ihr nach einer eventuellen Scheidung bewilligt werden würde, niemals für eine passende Wohnung für sie und die Kinder reichen würde. Einschließlich Zinsen und Amortisierung und wer weiß was noch, Stromrechnungen, Betriebskosten und Versicherungen … ihr gelang es ja noch nicht einmal, rechtzeitig die Mülltonnen rauszustellen. Wie sollte sie da mit dem ganzen Leben zurechtkommen?

Julia stolperte hinaus auf die Straße. Die Sonne blendete, grell und stechend. Sie suchte überall nach ihrer Sonnenbrille, bis ihr dämmerte, dass sie die in der Bank vergessen haben musste. Aber jetzt noch einmal dorthin zurückzukehren und nach der Beraterin zu fragen, kam ihr plötzlich wie eine unüberwindliche Hürde vor. Hare-Krishna-Anhänger waren unterwegs auf einem ihrer Umzüge, tanzten in orangefarbenen Kutten, *hare, hare, hare,* mit kahl geschorenen Köpfen und Glöckchenbändern. Julia fächelte sich mit der Hand Luft zu. Es war eine brütende Hitze, Abgase, Bus- und Mopedlärm mischten sich, und sie hatte das Gefühl, dass sich ihre Kehle mit jedem Schritt noch mehr zuschnürte. Da war doch mit der Welt ernsthaft etwas nicht in Ordnung, wenn es im Mai schon dermaßen heiß war, dachte sie – und bekam es mit der Angst zu tun. Sie hatten sich versündigt. Sie würden alle sterben. Alles ging den Bach runter. *Hare, hare, hare*, predigten die Mönche. Kein Wunder, dass sie glücklich waren, dachte Julia. Für sie war es einfach. Klare Verhaltensregeln. Eine eingeschworene Gemeinschaft. Gelobte Erlösung. Wenn ihr, Julias, Leben auf bestem Weg war, zur Hölle zu fahren, so wie es sich gerade anfühlte, dann war der Eintritt in eine Sekte vielleicht ein geeigneter Plan B.

Auf der Suche nach Abkühlung flüchtete Julia sich in ein Einkaufszentrum. Das aber stellte sich als brodelnder Kessel heraus, der Bratendampf von den Fast-Food-Imbissen mit Halloumi-Pommes und Samosa und Ramen und der Geruch von Glutamat und Knoblauchsoße mischten sich mit der Geräuschkulisse früher Mittagsgäste. Hinter Julias Lidern brannten Tränen; ließen das Licht der Deckenlampen verschwimmen. Vor der Buchhandlung hatte sich eine Traube hysterisch kreischender junger Teenagermädchen versammelt. Ein Anflug von Neugier lenkte auch Julias Schritte dorthin.

An einem provisorischen Tisch, hinter einem Bücherstapel, saß eine jesusartige Gestalt und signierte Bücher. Das lange Haar fiel über die Buchseiten. Diesen Kopf kannte sie doch? Das war kein Prophet, das war Zeke! Pubertäres Verlangen loderte in den Blicken der Mädchen. Die Signierschlange ließ sich in zwei Kategorien unterteilen: diejenigen, die sich bemühten, ungerührt zu wirken, und lässig die Hüfte vorschoben, und die anderen, die kichernd planten, was sie sagen würden, wenn sie an die Reihe kämen.

Julia stellte sich in die Schlange. Ihr Atem ging schwer. Das Ganze lief mit gleichermaßen beeindruckender wie erschreckender Effektivität ab, und als sie kurz darauf an der Reihe war, sah Zeke auf.

»Aber Süße, was ist passiert?«, sagte er.

Julia wollte ihm gerade antworten. Aber etwas an seiner sanften Stimme und seinen eisblauen, durchdringend blickenden Augen machte ihr das Reden unmöglich. Statt Worten drang nur ein gutturales Wimmern aus ihrer Kehle. Sie hatte ein lautes, schrilles Klingeln in den Ohren, und ihr Blickfeld schrumpfte. Heiße Tränen rannen ihr über die Wangen, sie riss die Augen auf. Ihre Kehle verengte sich, sie schnappte hilflos nach Luft, aber das machte es nur noch schlimmer. *Ich sterbe*, dachte sie, der Gedanke war glasklar.

»Ruf den Rettungswagen«, quetschte sie hervor und lehnte sich über den Tisch. Sie sah nichts mehr, hyperventilierte, aber es half nichts.

Da spürte Julia, wie sie jemand am Handgelenk fasste und zu einer Bank führte. Ein Glas Wasser wurde ihr an die Lippen gehalten, doch sie war nicht in der Lage, zu trinken; das Wasser rann ihr über das Kinn, und ein kalter, feuchter Fleck drückte gegen ihre Brust.

»Du hast eine Panikattacke«, hörte sie eine Stimme durch das Rauschen. »Ganz ruhig, dir passiert nichts.«

Eine Minute verging, oder war es vielleicht ein ganzes Leben?

Dann schwächte sich das Klingeln ab, ihr Blickfeld erweiterte sich wieder; zuerst sah sie nur tanzende graue Pünktchen vor sich, dann wieder das ganze Bild. Neben ihr saß Zeke. Er fuhr mit dem Daumen über Julias Handrücken, roch intensiv nach Patschuli. Julia sah blinzelnd zu den Neonröhren an der Decke. »Soll ich jemanden für dich anrufen?«, fragte er. »Shit, ich weiß ja, dass ich sehr treue Fans habe, aber so wie du hat noch niemand reagiert.«

Julia versuchte aufzustehen. Niko. Sie musste zu Niko.

»Sorry, schlechter Scherz«, sagte Zeke. »Ehrlich gesagt, ich weiß, wie das ist. Das ist mir total oft passiert, damals, als ich den Burn-out hatte.«

Julias Hände zitterten, sie nickte. »Danke«, sagte sie nur.

»Willst du darüber reden?«

Julia schüttelte den Kopf.

Zeke lehnte sich zurück, kniff die Augen zusammen.

»Weißt du, was ich immer sage? *Take your fucked up heart and make it into art.* Und sieh mich an – ich habe mein Trauma in Kunst verwandelt. Frag nur mal die da drüben.« Er nickte zu der Gruppe junger Mädchen hinüber, die immer noch am Signiertisch standen und Zeke und Julia anstarrten. Eifersucht loderte aus ihren finsteren Blicken. Was machte er da mit dieser Alten?

*

Das Reihenhaus war leer und verlassen. Die Kinder würden erst in ein paar Stunden abgeholt werden müssen. Julia zwang sich dazu, ein belegtes Brot zu essen. Dann griff sie zum Smartphone. Es tutete, mehrmals. Sie wusste, dass er nicht abnehmen würde, dann aber –

»Ja?«

Nikos Stimme wirkte wie reines Morphium.

»Ich hatte eine Panikattacke«, sagte sie.

»Aha«, erwiderte er in demselben trockenen Ton, in dem er auch seine SMS verfasste.

Er schwieg einige Sekunden lang.

»Und wie geht es dir jetzt?«

Julia lehnte sich gegen die Sofakissen, sah zur Decke.

»Ich habe vergessen, die Mülltonnen rauszustellen, und jetzt wimmelt es überall von Fliegen.«

Niko sagte nichts.

»Erkan hat mich nach seinen Skiern gefragt.«

»Mmm.«

Sie atmeten an beiden Enden des Telefons. Sie wollte rufen, dass sie ihn liebte, dass alles ein furchtbarer Fehler gewesen war. Dass ihr Leben ohne ihn um sie herum zusammenbrach.

»Morgen ist Sibyllas Schulbasar. Kannst du kommen?«, fragte sie stattdessen.

Stille am anderen Ende.

»Ja«, sagte er schließlich. »Natürlich komme ich.«

29

»Rate mal, wer ich bin?«

Sibylla biss aufgeregt die Zähne zusammen und lächelte, während ihr Blick unwillkürlich zu dem Werk schweifte, das ganz offensichtlich von ihr stammte.

»Hmmm…« Niko tat so, als würde er überlegen, ließ seinen Blick über sämtliche sorgfältig gemalten Porträts schweifen. »Das da.« Er zeigte auf ein Aquarellbild eines Mädchens mit großem rundem Kopf, Zöpfen, verschmiertem Mund und verschieden großen Augen. Sibylla nickte stolz. »Ich war zuerst fertig. Das bin ich immer.«

Niko streichelte Sibyllas warme Haut, ihr seidenglattes dunkles Haar.

»Mama, Oma!«, rief Sibylla und preschte zur Tür des Klassenzimmers. Im selben Moment, als Niko sah, wie sich Julia mit Salve und Caroline im Schlepptau näherte, erkannte er, dass er noch nicht richtig bereit für eine Begegnung mit ihr war. Sibylla zog an seinem Arm.

»Komm, Mama, nein, ich meine, Papa, komm!« Es war leicht, sich zu vertun. Julia und Niko waren für Salve und Sibylla eine untrennbare Einheit. Es spielte sozusagen keine Rolle, wer hier wer war.

Julia hob die Hand und winkte. Niko tat dasselbe. Sibylla lief in die Arme ihrer Mutter, zog sie mit sich und wiederholte dieselbe Prozedur mit dem Bild noch einmal. Bevor Niko aus dem Augenwinkel Caroline registrieren konnte, hatte sie ihn schon umarmt.

»Mein lieber Junge, wie *geht's* dir?«, flüsterte sie.

»Möchte jemand?« Tita tauchte hinter Caroline auf. Sie bot ihnen auf einer Serviette Hefebrötchen an, deren Unförmigkeit verriet, dass Kinderhände sie geknetet hatten. Bevor Niko sie begrüßen konnte, tauschte er einen übereinstimmenden Blick mit Julia. Es gab nichts Ekligeres als Gebäck aus Kinderhand; was das betraf, waren sie sich schon lange einig. Als er sah, wie sich Julias Gesicht erhellte, bereute er seinen Blick. Er war verdammt noch mal nicht hier, um gute Stimmung zu machen!

»Und dann haben wir Passepartouts ausgeschnitten«, sagte Sibylla und betonte stolz das fremde Wort, während sie auf die Aquarelle zeigte. »Damit sie wie richtige Gemälde aussehen.«

»Papaschuh!«, predigte Salve und lächelte mit vollem Brötchenmund zu Niko hoch. »Sibylla hat Papaschuh ausgeschnitten!«

*

Die Aula war abgedunkelt. Julia zwängte sich neben Niko. Als sie sich vorbeugte, nahm er den Duft ihres Shampoos wahr; es löste Schmerz und Geborgenheit in ihm aus. Sie tastete nach seiner Hand.

»Kommst du später … Kommst du mit? Ich habe nämlich eingekauft und …«

Niko deutete mit einem Kopfnicken zur Bühne, die der Schulleiter soeben erklommen hatte, um die Show anzumoderieren, dann zog er diskret seine Hand zurück und steckte den Daumen in die Hosentasche seiner Jeans, damit sie das nicht noch einmal versuchte. Er hatte Angst, dass ihm die Tränen kommen würden, wenn er ihre warme Haut spürte. Während der gesamten Vorstellung, in der Kinder Popsongs aufführten, die von Drogen und Sex handelten, war Niko betäubt und sich seiner Bewegungen überbewusst, wie wenn man sturzbetrunken war, aber vorgab, nüchtern zu sein.

Nach dem Ende der Vorstellung wandte sich Julia wieder an Niko.

»Kannst du nicht nach Hause kommen?«, flüsterte sie.

Er sah sie an; ihre Lider waren schwer. Er registrierte ihre blasse Stirn, das dunkle Haar, das ihre Wangenknochen umrahmte, das leuchtende Weiß ihrer Augen in der gedämpften Beleuchtung. Sie war schön, das sah er, aber es berührte ihn nicht.

Er schluckte.

Er ließ zu, dass sie seine Hand nahm, spannte jedoch abwehrend den Arm an. Julia tastete über seine Finger, und in dem Moment musste sie es bemerkt haben. Stumm starte sie auf seinen nackten Ringfinger. Ein schmaler, blasser Streifen verlief dort, wo sonst der Ehering gesessen hatte. Mit blankem fragendem Blick sah sie zu ihm hoch. Dann ließ sie seine Hand los und starrte vor sich hin. Ihr Brustkorb hob und senkte sich unter einem zittrigen Atemzug. Niko musste seine ganze Willenskraft aufbieten, um dem Impuls zu widerstehen, sich zu entschuldigen.

*

Als sich Niko die Schuhe auszog, empfing ihn ein Geruch nach Scheuermittel. Julia hatte alles vorbereitet. Sie hatte geputzt, eingekauft, alles hübsch hergerichtet. Hatte sogar sämtliche Schuhe weggeräumt. Die Jacken weggehängt, die nie benutzt wurden. Julia bewegte sich steif, plapperte angestrengt, bemüht, Konversation zu betreiben, und bat Niko, sich an den Küchentisch zu setzen, während sie das Abendessen vorbereitete.

»Darf ich beim Kochen helfen?«, fragte Salve. Julia hob ihn auf den Stuhl neben dem Herd. Sie wickelte den frisch in der Markthalle gekauften Fisch aus dem Papier und schmolz einen großen Klecks Butter in der Pfanne. Als sie nicht länger schäumte und die Küche ein Geruch nach brauner Butter durchzog, schmiss sie den ganzen Fisch in die Pfanne, dass es nur so spritzte. Salve lachte über den Fischkopf. »Und das sollen wir essen?« Er verzog das Gesicht und stupste mit dem Pfannenwender ein Fischauge an. »Armer kleiner Fisch.«

»Pass auf, die Butter könnte spritzen, und dann verbrennst du dich.«

Julia schob die Pfanne etwas weiter nach hinten. Im Ofen röstete sie Kartoffeln, die sie vorgekocht, zerteilt und in Olivenöl gewendet hatte. Sie bereitete einen Salat zu und mischte eine selbst gemachte Vinaigrette darunter. Holte Wein aus dem Weinkühlschrank im Keller. Sie setzten sich zu Tisch, und Julia lehnte sich vor, um Niko aufzutun.

»Herrlich«, sagte Julia und lächelte ihm zu.

Die Kinder sahen ebenfalls zu Niko; Hoffnung flackerte in ihrem Blick auf. So als sagten sie: *Ja, herrlich, oder, Papa? Ist das nicht herrlich hier bei uns*?

Niko versetzte es einen Stich, als er sah, wie die Kinder sich auf Julias Spiel einließen, auch wenn sie sich dessen nicht bewusst waren. Wie sie sich anpassten, damit ihr Papa glücklich wäre.

»Superherrlich«, sagte Niko und lächelte zuerst Salve und dann Sibylla zu.

Aber nicht Julia.

*

Niko schnallte die Rollskier an. Erkan konnte ruhig warten, nachdem er Niko so lange so unermüdlich damit in den Ohren gelegen hatte, sie auszuprobieren. Es nieselte leicht, und ein intensiver

Duft hing in der abendlichen Juniluft; der Himmel war schmuddelig wie ein weißes Laken, das mit einem schwarzen Strumpf zusammen gewaschen worden war. Das Laub an den Bäumen leuchtete. Während des angespannten Abendessens wollte er nur raus. Niko stöckerte über das weite Feld hinter der Reihenhauszeile, fuhr durch den Tunnel unter der Autobahn, vorbei am Großmarkt und weiter abwärts Richtung Wasser. Erkan hatte nicht ganz unrecht gehabt, das musste Niko ihm lassen, denn mit jedem Abstoßen wurde alles irgendwie klarer, leichter. Am See blieb Niko stehen und verfolgte, wie die Enten über die flaschengrüne, von sommerlichem Regen gesprenkelte Wasseroberfläche glitten. In seinem Kopf war nur noch ein leises Summen; seine Wut war verflogen, und auf einmal sah er alles ganz klar. Wusste, was er tun musste.

30

Den Entschluss zu fällen, sich zu trennen, aber unter einem Dach wohnen zu bleiben, ist ein bisschen so, als würde jemand, den man nur selten sieht, plötzlich sterben. Rein verstandesmäßig begreift man, dass die Person nicht mehr da ist, während es gleichzeitig unmöglich ist, den Verlust zu begreifen. Der gerade erst verstorbene Mensch ist für einen gefühlt immer noch so präsent wie vorher, in der Praxis scheint sich nichts geändert zu haben, das Leben geht weiter. Julia und Niko wohnten schließlich immer noch beide im Haus. Aber was besagte es, wenn Niko jetzt die sprachliche Konstruktion verwendete, dass sie *Schluss gemacht* hatten?

Die Veränderungen, die im folgenden Monat stattfanden, lassen sich am einfachsten in Listenform darstellen:

Die Kinder sollten es erst erfahren, wenn alles Praktische geregelt war.

~ Sie schliefen weiterhin im selben Schlafzimmer
~ Die Kinder durften als Barriere zwischen ihnen schlafen
~ Julia schlief so gut wie gar nicht
~ Sie weinten am Küchentisch
~ Sie weinten in der Dusche
~ Sie weinten gemeinsam
~ Sie weinten allein
~ Sie wuschen sich gegenseitig die Kleidung
~ Falteten sich gegenseitig ihre T-Shirts, legten die passenden Strümpfe zusammen
~ Sie lasen den Kindern vor
~ Sie nahmen alle Mahlzeiten zusammen ein
~ Sie wuschen sich nicht länger gegenseitig die Unterwäsche
~ Sie kleideten sich nicht mehr offen voreinander um

Nachdem Niko dort am See seinen Entschluss gefällt hatte, war er wieder nach Hause gekommen. Julia hatte am Küchentisch gesessen und gewartet. Sie hatte aufgeräumt und die Kinder ins Bett gebracht. Die Spüle war blitzsauber. Sie sah ihn an, bat ihn, sich zu setzen, und sagte, dass sie ihm alles erzählen wollte, was passiert war und was ihr durch den Kopf ging.

»Hmm«, hatte er gesagt, bevor Julia – natürlich – auf dieses beschissene Buch *Mating in Captivity* Bezug nahm. Sie behauptete, dass es Möglichkeiten gäbe, mit dieser Krise umzugehen, gestärkt daraus hervorzugehen. Wenn sie nur darüber reden könnten, was sie beide dazu gebracht hatte, was Julia wirklich gesucht hatte, dann könnten sie sich versöhnen. Sie erzählte von Mahir und was sie mit ihm erlebt hatte, und sie erzählte, wie ihr klar geworden war, dass sie in gewisser Weise ihren Vater kopiert hatte. Dass sie ohne das, was vorgefallen war, nicht hätte heilen können, ihr Trauma nicht hätte überwinden können, dass sie nie zu dieser Erkenntnis gekommen wäre, wenn sie das nicht gemacht hätte, auch wenn es teuer erkauft war. Jemand wie Mahir war nötig gewesen, genau diese Art von Trigger, um die Katharsis zu erreichen, die sie, wie sie fand, durchlebt hatte.

Als sie geendet hatte, schwieg Niko. Was erwartete sie? Sollte er ihr vielleicht zu dieser unglaublichen Erkenntnis gratulieren? *Wow, klasse, Julia, gut gemacht, hast dein Trauma ganz allein geheilt? Shit ... ich bin sprachlos. Gott, bist du toll!*

Niko hatte den Kopf geschüttelt. »Du hast ein wesentliches Detail vergessen, Julia«, sagte er. »Was hättest du getan, wenn Mahir dich hätte haben wollen? Hättest *du* mich dann verlassen?«

Julia sagte nichts. Niko schüttelte noch einmal den Kopf, lachte.

»Da hast du's.« Er zeigte mit dem Finger auf sie, wie um ihr seinen Standpunkt einzuprägen. »Du kommst zu mir gelaufen, weil Mahir sich als Arschloch erwiesen hat. Ich bin deine zweite Wahl. Eigentlich willst du mich gar nicht.«

Julia blickte auf die Tischplatte.

»Bitte ...«, flüsterte sie und streckte die Hand aus.

Er machte keinerlei Anstalten, sie zu ergreifen. Sie schluckte. Tränen stiegen ihr in die Augen, und Niko konnte nichts dagegen machen, auch ihm kamen die Tränen. Er blinzelte ein paarmal und sah aus dem Fenster. Sah Gilbert auf dem Baum herumhuschen.

»Niko«, sagte Julia und berührte den Finger, an den sie herankam, »mein Liebling, geliebter Niko.«

Niko schob ihre Hand beiseite, stand auf und ging zur Spüle, wo er sich ein Glas Wasser einschenkte.

»Ich glaube nicht, dass ich mit jemandem zusammenleben kann, der mich *dermaßen* respektlos behandelt hat.«

»*Glaubst* du, dass du es nicht kannst? Oder weißt du es?«, fragte Julia, und Niko konnte hören, wie sehr sie sich bemühte, die Contenance zu wahren.

Er leerte das Glas in einem Zug. Er hoffte, dass Julia sich ihm noch einmal nähern würde, sich ihm aufdrängen, die Arme um ihn schlingen würde, damit er sie wieder wegstoßen konnte. Stattdessen saß sie nur dumm da und weinte. Und so erwiderte er: »Ich *weiß*, dass ich es nicht kann.«

*

Es wurde ein merkwürdiger Sommer. Zuerst regnete es viel, dann zog ein weiteres Hochdruckgebiet heran, das sich zwei Wochen lang über der Stadt hielt. Im Reihenhaus war dicke Luft. Niko und Julia lösten sich gegenseitig ab. Keiner von ihnen nahm Urlaub, sie sorgten nur dafür, dass sie sich so überschnitten, dass immer jemand mit Salve und Sibylla zu Hause war. Einer fuhr mit den Kindern ins Freibad, während der andere arbeitete, und umgekehrt.

Meistens waren sie abends beide zu Hause. Saßen schweigend nebeneinander und sahen sich neue Staffeln irgendwelcher Serien an, die sie immer zusammen geschaut hatten. Wenn Niko nicht zum Sport ging, mit der Band probte oder lange arbeitete oder Julia lange Spaziergänge mit Liv und Roy unternahm. Keiner von ihnen traf jemand anderen. An einem Abend grillten sie im Garten. Die Kinder spielten mit dem Rasensprenger, und Rauch stieg vom Kugelgrill in den Himmel. Nachdem die Kinder schliefen, betranken sich Niko und Julia auf der Terrasse, und dann kamen die Tränen und damit der Zoff, oder auch umgekehrt. Es fing damit an, dass Niko irgendetwas Abfälliges sagte, an dem Julia Anstoß nahm, und schon war es so weit. Sie kauten durch, wessen Schuld es sei, dass es so weit gekommen war.

»Es war doch ein *Lovehack!*«, heulte Julia. »Wir waren beide einverstanden!«

Julia knallte die Terrassentür so heftig zu, dass die dünnen Scheiben klirrten. Sie ging ins Bad, um sich die Zähne zu putzen, rutschte aber mit der Zahnbürste im Mund zu Boden und schluchzte so sehr, dass ihr Zahnpasta über das T-Shirt lief.

Am nächsten Tag schlossen sie schweigend Frieden und taten so, als ob nichts gewesen sei.

Dies lässt sich noch zur Liste ergänzen:

~ Sie hatten keine schönen Grillabende mehr

Als aus Juni Juli wurde, war nichts mehr von der erhofften Zweisamkeit übrig. Der Equal-Care-Plan verblich in der Sonne. Die Kräuter des letzten Jahres wucherten in den Beeten, ohne gepflückt zu werden, die Gurken wurden nicht geerntet, und die Stachelbeeren verfaulten am Strauch, weil niemand daran dachte, sie zu pflücken. Die Apfelbäume bildeten kleine, steinharte grüne Knospen, die davon zeugten, dass es bis zum Herbst noch viel im Garten zu tun gäbe. Aber dann würden Niko und Julia nicht mehr dort wohnen.

*

Eines Tages Anfang August klingelte das Handy, als Julia im Supermarkt war. Es war Tim.

»Julia!«, rief er. »Ich bin in Stockholm. Bin gerade in einem Straßencafé im Zentrum. Mein Kollege musste früher los. Komm doch her und trink etwas mit mir!«

Julias Herz klopfte euphorisch. »Ja, gern, wie schön«, sagte sie, wie aus einem Reflex heraus, und merkte gleichzeitig, wie sich alles in ihr zuschnürte. Wie die ach so vertraute Angst wieder in ihr aufstieg, dass er jederzeit seine Meinung ändern könnte, dass vielleicht nichts daraus werden würde, Ängste, die allein der Klang seiner Stimme in ihr wachrief. Gleichzeitig dachte sie, dass ihr das Universum endlich ihren Vater schickte, wenn sie ihn am meisten brauchte. Jetzt, wo sie aufgehört hatte, so verdammt viel zu wollen.

»Komm gleich her. Es ist strahlendes Wetter«, sagte er, man konnte das Lächeln in seiner Stimme hören. »Es wäre so toll, dich zu sehen.«

»Ich komme. Wo bist du?«

»Ich bin im …« Tim verstummte; im Hintergrund waren Stimmengewirr und Tellerklappern zu hören. »Ich weiß es gar nicht so genau, hier gibt's kein Schild, es ist irgend so ein konzeptioneller Scheiß. Ich frage mal jemanden … Nein, ich schick dir einen Pin!«

Julia eilte zum Ausgang, vorbei am Zeitschriftenregal, und zuckte beim Anblick von Mahir auf einem Magazin-Cover zusammen. Ihr fiel wieder der Abend ein, als sie beide in dem französischen Restaurant gesehen worden waren und sie Schnecken bestellt hatte. Mahir hatte erzählt, dass ein Journalist eines Männermagazins ihn ein paar Tage lang begleitet hatte. Jetzt zierte er mit zurückgestrichenem Haar, einem aufgeschminkten Veilchen und einem zu einem Jab erhobenen Hand das Hochglanzmagazin. *Der Mann, der Sterne sieht*, lautete der Titel, und der Untertitel: *Mahir Mirkovich über Prestige, Geld und Vaterschaft*. Julia griff nach der Zeitschrift und blätterte vor zur Reportage. Durchscannte den Text danach, ob Mahir sie irgendwie erwähnte. Ob sich in irgendein Zitat etwas eingeschlichen hatte, das sich auf sie zurückführen ließ. Die Reportage handelte natürlich vor allem von den Anstrengungen, das Jesti zu eröffnen, und beschrieb jene Zeitspanne, in der Julias Gedanken jeden wachen Moment Mahir gegolten hatten: sein Verhalten zu entschlüsseln, nachzuvollziehen, was er dachte, das Gefühl seines Schwanzes erneut heraufzubeschwören. Aber genau wie damals vor langer Zeit, als er auf seinem Skateboard an ihr vorbeigebrettert war und es sie völlig umgehauen hatte, was für eine Freiheit er ausstrahlte, blieb sie natürlich auch diesmal völlig unsichtbar. Es war keine Spur von Julia in dem Artikel zu finden. Und warum hätte sie auch darin erwähnt werden sollen?

Nikos Frage kam Julia in den Sinn. *Was hättest du getan, wenn Mahir dich hätte haben wollen?*

Er war einer Sache auf der Spur gewesen. Wider besseres Wissen hatte Julia zugelassen, dass sie von ihrer Leidenschaft beherrscht wurde. Aber war das richtig gewesen? Mit größter Wahrscheinlichkeit nicht. Wäre sie mit Mahir wirklich glücklich geworden, oder hätte sie ihr Leben damit verbracht, sich immerzu zu fragen, ob er nicht neben ihr eine andere Affäre hatte? Hätte sie sich in seiner kargen Wohnung wohlgefühlt? Damit, dass Mahir von seiner Arbeit und seinem eigenen Leben so vereinnahmt war? Hätte sie letzten Endes nicht auch das Bedürfnis nach einem anderen Ferienziel gehabt?

Dass man nicht mit einem Menschen weiterleben konnte, für den man nur die zweite Wahl war, leuchtete ein. So wie Julias Vater sie sein ganzes Leben hindurch behandelt hatte, sie hier und da in eine Lücke gequetscht hatte. In dem Sommer, in dem sie elf gewesen war, war sie mit ihm, seiner damaligen Freundin und einigen ihrer beider Freunde in den Urlaub gefahren. Er hatte ihr das Schnorcheln beigebracht. Sie hatten eine ganze Schar Wasserschildkröten gesehen. Abends war sie frisch geduscht im Nachthemd auf Tims Schoß gekrabbelt, während er in Gesellschaft seiner Freunde Zigarre geraucht hatte. Sie hatte diesen Moment genossen, es genossen, dabei sein zu dürfen, als ein selbstverständlicher Teil seines Lebens. Er bezog sie mit in die Gespräche ein, obwohl sie noch so jung war, und die Freunde ihres Vaters hatten gesagt, dass sie und ihr Vater sich ähnelten.

»Tun wir das?«, hatte Julia gefragt und ihren Vater stolz angesehen. Er hatte gelacht.

»Ähneln wir uns? Ich habe doch wohl nicht so lange Nasenhaare wie sie, oder?«

Julias Vater hatte in ihrem Nasenloch gepult.

»Und das bei dir, wo du doch Model werden willst. Das willst du doch?«

»Neeein.«

»Doch, das hast du gesagt. Ganz oft. Dass du Model werden willst.«

Daran konnte sie sich nicht erinnern. Sie horchte in sich hinein.

»Aber mit diesen Nasenhaaren kannst du kein Model werden.«

Seine Freunde hatten schallend über diesen plumpen Scherz gelacht.

»Doch, ganz bestimmt. Sie träumt davon, Model zu werden, diese junge Dame hier. Wie Claudia Schiffer.«

Julia fühlte sich gedemütigt, aber sein sanfter, liebevoller Ton verwirrte sie. Sie wollte Tim und seinen Freunden zeigen, dass sie seinen Humor verstand, dass sie den Scherz begriffen hatte, und lächelte breit. Als sie von der Reise wieder nach Hause kam, zupfte sie sich mit der Pinzette ihrer Mutter unter großen Schmerzen jedes einzelne Nasenhaar weg, dessen sie habhaft werden konnte.

Die Erinnerung daran bescherte ihr Übelkeit. Wollte sie Tim überhaupt treffen, oder stand dahinter nur wieder dasselbe altbekannte Bedürfnis zu genügen, dieselbe altbekannte Hoffnung, die sie freudig rufen ließ: Ich komme!? Jetzt zu ihm zu laufen, war das nicht so, als würde sie sich noch ein weiteres Nasenhaar ausreißen?

Ihr Handy vibrierte in der Tasche. Julia holte es hervor. Tim hatte ihr seine aktuellen Koordinaten geschickt. Mit dem warmen Telefon in der Hand zögerte sie. Ein Bild erschien vor ihrem inneren Auge: Tim, allein an einem Tisch. Sein armseliges, schuppenübersätes Jackett. Sie empfand Zärtlichkeit für ihn, so wie man Zärtlichkeit für Männer entwickeln konnte, die immer die falschen Prioritäten gesetzt hatten, weil sie so bedauernswert, so offenkundig verloren waren.

Julia straffte sich. Steckte das Telefon zurück in die Tasche und ging wieder nach Hause.

Sah nicht einmal mehr nach, welchen Standort der Pin markierte.

31

Tita hatte in dem gemeinschaftlich genutzten Innenhof des Mehrfamilienhauses, in dem sie lebte, den Tisch mit belegten Broten und bitterem Kaffee gedeckt.

»Die Kaffeemaschine muss entkalkt werden«, stellte sie fest, nachdem sie einen Schluck getrunken hatte.

Dass seine Mutter nie mit Kummer und Sorgen hatte umgehen können, entsprach dem Bild, das Niko von ihr hatte. Stets dümpelte sie an der Oberfläche des Lebens dahin, von wo aus sie rasch davonfliegen könnte, falls die kalten Unterströmungen zu unangenehm wurden. *Verdrängen, verdrängen.* Bescheuert eigentlich. Trotzdem war sich Niko bewusst, dass ihn diese Haltung geprägt hatte, so als ob sie in seine DNA eingewoben wäre. *Du hast mich noch nie richtig wahrgenommen!* Kristofs Worte.

Diesmal hörte Tita aufmerksam zu. Die ganze Zeit, während der Niko ihr von der Entscheidung erzählte, sich zu trennen, rührte sie nicht einmal die Kaffeetasse an. Ihre Augen glänzten.

»Seid ihr euch da auch ganz sicher?«, fragte Tita schließlich. »Es ist also nicht nur eine vorübergehende Krise?«

»Natürlich ist es eine Krise, Mama, aber …«

»Was ist denn die Alternative?«, unterbrach ihn Tita. »Ihr trennt euch. Lernt jemand Neues kennen. Und nach ein paar Jahren kommt eine neue Krise mit diesem Menschen. Das Gras ist *nicht* immer grüner auf der anderen Seite.«

»Nein, aber in der Hölle gibt es Abstufungen«, sagte Niko.

Tita lachte auf.

»Die Hölle. Du warst also in der Hölle? Denn wenn ich mir dich und Julia so ansehe, kommt mir etwas ganz anderes in den Sinn – ich sehe zwei Menschen, denen es ziemlich gut geht. *Sehr* gut sogar. Die viel lachen und sich einander zugestehen, sich zu entwickeln, und die sich einander das Leben einfacher machen.

Herrgott noch mal, ihr habt euch doch sogar gegenseitig erlaubt, etwas mit anderen Leuten auszuprobieren … also, ihr habt dem anderen in jeder Hinsicht ein eigenes Privatleben zugestanden. Ich glaube einfach, dass das etwas ist, an dem man festhalten sollte.«

»Julia hatte eine Affäre«, sagte Niko. »Sie hat gegen sämtliche Regeln verstoßen. Ich glaube kaum, dass du bei Papa geblieben wärst, wenn er dich so behandelt hätte.«

Tita blinzelte. Zögerte kurz.

»Kannst du dich noch daran erinnern, als er damals im Frühling seine Arbeit verlor?«

»Äh … ja«, sagte Niko und blinzelte in die Sonne. »Er war ja kurz davor, sich umzubringen. Verschwand für mehrere Tage, stand im Garten und weinte, weil man ihn gefeuert hatte.«

Tita brummte etwas und ließ ein bitteres Lachen hören.

»Ja, man hatte ihn gefeuert … das stimmt schon. Aber an dem Tag, von dem du sprichst, hatte er schon längst seine neue Arbeit begonnen. Das hatte nichts mit seiner Kündigung zu tun.«

»Hatte es nicht?«

Niko runzelte die Stirn. Er konnte sich doch noch genau daran erinnern, so als ob es gestern gewesen wäre. Oder doch nicht?

»Weißt du noch, jener Mittsommerabend? Als er nicht da war? Später am Abend ist er dann aufgetaucht. Vorher war er mit der Frau zusammen, mit der er vorhatte, ein neues Leben anzufangen. Mit ihr und mit ihrem Kind.«

Niko setzte seine Sonnenbrille auf und drehte sich zu seiner Mutter um. Was sollte das heißen?

»Kristof hatte bei seiner neuen Stelle eine andere Frau kennengelernt. Er hat uns verlassen. Na ja, jedenfalls für ein paar Tage. Dann kam er zurück. Er war völlig außer sich – er hatte mich und uns betrogen und schämte sich in Grund und Boden. Heulte einem außerdem die ganze Zeit vor, dass er so schrecklich verliebt in diese andere Frau sei. Und da wollte er, dass ausgerechnet *ich* ihn tröste.«

Verwirrt sah Niko seine Mutter an. »Warum …«

Tita trank einen Schluck Kaffee, zuckte mit den Schultern. »Ich wusste, was ich wollte – ich wollte mit Kristof zusammen sein. Also habe ich ihm nur gesagt, dass er sich zusammenreißen sollte.«

»Das war doch der Sommer, als ich sechzehn wurde, oder?«, fragte Niko.

»Kann sein«, sagte Tita.

Er nickte. Jener Sommer, da draußen bei den Rosen, als er mit David zu einer Interrailtour hatte aufbrechen wollen. Als er Kristof hatte weinen sehen. Als Niko seine Mutter im Stillen verflucht hatte, weil sie Kristof nicht *wahrgenommen* hatte. Dabei war es Kristof gewesen, der nur Augen für eine andere gehabt hatte.

»Wie habt ihr von da aus weitergemacht?«, fragte Niko.

Titas Schultern hoben und senkten sich. »Es war eine Frage der Zeit, nehme ich an. Und dann hatte ich doch diesen Qigong-Kurs besucht. Und da haben wir gelernt, dass sie auf Chinesisch das gleiche Zeichen haben für …«

»Lass gut sein!«, rief Niko und ließ sie diesen Unsinn gar nicht erst beenden. »Und dein nächster Tipp für mich ist dann, mir *Carpe Diem* auf die Wand zu schreiben, oder wie?«

»Es war aber *wirklich* so etwas wie ein Neuanfang«, bekräftigte Tita.

Sie nahm einen Schluck Kaffee.

»Und du kennst ja mein Motto …«, sagte sie dann, nicht ganz ohne Selbstironie.

»*Verdrängen, verdrängen*«, sagte Niko und konnte sich ein kleines Lächeln nicht verkneifen.

*

Als Niko nach Hause kam, stellte er überrascht fest, dass es schon anfing zu dämmern, obwohl es erst kurz vor zwanzig Uhr war. Julia und die Kinder waren im ersten Stock. Er konnte ihr gedämpftes Murmeln hören, wie Schränke geöffnet und geschlossen wurden. Sibylla, die sich vor dem Schulanfang Kleidung heraussuchte.

Der Sommer war wie im Nebel vorübergezogen, die Vegetation war üppig und schwer geworden, kündigte die kommende Dunkelheit an. Nicht mehr lange, und seit jenem schicksalhaften Abendessen mit Johan und Lene wäre ein Jahr vergangen. Bald endeten die Sommerferien, und sie würden den Kindern sagen müssen, dass sie sich scheiden lassen würden. Zwei Monate war es her, dass Julia in der Morgendämmerung nach Hause gekommen war und Niko deutlich gemacht hatte, dass er nicht mit jemandem leben konnte, der ihn derart respektlos behandelt hatte. Das Gespräch mit Tita und die neuen Informationen über Kristof hatten Niko unsicher werden lassen, aber er war viel zu stolz, um auch nur darüber nachzudenken, seinen Entschluss zu revidieren. Sowie Julia und er das Wohnungsproblem gelöst hätten, würden sie sich mit den Kindern zusammensetzen und es ihnen sagen. Zu so einer Unterredung kam es jedes Jahr in jeder zweiten Familie. Die Hälfte aller Ehen endete mit einer Scheidung. Da waren Julia und Niko also wie all die anderen.

*

Das neue Kindergartenjahr begann im August. Salve kletterte ins Lastenrad, und sie fuhren zusammen die ihnen vertraute Strecke zur Kita. Dort hatten Niko und Julia am Anfang des Sommers vergessen, Salves Regalfach auszuräumen. Ein einsamer Fäustling lag auf einem Stapel Bilder, die im Lauf des Jahres entstanden waren. Während Niko sie in eine Plastiktüte stopfte, bekam er einen Anruf von einer unbekannten Nummer, von der er schon mehrmals an diesem Morgen angerufen worden war. Auch diesmal drückte er das Gespräch weg. Scheiß Telefonverkäufer, die nie aufgaben! Niko warf den Handschuh in die Tüte und knotete sie zu, als jemand seinen Namen sagte und er aufsah.

Sabina lächelte, warm, das glaubte er jedenfalls. »Hej«, sagte sie fast schüchtern.

»Wie geht's?«, fragte er. »Hast du einen schönen Sommer gehabt?«

Die ganze Episode zwischen ihnen kam ihm unendlich weit entfernt und – wie Niko mit einem Schlag bewusst wurde – überflüssig vor.

»Der erste Tag nach den Ferien …«, sagte Sabina. »Es ist schön, dass wieder ein paar Routinen einkehren. Margit ist zurück, ich werde also wieder in der Käfer-Gruppe arbeiten.« Sie sammelte einen Handschuh vom Boden auf. »Ist das eurer?«

Niko nahm ihn und schaute ihn sich sorgfältig an, obwohl er wusste, dass es nicht Salves Handschuh war. Wenigstens eine Ausrede, um nicht ihrem Blick begegnen zu müssen.

»Ich habe dich durchs Fenster gesehen. Wollte mich nur entschuldigen«, sagte Sabina.

»Aha«, sagte Niko. »Aber … wenn sich hier jemand entschuldigen muss, dann doch wohl ich?«

Sabina schüttelte den Kopf. »Nee. Ich habe versucht, dich als Sprungbrett zu benutzen.«

»Aha«, sagte Niko, auch wenn er nicht richtig wusste, was sie damit meinte. *Sprungbrett*, das klang immerhin irgendwie positiv.

»Ich war nur enttäuscht, dass du nicht mehr wolltest … aber eigentlich wollte ich das auch nicht. Ich brauchte nur einen Vorwand, um meinen Freund zu verlassen.«

Das war das erste Mal, dass er etwas von einem Freund hörte. Er war wie selbstverständlich davon ausgegangen, dass sie Single war, wurde sich aber bewusst, dass sie nie darüber gesprochen hatten.

»Aha«, sagte Niko erneut. »Ich wusste nicht, dass du in einer Beziehung warst. Äh …«

Sabina nickte. Niko zögerte eine Sekunde, leider, denn es wäre das Beste gewesen, jetzt zu gehen und die Sache an dieser Stelle auf sich beruhen zu lassen. Mit ihm als Sabinas Sprungbrett und einer ausgeglichenen Schuldverteilung.

»Ich wollte jedenfalls, dass du das weißt«, sagte Sabina. »Was unser Ding für mich war. Ich habe Anders gestern alles gesagt. Habe schön gewartet, bis die Ferien zu Ende waren, ja, ja, so mutig bin ich. Anders, das ist also mein Lebensgefährte.«

Niko versuchte zu witzeln, dass *Lebensgefährte* nicht gerade sexy klang, aber es kam arrogant rüber.

Sabina kaute an ihrem Daumennagel. »Es ist nur so …«, sie zögerte, »… dass Anders es nicht gut aufgenommen hat. Er sagt, er will mit dir reden.«

Niko lachte auf.

»Ich glaube nicht …«, begann er. »Ich meine … was soll das bringen? Was soll ich ihm sagen?«

Sabina zuckte mit den Achseln.

»Er will abschließen können. Das sagt er jedenfalls.«

Sabina verzog das Gesicht zu einer Grimasse.

»Ich glaube nicht, dass ich ihm dabei helfen kann. Sorry.« Niko wandte sich zum Gehen.

»Ich habe ihm schon deine Nummer gegeben, nur damit du Bescheid weißt.«

Niko drehte sich zu ihr um. Was sollte er darauf entgegnen? Er schüttelte den Kopf. Als er draußen auf der Straße stand, zog er sein Handy heraus und googelte die Nummer, von der aus er mehrmals angerufen worden war. Anders Berndt. Mit anderen Worten: Er hatte also ganz richtig gehandelt, den Anruf zu ignorieren.

32

Es war ein sehr weiser Entschluss, das Badezimmer zu renovieren, das kann den Preis um ein paar Hunderttausend Kronen erhöhen, die Preise sind in dieser Gegend ansonsten ja ziemlich gefallen. Viele, die ihr Leben lang hier gewohnt haben, verkaufen gerade.«

Der Makler, der in etwa in dem Jahr geboren sein musste, in dem Julia und Niko sich kennengelernt hatten, trug ein schmal geschnittenes Jackett und sein Haar zurückgekämmt und redete selbstbewusst daher, als wäre er schon jahrzehntelang in diesem Beruf tätig. Er ging umher und betrachtete mit Kennermiene die erhaltenen Details des schwedischen Funktionalismus, die Fensterbänke aus Kolmården-Marmor und die Fensterflügel mit knarrenden Drehstangenverschlüssen. Julia konnte förmlich zusehen, wie in seinem Kopf eine Anzeige Gestalt annahm. »So etwas wie das hier ist ja ein bisschen angesagt«, sagte er mit einem Zwinkern.

»Das war's nicht, als wir hier eingezogen sind«, sagte Julia, vielleicht um ihre Individualität zu unterstreichen, oder auch nur, um zu zeigen, dass sie eine Nase für gute Geschäfte gehabt hatten.

»Nun ja, die Gentrifizierung schreitet immer mehr voran«, sagte der Makler und klang zufrieden.

»Schon, aber hier ist sie noch nicht ganz angekommen«, sagte Julia und sah Niko an. Er nickte zustimmend. »Genau, unser Stadtteilzentrum hat immer noch so eine alte Konditorei und bloß einen einzigen kleinen Supermarkt. Es gibt noch nicht mal einen 7-Eleven hier.«

»Das kommt noch«, sagte der Makler. Er klang immer noch munter, konnte aber nicht ganz seine Verwirrung darüber verbergen, dass Julia und Niko diese Gegend schlechtzureden schienen, obwohl das kaum zu ihrem Vorteil war oder dem Verkauf des Hauses diente.

»Und dann wohnt hier um die Ecke noch ein richtiger Irrer«, sagte Niko. »Der steht immer auf seinem Balkon und brüllt obszöne Wörter, und wenn er manchmal draußen herumstreunt, kommt die Polizei und nimmt ihn mit.«

Julia warf Niko einen zustimmenden Blick zu. In ihr kribbelte es.

»Außerdem zieht es leider schrecklich durch die Bodenklappe«, konterte sie. Niko lachte über ihre durchtriebene Miene, und Julia legte noch einen drauf: »Oh, und als wir einmal dachten, dass wir Speckkäfer hätten, haben wir Fallen aufgestellt. Aber als wir sie nach ein paar Tagen kontrolliert hatten, stellte sich heraus, dass das gar nicht stimmte. Stattdessen waren die Fallen voller Silberfischchen. Die verstecken sich in den Fußbodenritzen.«

Der Makler verzog das Gesicht, lächelte dann aber hastig. »So ist das mit alten Häusern, das wissen die Käufer.«

»Und die Bandenkriege sind auch hierher vorgedrungen«, sagte Julia, wie um das Verderben zu besiegeln. »Hier wird wild geschossen.«

Niko kratzte sich die Bartstoppeln. Er schnitt ein Gesicht, das besagte, dass sie es jetzt zu weit getrieben habe.

Der Makler runzelte die Augenbrauen, murmelte etwas über die Untersuchungspflicht des Käufers und lenkte das Gespräch schnell auf etwas anderes.

»Mir gefällt auch Ihre individuelle Einrichtung; sie hat so etwas hipstermäßiges«, fuhr der Makler fort mit einem Nicken hinüber zu dem überfüllten Bücherregal, dem Siebzigerjahre-Plüschsessel und der Lampe mit dem fransigen Schirm. Niko räusperte sich. *Hipster*. Wenn du's sagst. Der Makler hatte vielleicht gelernt, dass es sich lohnte, anderen Honig um den Mund zu schmieren, aber offensichtlich nicht, was bei wem zog.

»Familien mit Kindern werden sich hierum reißen«, stellte der Makler ein klein wenig resigniert fest und legte einen Stapel mit alten Prospekten und einen Vermittlungsvertrag auf den Küchentisch. »Die Einzelheiten sind schon eingetragen. Sehen Sie sich das Angebot sorgfältig durch und melden Sie sich, falls Sie Fragen haben. Ansonsten unterschreiben Sie einfach, und dann legen wir los. Ich kann nächste Woche die Fotos machen und dann alles schon am Freitag auf Hemnet hochladen.«

Julia und Niko tauschten Blicke, nickten gefasst. Niko reichte dem Makler einen Schuhanzieher, als dieser sich damit abmühte, wieder in seine guten Schuhe zu steigen.

»Wenn wir das Haus für diesen Preis verkauft kriegen, können wir uns jeder eine Zweizimmerwohnung leisten«, sagte Niko. »Vielleicht sogar eine Dreizimmerwohnung, wenn wir noch weiter rausziehen würden.«

Julia versuchte ein Lächeln. »Klingt gut.«

»Famous last words«, brummte Niko.

Kaum war der Makler gegangen, klingelte es wieder an der Tür.

Der Mann auf der Treppe hatte einen buschigen roten Bart und langes Haar. Durchdringend blickende blaue Augen.

»So siehst du also aus«, sagte er zu Niko. Julia trat hinter Niko. Ein schadenfreudiges Lächeln huschte über das Gesicht des Mannes. Er erkannte sie offenbar nicht wieder, aber sie wusste sofort, wen sie vor sich hatte. Sogar an sein Geburtsdatum erinnerte sie sich noch, und daran, dass er Sternzeichen Jungfrau war.

»Hallo, sollte ich vielleicht sagen. Ich heiße Anders. Ich bin Sabinas Lebensgefährte. Beziehungsweise Ex-Lebensgefährte, von dem Moment an, als sie mir gesagt hat, dass ihr *gefickt* habt.« Das »gefickt« betonte er und wandte sich an Julia. »Aber das wusstest du vielleicht gar nicht?«

»Doch«, erwiderte Julia, weil ihr gerade nichts Besseres einfiel, sie wollte Niko instinktiv schützen. Eine letzte subventionierte Lüge sozusagen. Gleichzeitig durchforstete sie ihren Kopf nach einer Sabina, die sie kennen könnte. Ihr fiel nur eine Norrländerin aus Salves Kita ein, die in Salves Gruppe bis zum Sommer eine Vertretung übernommen hatte. Und die konnte wohl kaum gemeint sein.

»Das wusste ich.«

Anders' Gesicht verzerrte sich zu einer fast komischen Grimasse.

»Aber wo soll ich dann hin?«, sagte er. »Vielleicht könnt ihr mich ja darüber aufklären. »Wo zum Teufel soll ich dann hin?«

Julia berührte vorsichtig Nikos Arm.

»Möchtest du vielleicht hereinkommen?«, sagte sie freundlich. »Dein Name war Anders, richtig?«

Niko sah Julia an – erstaunt. Anders machte einen Schritt über die Türschwelle und streifte sich die Schuhe von den Füßen. »Danke.«

Auf weißen Tennissocken tapste er ins Wohnzimmer.

»Dann sitzen wir ja im selben Boot, wir *Betrogenen*. Aber du scheinst das gelassen zu nehmen?«, sagte Anders zu Julia, als sie ihm eine Tasse Kaffee hinstellte. »Seid ihr Mormonen oder …?«

Niko wippte auf der Türschwelle auf und ab. Julia sah ihn an. Sollte sie es ihm sagen?

Anders kam ihnen zuvor: »Eigentlich weiß ich gar nicht, warum ich hergekommen bin, hm, hab mir wohl gedacht, dass ich deinen Mann verprügeln sollte oder so, aber … Nein, so bin ich nicht. Es ist nur so – Sabina ist alles, was ich habe. Ich meine, es gab mal eine Zeit, als alle in den Agenturen kapiert haben, wie komplett absurd es war, dass der Film *Avatar* den Font Papyrus gebrauchte. So ist das nicht mehr. Aber Sabina – sie hat so was immer gesehen.«

Julia lachte. Überrascht blickte Anders auf. Sein Gesicht verzog sich, zog sich krampfhaft zusammen, wie in einem missglückten Versuch, ein paar Tränen hervorzuquetschen.

»Es tut so weh«, sagte er, »so schrecklich, schrecklich weh. Wie werde ich den Schmerz bloß los?«

Julia und Niko sahen sich an. Ihnen war nie der Gedanke gekommen, dass ihr Lovehack Auswirkungen auf andere als auf sie selbst haben könnte. Wie hatten sie nur so egoistisch sein können? Julia musste an Daria denken; wie sie nicht nur Daria, sondern auch deren Freunde gestalkt hatte, aber wie jegliche Empathie von ihrer Leidenschaft erstickt worden war. Jetzt kam Julia die banale Erkenntnis, dass alle Menschen durch ein Ökosystem miteinander verbunden waren, Schmetterlingseffekt und all das.

Anders sah sie aus verzweifelten blauen Augen an, als könne er nicht begreifen, wie diese nach außen hin scheinbar so idyllische Kernfamilie ihm solches Pech hatte bringen können. Aber was wussten sie schon über ihn, was wussten sie überhaupt über Sabinas und seine Beziehung?

»Wusstest du, dass ›Krise‹ und ›Chance‹ im Chinesischen dasselbe Schriftzeichen haben?«, hörte Julia auf einmal Niko sagen.

Julia sah Niko scharf an.

»Im Ernst?«, sagte Anders bitter. »*Damit* kommst du mir? Dann lass dir sagen, dass das vollkommen falsch ist. ›Krise‹ schreibt sich im Chinesischen mit zwei Zeichen, *wei* und *ji*, was ›Risiko‹ beziehungsweise ›Veränderung‹ oder ›entscheidender Moment‹ bedeutet. Da hast du's. Aber für mich ist leider Schluss.«

Anders brach in Gelächter aus. Manisches. Wahnsinniges.

»Versuch nicht, das Thema zu wechseln! Wo, verdammt noch mal, soll ich wohnen? Bei euch vielleicht?«

Niko ließ ein nervöses Kichern hören.

»Und du erkennst mich wirklich nicht wieder?«, fragte da Julia.

Anders sah auf, kniff die Augen zusammen. Studierte eingehend ihre Züge.

»Julia«, konstatierte er mit kurzem Lachen. »Na toll! Noch eine, die mich abserviert hat.«

Julia widersprach. So sei das ganz und gar nicht gewesen.

Während Julia und Anders die Vergangenheit heraufbeschworen und Anekdoten darüber austauschten, was damals, vor all den

Jahren, wirklich passiert war, und Julia lebhaft erzählte, dass sie am selben Abend, als Anders sie sitzen gelassen hatte, Niko, der Liebe ihres Lebens, über den Weg gelaufen war, hörte Niko gespannt zu. Ihre Blicke trafen sich, und das erste Mal seit Langem sah sie Zärtlichkeit in seinem Blick.

Dann räusperte Niko sich und erklärte, dass er zu spät zur Kita käme, wenn er jetzt nicht aufbräche.

»Soll ich dich ein Stück mitnehmen, Anders?«

»Nett von dir. Ich muss zur U-Bahn«, erwiderte Anders.

Durchs Fenster sah Julia, wie ihre alte Flamme in Nikos Lastenrad kletterte und die beiden Männer die Allee entlang davonfuhren.

*

Am selben Abend saß Julia vor dem Computer und durchforstete ihre alten Texte. Johan und Lene hatten sie gebeten, auf ihrer Hochzeit ein Gedicht vorzutragen, aber ihr wollte einfach nichts Gescheites einfallen. Sie klickte den Ordner an, den sie »Sturm im Wasserglas« genannt hatte, und keuchte vor Scham, als sie ihre Nachrichten und E-Mails las. Errötete und lachte und amüsierte sich über ihren Selbstbetrug, in den sie sich so viele Monate hineingesteigert hatte. *Was denkt sie, was fühlt sie, was will sie?* Alles stand da. Julia schickte Liv ein paar Textausschnitte und schrieb: *Mein nächstes Projekt?*

Aber das taugte wohl kaum als Material für eine Hochzeit. Sie ging zum Bücherregal, blätterte gedankenverloren ein paar Gedichtsammlungen durch, die sie lange nicht mehr gelesen hatte. Ein paar Kilometer von ihnen entfernt hatte eine Papierrecyclinganlage gebrannt, und beißender Qualm drang mit der kühlen Spätsommerluft herein.

»Was meinst du, geht der noch?«

Niko stand in seinem Smoking im Türrahmen und streckte die Arme aus.

»Himmel, siehst du gut aus!«, sagte sie. »Aber ist er nicht vielleicht etwas zu eng an den Schultern?«

»Meinst du?« Niko streckte sich, und ein zufriedener Zug huschte über seinen Mund. »Glaubst du, das liegt an den Demütigungsskiern?

»Vermutlich.« Julia lachte und verspürte plötzlich einen Anflug von Begehren. Niko blieb stehen, streckte noch einmal die Arme aus. Er legte den Kopf in den Nacken und fummelte an dem obersten Hemdknopf herum, den zu schließen ihm nicht gelang.

Julia machte einen Schritt auf ihn zu.

»Ich helfe dir.«

»Nicht nötig.«

»Ach, komm schon!«

Niko ließ die Hände fallen, und Julia versuchte, den schwarzen Knopf durch das Knopfloch zu fädeln. Spürte Nikos Atem an ihrer Stirn. Seinen Brustkorb, der sich an ihren Lippen hob und senkte. Absichtlich zögerte Julia diesen Moment ein klein wenig hinaus.

»So.«

Sie wollte gerade einen Schritt zurücktreten, als Niko ihren Oberarm packte. Sie sahen sich an. Ein Moment des Zögerns, dann spürte sie seinen Mund auf ihrem, tastend, als wollten sie sich beide daran erinnern, wie das schmeckte. Die Lippen immer noch an ihrem Mund, zog Niko sich die Smokingjacke aus. Julia küsste sein Gesicht; ihre Haut brannte; sie streckte ihm die Zunge entgegen und kostete seine salzige Haut. Niko beugte sich vor und küsste ihren Hals an der Stelle, wo ihre Haut am zartesten war. Sie wollte weinen.

Mit einer einzigen Bewegung warf Niko sie auf die Couch.

»Schlafen sie?«

Niko nickte und zog ihr die Jogginghose aus; sie blieb an ihren Fußknöcheln hängen, und Julia trat sie sich herunter, sodass sie auf dem flauschigen Teppich landete. Dann zog sie Niko an sich, spürte sein Gewicht auf sich, so vertraut und doch neu. Sie biss ihn leicht in die Schulter, er erwiderte den Biss. *Ich liebe dich*, wollte sie sagen, schluckte die Worte aber herunter.

»Als wir hier eingezogen sind«, sagte Niko, »haben wir uns geschworen, in jedem Zimmer Sex zu haben.«

Julia nickte.

»Jetzt werden wir das tun«, sagte er. »In allen Zimmern, bis auf die Kinderzimmer.«

»Werden wir?«

»Ja«, sagte Niko mit einem Blick, der sie gleichermaßen erschreckte wie erregte. »Ich werde dich hart ficken. In jedem Zimmer.«

Sie schloss die Augen. Er legte sich auf sie und drang in sie ein.

»Fass dich an«, forderte er sie auf.

Sie gehorchte und spürte all das Verbotene explodieren, jeden Schmerz aus sich herausfließen, wie sich sämtliche Spannungen lösten. Kurz bevor sie zum Höhepunkt kam, zog Niko energisch ihre Hand weg. »Noch nicht«, sagte er und zog sie mit sich in den Flur, wo sie weitermachten. Und dann ins Schlafzimmer. In den Keller. Ins Bad.

Julia folgte ihm, ihre Beine zitterten vor Erregung. Als sie ihr Gesicht allein in ihre Lust vertieft zur Seite drehte, packte Niko ihre Wangen mit Daumen und Zeigefinger und bog ihr Gesicht seinem entgegen. »Ich will, dass du mich ansiehst, wenn du kommst.«

Sie gehorchte abermals. Blickte in seine durchdringenden braunen Augen. Sie stöhnte, er öffnete den Mund zu einem Keuchen. Sie atmeten im selben Rhythmus. Sie hörte die Laute, die sie von sich gab. Raue, echte. Zwischen ihren Beinen sprudelte die Begierde.

Was bedeutete das? Dass er ihr verziehen hatte?

»Ich liebe dich.« Jetzt sagte sie es laut. Niko vergrub sein Gesicht in ihrem Haar.

Anschließend zog Niko sich an. Er warf Julia ein flüchtiges Lächeln zu, bevor er in der Küche verschwand. Julia blieb einen Augenblick auf der Regenbogentreppe sitzen – versuchte zu begreifen, konnte es aber nicht – und folgte ihm. Niko hatte Wasser in einen Topf gefüllt und ihn auf den Herd gestellt. Er betrachtete das Wasser, wie sich kleine Bläschen bildeten und an die Oberfläche stiegen, zuerst langsam, dann immer schneller. Er kochte Tee. Jetzt?! Julia stellte sich neben ihn, legte ihm eine Hand auf den Rücken.

»Sag mal …«, sagte sie vorsichtig. »Bedeutet das … dass alles, was war …?«

»Nein«, unterbrach er sie. Julia sah, wie Nikos Fingerknöchel am Topfgriff ganz weiß wurden. »Das war nur ein letzter Fick. Das machen alle.«

33

Die Kiefern schwankten sacht am Ufer. Eine Skulptur erhob sich aus dem Moos. Johan fingerte an seiner Fliege herum und sah abwechselnd auf das Meer und auf den Zettel in seiner Hand, während er murmelnd vor Niko seine Rede probte. Johans und Lenes Hochzeit fand in einem Museum in herrlicher Umgebung direkt vor den Toren Stockholms statt.

»*Lene, Täubchen meines Herzens*«, begann er.

»Moment mal – Täubchen?«

Johan räusperte sich.

»Ja, was denn? *Lene, Täubchen meines Herzens*, so habe ich die Rede doch jedes Mal begonnen.«

»Schon, aber …?« Niko unterdrückte ein Grinsen.

Johan wirkte mutlos.

»Okay, entschuldige«, beeilte sich Niko zu sagen, »Täubchen meines Herzens, das ist schön!«

»Lene, Täubchen meines Herzens. Der Tag, an dem ich dich zum ersten Mal sah, ist mir für immer ins Gedächtnis eingebrannt.«

Johan faltete den Zettel und sah Niko direkt an. »Verdammt, jetzt bin ich ganz verunsichert. Ist das schlecht?« Er hob und senkte die Schultern, wie um sein Unbehagen abzuschütteln. »Ich habe neulich eine schräge Sache gemacht«, sagte er dann und schien zu überlegen, ob er es überhaupt erzählen sollte. »Ich habe mit Trine zu Mittag gegessen.«

»Mit wem?«

»Trine, du weißt schon, meine Ex.«

»Ach ja!« Niko spielte an seinem Handy herum, in dem er seine Rede notiert hatte, die ihm, je öfter er sie durchlas, immer affektierter vorkam. Normalerweise hätte er Julia um ein Feedback gebeten.

»Ich bin völlig über sie hinweg, das weißt du ja, und werde verdammt noch mal Lene heiraten. Trine ist eine gute Freundin, sonst nichts. Mensch, hörst du mir überhaupt zu oder …?!«

Niko nickte und steckte das Handy in die Hosentasche. »Also? Du hast also ein nettes Mittagessen mit Trine gehabt?«

»Mensch, jetzt hör mir doch endlich mal zu! Ich habe mit ihr zusammen gegessen, und da rückte sie damit heraus, dass sie – so mir nichts, dir nichts – jetzt, auf den allerletzten Drücker, unbedingt Kinder will. Sie ist ja schon ein *gutes* Stück über vierzig. Aber sie hat die Hoffnung, einen Mann kennenzulernen, völlig aufgegeben.«

»Was?«

»Wie: ›Was‹?«

Niko schüttelte den Kopf, lachte kurz. Johan ebenfalls.

»Sie hat dieses ganze Inseminationsrennen erfolglos durchexerziert und hat gelesen, dass es wahrscheinlicher ist, schwanger zu werden, wenn man zum Zeitpunkt der Befruchtung scharf ist … Und sie hat eine Methode, stell dir vor, und zwar, einfach so mir nichts, dir nichts, in der Stadt Typen aufzureißen. Und hofft, auf diese Art schwanger zu werden.«

»Das klingt etwas unethisch«, erwiderte Niko und musste daran denken, wie er ungeschützten Sex mit Sabina in der Putzkammer gehabt hatte. Was wusste er eigentlich über sie? Nichts, wie sich herausgestellt hatte. Die Angelegenheit hätte in einer richtig beschissenen Familienkonstellation enden können.

»Ja, mag sein. Aber das ist mir egal. Es ist eher das, dass sie … dass sie, als wir verheiratet waren, absolut keine Kinder wollte. Obwohl ich ihr damit in den Ohren lag. Und jetzt könnte sie sich vorstellen, ein Kind mit irgendeiner dahergelaufenen Partybekanntschaft zu haben.«

Niko lachte.

»Ja, du lachst! Aber ich war … war irgendwie eifersüchtig. Dann habe ich mich dabei ertappt, wie ich den ganzen Tag darüber nachgedacht habe, ich war scheißwütend. Und dann kamen mir so komische Gedanken: Liebe ich Trine vielleicht immer noch? Ist Lene nur so etwas wie ein Trostpflaster auf der Wunde? Was wäre, wenn Trine immer die einzig Richtige für mich war?«

Niko klopfte ihm auf den Rücken.

»Glaub mir, Johan«, sagte er. »Ich kann es bezeugen: Du warst damals nicht glücklich mit ihr.«

»Ja, ja, schon, das versuche ich mir ja auch in Erinnerung zu rufen. Und ihr? Julia und du, wie läuft es bei euch?«

Niko zögerte. Johan an seinem Hochzeitstag zu erzählen, dass Julia und er sich scheiden lassen würden, war nicht gerade das beste Timing. Wenn er es so lange herausgezögert hatte, konnte er jetzt auch noch etwas länger damit warten. Sie machten sich wieder auf den Weg hin zu dem verglasten Museumsgebäude. Die Kiefern spiegelten sich in den Fenstern. Niko hielt nach Julia Ausschau, aber es war unmöglich, hineinzublicken.

»Trotzdem war es anregend«, gestand Johan. »Dass man noch solche starken Gefühle für seine Ex haben kann, wer hätte das gedacht, obwohl ich gleichzeitig so verliebt in Lene bin.«

»Und wie macht ihr das jetzt, was ist mit eurer offenen Beziehung?«, fragte Niko. »Was das Outsourcing betrifft und so.«

Johan kniff die Augen gegen die Sonne zusammen.

»Wie meinst du das?«

»Wie, *wie ich das meine*?« Verärgerung durchzuckte Niko.

Johan lachte auf. »Ach so, *das!* Hm, weiß nicht. Wir sind doch keine Tiere, oder? Ha, ha. Ich wäre dazu nie imstande, du etwa?«

Johan gab Niko einen kameradschaftlichen Klaps auf den Rücken und zog ihn in eine kurze Umarmung.

»Moment mal!«, sagte Niko. »Du hast doch behauptet, dass wir Tiere sind? *Ich* habe gesagt, dass wir das nicht sind. Du hast gesagt, dass das Einzige, was uns von den Tieren unterscheidet, unsere Fähigkeit zu lügen ist.«

»Uns selbst betreffend, genau«, sagte Johan.

»Wie?«

»Das Einzige, was uns von den Tieren unterscheidet, ist unsere Fähigkeit, uns selbst zu belügen.«

Johan legte seine warmen Hände auf Nikos Wangen und tätschelte sie.

»Gut, jetzt sehen wir uns ein Weilchen nicht. Wünsch mir Glück!«

Dann ging er mit ausgreifenden Schritten davon und verschwand im Gebäude. Niko schüttelte den Kopf, versuchte das, was er gerade erfahren hatte, zu verdrängen: die Einsicht, dass – als Johan Niko dazu angestachelt hatte, es *auf die französische Art* zu handhaben – Johan nur geblufft hatte.

*

Julia richtete die Spaghettiträger ihres roten zarten Kleides – das war Johans und Lenes erwünschter Dresscode: Die weiblichen Gäste sollten Rot tragen. Julias Blick heftete sich auf Nikos Nacken. Er saß ganz vorne in der ersten Reihe.

Die Trauung war schlicht und wurde unter den Kiefern mit Blick auf die gekräuselte Wasseroberfläche abgehalten. Am Himmel ballten sich beunruhigende Wolken zusammen. Lenes hohe Absätze gruben sich in die Erde, als wären sie Wurzeln und sie eine in Seide gekleidete Orchidee, die entgegen allen Widerständen zwischen Kiefern gedieh. Johan machte einen eher deplatzierten Eindruck.

Nach der Trauung wurden Champagnerkorken in den Himmel geschossen; das Signal dafür, dass die Party beginnen konnte. Eine kühle Brise zog von der Ostsee herein und ließ Julia frösteln. Sie schnappte sich ein Glas von einem vorbeigehenden Kellner.

»Hallo.« Niko erschien neben ihr und leerte sein Glas Champagner. »Endlich was zu trinken. Es sollte ein Gesetz geben, dass den Gästen gleich nach ihrem Eintreffen etwas serviert wird.«

Er öffnete seinen obersten Hemdknopf.

»Bist du nervös?«, fragte Julia.

Er schüttelte den Kopf. »Meine Rede ist ganz kurz, das wird schon. Und du?«

Das Brüllen eines Motors ließ Julia und Niko zur Straße sehen. Dort unten am Hang näherte sich ein Auto, dessen dicke Reifen eine Staubwolke aufwirbelten. Es war ein schwarzer Jeep.

Der Stuhl zu Julias Linken war leer. Das Tischkärtchen sprang ihr als Erstes ins Auge. *Mahir Mirkovic.* War das ein Witz? Aber logisch, Johan hatte ja keine Ahnung. Niko hatte Johan nicht von Mahir erzählen wollen. Bei ihr war es genau andersherum: Indem sie ihre Mängel und Unzulänglichkeiten vor allen anderen sezierte, indem sie selbst betonte, was für ein Dummkopf sie war, glaubte sie, den negativen Urteilen anderer zuvorzukommen. Niemand konnte sie mehr hassen, als sie sich selbst hasste. Aber Niko tickte anders.

Johan und Lene mussten die Tischordnung schon im letzten Jahr geplant haben, als Julia erzählt hatte, dass Mahir und sie zusammen aufgewachsen waren, und gedacht haben, sie täten ihnen damit einen Gefallen, nebeneinanderzusitzen.

In der Mitte des Festsaals, zwischen allen langen Tafeln, thronte eine riesige Eisskulptur in Gestalt von Johan und Lene, die sich küssend in den Armen lagen. Sie schmolz und tropfte im Zuge der ansteigenden Raumtemperatur. Ein rundlicher Mann lächelte Julia an und schüttelte ihr mit feuchter Flosse und etwas zu festem Griff die Hand.

»Preben. Lenes Onkel.«

Als Lene und Johan erschienen, erhoben sich die versammelten Gäste, und Jubel stieg zur Decke. Dort oben, über dem Glasdach, zogen die Wolken vorüber; sie hatten einen dunkelgrauen Ton angenommen und warfen dramatische Schatten auf die Hochzeitstafel. Preben sagte etwas in unverständlichem, vernuscheltem Dänisch. Der Stuhl knarrte beunruhigend unter seinem Gewicht, und ein leichter Schweißgeruch wehte zu Julia herüber, wann immer er sich rührte. Wieder erklang ein Glas. In einer einzigen Bewegung richteten sich sämtliche Blicke zum weiter hinten liegenden Teil des Saals. Zum ersten Mal wurde Julia bewusst, wie klein Mahir war. Klein und irgendwie breit gebaut. Er machte eine lässige, beschwichtigende Geste, die sie jetzt direkt durchschaute. Unbekümmert kratzte er sich die Unterarme, während er das Abendmenü vorstellte.

»Lene und Johan – einen ganz herzlichen Glückwunsch! Und alle anderen – enjoy!«, schloss er, während eine ganze Armada von Kellnern, die eines Nobelpreisdinners würdig gewesen wäre, zu den Tischen ausschwärmte. Als Vorspeise wurden Zucchini mit Ricotta und Jalapeñoöl serviert. Skeptisch stocherte Onkel Preben in dem grünen Gemüse herum. Dass er sich keinen Reim auf das Gericht machen konnte, bereitete Julia ein seltsames Vergnügen. Nicht alles drehte sich um Mahirs Kochkunst.

Julia hatte keinen Hunger. Ihr Magen verkrampfte sich, und der Champagner füllte den winzigen Rest darin, der nicht mit Nervosität gefüllt war. Da vernahm sie den Anflug eines ihr vertrauten Dufts, und da stand er, unmittelbar neben ihr.

»Ich glaube, das ist mein Platz.«

Julia schluckte.

»Sieht so aus.«

Mahir zog den Stuhl heraus und setzte sich neben Julia. Sofort beugte sich Preben vor und streckte seine Hand aus. Höflich schüttelte Mahir sie. Der Conférencier schlug an sein Glas. Julia war an der Reihe, ihr Gedicht vorzutragen.

Sie stand auf.

Richtete ihren Blick auf Niko, der das hoffentlich richtig interpretieren würde.

»Deine Stimme und dein Schritt fallen weich wie Tau
auf meinen Arbeitstag.
Dort, wo ich sitze, ist es Frühling in der Luft
von deiner lebenden Wärme um mich her.
Du blühst in meinen Gedanken, du blühst in meinem Blut,
und ich möchte nur wissen,
ob nicht meine glücklichen Hände ausschlagen in schweren
Rosen.«

Sie pausierte, ließ ihren Blick über die Gäste schweifen. Niko fing ihren Blick auf. In diesem Moment spürte sie es. Mahirs Hand, die sich unmerklich unter ihr Kleid stahl, ihren Oberschenkel hinauf. Sie schüttelte sich, wie um ihn loszuwerden.

»Lass das!«, zischte sie mit zusammengebissenen Zähnen.

Blitzschnell zog Mahir seine Hand weg. Julia schaute zurück zu Niko, aber er hatte seinen Blick abgewandt.

»Jetzt schließt sich des Alltags Raum um uns zwei, gleich
einem

weichen leichten Nebel.
Hast du Angst, gefangen zu werden, Angst, zu ertrinken im Grauen?
Sei nicht ängstlich: Im Innersten des Alltags,
im Herzen allen Lebens
brennt mit stillen, summenden Flammen ein tiefgeheimes Fest.«

Julia hatte Karin Boye immer schon verehrt, und vor allem dieses Gedicht. Jetzt hatte es eine ganz neue Aussagekraft gewonnen. Sie setzte sich und sah Mahir unverwandt an.

»Was zum Teufel soll das werden?«, sagte sie so gedämpft wie möglich angesichts ihrer Wut.

»Entschuldige«, sagte er, »sorry.« Er wurde rot, ja, tatsächlich. »Ein tiefgeheimes Fest«, sagte er. »Hübsch.«

Julia bewegte sich unmerklich von ihm weg, einen Zentimeter nur, besorgt, dass alles in sich zusammenbrechen könnte, ihre gesamte Abwehr, wenn sie auch nur ein klitzekleines Stück nachgeben würde. Was ihren Verstand betraf, war sie fertig mit Mahir, aber wusste das auch ihr Körper? Der Körper, dieses dumme Tier, hatte von nichts eine Ahnung. Mahirs Mundwinkel zuckten, und auf seinem Nasenrücken bildeten sich winzige Schweißperlen. Unter dem Tisch drückte sich sein Schenkel gegen ihren. Sie zog das Bein weg. Er glaubte doch wohl nicht, dass das Gedicht auf *ihn* anspielte? Dass *er* das geheime Fest wäre? Und, viel wichtiger noch – sie sah wieder zu Niko, aber er hatte seinen Platz verlassen –, Niko wusste doch wohl, dass es für *ihn* war? Oh Gott, oh Gott, was wäre, wenn er es völlig falsch aufgefasst hatte?

Die üppigen Blumenarrangements sonderten einen betörenden Duft ab und verhinderten gleichzeitig jedes Gespräch mit Gästen auf der anderen Tischseite. Die Gespräche mussten mit dem

Tischnachbarn zur Rechten und Linken stattfinden. Julia hatte die Wahl zwischen Onkel Preben oder Mahir.

»Ich habe ja schon immer gesagt, dass du eine Schriftstellerin bist«, sagte Mahir, »aber vielleicht solltest du Dichterin sein?«

Es war schwer zu sagen, ob er das ironisch meinte.

»Danke, aber nicht mir gebührt die Ehre. Sondern Karin Boye.«

Mahir sah so verständnislos wie desinteressiert aus. Und sie konnte nicht anders, als einen draufzusetzen.

»Du willst damit doch nicht sagen, dass du nicht weißt, wer Karin Boye ist?«

Mahir zuckte die Achseln. »Ich habe nie Lyrik gelesen.«

»Aber das … aber Boye gehört doch zur Allgemeinbildung.«

Sie konnte es nicht lassen, ein wenig an dem Härchen herumzufingern, das sie heute Morgen zu zupfen vergessen hatte.

»Ach ja, ist das so?« Mahir nahm einen Bissen von seinem selbst komponierten Gericht und schien das Interesse an dieser Unterhaltung schon verloren zu haben, bevor er fertig gekaut hatte. »Dann besitze ich wohl nicht so viel davon.«

Julia schluckte, erwiderte leise: »Nein.« Schämte sich.

Mahir lehnte sich zurück, um hinter Julias Rücken Augenkontakt mit Preben aufzunehmen. »Preben, was hältst du von Karin Boye?«

Prebens Miene erhellte sich, erfreut darüber, angesprochen worden zu sein. Er ließ sich Zeit, das Sauerteigbrot durchzukauen, dann erwiderte er: »Wer?«

Mahir lächelte und zog vielsagend die Augenbrauen hoch. *Lächle nicht so,* dachte Julia, *als ob du und ich ein Team wären.* Zögernd sah sie in Nikos Richtung, aber er war immer noch nicht wieder an seinem Platz. Gerade als sie aufstehen wollte, um nach ihm zu suchen, entdeckte sie ihn beim Conférencier und sah dann, wie er die Toiletten ansteuerte.

»Wie läuft's mit Daria?«, fragte sie Mahir, mit derselben verletzenden Beiläufigkeit wie er, als er sie damals gefragt hatte, was ihre

Familie zwischen den Jahren trieb, als sie zusammen ein Bier getrunken hatten. Sie klang wie ein Echo einer Ausgabe von sich, die sie – wie sie in diesem Moment erkannte – verabscheute.

»Es ist vorbei«, sagte Mahir. »Wir sind zu dem Schluss gekommen, dass es so am besten ist.«

Das Handy klingelte immer erst, wenn man die Hoffnung bereits aufgegeben hatte. Oder war es vielmehr so, dass es klingelte, wenn man gar nicht mehr wollte, dass es das tat? Was sie vor nur wenigen Monaten selig gemacht hätte, entlockte ihr jetzt kaum noch eine Regung.

»Darf ich dich was fragen …«, begann sie. »Erinnerst du dich noch an das Mal, als wir in diesem französischen Lokal waren?«

»Ich erinnere mich an jedes einzelne Mal.« Er lächelte.

»Damals im Taxi. Als es schneite. Hast du mir damals gesagt, dass ich auf dich hätte warten sollen?«

In Mahirs Augen blitzte etwas auf. Julia sprach weiter.

»Denn ich war mir nie richtig klar darüber, ob du das wirklich gesagt hast oder ob ich mir das nur eingebildet habe.«

»Was hoffst du denn?«, fragte Mahir.

Plötzlich wurde Julia bewusst, dass sie sich wieder unter der Glaskuppel befanden. Aber diesmal war sie erstickend. Die Glut, die sie zu Mahir getrieben hatte, war nur noch ein Haufen erkaltete Asche zwischen ihnen, in dem giftige Gase schwelten. In diesem Moment hallte die Erkenntnis wie ein flüchtiges Lachen in ihr wider: Sie war es, die der Wolf war, er war das Schaf. Er war die in den Bau geschleppte Trophäe.

Mahir selbst, seine Person, hatte Julia nie wahrgenommen, nur ihr Fantasiegebilde.

Nachdem der Zauber sich gelegt hatte, Mahirs Hände ihren Zauber eingebüßt hatten, waren seine Lippen nur noch Lippen, seine Augen nur noch Augen. Ihr wurde bewusst, dass das, was ihn so attraktiv und ihren Sex so gut gemacht hatte, die ganze Zeit lang nur in ihrem Inneren existiert hatte. Sie hatte das unerschöpfliche Talent, Schönes zu erschaffen – sie, die ein tiefgeheimes Fest entfachen konnte. Das Universum existierte nicht als eine allwissende Macht, besaß keinen göttlichen Willen, wählte keine Glühwürmchen oder Seelenverwandten aus.

Transzendenz fand man nicht außerhalb seines Körpers in einem anderen Menschen.

Das alles befand sich in ihr. Das Schmutzige und das Verdrehte. Aber auch die Sublimationskraft, die Lebendigkeit. Alles begann und endete innerhalb der Grenzen eines einzigen Wesens: in ihr selbst. Hieß das zugleich, dass Julia von nun an entscheiden konnte, was sie erschaffen wollte?

»Weißt du was? Vergiss es«, sagte sie. »Es spielt keine Rolle.«

Und sie erkannte, dass sie es auch so meinte. Dass sie es wirklich nicht wissen wollte.

*

Niko musterte sich im Spiegel, während sein Urinstrahl das harte Metall traf. Er hatte eine ungewöhnlich hohe Alkoholtoleranz, hatte aber mindestens zehn Gläser Champagner gekippt. Er presste den Kiefer zusammen. Julias Gedicht hatte alles in ihm in Schockstarre versetzt; sie hatte ihn die ganze Zeit angesehen, doch dann – dann hatte er mittendrin durch die Blumenarrangements gesehen, dass Mahirs Hand unter ihren Rock gekrochen war. Dieses verdammte Arschloch!

Mahirs Markenkleidung, seine teuren Karren, seine Kohle. Er hatte für alles ein Händchen. Niko hasste Mahir. Und er hasste Julia, weil sie Mahir stärker als ihm das Gefühl gegeben hatte, ein Mann zu sein.

Wie konnte Mahir Geschäfte mit Niko machen und so tun, als sei nichts gewesen, verdammte Scheiße? Konnte Nikos Hand zum

Abschied schütteln und danach seiner, Nikos, Frau den Hintern versohlen? Verfluchter Psycho!

Niko würde seine Rede halten, das war er Johan schuldig. Dann aber würde er abhauen und nie mehr wiederkommen. Er jonglierte mit seinem Handy, als es ihm entglitt und im Pissoir in der Pisse landete. Das Display zersprang, und Urin floss hinter das Glas. Niko fischte es mit den Fingerspitzen aus dem Becken. Hinüber. Er würde improvisieren müssen. Die Vorstellung machte ihn ganz schwindelig; alles drehte sich.

Niko torkelte gerade rechtzeitig zurück zu seinem Tisch, als der Conférencier an sein Glas klopfte und bekannt gab, dass jetzt Niko Kieslowskis Rede an der Reihe sei.

Nikos Beine waren wackelig. Sein Kopf völlig leer – was zum Teufel sollte er noch gleich sagen?

Er hob sein Glas. Fing Julias besorgten Blick am anderen Ende des Saales auf. Mahir wurde zum Glück vom Blumenarrangement verdeckt. Julia hob die Hand und winkte ihm, aber Niko ignorierte die Geste.

»Johan und Lene …«, begann er und unterdrückte ein saures Aufstoßen. Inzwischen war er sturzbetrunken. Er bemühte sich, das Brautpaar direkt anzusehen, aber beide, Johan und Lene, gab es jeweils zweimal. *Scheiße!* Er fingerte an seinem Hemd herum, tastete nach dem Hemdknopf, stieß stattdessen aber gegen das kleine Plastikschwert. Grayskull.

Er breitete die Arme aus, suchte nach Worten, beschloss dann aber, das mit der Rede sein zu lassen und sich mit einem Glückwunsch und einem *Skål!* zufriedenzugeben, als er sah, dass Julia drüben aufstand. Sie sah er nicht doppelt, sie war ganz eindeutig nur eine Person. Was hatte sie vor? Vermutlich wollte sie ihn wegbringen, bevor er sich noch schlimmer in die Nesseln setzte.

Gespannte Stille lag über dem Raum.

Die Leute sahen abwechselnd von Niko zu Julia. Würde sie ihn rechtzeitig aufhalten können? Aber sie stürzte gar nicht auf Niko zu, stattdessen öffnete sie den Mund und fing an zu singen, mit einer so fiepsigen Fistelstimme, wie er noch nie eine gehört hatte. Das, was selbst in Nicole Kidmans Version gezwungen klang und davon handelte, dass die Welt doch bestimmt genug von lächerlichen Liebesliedern habe.

Hoffnungsvoll sah Julia ihn an. War das ihre Art, ihn vor Schlimmerem zu bewahren? Indem sie ihn in eine bescheuerte Musicalnummer einband, die er seit zehn Jahren nicht mehr gesungen hatte? Aber jetzt *nicht* zu singen, das kam nicht infrage. Plötzlich kam ihm sein Rausch zu Hilfe. Er horchte in sich hinein … und eine Zeile fiel ihm ein:

»*I look around me and I see it isn't so.*« Niko hickste.

»*Oh no*«, erwiderte Julia.

Johan und Lene applaudierten, und auch weiterer zaghafter Applaus war zu hören. Zuerst kamen die Worte nur zögernd, doch dann fiel Niko der ganze Text wieder ein, und er sang aus vollem Herzen.

»*And what's wrong with that, I'd like to know. 'cause here I go agaiiiiin!*«

Niko machte ein paar ausgreifende Schritte, bis er sich in der Mitte des Saales befand, unmittelbar neben der Eisskulptur.

Er murmelte die Liedzeilen, die – wie er, während er weitersang, erst bemerkte – eigentlich Julias waren, sang, dass die Liebe einen dazu brachte, sich wie ein Trottel zu benehmen und sein ganzes Leben für nur einen *einzigen* glücklichen Tag aufs Spiel zu setzen.

»*Skål!*«, rief er dann und hob sein imaginäres Glas. »Ein Skål auf Johan und Lene!«

Die Gäste erhoben sich, applaudierten; das Trampeln von Schuhen ließ den Boden beben. Das musste man ihnen lassen, den Dänen – sie waren nachsichtig mit einem besoffenen Trauzeugen. Niko sah zu Julia hinüber, blickte aber stattdessen Mahir in die Augen.

Mahir applaudierte, lächelte breit und zwinkerte ihm mit einem Auge zu.

Dieser Bastard!

In diesem Moment verlor Niko sämtliche Beherrschung. Mit langen Schritten schob er sich durch das Gedrängel vor zu Mahir, der sofort wusste, dass er sich ihm nicht mit guten Absichten näherte. Instinktiv machte Mahir einen Schritt rückwärts, sodass der Stuhl hinter ihm umfiel.

Jetzt konnte er was erleben!

Niko kam jedes Wort, jede Vernunft abhanden. Nur noch die Wut regierte. Mahir machte einen weiteren Schritt zurück und streckte abwehrend die Hände aus. Dann umrundete er langsam den Tisch, noch immer mit halb erhobenen Händen, als wollte er ein Wildtier beschwichtigen. Niko genoss das Gefühl, als Bedrohung empfunden zu werden.

»Was ist los, Kumpel?«, sagte Mahir.

Kumpel?

»Komm schon, Kumpel, das ist es nicht wert.«

Niko biss die Kiefer so fest aufeinander, dass die Anspannung bis in seine Schläfen zu spüren war. Dann warf er sich, die Fäuste schwingend, nach vorn. Mahir wich ihm aus. Stattdessen bekam Niko Mahirs Haare zu fassen und Mahir Nikos. So verharrten sie, führten ein Tänzchen auf, während ihre Köpfe in einem unnatürlichen Winkel zur Seite gebogen waren. Jeder Gast konnte sehen, dass beide keine geübten Kämpfer waren. Niko ließ los, holte aus und landete einen Treffer, der Mahir ein paar Schritte rückwärts taumeln ließ. Mimosenhaft fasste er sich ans Kinn. Julia schrie erschrocken auf; auch Johan war aufgestanden und näherte sich rasch.

Niko hatte nichts mehr zu verlieren. Er warf sich auf Mahir, der jetzt in der Mitte des Raumes stand, dort, wo später getanzt werden sollte und wo die Eisskulptur von einem Blumenmeer umgeben vor sich hin schmolz. Mahir stieß Niko weg, und dieser Körperkontakt entzündete den letzten Funken in Niko. Doch bevor er auf Mahir losgehen konnte, hatte Johan Niko an den Schultern gepackt und hielt ihn zurück.

»Niko, Niko«, sagte er in der Absicht, ihn zu beruhigen. »Was ist denn los?« Aber die Worte hatten auf Niko eine gegenteilige Wirkung. Jetzt würde er diesem Arschloch zeigen, wer hier das Sagen hatte! Er griff nach dem kleinen Plastikschwert, das er um den Hals trug.

»For the power of Grayskull!«, brüllte er und schwang seinen Arm, sodass die Kette riss und er gegen die riesige Eisskulptur stieß, die ins Schwanken geriet, langsam zunächst, bis sie mit Karacho umfiel – oder nein, so spielte sich das natürlich nicht ab, das hier war ja trotz allem kein Film. In der Wirklichkeit passierte alles ganz schnell, wie so oft, wenn sich das Leben ändert. Alles ist gleich, gleich, gleich. Bis es das nicht mehr ist.

Die Skulptur verfehlte um Haaresbreite Nikos Kopf, traf ihn stattdessen an der Schulter, zerbrach und stürzte auf sein Bein, das unter ihm nachgab. Er brüllte vor Schmerz. Die Skulptur war schwer, es war ihm unmöglich, sich davon zu befreien. Lenes Eis-Kopf rollte über den Boden und blieb vor Julias Füßen liegen, die voller Entsetzen verfolgt hatte, was passiert war.

»Niko!«, rief sie. »Was zum Teuf… Um Himmels will… So helft ihm doch!«

Mahir war schnell bei ihm und versuchte, die Skulptur von Nikos Bein zu heben.

»Nein!«, schrie Niko. »Du nicht!«

Und da lag er. So wie die Eisskulptur: vernichtend geschlagen, irreparabel.

34

Die Röntgenbilder zeigten, dass das Bein gebrochen war. Julia saß an Nikos Seite. Sein Rausch war immer noch nicht vollkommen abgeklungen. Sie mussten über das Elend lachen, was sonst sollten sie tun? Morgen würden Tita und die Kinder kommen, und Niko würde aus dem Krankenhaus entlassen werden. Aber heute Nacht waren es nur sie beide. Julia wich nicht von seiner Seite. Niko konnte sein Bein nicht bewegen, und der Gips musste trocknen. Sie lehnte ihre Stirn an Nikos Oberarm. Zu lachen bedeutete eine Öffnung, war ein Spalt in Richtung Vergangenheit und Zukunft.

Was gab es zu sagen, was nicht schon gesagt worden war?

»Soll ich dir eine Geschichte erzählen?«

Niko nickte kraftlos.

»Es war einmal ein kleiner Junge, der Geburtstag hatte. Als er fünf wurde, fragten ihn seine Eltern, was er sich wünsche. ›Golfbälle‹, antwortete er. Als er im nächsten Jahr wieder Geburtstag hatte und sie ihn fragten, was er für ein Geschenk haben wolle, erwiderte er abermals: ›Golfbälle‹ …«

Während Julia ihm den Witz erzählte, den sie beide zugleich liebten und hassten – der nicht einmal als richtiger Witz durchging –, heftete sich Nikos Blick auf Julias blasse Stirn. Auf ihre roten Lippen, die einst so füllig gewesen, nun aber schmaler geworden waren, die zarten Linien, die von ihren Nasenflügeln ausgingen und sich nach unten zogen. Und plötzlich stand ihm klar vor Augen, wie sie aussehen würde, wenn sie einmal alt wäre. Er sah klar vor sich, wie sich Falten über ihre glatte Stirn ziehen würden, wie ihre Haare dünner und die Augenlider über ihren glänzenden Augen schwerer werden würden. Ihr Lächeln aber, das bliebe unverändert. Wenngleich die Zahnhälse … Und er wurde sich bewusst, dass er dann neben ihr sitzen wollte. Dann würde alles, was ihnen im vergangenen Jahr widerfahren war, nur eine Randnotiz in einer viel größeren Geschichte sein.

»Und gerade als er antworten wollte – da fiel er tot um«, schloss Julia.

Niko lachte. Julia lächelte, offensichtlich stolz darauf, ihn zum Lachen gebracht zu haben. Er liebte sie. Er liebte sie wirklich, und wenn nicht die Schmerzen gewesen wären, die bei jeder Bewegung sein Bein durchzuckten, hätte er die Arme ausgestreckt, ihre Wangen gepackt und sie geküsst, als ob er das wirklich meinte, in wahrer Liebe. Er hätte ihren Arm gepackt und gesagt: *Du bist mein.*

»Entschuldige«, sagte Julia, und das meinte sie wirklich. Nicht immer kommt eine Entschuldigung aus dem tiefsten Inneren, aber so war das jetzt. Diese Entschuldigung war leise, schmerzhaft und befreiend. Sie tastete nach Nikos rauen Händen. Er sah sie mit verhangenem Blick an, dann nickte er.

»Entschuldige«, sagte sie noch einmal.

Sie rutschte näher an ihn heran.

»Wir hätten miteinander reden sollen«, sagte sie. »Wir hätten viel früher reden sollen. Über alles.«

Niko nickte.

»Es auf die französische Art zu handhaben, war nicht so der Brüller«, sagte er.

»Es war Bullshit«, sagte sie. Um dann zögerlich vorzuschlagen: »Ich habe da über etwas nachgedacht … Vielleicht sollten wir einfach alles hinter uns lassen?«

Niko schluckte.

»Wir können das Haus verkaufen, aber irgendwo hinziehen, zusammen?«, fuhr sie fort.

Niko wandte den Blick ab.

Julia schluchzte. Ihre Augen füllten sich mit dicken, warmen Tränen.

»Ich will keine Scheidung. Ich will nur dich. Du bist mein Zuhause.« Das kam als Flüstern über ihre Lippen.

Niko verzog das Gesicht zu einer Grimasse. Wand seine Hand aus ihrem Griff. Verschränkte die Arme über dem Bauch. Sah zur Zimmerdecke. Schob seine Unterlippe vor und blies in Richtung ihrer Augen, als könne das die Tränen zum Versiegen bringen.

»Es darf jetzt nicht nur auf einem Impuls beruhen«, sagte er. »Du kannst mich nicht zurückholen und mich dann wieder wegwerfen.«

Dann sagte er noch etwas; sie konnte die Worte nicht richtig verstehen, so leise sagte er es.

»Was?«, flüsterte sie aus Angst, sich vielleicht verhört zu haben.

Er holte tief Luft.

»Ich auch nicht.«

»Du auch nicht? Willst du es auch nicht?«

»Ich will nicht die Scheidung. Ich möchte mit dir zusammen sein.«

Und da sah sie es. Als er ihr wieder seinen Blick zuwandte; sah das innere Leuchten, im tiefsten Inneren seiner Pupille. War es eben jetzt aufgeglommen, von Neuem, oder war es immer da gewesen? Selbst in den Jahren, in denen sie sich zurückgewiesen gefühlt hatte?

Julia schlang ihre Arme um ihn. Er verzog vor Schmerz das Gesicht.

»Scheidung … ist ja so was von Mainstream«, sagte er.

»Ja, oder?! Das sind doch nicht *wir*.«

Julia küsste ihn, sah ihn an.

»Versprichst du mir, dass du nie wieder mit einem anderen schlafen wirst?«, fragte Niko.

Julia sah ihn an.

»Ja«, sagte sie. »Ganz sicher. Du auch?«

»Ja«, sagte er.

»Wir sind doch keine Heuchler.«

»Aber du bist *mein*«, sagte Niko.

»Ja, das bin ich«, erwiderte Julia und lachte unter Tränen.

Sie beugte sich vor und lehnte ihre Stirn gegen Nikos.

Seine war steinhart, ihre samtweich.

»Erinnerst du dich noch an damals, als wir uns kennengelernt haben? An das mit dem Grabstein und so?«

»Nein«, sagte er. »Was meinst du genau?«

Julia rollte mit den Augen.

»Na ja, dass es jetzt vielleicht an der Zeit wäre, den Grabstein gegen die Eisskulptur einzutauschen?«

Denn wie lange kann eine Geschichte auf dem gleichen Setting beruhen? Alle längeren Geschichten brauchen neue Wendungen. Neue Handlungsstränge.

Julia drückte Nikos Hand.

»Können wir nicht einfach sagen, dass das jetzt unser Anfang ist?«

Julia und Niko waren noch so jung gewesen, als sie sich kennengelernt hatten. Vorausgesetzt, sie blieben gesund und es war ihnen vergönnt, ein hohes Alter zu erreichen, bestand noch immer die Möglichkeit, dass sie zu den Paaren gehören würden, die auf eine sechzig, vielleicht siebzig Jahre währende Ehe zurückblicken könnten. Eins dieser Paare, die man fragte: *Was ist euer Geheimnis?* Denn letztendlich gab es nur eine Möglichkeit, um herauszufinden, wie man sein ganzes Leben mit einem anderen Menschen verbringen konnte. Indem man es tat.

EPILOG

Der Friedhof war leer bis auf zwei Teenies, die heftig miteinander rummachten, und eine Frau, die an einem Grab frische Blumen pflanzte. Der Wind strich durch die Blätter der Ulmen; sie änderten allmählich ihre Farbe. Die U-Bahn brauste vorbei, die Autobahn rauschte. Wenn man die Augen schloss, konnte man so tun, als hörte man das Meer. Das hatten sie immer so im Reihenhaus gemacht, in den Sommernächten, in denen die Hitze auf der Haut klebte und das Schlafzimmerfenster offen stand, obwohl die Luft draußen genauso warm war wie drinnen. Dann hatten sie die Autos und die Lastkraftwagen donnernd vorbeifahren hören; sie hatten ein Spiel daraus gemacht – wo sind wir gerade? In der Karibik? In L.A.? Auf Sansibar?

Doch dieser Abend hatte keinerlei Ähnlichkeit mit jenem Abend vor langer Zeit. Mit ihrer Geschichte. Der Geschichte, die zu einem Leben wurde, das wiederum zu einem Buch wurde. Einem fast fertigen. Julia hatte fieberhaft jede Nacht geschrieben. Hatte aus »Sturm im Wasserglas« so etwas wie ein Drehbuch entwickelt. Eine brutal ehrliche Schilderung einer Besessenheit.

»Weißt du noch, wo das war?«

Julia strich mit dem Daumen über Nikos Fingerknöchel. Er stützte sich auf seine Krücken. Hielt beide in einer Hand, er benötigte sie kaum noch. In einer Woche würde der Gips abgenommen werden.

»Wie könnte ich das je vergessen?« Er deutete mit einer Krücke zur Friedhofsmauer. Sibylla war mit Salve vorgelaufen und buchstabierte andächtig die Namen auf den Grabsteinen. »Hertha«, »Maria«, »Klas«.

Eigentlich war es ein Wunder, dass sie nie hier gewesen waren, obwohl sie so doch so dicht dran wohnten. Kaum einen Steinwurf entfernt. Weiter als bis hier hatten sie sich nicht bewegt. So als hätte ihre erste Begegnung sie an dem Ort verwurzelt, der ihnen vorherbestimmt war. Als wäre das letztlich mehr als genug Abenteuer für ihre abenteuerlustigen Seelen.

Julia hatte ihre Kindheit endgültig von sich abgeschüttelt, war erwachsen geworden. Sie konnte frei entscheiden, wer sie sein wollte.

Oder – nein. Das stimmte nicht. Man konnte sich genauso gut damit abfinden, nie erwachsen zu werden. Das Herz würde immer mehr wollen, es würde immer von einer leisen, unbestimmten Sehnsucht erfüllt sein.

Es würden wieder Männer mit tausend Händen kommen, mit glühenden Augen, es würde Dürreperioden geben. Mehr zu wollen, war schließlich trotz allem die Grundvoraussetzung dafür, sich lebendig zu fühlen.

Aber jetzt, in diesem Moment, war dieser Wunsch Niko. Der Wunsch war Julia. Es war eine neue Wahl.

Die Mauer warf Schatten auf das Gras.

Die Stelle, an der früher der Grabstein gestanden hatte, war leer und überwuchert.

Sie würden nie erfahren, wen sie da in jener Nacht vor langer Zeit umgeworfen hatten. Über welche Leichen sie gegangen waren, weil Julia das Leben bei den Hörnern hatte packen wollen oder auch eine einfache Abkürzung hatte nehmen wollen. Jetzt lehnte sie ihren Kopf gegen Nikos – sah zu Sibylla und Salve hinüber, ein Schopf blond, einer dunkel, und blickte zur Sonne hoch, die ihnen auf die Köpfe schien.

»Ich weiß, ich habe das schon einmal gesagt …«, begann Julia.

Er lachte. Wusste, was sie sagen wollte.

»Aber wenn wir das hier geschafft haben …«

»Du weißt, dass das waaahnsinnig privilegiert und industrieland-typisch klingt, so was zu sagen …«

»… dann können wir alles schaffen«, schloss sie.

Nikos Augen strahlten; seine Haare an den Schläfen waren inzwischen etwas grau gesprenkelt. Sie beugte sich vor und presste die Lippen auf seine Narbe. Jetzt hieß es wieder Julia Petersén und Niko Kieslowski.

Und sie lebten glücklich bis an das Ende ihrer Tage.

Also, wirklich.

Das taten sie.

Wirklich wirklich.

Denn wie sollte es sonst enden?

DANK DER AUTORIN

Vielen Dank an Sofia Linder, Dunja Vujovic, Adam Pålsson, Peter Arrhenius, Gro Janarv, Emma Hamberg und die mich immer wieder motivierende Kristina Sigunsdotter, die den Roman schon in frühen Stadien gelesen haben und unschätzbare Kommentare und Ermunterungen abgegeben haben. Ein großer Dank gebührt auch meinen Freunden, aber vielleicht vor allem jenen, von deren Leben ich mich schamlos habe inspirieren lassen. Ebba und Johan. Camilla. Danke. Ein Dankeschön auch meiner Familie: Mama und Folke. Meinem Papa. Meinen Kindern Sascha, Ailo und meiner Bonustochter Juno. Und ein ganz besonderer Dank gilt meiner fantastischen Oma Anna-Greta Möller. In meinen Augen bist du eine Legende.

Ich bedanke mich bei Johan Bengtsson für wertvolle Einblicke in die Gastronomie und das Sommeliergeschäft. Ohne dich hätte das Jesti keinen Hauschampagner gehabt.

Bei meiner Lektorin Johanna Haegerström, weil du an das Buch geglaubt hast, meine Vision geteilt und mir dann unermüdlich dabei geholfen hast, es zu verbessern (wieder einmal vielen Dank an Michaela Hamilton, dass du uns miteinander bekannt gemacht hast). Bei Johan Söderbäck, meinem Redakteur, für all seine Arbeit mit diesem Buch. Bei Astri von Arbin Ahlander – Schwedens mit Abstand bester Agentin. Ich bin so stolz, zu deinen Autor*innen zu gehören.

Ich bedanke mich bei meinen Kollegen von SF Studios, aber vor allem bei meinem Chef Tim King, der mich die ganze Zeit unterstützt hat. Auch wenn du mich zuerst davor gewarnt hast, ein Buch zu schreiben. Bei Anna Lo Westlin, die von der Idee überzeugt war, als der Stoff erst eine Grundlage für eine Fernsehserie war. Bei Ina Sohlberg, Karin Gidfors und Måns Herngren. Vielen Dank an Malin Nevander von SVT Drama, dass du die Idee weiterentwickeln wolltest, aber dann abgelehnt hast. *Liebe mal anders* war wohl immer schon dazu bestimmt, ein Roman zu werden.

Mein Dank gilt Lars Skoglund. Danke für die vielen Erfahrungen, die wir miteinander geteilt haben. Danke, dass ich mit dir erwachsen werden durfte. Deine Bescheidenheit und deine Schlagfertigkeit sind einzigartig.

Razi. Du wirst immer ein Teil von mir sein.

Vielen Dank an Nicole Kärnell. Meine beste Freundin. Meine Schwester.

Und last but not least, tausend Dank an meinen Liebling, Alain Darborg. Dass du mich immer wieder so herausforderst, während du mir gleichzeitig jeden Tag vor Lachen Bauchweh bescherst. Und weil du es warst, der mich dazu genötigt hat, aus *Liebe mal anders* ein Buch zu machen. Ich liebe dich.

Zwei Fremde –
zwei gebrochene Herzen –
ein verrückter Plan für den Sommer

EMILY HENRY

FUNNY STORY

Roman

Daphne ist gestrandet: in einer aus der Not geborenen WG, und das ausgerechnet mit dem Ex-Verlobten der Frau, für die sie gerade verlassen wurde! Dummerweise ist ihr neuer Mitbewohner Miles, der Trost in herzzerrreißenden Lovesongs sucht, das genaue Gegenteil der pragmatischen Daphne. Also gehen sich die beiden möglichst aus dem Weg – bis sie eines Abends gemeinsam ihre Sorgen ertränken. Und einen Plan schmieden, der auch das Posten von ein paar missverständlichen Fotos ihrer gemeinsamen Sommerabenteuer vorsieht. Natürlich ist das alles nur Show. Denn wer würde schon einen Neuanfang wagen mit jemandem, dessen Herz genauso gebrochen ist wie das eigene?

Witzig, klug, charmant und so romantisch: der nächste NYT-Nr.-1-Bestseller der TikTok-Sensation Emily Henry

KNAUR